Fingermanns Rache

Christof Weiglein, geboren 1964 bei Deutschlands höchsten Wasserfällen, hat Maschinenbau studiert. Seit einem schweren Unfall ist er auf Rollstuhl und Aufzüge angewiesen. Er konstruiert Werkzeuge und schreibt Romane und wundert sich, wie das zusammenpasst.

CHRISTOF WEIGLEIN

Fingermanns Rache

KRIMINALROMAN

emons:

Bibliografische Information der Deutschen Bibliothek
Die Deutsche Bibliothek verzeichnet diese Publikation
in der Deutschen Nationalbibliografie; detaillierte bibliografische
Daten sind im Internet über http://dnb.d-nb.de abrufbar.

MIX
Papier aus verantwortungsvollen Quellen
FSC® C083411
FSC www.fsc.org

Umschlagmotiv: photocase.de/cw-design
Umschlaggestaltung: Tobias Doetsch
Satz: César Satz & Grafik GmbH, Köln
Druck und Bindung: CPI – Clausen & Bosse, Leck
Printed in Germany 2013
ISBN 978-3-95451-125-9
Originalausgabe

Für meine Mutter

Loki ist schmuck und schön von Gestalt,
aber bös von Gemüt und sehr unbeständig.
Er übertrifft alle andern in Schlauheit und in jeder Art von Betrug.
Gylfaginning, 33

Lokis Forderungen

Das rote Licht blieb dunkel, die Zeit verrann. Kondenswasser sammelte sich an der Decke, lief die rostigen Heizungsrohre entlang und tropfte auf Fabians Gesicht. Die Hitze setzte ihm zu, sein Blick war getrübt. Dennoch war er sich sicher, das Zeichen nicht übersehen zu haben. Er durfte es nicht übersehen. Ein unbedachter Moment bedeutete Schmerz. Er hatte solche Angst vor Schmerzen.

»Warum lässt er mich nicht in Ruhe?«

Seine Stimme ein Krächzen, die Frage verhallte ungehört. Er wischte sich über die Augen. Für einen kurzen Augenblick sah er nichts. War da nicht ein Auflodern der roten Lampe, hatte er das Zeichen übersehen?

»Mach jetzt keinen Fehler«, mahnte er sich. Die Regeln waren eindeutig, er wusste, was er zu tun hatte.

Mechanisch kniete er vor der Bank nieder. Der Bügel der Vorrichtung war gespannt. Seine Hände zitterten, als er den Sack über den Kopf zog und sich dann die Handschellen hinter seinem Rücken anlegte. Er neigte seinen Kopf auf die Bank. Ein leichter Druck und die Vorrichtung rastete ein. Sein Gesicht wurde gegen das modrige Polster gepresst. Sofort bemerkte er, dass etwas nicht stimmte. Der Andruck war zu stark, er bekam kaum Luft.

Nur nicht in Panik geraten, befahl er sich.

Bisher war der Entführer immer sofort erschienen, es konnte nicht mehr lange dauern. Die Sekunden verrannen, sein Atem ging schneller. Niemals gegen die Vorrichtung stemmen, die Warnung war eindeutig. Doch das Gefühl zu ersticken nahm überhand. Ungewollt heftig schob er sein Kinn vor, das Kissen gab nach, aber Erleichterung mochte sich nicht einstellen. Nun begannen seine Lippen zu beben, der Versuch, sich zu beruhigen, scheiterte endgültig. Verzweifelt kämpfte er gegen seine Fesseln an. Kopf und Arme, der ganze Körper zuckte. Umgehend erhöhte die Vorrichtung den Druck. Sein Gesicht sank tiefer ein, der Sack verschloss Nase und Mund. Keine Möglichkeit zu atmen! Wo war der Entführer? Todesangst keimte auf, er mobilisierte alle Kräfte. Die Handschellen schnitten in sein Fleisch, der Schmerz erreichte kaum sein Gehirn. Seine Füße stemmten sich in den Boden, die Vorrichtung erzitterte, aber sie hielt stand. Gleichgültigkeit drohte sich einzustellen. Ein letztes sinnloses Aufbäumen, dann wurde es still.

Stechende Kopfschmerzen weckten ihn. Füße und Hände waren taub. Sein Speichel hatte den Sack getränkt. Es roch widerlich, doch der Druck auf seinen Nacken hatte nachgelassen, er konnte freier atmen. Die Stimme des Entführers füllte warm den Raum, drang an sein Ohr.

»So schnell stirbt man nicht.«

Seine Entgegnung war nur ein Schluchzen. Wieso klang diese Stimme so angenehm, wieso rührte sie ihn zu Tränen?

»Warum tust du dir das an?«

»Das rote Licht, es hat geleuchtet«, presste er hervor.

»Und wenn schon? Niemand zwingt dich.«

»Aber die Regeln, sie müssen eingehalten werden.«

»Wer sagt das?«

»Sie.«

»Es sind nicht meine Regeln. Du allein entscheidest.«

»Ich verstehe nicht. Sie haben es doch befohlen.«

»Fabian«, sein Name, mit sanftem Vorwurf ausgesprochen, wie von dem Vater, der viel zu früh verstorben war. »Fabian, du musst besser zuhören. Ob du die Regeln befolgst oder nicht, liegt ganz bei dir. Tu, was du für richtig hältst, und trage die Konsequenzen.«

»Ich möchte keinen Fehler machen. Wenn ich mich gegen Sie auflehne, werden Sie mich nie freilassen.«

»Aber ich habe gar nicht vor, dich freizulassen.«

»Was?«

»Zumindest nicht in die Freiheit, nach der du dich sehnst.«

»Ich will nur in mein Leben zurück.«

»In was für ein Leben?«

»Bitte, lassen Sie mich gehen.«

»Genug jetzt. Du wirst deinen Bericht abgeben, wie besprochen.«

Fabian versuchte sich zu konzentrieren. Es waren nur ein paar Sätze, er durfte nicht nochmals versagen. Unsicher fragte er: »Welcher Tag?«

»Tag drei.«

»Und die Schlagzeile?«

»Unruhen in Neukölln.«

Fabian spürte, wie das Kissen weggezogen wurde, und hörte das Klicken eines Schalters.

»Du kannst jetzt sprechen.«

Der Sack klebte an Fabians Mund. Er schüttelte den Kopf, und der grobe Stoff löste sich von seinen Lippen. So gefasst wie möglich sagte er: »Tag drei. Dienstag, der 15. April. Unruhen in Neukölln. Ich bin Fabian Flaig. Man hat mich entführt und wird mich töten, wenn die Forderungen nicht erfüllt werden. Bitte tun Sie alles, was von Ihnen verlangt wird.«

Fabian hatte seinen Part erfüllt, das Aufnahmegerät lief noch. Kondenswasser tropfte in seinen Nacken und rann langsam seinen Hals entlang. Der Entführer regte sich nicht. Plötzlich verlor Fabian die Beherrschung und schrie: »Sie müssen mir helfen, ich halte das nicht mehr aus. Bitte helfen Sie mir.«

Jetzt wurde das Gerät ausgeschaltet. Der Entführer strich sanft über Fabians Kopf. »Wie dramatisch und wie unsinnig. Aber ich werde es nicht rausschneiden. Es gefällt mir.«

Fabian hörte, wie der Entführer sich entfernte, sich dann aber noch einmal näherte.

»Hätte ich beinahe vergessen«, sagte er und zwängte den Schlüssel in Fabians Hand. Dann ging die Tür, und Fabian war wieder allein.

Die Gänge waren kaum beleuchtet, wer sich hier nicht auskannte, verirrte sich. Der Entführer hätte den Weg auch mit geschlossenen Augen gefunden, er war hier zu Hause. Er zwängte sich durch das schmale Loch in der Mauer und duckte sich, ohne die wirren Kabelstränge zu beachten, die sich feucht glänzend im Dunkeln verloren. Die tonnenschwere Tür war nicht auf Anhieb zu erkennen. Kreisförmig in die Wand eingelassen und durch ein verrostetes Gitter verdeckt, glich sie dem Zugang zu einem alten Bunker. Der Entführer schob das Gitter beiseite und drehte mit geringem Kraftaufwand an dem Ring der massiven Tür. Sie glitt auf und warme, abgestandene Luft schlug ihm entgegen. Die Entlüftungsanlage tat ihren Dienst nur noch unregelmäßig. Indirektes Licht leuchtete grünlich auf und erhellte einen beinahe quadratischen Raum. Ein-

zelne Kontrolllampen blinkten, Zeigerinstrumente maßen Druck, Temperatur und Durchflussmenge.

Der Entführer setzte sich an den Tisch mit den Computern, die Tür schloss sich automatisch, das Gitter schob sich wieder davor. Einer der Flachbildschirme zeigte Fabian, wie er sich von den Handschellen befreite, die Vorrichtung löste und ungeduldig den Sack vom Kopf riss. Gierig zog er die Luft ein und wischte sich mit einem feuchten Tuch übers Gesicht. Dann fing er an zu weinen. Der Entführer schüttelte den Kopf. Was war mit dem Jungen nur los? Er hatte keine Ähnlichkeit mit dem, der er eigentlich sein sollte.

Der Entführer wandte sich einem anderen Computer zu und schloss das Aufnahmegerät an. Er speicherte die MP3-Datei und öffnete das E-Mail-Programm. Es fiel ihm schwer, die geeigneten Worte zu finden, mehrmals änderte er den Text. Endlich konnte er mit einem freundlichen Gruß enden und die E-Mail samt Anhang verschicken. Jetzt drehte er sich zu dem metallenen Rollcontainer, der links vom Tisch stand. Der Entführer zog ihn zu sich her und öffnete die oberste Schublade. Sauber aufgereiht lagen verschiedene medizinische Instrumente darin: Skalpelle, Zangen, Klammern, Scheren. In der zweiten Schublade eine Rolle aus weichem Leder, zusammengehalten durch einen Riemen. Der Entführer nahm die Rolle, legte sie auf den Tisch und öffnete sie. Unterschiedlich große Spritzen glänzten im Licht, darüber befanden sich Ampullen, gefüllt mit klarer Flüssigkeit. Der Entführer nahm eine Spritze und betrachtete sie eingehend.

»Von nun an, Fabian, sollst du mich Loki nennen.«

Wilbur Arndt für das BERLINER TAGESGESCHEHEN. Fortsetzung folgt.

***

Tag vier, Mittwochmorgen, der 16. April, im Dienstgebäude des LKA Berlin

Hauptkommissar Bernhard Schorten, Leiter der Abteilung Todesdelikte und Entführungen, faltete das BERLINER TAGES-

GESCHEHEN zweimal und legte die Zeitung so neben die Schreibtischunterlage, dass kein Spalt zwischen Zeitung und Unterlage zu sehen war. Dann nahm er seine Brille ab, die seine schweren Tränensäcke recht gut kaschierte, und massierte seine Nasenwurzel. Ein solcher Fall war ihm in seiner langen Karriere noch nie untergekommen: ein Entführer, der ausdrücklich verlangt hatte, dass die Polizei eingeschaltet wurde, und dessen »Lösegeldforderung« darin bestand, einen Fortsetzungsroman zu veröffentlichen, der von der Entführung handelte. Der Entführte, Fabian Flaig, war Volontär beim BERLINER TAGESGESCHEHEN, ebenjener Zeitung, die der Entführer für die Veröffentlichung auserkoren hatte.

Schorten setzte die Brille wieder auf und blickte in die Runde. Hauptkommissar Karl Bakker hing mehr auf seinem Stuhl, als dass er saß. Gelangweilt wippte er vor und zurück, während er ab und zu versuchte, seine Hose höherzuziehen, um den beträchtlichen Umfang seines Bauches zu vertuschen. Neben ihm lehnte der gerade beförderte Oberkommissar Kai Mendel an der Wand und starrte wiederholt auf seine Uhr – er hatte einen Arzttermin. Rechts von Bakker saß Oberkommissarin Marion Tesic. Braune schulterlange Haare, sportliche Figur. Ein Blickfang. Sie nahm an ihrem Laptop Einträge vor.

»Sind Sie jetzt fertig, Marion?«, fragte Schorten etwas ungeduldig.

Marion Tesic schaute auf und zeigte ein zauberhaftes Lächeln. »Natürlich, Chef.« Sie klappte den Laptop zusammen und legte ihn auf den Schreibtisch. Dann streckte sie sich. Bakker starrte unverhohlen auf ihre Brüste, die sich unter dem gespannten Stoff ihrer Bluse abzeichneten, was sie mit einem abfälligen Grinsen quittierte.

»Also, Karl, gib uns eine Zusammenfassung«, sagte Schorten zu Bakker.

Der richtete sich zu einer beträchtlichen Größe auf und fuhr sich mit der Hand über sein massiges Gesicht. »Nun, das meiste ist schon bekannt: Der Entführte, Fabian Flaig, ist neunzehn Jahre alt und macht ein Volontariat beim TAGESGESCHEHEN. Seine Eltern sind früh gestorben. Daher ist er im Kinderheim aufgewachsen – mit Pflegeeltern hat es anscheinend nie geklappt. Als Jugendlicher war er im betreuten Wohnen untergebracht. Seit seinem Abitur lebt er allein in Berlin-Mitte in der Auguststraße. Seinen Unterhalt bestreitet er durch das Erbe seiner Eltern, die ihm 120.000 Euro hinterlassen haben. Ist zwar ein nettes Sümmchen, aber für ein Lösegeld doch etwas mickrig. Nähere Verwandte waren nicht aufzutreiben. Die Sippe scheint mit ihm auszusterben.«

»Karl, bitte verschon uns mit deinen Kommentaren«, mahnte Schorten.

»Schon recht, Bernhard. Also, weiter im Text. Entführt wurde Flaig Sonntagnacht. In der Wohnung gibt es keine Anzeichen von Gewalt. Entweder kennt er den Täter, oder er hat ihn einfach so reingelassen. Zeugen für die Entführung gibt es nicht. Die Nachbarn haben nichts gehört, und auf der Straße hat niemand was gesehen, obwohl in der Ecke gerade in der Nacht viel los ist. Die Kollegen von der Direktion 3 sind aber noch auf der Suche nach Augenzeugen, wir sollten hier die Hoffnung nicht zu früh aufgeben. Es kann natürlich auch sein, dass er freiwillig mitgegangen ist; die Sache stinkt eh zum Himmel, wenn ihr mich fragt.«

Bakker legte eine kurze Pause ein, um seine Aussage zu unterstreichen. Als niemand darauf einging, fuhr er gelangweilt fort: »Der erste Anruf des Entführers erfolgte am Montagmorgen um neun Uhr beim Chefredakteur des TAGESGESCHEHEN. Der hat die Kollegen benachrichtigt und die wieder uns. Ich denke, den Rest kann ich mir sparen.«

»Das denke ich nicht. Herr Mendel war die letzten zwei Tage krank, wie du sicher weißt.« Obwohl Schorten Bakkers abfällige Art missbilligte, ließ er es sich kaum anmerken.

»Ja, ja, der Mendel. Er ist halt ein zartes Bürschchen.«

»Wie soll ich das verstehen?« Mendel stellte sich gerade hin und hüstelte zweimal.

»So, wie ich es gemeint habe.«

»Karl, bitte.« Schorten hob beschwörend eine Hand.

»Also gut. Jetzt der Rest der Geschichte für das Muttersöhnchen.«

Marion Tesic schüttelte den Kopf, und das schmale Gesicht Mendels lief rot an.

»Den ersten Kontakt mit dem Entführer hatten wir am Montag um vierzehn Uhr. Wie zu erwarten war, hatten wir mit der Fangschaltung keinen Erfolg.«

»Marion, bitte spielen Sie uns das Gespräch vor, damit Herr Mendel einen Eindruck hat«, unterbrach Schorten.

Marion Tesic nickte und klappte den Laptop wieder auf. »Die internen Lautsprecher sind recht gut, und wenn Bakker jetzt noch auf seine üblichen Nebengeräusche verzichtet, ist selbst die verzerrte Stimme des Entführers gut zu verstehen.«

»Was –«, brauste Bakker auf, doch das Einsetzen des Gesprächs ließ ihn verstummen.

– *Schorten.*
– *Spreche ich mit Hauptkommissar Bernhard Schorten vom LKA Berlin?*
– *Ja.*
– *Schön, dass Sie sich die Mühe gemacht haben.*
– *Was wollen Sie?*
– *Fabian Flaig befindet sich in meiner Obhut. Wenn Sie den jungen Mann lebend wiedersehen wollen, sollten Sie meine Forderungen erfüllen. Ich denke, der Chefredakteur Herr Hansen hat Sie in Kenntnis gesetzt.*
– *Das hat er. Aber wie stellen Sie sich das Ganze vor?*
– *Ich liefere Ihnen die Stichworte zu einem Fortsetzungsroman. Wilbur Arndt wird daraus eine Geschichte machen. Eine Geschichte, die uns alle fesseln wird.*
– *Wer ist Wilbur Arndt?*
– *Ein begabter Autor, der sich selbst verloren hat. Sie werden ihn irgendwo auf den Straßen von Berlin finden.*
– *Geht es nicht etwas genauer?*
– *Das muss reichen. Ich habe volles Vertrauen in Sie.*
– *Und wie stellen Sie sich den Ablauf vor?*
– *Morgen werden Sie und Ihre werten Mitarbeiter Herr Bakker, Herr Mendel und Frau Tesic eine E-Mail erhalten. Im Anhang befindet sich ein Lebenszeichen von Fabian. Die Schlagzeile, die*

er nennt, stammt aus der aktuellen Ausgabe des BERLINER TAGESGESCHEHEN. *Somit können Sie den Zeitpunkt der Aufzeichnung nachprüfen. Die Stichworte geben Sie an Wilbur weiter. Da er etwas eingerostet ist und Sie ihn erst noch suchen müssen, erwarte ich den ersten Teil unserer spannenden Geschichte erst am Mittwoch, den 16. April.*
– *Und wenn wir ihn nicht finden?*
– *Jeden Tag Verzögerung wird Fabian mit Schmerzen bezahlen. Und wagen Sie es ja nicht, die Geschichte von jemand anderem schreiben zu lassen.*
– *Sie müssen uns mehr Zeit geben.*
– *Der Müßiggänger ist ein Abenteurer im Angesicht des Todes.*
– *Was?*
– *Es gibt keinen Aufschub.*
– *Bitte bedenken Sie, wie schwierig es ist, jemanden ohne genaue Angaben zu finden.*
– *Lieber Herr Kommissar, stehlen Sie nicht meine Zeit und tun Sie, was ich sage.*
– *Wir werden es versuchen.*
– *Gut.*
– *Wann werden Sie Herrn Flaig freilassen?*
– *Wenn er seinen Zweck erfüllt hat.*
– *Sie müssen uns einen Zeitrahmen nennen.*
– *Es ist alles gesagt.*

Das Freizeichen ertönte, dann endete die Aufnahme. Bakker atmete tief durch und fuhr fort: »Gleich darauf haben wir nach diesem Wilbur Arndt fahnden lassen. Am Montagabend hatten wir ihn schon. Es war nicht schwer, ihn zu finden. Den Kollegen von Mitte war er bekannt. Der gute Wilbur ist ein Penner. Am Spreeufer beim Hackeschen Markt nervt er die Touristen mit seinen wirren Geschichten.«

»Schon wieder Mitte. Kann es einen Zusammenhang zwischen Fabian Flaig und Wilbur Arndt geben?«, warf Mendel ein.

»Daran arbeiten wir, Schlaumeier«, gab Bakker zurück.

Mendel setzte zu einer weiteren Frage an, doch Bakker ließ ihn nicht zu Wort kommen.

»Um auch Ihre restlichen Fragen zu beantworten: Nein, wir können den Absender der E-Mail nicht ermitteln. Die Server stehen in Thailand oder Russland oder sonst wo. Die löschen die IP-Adresse nach dem Versenden. Und die Stimme im Anhang wurde eindeutig als die von Fabian Flaig identifiziert.« An Mendels Reaktion war zu erkennen, dass Bakker ins Schwarze getroffen hatte, was ihn unbändig freute.

»Wir sollten uns jetzt mit der Suche nach dem Motiv beschäftigen.« Marion Tesic stand auf und strich mit der Hand über Bakkers Jacke. »Bakker, du hast Schuppen«, stellte sie fest. Mürrisch kontrollierte Bakker seine Schultern, während Marion fortfuhr: »Es gibt zwei klassische Motive für eine Entführung: entweder das Verfolgen politischer Ziele oder Geld. Das erste können wir ausschließen, das zweite trifft hier, zumindest vordergründig, auch nicht zu. Unserem Entführer geht es anscheinend um Anerkennung, aber nicht um seine, sondern um die von Wilbur Arndt. Dies lässt auf eine Verbindung zwischen Arndt und dem Entführer schließen, was noch zu überprüfen wäre. Dennoch ist das als Motiv ziemlich dürftig. Kommen wir also zum Geld zurück. Wer kann von dieser Geschichte profitieren?«

»Die Zeitung«, stellte Mendel fest.

»Richtig«, sagte Tesic. »Die Zeitung kann, wenn die Sache publik wird, ihre Auflage erheblich steigern. Darauf haben die Leute doch nur gewartet. Ein Entführer, der selbst über die Entführung schreibt. Man kann das Ganze aus erster Hand, beinahe in Echtzeit erfahren und muss nicht abwarten, bis der Täter nach der Gefängnisstrafe seine Memoiren schreibt.«

»Das ist auch meine Vermutung«, sagte Schorten. »Im Moment gilt allerdings noch die Nachrichtensperre. Niemand weiß, dass die Geschichte real ist.«

Mendel hob fragend seine Hand. »Ist das aber nicht die Absicht des Entführers? Gehen wir mit der Nachrichtensperre nicht ein zu großes Risiko ein?«

»Nun«, entgegnete Schorten, »wir haben die Forderung erfüllt; die Entführung erscheint als Fortsetzungsroman in der Zeitung. Es war nie die Rede davon, dass wir dafür groß Werbung machen sollen. Solange der Entführer damit zufrieden ist, behalten wir diese Vorgehensweise bei. Allzu lange wird die Nachrichtensperre sowieso nicht halten. Entweder dringt durch jemanden vom BERLINER TAGESGESCHEHEN was nach draußen, oder ein findiger Zeitgenosse kommt dahinter. Wie auch immer. Wir werden in die von Marion genannten Richtungen ermitteln. Karl, du wirst die Zeitung hinsichtlich ihrer finanziellen Situation überprüfen. Außerdem wäre ein Gespräch mit dem Verleger und dem Chefredakteur angesagt. Sie sind die beiden Einzigen, die von der Entführung wissen. Du kannst sie noch mal darauf hinweisen, dass das auch so bleiben soll. Herr Mendel wird dich unterstützen.«

»Da freu ich mich aber«, entgegnete Bakker und verschränkte seine Arme.

»Marion, Sie beschäftigen sich weiterhin mit Wilbur Arndt. Forschen Sie in seiner Vergangenheit. Suchen Sie nach Verbindungen zur Unterwelt und zu Fabian Flaig. Hier hat sich ja noch nichts ergeben, oder?«

»Nein. Die Nachforschungen gestalten sich allerdings auch etwas schwierig. Herr Arndt ist nicht gerade sehr kooperativ.«

»Nicht kooperativ! Na, das ist aber nett gesagt«, ereiferte sich Bakker. »Ein Säufer ist der alte Sack. Als wir ihn gefunden hatten, mussten wir ihn erst acht Stunden in die Ausnüchterungszelle stecken. Davor war er nicht einmal fähig, seinen Namen richtig auszusprechen. Solche Typen liebe ich. Leben auf unsere Kosten und kotzen die Gehsteige voll. Willst du ihnen eine Arbeit geben, hauen sie ab oder finden tausend Gründe, warum sie mit dem Leben nicht zurechtkommen. Einmal war es die Frau, die sich einen anderen gesucht hat, dann der Vater, der nicht mit zum Fußball gegangen ist, und dann der Kanarienvogel, der zu früh das Zeitliche gesegnet hat. Alles Heuchler, alles Sozialschmarotzer.«

Marion Tesic entgegnete: »Ein Obdachloser hat es nicht gerade leicht. Viele sind durch ernsthafte Schicksalsschläge aus der Bahn geworfen worden.«

»Weibergeschwätz. Denen gehört mächtig Bescheid gestoßen. Die muss man zur Arbeit zwingen. Wenn die mal den ganzen Tag geschuftet haben, lösen sich ihre Probleme von alleine auf.«

»Du scheinst in der Frage ja ein Experte zu sein.«

»Darauf kannst du einen lassen. Wenn ich was zu sagen hätte, würde ich da aufräumen.«

»Karl, wir haben wirklich gerade andere Probleme«, sagte Schorten genervt und wandte sich Mendel zu. »Kai, bitte holen Sie Herrn Arndt.«

»Das mache ich.« Trotz seiner Körperfülle sprang Bakker behände auf und verschwand schon durch die Tür.

***

Bakker atmete schwer, als er im Keller ankam. Man hatte Wilbur Arndt eine Abstellkammer freigeräumt, damit er immer zur Verfügung stand. Bakker grüßte den zu seiner Bewachung abgestellten Polizeibeamten und öffnete die Tür, ohne anzuklopfen. Der Obdachlose lag auf einem Feldbett in der Ecke und schlief. Sein Kopf war zur Seite gedreht, und langes, strähniges Haar bedeckte sein Gesicht, das von tiefen Furchen durchzogen war. In der Hand hielt er eine leere Rotweinflasche, die er von Schorten bekommen hatte. Es war der Lohn für seine Arbeit.

Bakker trat mit dem Fuß gegen das Bett und schrie: »Los, raus jetzt, Schorten wartet.«

Wilbur Arndt kam nur langsam zu sich. »Was ist denn los?«, stammelte er.

»Mann, stinkt's hier. Wie kann man in so einem Gestank nur leben?« Bakker trat noch einmal gegen das Bett, dann machte er sich am Kellerfenster zu schaffen.

»Ich bin freiwillig hier, Sie können mich mal.« Arndt drehte sich zur Wand.

Inzwischen hatte Bakker das Fenster geöffnet und sagte: »Und jetzt gehen alle Freiwilligen über Bord.« Mit beiden Händen packte er das Gestell des Betts und kippte es um.

»Arschloch.« Arndt stand umständlich auf. Ein fadenscheiniger Pullover betonte seine erschreckend dünne Gestalt.

Bakker war sofort bei ihm und schnappte ihn am Kragen. Der Obdachlose schaute mit entzündeten Augen zu Bakker auf. Kleine Schürfwunden verunstalteten seine Haut, ein verfilzter Vollbart wucherte in seinem Gesicht.

»Du hast drei ›Arschloch‹ zur Verfügung. Mit dem jetzt genannten sind es nur noch zwei. Wenn alle aufgebraucht sind, breche ich dir sämtliche Knochen.«

Arndt rülpste Bakker direkt ins Gesicht. Dann zeigte er ein boshaftes Grinsen und sagte: »Arschloch.«

Der Hauptkommissar holte zum Schlag aus, doch dann musste er ebenfalls grinsen. »Das war nicht schlecht, Arndt, das war gar nicht schlecht. Aber ich hab ein Elefantengedächtnis, und ich kann zählen, vergiss das nicht.«

Bakker ließ Arndt los und schaute auf den Tisch neben dem verbeulten Spind. »Was haben wir denn da?«, fragte er und nahm eine aus Draht geformte Skulptur in die Hand. Entfernt erinnerte sie an einen Menschen mit grotesk verdrehten Gliedern, um dessen Hals eine Schlinge lag.

»Stellen Sie das wieder zurück«, sagte Arndt.

»Soll wohl Kunst sein?«

»Nein, es ist nichts.«

»Na dann.« Bakkers Hand umschloss die Skulptur, die darin beinahe verschwand.

»Tun Sie das nicht, bitte«, beschwor Arndt.

»Empfindlich, was?« Bakker grinste und stellte die Skulptur zurück. »Gehen wir«, befahl er und schubste Arndt zur Tür. Der nahm noch seinen alten Armeemantel vom Haken und verließ dann mit schleppenden Schritten den Raum.

Auf halbem Weg sagte Bakker: »Warte hier. Ich hab noch etwas vergessen.« Bakker ging zurück in den Keller. Die Skulptur beunruhigte ihn, er wusste nicht, warum. In der Abstellkammer angelangt, nahm er das Gebilde, warf es auf den Boden und zermalmte es mit seinem Absatz.

»Schon besser«, raunte er.

***

Zeitgleich betraten Bakker, Marion Tesic und der Obdachlose Schortens Büro. Tesic hielt eine Mappe hoch und sagte: »Die Stimmanalyse Ihres Gesprächs mit dem Entführer.«

»Lassen Sie hören«, ordnete Schorten an.

»Also, der Stimme wurden modernste Verzerrer vorgeschaltet. Somit kann die eigentliche Stimme nicht herausgefiltert werden. Hierzu bräuchten unsere Spezialisten mehr Material. Was sie bisher sagen können, ist: Es handelt sich um eine männliche Person im Alter zwischen vierzig und fünfundsechzig. Die Person spricht akzentfrei und ist somit ein Deutscher oder jemand aus dem deutschsprachigen Raum. Im Hintergrund ist ein Brummen zu vernehmen, das von einem Generator oder Ähnlichem stammen könnte.«

»Ein Generator.« Schorten zog den Ausdruck des Erpresserbriefes hervor und las die Stichworte zu Arndts Geschichte laut vor: »Heizungsrohre, Signallampe, Maske, Handschellen, Vater, Labyrinth, Kontrollraum, Schmerz, Erkenne dich selbst, die Freiheit ist in uns, Loki.« Schorten blickte auf und sagte: »Vielleicht liefert der Entführer uns mit den Wörtern Heizungsrohre und Kontrollraum einen Hinweis. Verrückt genug ist er anscheinend.«

»Ein Kraftwerk oder etwas in der Art?«, fragte Tesic.

»Warum auch nicht.« Schorten wandte sich Wilbur Arndt zu, der in gebückter Haltung neben Bakker stand. In seinem langen Mantel und den ausgebeulten Stoffhosen erinnerte er Schorten an jemanden. Eine Person auf einem Bild, fuhr es ihm durch den Kopf. Wenn ich nur wüsste, wer? Kurz hielt Schorten inne, dann löste er seinen Blick von der gebückten Gestalt und sagte: »Kai, bitte holen Sie Herrn Arndt einen Stuhl.«

»Er kann meinen haben«, entgegnete Mendel eilfertig.

Unter Bakkers missbilligendem Blick ließ Arndt sich ächzend nieder.

»Herr Arndt«, eröffnete Schorten. »Sie haben uns ja eine schöne Geschichte geschrieben und in manchen Dingen Ihrer Phantasie freien Lauf gelassen. Was mich interessiert: Als Sie die Räumlichkeiten geschildert haben, hatten Sie da etwas Konkretes im Sinn?«

»Nun, so ein Kraftwerk würde schon passen. Aber ich hab's mir einfach ausgedacht. Ich war noch nie in so einer Anlage.«

»Und das mit der angenehmen Stimme?«

»Künstlerische Freiheit. Ist doch mal was anderes. Aber mal unabhängig davon: Es wäre Zeit für ein bisschen Medizin.«

»Sie hatten doch erst«, sagte Schorten.

»Die Maschine muss geölt werden. Schauen Sie mal meine Hände an.«

Schorten war das Zittern nicht entgangen. »Also gut. Kai, holen Sie ihm bitte was«, sagte er.

»Das halt ich nicht aus«, brauste Bakker auf.

»Karl, wenn es dir nicht passt, dann geh in dein Büro.« Schorten war eine Nuance lauter geworden.

Mendel fragte: »Und was soll's denn sein?«

Arndt antwortete: »Brandy, bringen Sie Brandy. Das Zeugs aus Spanien und am besten gleich sechs Flaschen.«

Schorten nickte Mendel zu. Bakker konnte kaum an sich halten und stapfte wutentbrannt aus dem Zimmer.

Unbeeindruckt von Bakkers Verhalten nahm Schorten das Gespräch wieder auf: »Woher wissen Sie, dass der Vater von Fabian Flaig früh gestorben ist?«

»Ich weiß gar nichts. Das hat einfach so gepasst.«

»Herr Arndt«, Schorten beugte sich etwas vor, »Sie gehören zum Kreis der Verdächtigen. Warum sollte der Entführer Sie als seinen, sagen wir, Ghostwriter einsetzen, ohne daraus einen Vorteil zu ziehen?«

»Sie meinen, wir stecken unter einer Decke? Na, wunderbar. Aber soll ich Ihnen was sagen? Ich hab das nicht nötig, ich brauch den ganzen Scheiß – Geld, Ruhm oder was auch immer – nicht.«

»Lassen wir das vorerst.« Schorten richtete sich wieder auf. »Kommen wir zu Ihrer Geschichte zurück. Glauben Sie wirklich, dass der Entführer nicht vorhat, Herrn Flaig freizulassen?«

Arndt hob hilflos seine Hände. »Herr Hauptkommissar, noch einmal zum Mitschreiben: Von den tatsächlichen Vorgängen habe ich überhaupt keine Ahnung. Wie oft soll ich das noch sagen? Überhaupt, wenn ich nicht bald was für meine Gesundheit bekomme, sage ich gar nichts mehr.«

Schorten drängte jedoch weiter. »Der Name Loki wird im Erpresserbrief genannt. Warum?«

Arndt legte seine Hände übereinander und versuchte das Zittern zu unterdrücken. Er atmete tief durch und sagte: »Loki, der gute alte Loki. Das habe ich mich auch gefragt. Sie wissen sicherlich schon, dass Loki ein Gott aus der germanischen Mythologie ist, der seine Gestalt verwandeln kann. Er steht für das Böse, obwohl er manchmal, quasi aus Versehen, Gutes bewirkt. Er wird, isländischen Mythen zufolge, in einer gigantischen Schlacht als Anführer des Bösen die Welt der Götter und Menschen vernichten.«

»Sie sind ja bestens informiert.«

»Zu meiner Zeit hat man auf der Schule noch was gelernt.«

»Auf welcher Schule waren Sie denn?«

»Hab ich vergessen.«

Es klopfte und Mendel erschien.

»Endlich«, sagte Arndt und riss Mendel die Tüte mit den Getränken förmlich aus der Hand.

»Nicht aus der Flasche, bitte.« Schorten entnahm einer Schublade einen Kognakschwenker und einen Filzuntersetzer und reichte beides Arndt. Der stellte das Glas schief auf den Untersetzer und füllte es, den Hauptkommissar nicht aus den Augen lassend, bis zum Rand. Das Glas wippte bedenklich, und einige Tropfen spritzten auf die Tischplatte. Arndt grinste und leerte den Kognak in einem Zug.

Schorten verzog angewidert das Gesicht. »Sie haben keinerlei Selbstachtung.«

»Stimmt, aber ich hab einen großen Durst.« Arndt schenkte nach, doch Schorten hielt seine Hand fest.

»Es reicht jetzt«, zischte er.

Arndt versuchte sich mit einer ungestümen Handbewegung zu befreien, dabei verschüttete er Kognak auf Schortens exakt angeordnete Papiere. Schorten sprang auf, die Kognakflasche fiel um, und goldbraune Flüssigkeit ergoss sich über die Tischplatte. Fluchend versuchte Schorten seine Papiere zu retten, einige saugten sich voll, andere segelten zu Boden. Währenddessen rollte die Flasche über den Tisch. Arndt griff aufreizend langsam nach ihr und verfehlte sie. Mit gespielter Bestürzung beobachtete er, wie sie herunterfiel und zerbrach.

Schorten verlor die Beherrschung und brüllte: »Raus hier!«
Doch Arndt hörte nicht. Er schnappte sich eine weitere Flasche, öffnete sie und nahm einen kräftigen Schluck. Dann stieß er seinen Stuhl weg und begann auf Scherben und Papieren zu tanzen. Schorten brüllte abermals, und Mendel und Tesic eilten auf Arndt zu. Der breitete lachend seine Arme aus und rief: »Auf Loki, auf den Weltuntergang.«

***

Das Büro von Marion Tesic war sehr geräumig und hell. Sie teilte es mit Kai Mendel. Von ihrem Platz aus konnte sie bis zur Gedächtniskirche blicken, doch im Moment sah sie nur den gebeugten Rücken von Arndt, der aus dem Fenster starrte.

»Setzen Sie sich bitte«, sagte sie zum zweiten Mal.

Arndt ließ sich in einen Bürostuhl mit Armlehnen fallen und drehte sich im Kreis. »Schönes Büro«, brummte er und zog die Nase hoch.

»Können wir jetzt anfangen?«

»Färben Sie sich eigentlich die Haare?«

»Herr Arndt, ich kann ganz schön ungemütlich werden.«

»So schöne Haare, so eine schöne junge Frau. Was machen Sie nur bei diesem Verein? Ärztin hätten Sie werden sollen. Ärztin wäre genau das Richtige für Sie. Aber färben Ärztinnen sich die Haare? Und vor allem: Färben Sie sie überall?«

»Mich bringen Sie nicht aus der Fassung.«

»So wie Schorten? Dessen Ordnungswahn ist eine große Schwäche. Nur ein bisschen Chaos, und schon wirft er mich aus dem Zimmer und lässt Sie die Arbeit machen. Das Verhör war übrigens ein Heidenspaß.«

»Kein Verhör, eine Befragung.«

»Ist doch egal. Auf jeden Fall gefällt es mir bei euch. Warmes Zimmer, gute Getränke und ein super Animationsteam.«

Marion Tesic grinste ungewollt.

»Sehen Sie«, sagte Arndt, »und Humor haben Sie auch noch.«

»Herr Arndt, auch wenn Sie sich noch so gut amüsieren, ich

bin hier, um meine Arbeit zu machen. Also kommen wir zu Ihrer Interpretation der Stichworte des Entführers zurück.«

Arndt breitete einladend seine Arme aus. Marion Tesic schaute auf seine rechte Hand. »An Ihrer Hand fehlt ein Finger. Wie ist es dazu gekommen?«

Die Freude in Arndts Gesicht war wie weggewischt. »Das geht Sie nichts an.«

»Haben Sie ihn bei einem Unfall verloren?«

Arndt sah sich unbehaglich um. »Kann ich noch mal ein bisschen Medizin haben?«

»Nein, das geht nicht. Ich brauche Sie bei einigermaßen klarem Verstand.«

»Aber dafür ist die Medizin doch da. Ich will nicht bei klarem Verstand sein, ich will vergessen.«

»Was wollen Sie vergessen?«

Arndt zog unbehaglich seine Schultern hoch und zerrte am Kragen seines Pullovers. »Ihre Fragerei geht mir verdammt auf die Nerven.«

»Sie haben ein Problem mit Ihrer Vergangenheit«, stellte Marion fest.

»Ich habe kein Problem mit meiner Vergangenheit, weil ich keine Vergangenheit habe.«

»Und die Geschichte mit Ihrem Finger?«

»Hab ich vergessen.«

»So ein Unsinn, so etwas vergisst man nicht.«

Arndt wandte den Kopf ab.

»Herr Arndt«, drängte Marion, »über manche Dinge muss man reden. Sie können sich mir ruhig anvertrauen.«

»Manche Dinge«, entgegnete er heiser, »bleiben besser unausgesprochen.«

»Ich glaube, Sie machen einen Fehler«, erwiderte Marion.

»Für Fehler seid ihr von der Polizei verantwortlich.« Arndt hatte seine Selbstsicherheit wiedergefunden. »Forschen Sie in meiner Vergangenheit, Sie werden schon sehen, was Sie davon haben.«

»Was immer Sie verheimlichen, ich werde es herausfinden. Es gibt so viele Ungereimtheiten: Warum sucht der Entführer zum

Beispiel ausgerechnet Sie aus? Warum machen Sie aus Ihrem Vorleben ein Geheimnis? Oder, um konkreter zu werden: Sie schreiben, dass der Vater des Entführten tot ist. Wie können Sie das wissen, ohne den Entführten zu kennen? Ein Zufall kann das nicht sein.«

»Zufall oder nicht, das sagt uns das Licht.« Arndt verdrehte seine Augen und zog eine Grimasse.

»Herr Arndt, reißen Sie sich zusammen. Ich kann Sie auch wegen Behinderung der Ermittlungen drankriegen.«

»If you start your raving and your misbehaving – you'll be sorry.« Während Arndt das sagte, stand er auf und zog eine Flöte aus seiner Manteltasche. Versonnen strich er über das matt schimmernde Holz, dann spielte er eine kurze Tonfolge.

Entgeistert starrte Marion ihn an. Lass dich nicht provozieren, dachte sie. Er legt es nur darauf an. Du musst ihn für dich gewinnen, fang ihn mit deinem Charme.

Sie zeigte ein bezauberndes Lächeln und sagte: »Sie machen es mir nicht gerade leicht, aber irgendwie sind Sie ganz originell. Und Ihr Flötenspiel klingt gar nicht schlecht.«

»Sie mögen meine Musik?« Überraschung spiegelte sich in Arndts Augen. Er führte die Flöte zum Mund und nahm das eben gespielte Thema wieder auf.

Marion lauschte verblüfft. Arndt konnte tatsächlich spielen. Die Melodie kam ihr bekannt vor. Melancholisch, nachdenklich war sie. Aber auch eingängig. Ein Stück für geschlossene Augen, ein Stück zum Träumen. Einen Moment lang rückte alles in weite Ferne, das Verhör, die Entführung, die Arbeit.

Unvermittelt brach Arndt ab. Beinahe verlegen verstaute er die Flöte und sagte: »Früher habe ich oft gespielt – auf einer Konzertflöte. Ich war richtig gut.«

Marion fand schnell in ihre Rolle zurück. »Früher?«

In Arndts Gesicht arbeitete es, seine Augen wanderten hin und her, bis sie plötzlich Marion fixierten. »Frau Tesic, Frau Tesic, Sie sind wirklich raffiniert. Das gefällt mir. Deshalb gebe ich Ihnen das hier zur Belohnung.« Arndt zauberte aus einer seiner Taschen einen Personalausweis hervor.

»Sie haben Bakker doch gesagt, Sie hätten keinen.«

»Bakker würde ich nicht einmal meine gebrauchte Unterhose anvertrauen.«

Marion betrachtete den Ausweis. »Wilbur Arndt. Geboren am 23.07.1953 in Ahlbeck, Staatsangehörigkeit deutsch. Das Ahlbeck auf Usedom?«

Arndt nickte.

»Kein fester Wohnsitz«, las Marion weiter. »Ausgestellt am 20.06.2000 in Berlin. Na, das ist ja mal ein Anfang.«

Arndts Blick verfinsterte sich. »Es ist gut, wenn man nicht alles weiß. Von mir erfahren Sie ab jetzt nichts mehr.«

»Und warum?«

»Weil ich mein Leben liebe.«

»Das soll ein Leben sein?« Marion zeigte auf Wilburs heruntergekommene Gestalt.

»Ich bin frei, ich kann tun, was ich will«, entgegnete er.

»Oh nein, Arndt. Sie sind nicht frei. Sie sind Sklave Ihrer Alkoholsucht. Sie machen sich da nur was vor.«

»Jeder sucht das Glück auf seine Weise, und ich bin glücklich.«

»Was soll das für ein Glück sein, das vom Alkoholpegel abhängt? Sie müssen aus dem Schlamassel raus, und ich kann Ihnen dabei helfen.«

»Ich brauche Ihre Hilfe nicht.« Arndt stand auf.

In diesem Moment klingelte das Telefon. Während Marion Tesic sich meldete, bedeutete sie Arndt zu warten. Als sie das Gespräch beendet hatte, sagte sie: »Das war ein Kollege von der Direktion 3. Er hat mich an Hannes Drost von der Bahnhofsmission verwiesen. Der weiß einiges über Sie. Ich treffe ihn nachher.«

»Das ist schön für Sie.«

»Wollen Sie mir denn nicht weiterhelfen? Ich erfahre Ihre Geschichte doch so oder so.«

»Da bin ich mal gespannt. Ich für meinen Teil habe auf jeden Fall genug von dieser Entführung und dem Bohren in meiner Vergangenheit. Sie können alleine weitermachen.«

»Arndt, es geht um ein Menschenleben. Das Schicksal von Fabian Flaig kann Ihnen doch nicht vollkommen gleichgültig sein?«

»Überall auf der Welt sterben Menschen, um die kümmert sich auch keiner.«

»Sie wissen, dass das nicht das Gleiche ist. Bitte stehen Sie uns weiter zur Verfügung, ansonsten müssen wir Sie zwingen.«

»Zwingen kann mich keiner, das ist schon lang vorbei.«

Marion wusste, dass er recht hatte. Gegen ihn lag nichts vor. Arndt musste ihnen freiwillig helfen.

»Tun Sie es für mich, bitte.«

»Für Sie?« Arndt kratzte sich im Gesicht. »Wenn es Sie nicht gäbe, hätte ich Sie mir ausgedacht«, meinte er anerkennend. »Ich werde darüber nachdenken.«

***

Eine Station vor dem Hauptbahnhof stieg Marion aus und legte den Rest zu Fuß zurück. Für den Spaziergang war sie dankbar. Das Büro war ihr oft zu eng, gerade dann, wenn die Sonne sich zeigte. Einen Moment lang blieb sie stehen und reckte ihr Gesicht den wärmenden Strahlen entgegen. Ihre Gedanken reisten an die Küste, sie sehnte sich nach dem Meer. Wann hatte sie zum letzten Mal ausgespannt, Urlaub gemacht? Wann hatte sie sich zum letzten Mal mit Freunden getroffen? Ihr Privatleben beschränkte sich auf Essen und Schlafen, sie ordnete alles ihrer Arbeit unter. Warum nur? War es die Stille in ihrer Wohnung, die Einsamkeit? Wohl schon. Als Single zog es sie nicht nach Hause, die Leere bedrückte sie. Ihre Versuche, eine Beziehung einzugehen, scheiterten immer kläglich. Ihr Anspruchsdenken war einfach zu hoch, und es wuchs mit jeder weiteren Enttäuschung. Dabei hatte sie Möglichkeiten genug, doch den Mann, den sie suchte, gab es wohl nicht. Vielleicht sollte sie ihre Einstellung mal überdenken, vielleicht sollte sie einfach mal loslassen, sich etwas gönnen. Denn eines war klar, wenn sie so weitermachte wie bisher, würde sich nie etwas ändern.

Eine Wolke schob sich vor die Sonne, und Marion setzte ihren Weg fort. Von der gegenüberliegenden Baustelle pfiff ihr ein Bauarbeiter nach. Marion drehte ihren Kopf leicht und schenkte ihm ein Lächeln. Nein, kein Lächeln. Vielmehr nur ein kurzes Aufflackern ihrer Augen, kaum wahrnehmbar und doch genug, um die Aufmerksamkeit der gesamten Baustelle auf sich zu ziehen. Nun gierten auch die restlichen Arbeiter nach einem Zeichen. Sie winkten, sie posierten. Der eine zeigte seine Muskeln, der andere machte eine unmissverständliche Geste. Marion ging unbeirrt weiter. Das war nicht, was sie suchte.

***

Hannes Drost räumte den kargen Speisesaal der Bahnhofsmission auf und beantwortete nebenbei Marions Fragen. Sein dünnes Haar hatte er zu einem Zopf zusammengebunden, und Resignation zeichnete sein schmales Gesicht.

»Wilbur verscherzt es sich mit jedem«, sagte er und wischte einen Tisch ab. »Außerdem ist er nicht daran interessiert, irgendetwas an seiner Situation zu ändern. Sein ganzer Lebensplan zielt darauf ab, sich zu Tode zu saufen.«

»Wissen Sie, was er vor der Obdachlosigkeit gemacht hat? Er scheint recht gebildet zu sein.«

»Wilbur hat studiert. So lauten zumindest die Gerüchte.«

»Ein Akademiker?«

»Ist nichts Ungewöhnliches. Unsere Kundschaft besteht fast zu zwanzig Prozent aus Akademikern, und alle zeichnen sich durch die gleichen Eigenschaften aus: hoch gebildet, keine Wohnung und psychisch krank.«

»Und von wem stammen die Gerüchte?«

»Man hört da so einiges. Aber am besten wenden Sie sich an Max, so ein kleiner, drahtiger Typ mit grauschwarzen Haaren. Der steht jeden Tag am Hackeschen Markt und verkauft den STRASSENRAND.«

»Max. Und wie weiter?«

»Max Dreiklang.«

»Ein schöner Name«, sagte Marion mehr zu sich selbst. »Können Sie mir sagen, was Herr Arndt vor seinem vermeintlichen Studium getan hat?«

Drost zuckte mit den Schultern. »Der Wilbur redet nicht viel über sich, zumindest nicht mit mir.«

»Wie bestreitet Herr Arndt seinen Lebensunterhalt?«

»Das Übliche. Er erhält Sozialhilfe. Einmal hatte er ein Jobangebot. Das war die Zeit, als man ihm die Sauferei kaum anmerkte. Er ist natürlich nicht erschienen. Prompt musste er acht Wochen ohne Stütze auskommen. Da hat er eben nur noch gebettelt.«

»Nur noch?«

»Klar. Die Hilfe zum Lebensunterhalt, wie es so schön heißt, reicht gerade mal zum Überleben. Wenn du so an der Flasche hängst wie Wilbur, muss schon noch was nebenher reinkommen.«

»Seit wann kennen Sie ihn?«

»Zum ersten Mal aufgetaucht ist er vor ungefähr zehn Jahren. Er sah damals schon ziemlich abgerissen aus. Zwischendurch verschwindet er immer mal wieder für eine unbestimmte Zeit. Wohin, das weiß ich nicht.«

»Hat er irgendwelche zwielichtigen Bekannte?«

»Zwielichtig sind hier alle«, bemerkte Drost trocken und lenkte dann ein. »Nein, ich denke, ich weiß, was Sie meinen. Und solche Typen zeigen sich hier nicht. Was sollen die mit den armen Schluckern auch anfangen?«

Marion ließ die Frage im Raum stehen und zeigte ein Foto von Fabian Flaig. »Kennen Sie den jungen Mann?«

Drost schüttelte den Kopf.

»Gut. Das war's auch schon«, sagte Marion, während sie das Foto wieder verstaute. »Vielen Dank, Herr Drost.«

Der Sozialarbeiter hakte jedoch nach: »Warum wollen Sie das alles eigentlich wissen? Ist was mit Wilbur?«

»Nein. Er hilft uns nur bei einer Ermittlung.«

»Und da forschen Sie in seiner Vergangenheit?«

»Das gehört zur Polizeiroutine. Also, schönen Tag noch.«

Marion bemerkte Drosts skeptischen Blick, als sie ihm die Hand gab und ging. Im Eingangsbereich lag das BERLINER TAGESGESCHEHEN aus. Sie fragte sich, wie lange man die Geschichte noch geheim halten konnte.

***

Max hatte seinen Platz vor dem Blumenladen verdient. Er war immer sauber angezogen und rasiert. Er achtete darauf, dass auf seinem Platz alles ordentlich war. Wenn einer auf der Bank rechts neben dem Blumenladen eine Dose oder Ähnliches liegen ließ, warf er es in den Mülleimer. Seine Habseligkeiten hatte er immer bei sich. Ein Schließfach war viel zu teuer, und in den Tageseinrichtungen war zu wenig Platz. Vor allen Dingen wurde da zu viel geklaut. Es passte alles in den großen Rucksack. Der Rucksack war noch echte Wertarbeit. So einer mit Gestell und vielen kleinen Taschen. Selbst das Etikett war noch dran. »Modell Everest« stand darauf. Den Rucksack lehnte er an die Bank. Das durfte er. Der Besitzer des Blumenladens hatte es ihm erlaubt. So hatte er auch immer einen Platz zum Hinsetzen, wenn ihm die Beine wehtaten. Zehn Stunden stehen war ganz schön anstrengend. Den STRASSENRAND hielt er in der Hand. In zwanzig Exemplare hatte er investiert. Verkauft hatte er noch keines, aber das würde schon noch werden. Max kannte sich aus in seinem Geschäft – er war ein guter Verkäufer.

Die Frau fiel ihm sofort auf. Ihre Figur regte seine Phantasie an. Die Frau steuerte auf ihn zu. Max roch an sich und war zufrieden. Er hatte heute morgen geduscht.

»Sind Sie Max Dreiklang?«

Max wusste nicht, was ihn mehr irritierte: die überraschende Frage oder die Nähe dieser Frau.

»Ja«, sagte er zögerlich.

»Marion Tesic, LKA Berlin.« Die Frau zeigte einen Ausweis. »Ich hätte ein paar Fragen an Sie.«

Einen Augenblick lang war Max sprachlos, dann zeigte er seinen Verkäuferausweis. »Max Dreiklang, Verkäufer.«

Die Frau lächelte, und Max sagte: »Polizistin passt nicht zu Ihnen. Eher so eine Frau, die anderen zuhört, die Leuten hilft, die mit dem Leben nicht zurechtkommen, die auch mal das Schöne sehen sollten. Das wäre genau richtig für Sie.«

»Ich glaube, das war ein Kompliment. Vielen Dank.« Marion Tesic wirkte verlegen. Dann wurde ihr Ton geschäftlich. »Ist Ihnen dieser junge Mann bekannt?« Sie zeigte Flaigs Foto.

Max verneinte.

»Kennen Sie Wilbur Arndt?«

»Wilbur? Gewiss. Wo steckt der denn? Seit zwei Tagen halte ich seinen Schlafplatz frei. Ist gar nicht einfach.«

»Herr Arndt hat im Moment eine andere Bleibe. Würden Sie mir ein paar Auskünfte zu seiner Person geben?«

Max nickte.

»Was treibt Herr Arndt so den ganzen Tag?«

»Er säuft. Und wenn er nicht säuft, dann schläft er. Und manchmal stellt er sich auf eine Kiste und sagt wichtige Dinge.«

»Was für Dinge?«

»Irgendwas mit Bewusstsein und Universum im Kopf. Versteh ich alles nicht. Ach ja. Und betteln tut er.« Max winkte ab.

»Ist das schlimm?«

»Verdirbt das Geschäft. Die Leute meinen dann, man würde auch betteln. Dabei arbeite ich.«

»Können Sie davon leben?«

»Reicht grad so. Bin seit fast einem Jahr trocken. Es geht aufwärts. Wenn ich dann aber die anderen sehe … Was die in zwei Stunden absahnen, krieg ich an einem Tag.«

»Die anderen?«

»Na, die Bettler. Besorgen sich 'nen Rollstuhl und machen auf Mitleid. Hat Wilbur auch schon getan.«

»Sie mögen Herrn Arndt nicht?«

»Wilbur ist wie der Typ aus der Geschichte. Einer, der sich verwandelt. Einer, der gut und böse ist.«

»Sie meinen Dr. Jekyll und Mr. Hyde?«

»Genau. Darum halt ich auch seinen Schlafplatz frei. Erst frisst er mir mein Brot weg, und dann vertreibt er die Arschlöcher.«

»Wen?«

»War letztes Jahr. Ich hau mich hin, will aber noch was essen. War alles weg. Wilbur hat's geklaut. Ich mache ihn zur Sau. Er verzieht sich irgendwohin. Dann kommen die Arschlöcher. Ne Bande Jugendlicher, die sich amüsieren wollen. Stoßen mich rum und verstreuen meine Sachen. Plötzlich steht Wilbur da. In der einen Hand 'ne Fackel, in der anderen einen Revolver. Unheimlich hat er ausgesehen. Hopst rum wie Rumpelstilzchen und haut einem den Revolver auf die Nase. Viel Blut, viel Geschrei. Die Bande hat sich schnell verzogen.«

»Und der Revolver? Woher hatte er ihn?«

»Keine Ahnung. War eh nicht geladen. Wilbur hat keine Angst. Vor nichts und niemandem. Wer dem krumm kommt, den räumt er weg.«

»Wie kommen Sie darauf?«

»Weiß nicht. Merkt man einfach. Wenn der sauer ist, kennt der nichts. Eben wie dieser Typ.«

Marion Tesic zog ihr Notizbuch hervor und schrieb nur einen Satz auf: »Gefährlich wie Hyde.«

Dann sagte sie: »Es heißt, Herr Arndt habe studiert.«

»Studiert. Ja, ja, der Wilbur ist ein schlauer Kopf. Hat was von Biologie und Psychologie erzählt. Später war er bei 'ner Zeitung oder so. Hat auch Geschichten geschrieben. Hat aber keinen interessiert.«

»Wo genau das mit der Zeitung war, wissen Sie nicht?«

Max zuckte mit den Schultern.

Marion hakte nach: »Hat er noch mehr erzählt? Was hat er sonst noch gemacht? Gibt es eine Familie oder Bekannte?«

»Von einem Kinderheim hat er mal gefaselt«, antwortete Max nach kurzem Überlegen. »Wilbur war auf kaltem Entzug. Wollte mit dem Saufen aufhören. Hat Gespenster gesehen. Hat sich auf dem Boden gewälzt und geschrien.«

»Was hat er geschrien?«

»›Kinder vergessen nie. Ich krieg euch alle.‹ So in der Art. Dann hat er sich alles reingezogen, was rumstand. War Gott sei Dank nicht so viel, sonst hätte er sich zu Tode gesoffen. Als er ruhiger wurde, hat er gesagt, dass er deshalb saufe. Nur so könne er das Heim vergessen.«

»Mehr nicht?«

»Mehr nicht.« Max schaute sich unruhig um. Soeben war ein Geschäftsmann vorbeigegangen, der bei ihm sonst immer eine Zeitung kaufte. »Muss mich jetzt um mein Geschäft kümmern. Wenn Sie bei mir stehen, kauft kein anderer was.«

»Oh, Entschuldigung.« Marion kramte in ihrer Tasche und streckte Max zehn Euro hin.

»Wie viele?«, fragte er.

»Das ist für Sie«, sagte Marion.

»Nein, Sie haben nicht verstanden. Ich bin Verkäufer, kein Bettler.«

»Tut mir leid, Herr Dreiklang«, sagte Marion verlegen. »Geben Sie mir fünf Stück. Ich habe einige Kollegen. Der Rest ist für Ihre Bemühungen.«

»Sehr wohl, die Dame.« Max entblößte sein schadhaftes Gebiss. »Es war mir ein Vergnügen.«

***

Das Dienstgebäude des LKA 1, der Abteilung für Delikte am Menschen, lag in der Keithstraße. Die nächste U-Bahn-Station war der Wittenbergplatz. Als Marion Tesic den altehrwürdigen U-Bahnhof verließ, sah sie Arndt, wie er gerade eine Zeitung aus einem Mülleimer zog und in seinen Rucksack, der wie sein Mantel aus alten Armeebeständen stammte, steckte.

Marion trat hinter einen Lkw, ließ aber Arndt nicht aus den Augen. Einen Beamten, der ihn beschattete, konnte sie nicht ausmachen. Sie hatte keine Zeit, sich über diese Nachlässigkeit aufzuregen, weil Arndt zur U-Bahn-Station strebte. Marion folgte ihm. Nach zweimaligem Umsteigen und dem Wechsel von der U- zur S-Bahn stieg Arndt bei der Prenzlauer Allee aus und verließ den Bahnhof. Auf dem Gehsteig schob er sich dicht an den Schaufenstern entlang und wechselte nur zur äußeren Seite, um die Abfallkörbe zu kontrollieren.

Seiner Umwelt schenkte er kein Interesse. Passanten, die ihm nicht aus dem Weg gingen, rempelte er an. Manche beschwerten sich, andere wischten sich über ihre Kleidung und verzogen ihr Gesicht. Zehn Abfallkörbe später kramte Arndt eine Weinflasche aus seinem Rucksack und leerte sie fast bis zur Hälfte. Dabei verschluckte er sich und begann zu husten und zu würgen. Sein ausgemergelter Körper wurde durchgeschüttelt, und Arndt übergab sich in einen Abfallkorb. Ein älterer Herr, mit dunkelgrünem Hut und Spazierstock bewaffnet, hielt an und musterte Arndt von oben herab. Derweil nahm Arndt eine alte Zeitung und säuberte Mund und Gesicht. Von der Hustenattacke gezeichnet, erwiderte er nun den Blick des Hutträgers und bot diesem die Zeitung an. Die Gesichtsfarbe des Herausgeforderten wechselte von einem hellen Rosa zu einem bläulichen Dunkelrot, und er begann Arndt zu beschimpfen.

Arndts Haltung versteifte sich, er spuckte auf den Boden und zog seine Flöte hervor. Anfängliche Misstöne vereinigten sich zu einer aggressiven Melodie. Mit erhobenem Haupt näherte er sich bedrohlich langsam dem Hutträger, der die Schultern hochzog und mit seinem Spazierstock drohte. Unbeeindruckt davon begann Arndt nun, von einem dürren Bein auf das andere hüpfend, einem boshaften Narren mit wirrem Blick gleichend, den Mann zu umkreisen. Dieser, sichtlich verunsichert, fuchtelte wild mit seinem Spazierstock und traf des Narren Rücken. Der Narr, sich gerade noch in grotesken Verrenkungen ergehend, unterbrach daraufhin unvermittelt seinen Tanz und trat dicht an den Hutträger heran. Stirn berührte Stirn, unflätige Worte gingen hin und her. Der Narr gewann Oberhand, der Hutträger wich zurück, der Narr setzte nach, bellte für den Außenstehenden Unverständliches, doch für den Hutträger offenbar Entsetzliches, denn dieser wandte sich, vom Speichel seines Widersachers getroffen, panisch ab und verlor sich in der Menge der umstehenden Gaffer.

Der Narr lachte hämisch und packte seine Habseligkeiten zusammen. Die Umstehenden verscheuchte er mit bettelnder Hand. Der Gehsteig war wie leer gefegt, und der Narr wechselte die Straßenseite, wo er in einem unscheinbaren Gebäude verschwand. Dieses Gebäude beheimatete das »Kaffee Pleite« und die Redaktionsräume des STRASSENRAND.

Marion folgte Wilbur Arndt fünf Minuten später. Dieser saß im Café vor einem PC und bearbeitete die Tastatur. Marion legte ihre Hand auf seine Schulter und fragte: »Kann ich mal sehen, was Sie da schreiben?«

Arndt grinste sie unverschämt an und machte bereitwillig Platz. Marion drehte den Bildschirm zu sich und überflog den Text.

Marion Tesic drehte den Bildschirm zu sich und überflog den Text. Zu ihrer Enttäuschung konnte sie nichts Verdächtiges erkennen.

»Sehr witzig, Herr Arndt«, sagte sie. »Seit wann wissen Sie, dass ich Sie beschatte?«

»Lang genug, um meinen Spaß zu haben.«

Marion seufzte, dann zückte sie ihr Handy und benachrichtigte Schorten.

Eine junge Frau mit extrem kurzen Haaren trat hinzu. »Was machen Sie hier?«, fragte sie.

Marion beendete das Gespräch und zeigte ihren Ausweis. »LKA. Ich hätte ein paar Fragen an Sie.«

Die Frau ging sofort auf Distanz. »Warum Fragen? Wird doch eh alles überwacht. Persönlichkeitsrechte und Pressegeheimnis interessieren euch doch einen Scheiß.«

»Für Kritik am Staat bin ich nicht zuständig. Wenn Sie also ein bisschen Zeit für mich hätten?«

Die Frau nickte mürrisch und setzte sich auf einen Schreibtisch. Sie trug Springerstiefel und eine dreiviertellange Hose. Auf ihrem schwarzen T-Shirt stand: »Lasst Schäuble die Luft raus«.

Marion zeigte ein Foto von Fabian Flaig. »Haben Sie den schon einmal gesehen?«

»Nein.«

»Kennen Sie den Namen Fabian Flaig?«

»Nein.«

»Was macht Herr Arndt bei Ihnen?«

»Er arbeitet gelegentlich für uns.«

»Er schreibt Artikel?«

»Ja.«

»Was für Artikel?«

Die junge Frau zuckte mit den Schultern und schaute gelangweilt aus dem Fenster.

»Hören Sie«, sagte Marion schneidend, »meine Geduld kennt Grenzen. Wenn Sie nicht kooperativ sind, lasse ich hier alles auf den Kopf stellen.«

Die junge Frau verzog ihr Gesicht und antwortete gereizt: »Wilbur schreibt oft wirres Zeugs, das nicht zu gebrauchen ist.

Aber manchmal liefert er richtig gute Sachen ab. Thematisch ist er nicht festgelegt.«

Marion überlegte kurz und gab dann der Frau ihre Karte. »Sie haben doch sicher Arndts Artikel gespeichert. Bitte lassen Sie mir alle per E-Mail zukommen.«

»Soll ich Ihnen auch noch einen Kuchen backen?«

Die Bemerkung ignorierend sagte Marion: »Geben Sie mir bitte noch Ihren Namen.«

»Jeanne d'Arc«, antwortete die Frau. Arndt lachte. Er schien sich zu amüsieren.

»Also, Jeanne d'Arc. Ihren richtigen Namen erfahre ich so oder so. Sie werden mit uns zusammenarbeiten, da bin ich sicher. Die Sache hier ist Ihnen viel zu viel wert.«

Jeanne d'Arc steckte die Visitenkarte ein, und Marion wandte sich an Arndt. »Gehen Sie freiwillig mit?«

»Ich mache alles freiwillig«, antwortete dieser.

»Was haben Sie dem älteren Herrn auf der Straße eigentlich gesagt?«

»Na, die Zauberworte, die immer helfen: Ich habe AIDS und rotz dich jetzt voll.«

***

Bakker betrat, ohne anzuklopfen, Schortens Büro. Der telefonierte gerade, während Tesic ihre Unterlagen ordnete. Normalerweise hätte Bakker Tesic mit einem dummen Spruch herausgefordert, doch an der Art, wie Bernhard Schorten sprach, erkannte er, dass es besser war, die Klappe zu halten.

Schorten war äußerlich ruhig, seine Stimme leise, aber schneidend.

»Auch ein junger Polizist hat eine Ausbildung genossen«, sagte er. »Sie hatten eindeutige Anweisungen. Es lag in Ihrer Verantwortung, dass sie erfüllt werden. Wenn Sie sich nicht imstande sehen, einen Obdachlosen überwachen zu lassen, müssen Sie es mir sagen.«

Schorten wies Bakker einen Stuhl und beantwortete die folgenden Fragen zweimal mit »Ja« und einmal mit »Nein«. Dann wünschte er einen guten Tag und legte auf. Schorten hob den Kopf und sagte: »Karl, du beginnst.«

»Ist alles in Ordnung, Bernhard?«

»Ich sagte: Du beginnst!«

Bakker atmete tief durch und warf einen Blick auf seine Notizen. »Also«, eröffnete er. »Das TAGESGESCHEHEN steht recht gut da. Die Auflage ist stabil, das Anzeigenaufkommen ist zwar nicht üppig, reicht aber aus. Die Löhne werden pünktlich gezahlt. Alles in allem ein solides Unternehmen, diese Zeitung. Der Chefredakteur macht einen vernünftigen Eindruck und zeigt sich mit unserer Vorgehensweise einverstanden. Beim Verleger bin ich mir nicht so sicher. Der könnte schon der Versuchung unterliegen, die Sache an die große Glocke zu hängen, was aber in seiner Position nichts Ungewöhnliches ist. Den Volontär vermisst außer seiner Betreuerin keiner. Der Kerl hat bei niemandem einen bleibenden Eindruck hinterlassen. Seine Betreuerin nannte den Flaig unscheinbar und farblos. Genau das waren ihre Worte. Passt auch irgendwie zu seiner Wohnung. Da sieht es aus wie in einem Möbelhaus. Alles steril und künstlich. Selbst die Pflanzen sind nicht echt. Zusammenfassend lässt sich sagen, dass ich nichts Verdächtiges entdeckt habe. Dennoch sollten wir den Verleger im Auge behalten. Vielleicht kann man seine private finanzielle Situation überprüfen?«

»Ich kümmere mich darum«, sagte Schorten und wandte sich Marion zu. »Und jetzt zu Ihnen, Frau Tesic.«

Marion gab ihren Bericht ab. Bakker machte sich Notizen, und Schorten stellte noch eine abschließende Frage: »Halten Sie die Aussagen für vertrauenswürdig, speziell die unserer Jeanne d'Arc?«

»Im Grunde schon. Gerade weil sie keine Freundin der Polizei ist, glaube ich ihr.«

»Gut. Und was wollen Sie mit den Artikeln von Arndt?«

»Ist so eine Vermutung. Vielleicht hat er sich mal mit Entführungen beschäftigt, wer weiß. Bei der Sichtung könnte mich ja Mendel unterstützen. Wo ist der überhaupt?«

Schorten verzog säuerlich sein Gesicht. »Mendel hat vorhin angerufen und sich wieder krankgemeldet.«

»Dieser Sack.« Wütend verstaute Bakker sein Notizbuch. »Ich hätte es mir denken können. Wenn das Weichei einen Arzt sieht, ist mindestens eine Woche Erholung bei Mutti drin.«

»Es sind zwei Tage. Und halte dich mit deinen Aussagen zurück, Karl. Als Weisungsbefugter kannst du so etwas denken, aber nicht aussprechen«, mahnte Schorten.

Während Bakker sich noch aufregte, beendete Schorten die Besprechung mit einem Kopfnicken. Alles Nötige war getan, jetzt musste man auf ein Zeichen des Entführers warten.

***

Um 18 Uhr 37, als Bakker und Tesic schon Feierabend hatten, traf die nächste E-Mail ein. Schorten studierte den Inhalt, konnte aber keine konkreten Hinweise erkennen. Auffallend war ein düsterer Kinderreim, dessen Titel »Der Fingermann« lautete.

»Wurde auch Zeit«, murmelte Schorten und druckte die E-Mail aus. Mit dem Ausdruck in der einen Hand und dem Brandy und einem Kognakglas in der anderen strebte Schorten in den Keller. Der Polizeimeister, der für die Bewachung Arndts abgestellt war, konnte nichts Verdächtiges berichten. Schorten betrat die Abstellkammer. Entgegen seiner Vermutung saß Arndt an dem kleinen Tisch und formte aus Draht Figuren. Sein Mantel, den er nur zum Schlafen abzulegen schien, knirschte, als er sich dem Hauptkommissar zuwandte.

»Ah, Raubtierfütterung«, sagte er, als er den Brandy sah.

Wieder hatte Schorten das Gefühl, Arndt von früher zu kennen. Dieser verschlagene Blick, an wen erinnerte er ihn? Schorten schüttelte leicht seinen Kopf. Er kam nicht darauf. Nachdenklich setzte er sich neben Arndt und sagte: »Wir haben eine neue Nachricht erhalten. Sie müssen heute noch eine Geschichte daraus machen, die morgen gedruckt werden kann. Sie haben nicht allzu viel Zeit.«

»Nur nicht so schüchtern, schenken Sie mal ein«, forderte Arndt Schorten auf.

»Sie helfen uns nur deshalb?«, fragte dieser, während Arndt den Brandy hinunterschüttete.

»Klar. Das ist ein guter Stoff, auch wenn ihr mich ganz schön kurzhaltet. Aber es ist nicht nur das.«

»Sondern?«

»Na, das warme Zimmer mit eigener Security und natürlich die Tesic, der feuchte Traum des Reviers. Wo bleibt sie eigentlich?«

»Sie müssen mit mir vorliebnehmen.« Schorten legte den Ausdruck auf den Tisch. Arndt nahm jedoch keine Notiz davon.

»Ohne die Tesic keine Geschichte.«

»Frau Tesic ist schon zu Hause.«

Arndt begann sich wieder mit seinen Drahtfiguren zu beschäftigen – den Kommissar beachtete er nicht weiter.

»Hören Sie, Herr Arndt«, sagte Schorten gereizt. »Sie haben Ihr ganzes Leben verpfuscht, woran natürlich die anderen schuld sind. Sie wühlen in Mülltonnen und schlafen unter Brücken. Sie sehen tagtäglich die anderen, die auf der Sonnenseite des Lebens stehen. Und dafür hassen Sie die anderen. Und jetzt haben Sie endlich die Möglichkeit, das zurückzuzahlen, jetzt besitzen Sie die Macht, es den anderen endlich mal zu zeigen. Dass dafür ein Mensch gefoltert wird oder gar sterben muss, das kümmert Sie einen Dreck.«

Arndt grinste abfällig. »Schau, schau. Der nette Herr Kommissar zeigt sein wahres Gesicht. Fehlt nur noch, dass er etwas von Würde und Disziplin erzählt.«

»Sie kennen zwar die Worte, aber Sie wissen nicht, was sie bedeuten.«

»Wenn man als Obdachloser nicht diszipliniert ist, übersteht man keinen Winter.«

»Interessant. Und was für Überraschungen haben Sie noch auf Lager?«

»Es gibt nicht vieles, worüber ich mich aufrege. Aber Arroganz gehört dazu. Sie meinen, Sie stünden fest im Leben, Sie meinen, nichts könne Sie aus der Bahn werfen. Sie glauben, Sie könnten über andere urteilen, nur weil Sie morgens pünktlich aufstehen und Ihren Schreibtisch sauber halten. Ich sag Ihnen was.« Arndt drehte langsam seinen Kopf und blickte den Kommissar direkt an. »Es braucht nicht viel, um den Boden unter den Füßen zu verlieren. Jeder hat einen schwachen Punkt.«

»Natürlich. Aber deshalb muss man nicht gleich auf der Straße landen.«

»So, meinen Sie. Nehmen wir doch einmal Ihr Leben. Der Kommissar liebt seinen Beruf, er geht darin auf. Er kennt keinen Feierabend. Und wenn er wirklich mal die Schnauze voll hat, dann ist da ja noch seine Frau, die im trauten Heim auf ihn wartet. Die Hausschuhe stehen bereit, und das Essen ist gekocht, alles ist wohlgeordnet. Nur, wenn diese Ordnung verloren geht, dann bekommt der Kommissar ein Problem.«

»Sind Sie jetzt fertig?«

»Nein, ich fange gerade erst an. Ihre Tochter zum Beispiel. Geht in München auf die Schauspielschule und lässt sich zu Hause nicht mehr blicken. Dabei hätte sie doch Jura studieren können. Sie bringt alles durcheinander. Der schöne Lebensplan ist über den Haufen geworfen worden. Das war ein herber Tiefschlag.«

»Woher wissen Sie von meiner Tochter?«, zischte Schorten.

Arndt fuhr unbeirrt fort. »Und dann die Ehefrau. Immer für den Mann da. Sie opfert sich auf, sie klagt nie, sie ist perfekt. Doch was, wenn sie gar nicht das Heimchen am Herd ist, wenn sie ein Doppelleben führt? Was ist, wenn sie irgendwann den ganzen Krempel hinschmeißt und abhaut?«

Schorten stand auf. Sein Stuhl fiel polternd um. »Überziehen Sie nicht, Herr Arndt. Ich kann auch anders.«

Arndt lächelte. »Das sagt ihr Polizisten gerne. Aber deshalb müssen Sie nicht gleich die Beherrschung verlieren, Herr Hauptkommissar.« Arndt drehte Schorten den Rücken zu und begann ein Lied zu pfeifen. Dieser verharrte unschlüssig. Dann griff er nach der Nachricht und wandte sich zum Gehen.

»Die können Sie hier lassen«, sagte Arndt. »Wir stehen doch erst am Anfang.«

***

Gegen einundzwanzig Uhr fuhr Bernhard Schorten nach Hause. Wilbur Arndt hatte den zweiten Teil des Romans überraschend schnell fertiggestellt – der Text lag jetzt schon in der Redaktion des BERLINER TAGESGESCHEHENs und konnte morgen erscheinen. Dennoch kam Schorten nicht zur Ruhe. Dieser Arndt hatte ihn bereits zweimal aus der Fassung gebracht, das war bisher nur seiner Tochter gelungen. Woher der Obdachlose nur die Informationen über Maike hatte? Woher wusste er so gut über seine Familie Bescheid? Fragen, die Schorten möglichst schnell geklärt haben wollte. Das Ganze beunruhigte ihn sehr, und es kränkte ihn. Eines war sicher. Wenn dieser Fall vom Tisch war, würde Arndt der Stadt nicht mehr zur Last fallen. Dafür würde er persönlich sorgen.

Schorten stellte das Radio an, doch die Musik hatte nicht die erhoffte Wirkung, vielmehr verstärkte sie seine Unruhe. Also stellte er das Radio wieder aus. Dass dieser Penner ihm dermaßen zusetzte, machte das Ganze noch schlimmer. Schorten dachte an seine Frau, seine Ehe. Beinahe fünfundzwanzig Jahre war er jetzt mit Cordula verheiratet. Es war eine gute, eine partnerschaftliche Ehe. Jeder hatte seinen Platz, jeder hatte seine Freiheiten und seine Pflichten. Es war alles geklärt, es herrschte Ordnung. Cordula arbeitete halbtags, danach konnte sie ihren Tag einteilen, wie sie wollte – das war ihre Freiheit. Ihre Pflicht lag darin, ihm das Alltagsgeschäft abzunehmen. Alles, was den Haushalt betraf, war ihre Sache – die einfachen Arbeiten lagen Schorten nicht.

Schorten öffnete das Fenster und kramte in der Mittelkonsole nach Zigaretten. Rauchen war ein Laster, dem er in Stresssituationen allzu oft nachkam. Den Zigarettenanzünder drücken und den Aschenbecher öffnen war eine Handlung. Aus dem Aschenbecher quollen alte Kippen, und der Luftzug verteilte Asche im Fußraum. Schorten fluchte. Schon wieder war Cordula ihrer Pflicht nicht nachgekommen. Das Auto war eindeutig ihr Bereich. Sie wurde zusehends nachlässiger. Verärgert schloss er den Aschenbecher wieder. Er atmete tief durch. Er durfte nicht zu streng sein. Auch er hatte seine Fehler. Eine Partnerschaft basierte auf Rücksichtnahme und Verständnis. Sie hatte es einfach übersehen, so was konnte schon mal passieren. Er würde mit ihr darüber reden, und das Problem würde sich in Luft auflösen, so einfach war das.

Um den Nikotingenuss gebracht und deshalb noch immer angespannt, bog Schorten in die Einfahrt zu seiner großzügigen Doppelhaushälfte. Hohe Hecken schützten vor Lärm und neugierigen Blicken. Wie immer hielt er kurz vor der Garage an und spähte in die Küche. Cordula war gerade dabei, das Abendessen aufzuwärmen. Er hatte sie vom Auto aus angerufen. Das warme Küchenlicht, das einen Teil der Terrasse erhellte, brachte endlich die lang ersehnte Ruhe. Gleich würde Cordula fragen, wie sein Tag gewesen war. Er würde über Belanglosigkeiten berichten und die Aschenbechergeschichte außer Acht lassen; dafür war morgen auch noch Zeit. Dann würden sie zusammen essen und, bevor sie ins Bett gingen, noch die Abendnachrichten anschauen. Alles war so, wie es sein sollte.

Tromptow eins

Das rote Licht erhellte Fabians Gesicht nur kurz, dann wurde es wieder dunkel. Fabian zählte bis fünf, und wieder leuchtete es auf. Die entfernten Schritte hallten dumpf und wurden allmählich lauter.

Fabian begann zu schwitzen. Sein Schweiß tropfte in die ölige Pfütze zu seinen Füßen. Mit jedem Schritt, den er vernahm, sank sein Mut. Er wollte sich dem Entführer, den er Loki nennen musste, stellen. Er wollte der Qual ein Ende bereiten. Wenn aber die Bestrafung schlimmer als das bisher Erlebte war, wenn auf die Drohungen Taten folgten?

Seine Hand zitterte, als er nach dem Sack griff und ihn sich über den Kopf zog. Die Angst hatte gesiegt. Fabian kniete nieder und senkte seinen Kopf. Die Vorrichtung rastete ein. Doch zu früh, er hatte die Handschellen vergessen. Fabian versuchte, die Vorrichtung zu entriegeln, seine Hände zerrten unbeholfen an dem Stift und bewirkten nichts. Die Schritte waren nun vor der Tür, der Schlüssel wurde gedreht, Loki trat ein.

»Angst ist ein schlechter Berater, Fabian.«

Kaltes Metall glitt an Fabians Fingern entlang – seine Hand zuckte.

»Es ist unheimlich, weil du es nicht siehst.«

Die sanfte Stimme des Entführers peinigte ihn. Fabians Atem ging schneller.

»Warum lassen Sie mich nicht in Ruhe?«

»Du hast die Regeln gebrochen.«

»Sie haben gesagt, dass ich allein entscheide.«

»So ist es. Und du hast dich für die Regeln entschieden, jedoch nur halbherzig. Das ist typisch für dich. Dein ganzes Leben besteht aus einer Anhäufung von faulen Kompromissen. Deine Furcht vor Entscheidungen verbaut dir den Weg in die Freiheit. Es ist an der Zeit, dich zu lehren.«

»Was wollen Sie nur von mir?«

»Kennst du das Gedicht vom Fingermann?«

Fabians Atem setzte kurz aus, sein »Nein« war Ausdruck seines Erschreckens.

Die Stimme des Entführers näherte sich seinem Ohr und flüsterte:

»Der Fingermann, er kommt bei Nacht
und hat die Schere mitgebracht.
Zieh deine Decke übern Kopf,
versteck die Hände unterm Schopf.
Sei ganz still und rühr dich nicht,
der Fingermann tut seine Pflicht.
Warst du brav, hat sich's gelohnt,
der Fingermann die Braven schont.«

Fabian wand sich, mit den Händen hielt er sich die Ohren zu.

»Du willst dich befreien«, höhnte Loki. »Nur zu.«

Der Junge kämpfte gegen das Zittern an, das seinen ganzen Körper ergriffen hatte, und ließ die Hände sinken.

»Es ist erbärmlich, wie sehr du dich dem Diktat deiner Angst fügst.«

Ein Klacken drang an Fabians Ohr, dann vernahm er das Zischen einer Spraydose. Nach einer für Fabian nicht zu bestimmenden Zeit hörte er die schwere Eisentür. Er war wieder allein. Vorsichtig befreite er sich, und sein Blick fiel auf die gegenüberliegende Wand. Fluoreszierende Wörter hoben sich grünlich schimmernd vom Dunkel ab. Mahnend prangte das Gedicht vom Fingermann an der Wand.

Loki saß vor dem Überwachungsschirm und beobachtete, wie Fabian vergeblich versuchte, das Gedicht mit einem Leintuch zu verdecken. Der Junge stammte aus einem Heim, er kannte und fürchtete das Gedicht. Dies machte ihn unberechenbar und sorgte für Spannung. Doch was, wenn er sich nicht auflehnte, was, wenn man zum Äußersten greifen musste? Loki starrte auf seine linke Hand. Auch er hatte seinen Preis bezahlt, doch für Mitleid war kein Platz. Fabian hatte seine Chance, wenn er sie nicht nutzte, war er selbst schuld.

Eine LED-Leuchte begann zu blinken, und ein Rechner schaltete sich automatisch ein. Kurz darauf sendete der Rechner die E-Mail, die Loki am Morgen schon erstellt hatte. Jetzt würde die Polizei das zweite

Lebenszeichen von Fabian erhalten und entsprechend reagieren. Sie würden sich absprechen und sich auf die Suche nach dem Kinderheim machen.

»Achtet auf eure Finger«, flüsterte Loki und lächelte.

Wilbur Arndt für das BERLINER TAGESGESCHEHEN. Fortsetzung folgt.

***

Tag fünf, Donnerstagmorgen, der 17. April

Ein Exemplar des BERLINER TAGESGESCHEHENs lag auf dem Schreibtisch, daneben die E-Mail des Entführers. Wilbur Arndt hielt sein Kognakglas gegen das Licht, dann leerte er es in einem Zug.

»Betrunken nutzen Sie uns nichts«, seufzte Marion Tesic.

»Bis ich betrunken bin, dauert's 'ne Weile«, entgegnete Arndt.

Karl Bakker knetete seine Hände und warf Arndt einen wütenden Blick zu, der Schorten nicht entging. Irgendwann, dachte er, rutscht Karl die Hand aus. Schorten straffte sich und ergriff das Wort.

»Wenn wir uns die ersten beiden E-Mails des Entführers anschauen, könnte man meinen, dass er nach einer Rechtfertigung für seine Tat sucht. Ich mache das an den Stichworten Selbsterkenntnis, Selbstbestimmung und Freiheit fest.«

»Kann schon möglich sein«, stimmte Bakker zu. »Vor allem, wenn man sein Verhalten gegenüber dem Entführten beachtet.«

»Aber davon wissen wir doch gar nichts«, warf Marion Tesic ein. »Das hast du dem Zeitungsroman entnommen, das sind doch alles Interpretationen von Herrn Arndt. Wir sollten uns nur an die Stichwortlisten halten.«

»Natürlich.« Bakker war sichtlich irritiert. Anscheinend fragte er sich selbst, wie er Fiktion und Wirklichkeit durcheinanderbringen konnte.

Arndt grinste Bakker an. »Da muss man ganz schön aufpassen, nicht wahr, Herr Hauptkommissar?«

Bakker war offensichtlich kurz davor, dem Penner das Grinsen aus dem Gesicht zu prügeln, doch ein Blick von Schorten hielt ihn zurück.

»Auffällig ist das Gedicht vom Fingermann, Herr Arndt. Sagt Ihnen dieses Gedicht etwas?«, fragte Schorten.

Arndt zuckte mit den Schultern.

»Auffällig ist weiterhin die Erwähnung eines Kinderheims. Sie waren in einem solchen Heim, Herr Arndt. Ein seltsamer Zufall, oder etwa nicht?«

»Zufälle sind das Salz des Lebens.«

»Bitte beantworten Sie meine Frage.«

»Erneut gab der Obdachlose zu Protokoll, dass er von nichts wisse.«

»Sie sind nicht besonders witzig«, sagte Schorten.

Das Telefon klingelte. Schorten nahm das Gespräch entgegen und zückte sofort seinen Kugelschreiber. »Interessant. Ja, das könnte tatsächlich eine Spur sein.« Er machte sich Notizen und fragte nach einer Telefonnummer, dann schüttelte er seinen Kopf. Nach ein paar weiteren Fragen bedankte er sich und legte auf.

»Das war Hansen, der Chefredakteur vom TAGESGESCHEHEN. Er hat einen Anruf von einer anscheinend recht alten Dame namens Miriam Eisen erhalten. Frau Eisen behauptet, sie kenne das Gedicht vom Fingermann, wie auch das Kinderheim, in dem die Unfälle passiert sind.«

»Welche Unfälle?«, fragte Tesic, während sie Arndt beobachtete. Der Obdachlose schien nervös zu sein.

»Mehr Angaben konnte Hansen nicht machen. Die Leitung wurde unterbrochen, weil der Frau das Geld ausging. Sie hatte von einem öffentlichen Fernsprecher aus angerufen, da sie keinen eigenen Anschluss besitzt.«

»Kein eigenes Telefon? Das ist ja wie im Mittelalter«, warf Bakker ein.

»Stimmt. Die Dame hat anscheinend auch sonst einen seltsamen Eindruck hinterlassen. Hansen hält sie für nicht besonders vertrauenswürdig, oder anders gesagt: Er meint, sie spinnt.«

»Na, toll. Da passt sie ja zu unserem studierten Penner«, stellte Bakker fest.

Schorten strafte ihn mit einem missbilligenden Blick und fuhr fort: »Dennoch müssen wir dem Hinweis nachgehen. Frau Tesic, Sie werden mit Herrn Bakker die alte Dame aufsuchen.«

Tesic nickte gleichmütig. Bakker hingegen grinste und sagte anzüglich: »Bin ich bei Frau Tesic eigentlich auch weisungsbefugt?«

»Karl.« Schorten fixierte Bakker. »Jetzt reicht's. Dein Ton gefällt mir nicht.«

»War doch nur ein Scherz«, verteidigte sich Bakker. Diesmal konnte er jedoch nicht mit Schortens Nachsicht rechnen. Dessen Blick ruhte immer noch auf ihm, und Schortens Hand wischte imaginäre Staubpartikel vom Schreibtisch. Ein klares Zeichen seiner Anspannung. Gleich würde er seinen Mitarbeiter zusammenfalten.

Bevor es jedoch zum Eklat kam, sagte Tesic: »Keine Sorge, Herr Schorten. Wir werden schon klarkommen.«

Schorten atmete tief durch. »Gut. Kehren wir zu unserem Fall zurück. Also, das Kinderheim befindet sich bei Tromptow, das muss irgendwo zwischen Friedland und Anklam in Mecklenburg-Vorpommern liegen. Der Name des Heims lautet: Die Brücke. Die Fahrt dorthin dauert ein paar Stunden, ihr solltet also gleich aufbrechen.«

Bakker murmelte etwas von Vorbereitungen und strebte sofort aus dem Büro. Schortens Maßregelung hatte ihm sichtlich zugesetzt.

»So zieht der Entehrte von dannen.« Arndt grinste und erkundigte sich, ob er auch gehen könne. Schorten bejahte, woraufhin er in Begleitung eines Zivilbeamten, der für seine Überwachung zuständig war, den Raum verließ. Tesic wurde von Schorten aufgehalten.

»Frau Tesic, auf ein Wort.«

»Ja?«

»Karl kann manchmal etwas unangenehm sein.«

»Ich weiß. Ich arbeite ja schon fast ein Jahr mit ihm zusammen.«

»Aber eigentlich ist er ein ganz umgänglicher Typ.«

»Wenn Sie das sagen«, entgegnete Tesic trocken.

Schorten suchte ihren Blick. »Falls es zu irgendwelchen Problemen kommt, müssen Sie mir das mitteilen. Differenzen im Team sind Gift für eine effektive Arbeit.«

Tesic nickte und sagte: »Mal ganz ehrlich, Herr Schorten. Ich mag Bakker nicht. Das hindert mich aber nicht daran, mit ihm zusammenzuarbeiten. Ich bin da sehr pragmatisch.«

»Gut«, sagte Schorten zufrieden. »Dann hätte ich noch etwas. Und zwar weiß Arndt, wo meine Tochter lebt und was sie macht. Haben Sie eine Ahnung, woher er diese Informationen haben könnte?«

Ohne lange zu überlegen, antwortete Tesic: »Ihre Tochter gehört einer Generation an, die mit dem Internet aufgewachsen ist. Geben Sie ihren Namen mal in eine Suchmaschine ein. Vielleicht hat sie eine eigene Website oder etwas Ähnliches. Die jungen Leute vertrauen dem Web oft mehr an als ihren Eltern.«

Schorten nickte und verabschiedete Tesic. Er hielt große Stücke auf sie. Marion Tesic war integer und intelligent, und sie war ehrgeizig. Sie würde Karriere machen, da war er sich sicher. Nicht mehr lange, und sie würde Bakker überholen.

Schorten setzte sich an seinen Schreibtisch und dachte einige Jahre zurück. Mit Bakker war er zusammen auf der Polizeihochschule gewesen. Seitdem verband sie so etwas wie eine Freundschaft. Früher hatten sie einige Abende miteinander verbracht, auch hatten sich ihre Familien ab und zu getroffen. Damals hatte er mit Bakkers Art kein Problem gehabt, aber jetzt ertrug er dessen Geschwätz kaum mehr. Sie beide hatten sich verändert. Bakker wurde zunehmend zynischer, und er selbst, er wurde immer konservativer. Seine Tochter hatte ihn einmal einen Spießer genannt. Selbst sein Hobby, das Sammeln von Jazz- und Rockschallplatten aus den Sechzigern und Siebzigern, betreibe er wie ein Spießer. Dabei hielt er gerade dieses Hobby für den Beweis seiner Aufgeschlossenheit. Dass man hierbei Sorgfalt walten lassen musste, war ja wohl selbstverständlich.

Ja, ein aufgeschlossener Konservativer, das bin ich, dachte Schorten. Aber ein Spießer auf keinen Fall.

***

Natürlich fuhr Bakker. Nebenbei programmierte er das Navigationsgerät. Die Luft roch nach Bakkers Rasierwasser, und aus dem Radio drang Bakkers Musik.

»Ich frage mich, wie du es immer schaffst, dich in diese hautengen Jeans zu zwängen«, sagte er gedehnt und musterte Marion einen Augenblick zu lang.

»Und ich frage mich, wie man auf Dauer solch eine Schrottmusik ertragen kann«, entgegnete Marion und änderte den Sender.

Bakker murmelte etwas Unverständliches, während Marion die neue Melodie mitsummte und aus dem Seitenfenster blickte. Vor ein paar Minuten hatten sie die Bundesstraße verlassen. Die mit vielen Schlaglöchern übersäte Landstraße ließ nur eine langsame Fahrweise zu. Gemächlich zog die Landschaft vorbei. Einer lang gezogenen Allee folgten freie Felder. Die Sonne strebte ihrem Zenit entgegen, und eine alte Bäuerin fuhr langsam, aber beständig mit ihrem Fahrrad einen Feldweg entlang, der die Straße eine Zeit lang begleitete. Schön war es hier. Marion lächelte.

»Nach zweihundert Metern rechts«, befahl die nette Stimme des Navigationsgeräts.

»Da gibt es keine Möglichkeit abzubiegen, du Ziege.« Bakker hackte auf dem Navi herum, bis das Display nach einem Zugangscode verlangte.

»Versuchen wir es einfach auf die alte Art. Ich frage die Frau«, sagte Marion.

Missmutig stoppte Bakker in Höhe der Bäuerin.

»Hallo, entschuldigen Sie. Wir wollen zum ehemaligen Kinderheim Brücke«, rief Marion der Frau zu. Diese hielt an und stellte ihr Fahrrad umständlich auf den Ständer.

»Das Kinderheim? Da sieht es ziemlich düster aus. Das Gebäude ist eine Ruine.«

»Und wo geht es lang?«, fragte Marion.

Die Bäuerin beschrieb den Weg und ergänzte: »Miriam Eisen, eine ehemalige Betreuerin, wohnt ganz allein im angrenzenden Haus. Die Arme ist ein bisschen verwirrt und auf Hilfe angewiesen. Sie sollte eigentlich in ein Heim. Will sie aber nicht. Jetzt kommt eben jeden Tag der Sozialdienst und Essen auf Rädern.«

»Können Sie etwas zur Geschichte des Kinderheims sagen?«, erkundigte sich Marion weiter.

Die Bäuerin seufzte. »Nichts Gutes, gar nichts Gutes. Die Brückianer, so haben wir die Waisenkinder genannt, hatten es schwer. Mit uns Kindern aus dem Dorf gab es immer Streit, und im Heim waren Prügel an der Tagesordnung.«

»Kamen noch weitere Misshandlungen vor?«

»Man hat da so einiges gehört, aber bewiesen wurde nichts. Zumindest ist nichts an die Öffentlichkeit gelangt. Geschlossen wurde das Heim 1991. Da war das Schlimmste aber schon längst überstanden. Die unangenehmen Geschichten stammen mehr aus den fünfziger und sechziger Jahren, als der Dr. Kronthal Heimleiter war. Der hat ein strenges Regime geführt. Manche sagen zu streng. Deshalb hat man ihn auch versetzt. Aber die Sache hat seiner Karriere nicht geschadet. Er war in der Partei.«

Marion bedankte sich und ließ sich noch den Namen der Bäuerin geben.

»Wofür brauchst du den?«, erkundigte sich Bakker und fuhr an.

»Weiß nicht«, entgegnete Marion.

An einer Tankstelle bogen sie in eine Straße ein, die den Namen nicht verdient hatte. Jugendliche tummelten sich um zwei aufgemotzte Autos. Auf einem war der Schriftzug »Böhse Onkelz« zu lesen.

Bakker schimpfte: »So sieht's aus. Hängen an der Tanke ab und warten, bis sie irgendjemandem auf die Fresse hauen können. Die sollen was arbeiten, dann ist die Langeweile schnell verflogen.«

»Mensch, Bakker. Hast du dich hier schon einmal umgesehen? Hier gibt es nichts außer Feldern und Bäumen. Wo, meinst du, soll die Arbeit herkommen?«

»Dann sollen sie eben woandershin. Ich kann diesen Sozialmist nicht mehr hören. Wer Arbeit will, bekommt auch eine.«

»Die Welt, in der du lebst, möchte ich auch mal kennenlernen.«

»Du bist herzlichst eingeladen.« Bakker legte seine Hand auf Marions Knie.

Marion zog ihr Bein weg und zischte: »Fass mich nie wieder an, Bakker. Sonst kann ich für nichts garantieren.«

»Da hab ich aber Angst«, lachte Bakker.

Das ehemalige Kinderheim stand auf einem Hügel. Ein Teil des Dachs war eingestürzt, und alle Fenster waren eingeschlagen. Die Vorderfront wurde von einer ausladenden Treppe beherrscht, die zum Haupteingang führte. Vom an die Rückseite angrenzenden Wald waren nur die Baumspitzen zu sehen. Bakker fuhr langsam die unbefestigte Zufahrtstraße entlang und wich verschiedenen Schlaglöchern aus. Rechts vom Hauptgebäude befand sich, etwas tiefer gelegen und in respektvollem Abstand, das Haus der Betreuer. Bakker parkte davor.

»Sieht ziemlich unbewohnt aus«, sagte er.

Marion nickte. Alle Fensterläden waren geschlossen, das Gartenbeet verwildert. Da die Klingel nicht funktionierte, klopfte Bakker heftig gegen die massive Eingangstür. Im Haus tat sich nichts. Als auch nach mehrmaligem Rufen niemand kam, öffnete Bakker die unverschlossene Tür.

Im Haus herrschte ein diffuses Licht. Die Luft war abgestanden. Eine ausgetretene Steintreppe führte hinauf ins Erdgeschoss, wo sich vier Wohnungen befanden. Neben einer Tür stand ein Korb, der mit verblassten Stoffblumen gefüllt war. Es war die einzige Tür mit Namensschild.

»Miriam Eisen«, las Marion im Halbdunkeln und klopfte. Dielen knarrten, dann öffnete eine kleine, zierliche Person, die zu Marion aufschaute.

»Bin ich zu spät?« Die Stimme der Frau zitterte ein bisschen.

Grau. Das war das Erste, was Marion auffiel, als sie die Frau erblickte. Nicht nur deren Haare waren grau, nein, auch die Kleidung, die Haut, die Augen, selbst die Stimme. »Frau Eisen?«

»Ich bin sonst nie zu spät, nicht ein Mal in fünfundvierzig Jahren. Aber jetzt haben die Russen meinen Wecker geklaut. Wie soll man da pünktlich sein?« Miriam Eisen suchte in den Augen ihrer Besucher nach einer Antwort, fand aber keine. Sie drehte sich um und ging in ihre Wohnung. Um ihre Schultern trug sie ein wollenes Cape, das sie mit den Händen zusammenhielt.

Marion und Bakker folgten ihr. Der lange Gang, der zum Wohnzimmer führte, war eine einzige Bildergalerie. Unzählige Schwarz-Weiß-Aufnahmen, alle gerahmt, bedeckten die Wand. Die Bilder zeigten fast ausschließlich Kinder, nur bei den großen Gruppenaufnahmen standen ein oder zwei Erwachsene an der Seite.

Im Wohnzimmer der gleiche Anblick. Gerahmte Kindergesichter bis an die Decke. Die meisten ernst, manche lachten, doch ihr Lachen konnte das allgegenwärtige Grau nicht vertreiben. Miriam Eisen setzte sich. Ein Tisch mit vier Stühlen stand unter dem verdunkelten Fenster, das den Tag nur erahnen ließ.

»Dann machen wir die Besprechung eben hier«, sagte sie.

»Die Besprechung?« Marion setzte sich vorsichtig. Selbst Bakker verzichtete auf seine üblichen Kommentare.

»Ja, wegen der Neuzugänge.«

»Frau Eisen, wir sind von der Polizei«, sagte Marion behutsam.

»Polizei?« Im Gesicht der Frau arbeitete es, dann sagte sie: »Natürlich, die Polizei. Sie kommen wegen meines Anrufs.«

»Ja«, entgegnete Marion erleichtert.

»Es ist der Reim. Das Gedicht vom Fingermann. Ich weiß nicht, ob es richtig war.«

»Wie meinen Sie das?«

»Die Brücke. Das war eine gute Anstalt. Den Kindern ging es gut bei uns. Ich liebe Kinder.« Für einen Augenblick leuchteten Miriam Eisens Augen auf, um dann wieder das Grau ihrer Umgebung anzunehmen. »Wissen Sie, Kinder sind nicht immer einfach. Gerade die, die ohne Eltern aufwachsen müssen. Die haben es schwer, die brauchen Führung. Und Führung hat ihnen Dr. Kronthal gegeben.«

»Können Sie da nicht ein bisschen genauer werden?« Bakker meldete sich zum ersten Mal zu Wort. Seine Stimme dröhnte.

Erschrocken führte Miriam Eisen ihre Hand zum Mund. Ihre Lippen umschlossen ihren Daumen, den sie sofort wieder herausnahm. »Keine Angst«, sagte sie, »ich kaue nicht an den Fingernägeln.«

»Da sind wir aber froh«, sagte Bakker irritiert.

Völlig überraschend sprang Miriam Eisen auf. »Sie wollen sicher etwas trinken.« Ohne eine Antwort abzuwarten, verließ sie das Wohnzimmer und ging in die Küche.

»Die tickt wirklich nicht ganz richtig«, stellte Bakker fest.

Marion entgegnete: »Dennoch kann sie uns weiterhelfen. Vielleicht wäre es klüger, wenn ich das Gespräch weiterführe. Sie scheint Angst vor dir zu haben.«

Bakker nickte. Die zierliche Frau kehrte mit einem Tablett und zwei Thermoskannen zurück.

»Die mache ich schon am Morgen. Man weiß nie, wer zu Besuch kommt. Also, was wollen Sie? Pfefferminz- oder Hagebuttentee?«

Marion nahm Pfefferminz-, Bakker nach längerem Zureden Hagebuttentee.

»Der wird Ihnen guttun«, sagte Miriam Eisen. »Männer wie Sie sollten öfter Hagebuttentee trinken. Ich bevorzuge Pfefferminz.«

Bakker nippte an seiner Tasse und verzog das Gesicht. Marion nahm ihrerseits einen Schluck und fragte vorsichtig: »Wollen Sie uns jetzt vom Fingermann erzählen?«

Miriam Eisen seufzte und schaute in die Ferne. Tonlos sagte sie: »Manche Kinder wollten einfach nicht hören. Die waren so bockig, die haben das Kollektiv durcheinandergebracht. Und der Herr Doktor, der hat auch Psychologie studiert. ›Angst ist ein gerechter Schulmeister‹, hat er immer gesagt, ›denn Angst haben nur die, die etwas zu befürchten haben.‹«

»Sie haben den Kindern mit dem Reim Angst gemacht?«

»Ja«, flüsterte Miriam Eisen. »In jedem Zimmer war er an die Wand geschrieben. Mit einer Farbe, die in der Nacht leuchtete.«

Marion und Bakker tauschten Blicke aus. Beide dachten an den letzten Zeitungsartikel. Marion fuhr fort: »Haben die Kinder daran geglaubt?«

»Die jüngeren schon. Bei den älteren gab es immer wieder Probleme, da hat man nachgeholfen.«

»Wie nachgeholfen?«

»Es gab Unfälle.« Miriam Eisen verschluckte sich. Stark hustend stand sie auf. Marion klopfte auf ihren Rücken. Die alte Dame atmete mehrmals tief durch. Plötzlich hielt sie inne und sagte: »Das Telefon, das Telefon hat geläutet.«

Marion und Bakker schauten sich an – sie hatten beide nichts gehört. Miriam Eisen eilte aus dem Zimmer.

»Da bin ich mal gespannt«, sagte Bakker, »die Alte hat doch gar keinen Anschluss.«

»Es war Dr. Kronthal«, erläuterte Miriam Eisen, als sie wieder am Tisch saß. »Er hat mir noch einmal bestätigt, dass es Unfälle waren.«

»Wollen Sie über die Unfälle sprechen?«, fragte Marion.

»Eigentlich nicht.« Ihre Augen irrten hin und her.

»Vielleicht kommen wir später darauf zurück«, beruhigte Marion sie. »Sagt Ihnen der Name Wilbur Arndt etwas?«

»Wilbur Arndt.« Ihre Unsicherheit war wie weggeblasen. »Geboren 1953, stimmt's?«

Marion nickte. Ihre Aufregung ließ sie sich nicht anmerken. Endlich eine Spur, dachte sie.

»Kommen Sie«, forderte Miriam Eisen sie auf. Sie ging den Gang entlang und zählte von siebenundsechzig rückwärts bis dreiundfünfzig, dann blieb sie stehen. »Hier«, sagte sie und deutete auf ein Foto, das zwei Kinder zeigte.

»Einer von beiden ist Wilbur«, stellte Marion fest.

Miriam Eisen nickte verträumt.

»Und welcher?«

»Der Kleinere mit dem ernsten Gesicht.«

Marion betrachtete das Bild eingehend: zwei Jungs, ungefähr dreizehn Jahre alt, die Arme gegenseitig um die Schulter gelegt. Der eine lachte herausfordernd in die Kamera, der andere schaute kritisch, fast schon ängstlich. Eine Ähnlichkeit mit dem heutigen Arndt konnte sie kaum erkennen. Die Lippen vielleicht. Mehr aber auch nicht. Marion zückte ihr Handy. »Wenn Sie gestatten, werde ich das Bild abfotografieren.«

Miriam Eisen stimmte abwesend lächelnd zu.

»Wie heißt eigentlich der andere?«, fragte Marion.

»Johannes Berg. Er war ein Wildfang. Er hatte immer Unsinn im Kopf, aber er war auch begabt. Klavier konnte er spielen; er konnte so schön spielen. Doch diese ständige Disziplinlosigkeit, das Auflehnen gegen die Ordnung. Dr. Kronthal musste ihn so oft maßregeln. Und dann kam der Unfall.«

»Was für ein Unfall?«

»Wir hatten eine Stanzerei, in der die Kinder arbeiten durften.«

»Sie durften arbeiten?«

»Eine erzieherische Maßnahme. Wer gut arbeitete, bekam Vergünstigungen.«

»Und Johannes?«

»Johannes hat nicht aufgepasst. Er hat einen Finger verloren. Mit dem Klavierspielen war es danach aus. Das hat er nicht verkraftet.«

»Natürlich war es ein Unfall«, warf Bakker ein.

»Ja, was denken Sie denn?«

»Ich denke, dass Wilbur Arndt auch ein Finger fehlt.«

»Dr. Kronthal hat mir versichert, dass es Unfälle waren. Er ist ein Ehrenmann«, sagte Miriam Eisen mit sich überschlagender Stimme. Sie stützte sich an der Wand ab, ihr Atem ging schnell.

»Beruhigen Sie sich. Ich glaube Ihnen.« Marions Worte hatten heilende Wirkung. Miriam Eisen entspannte sich. Marion strich ihr eine Strähne aus dem Gesicht und erntete ein verschüchtertes Lächeln.

»Können Sie uns sagen, was mit Johannes Berg weiter geschehen ist?«, fragte Marion sanft.

Miriam Eisen blickte traurig. »Der arme Junge ist ein halbes Jahr später an Gehirnhautentzündung gestorben. Wilbur hat das damals kaum verwunden. Die beiden waren bis dahin unzertrennlich. Wilbur hat sich zurückgezogen, er hat auf niemanden mehr gehört. Erst Dr. Kronthal hat ihn wieder auf den rechten Weg gebracht.«

Marion dachte sich ihren Teil und fragte: »Gibt es zu den damaligen Ereignissen Unterlagen?«

»Aber natürlich«, antwortete Miriam Eisen stolz und führte die beiden zu einer Tür am anderen Ende des Ganges. Sie zog einen Schlüssel hervor und öffnete. »Hier befindet sich das komplette Archiv der Brücke. Ich habe alles aufgehoben.«

Erstaunt betraten Marion und Bakker einen großen, fensterlosen Raum, der von alten Glühlampen erhellt wurde. Massive Regale, gefüllt mit Ordnern, reichten bis zur Decke.

Zielstrebig ging die Frau auf ein Regal zu und zog einen Ordner hervor. Mit krauser Stirn blätterte sie darin, um ihn dann Marion zu geben. Bakker blickte seiner Kollegin über die Schulter, während sie die Unterlagen studierte. Marion fand Johannes' Sterbeurkunde und Angaben zu seinen Eltern. Außerdem den dürren Lebenslauf Wilburs, der mit handschriftlichen Bemerkungen versehen war. Kurz überflog sie die wenigen Zeilen: Mutter bei der Geburt verstorben, Vater Alkoholiker. Das Sorgerecht wurde ihm schon nach zwei Monaten entzogen. Keine weiteren Verwandten. Wilbur wurde als verschlossen und schwer erziehbar beschrieben.

»Kann ich das mitnehmen? Ich werde es auch baldmöglichst zurückschicken«, sagte sie.

Miriam Eisen atmete tief durch. »Ungern, aber wenn ich die Unterlagen wiederbekomme: na gut.«

Bakker drängte sich vor. »Gibt es auch Protokolle über die Unfälle? Sie wissen schon.« Ein herablassendes Lächeln lag auf seinem Gesicht.

In Miriam Eisens Gesicht arbeitete es. Seufzend sagte sie: »Jetzt, wo alle tot sind, sollte der Wahrheit Genüge getan werden; ich muss ein Geständnis ablegen.«

Die beiden Polizisten horchten auf.

»Die Unfälle«, Miriam Eisen stockte, »manchmal waren es so viele. Und dann gab es Fragen von anderen Behörden. Untersuchungen wurden durchgeführt, unangenehme Menschen störten den Heimbetrieb. Da blieb nur ein Ausweg.«

»Was für ein Ausweg?«, fragte Bakker scharf.

»Gift«, antwortete Miriam Eisen mit glänzenden Augen. »Tödliches Gift im Hagebuttentee.«

Bakker wurde bleich.

»Erst Übelkeit, dann Würgereiz und zum Schluss Atemstillstand.«

Bakker öffnete seinen Hemdkragen, Marion beobachtete interessiert die alte Dame, die lächelnd ergänzte: »Wirkt aber nur bei einfältigen Polizisten.«

Perplex starrte Bakker Miriam Eisen an, die sich freute wie ein Kind.

»Das war lustig«, sagte sie. »Früher haben wir oft Scherze gemacht, da ging es hoch her bei uns. Ja, auch im Heim wurde viel gelacht.«

Bakker ballte seine Hand zur Faust. Marion drängte ihn zur Tür und sagte: »Ich glaube, wir gehen jetzt besser.«

Miriam Eisen wurde plötzlich wieder grau, sie schien regelrecht zu schrumpfen. Verunsichert fragte sie: »Hab ich Sie beleidigt? Das tut mir leid. Ich habe mich so über Ihren Besuch gefreut.«

Im Gang schüttelte Bakker Marions Arm ab. »Ich werde der Alten schon nichts antun«, brummte er.

Miriam Eisen folgte den beiden und nahm wieder das Telefon ab. »Einen Moment noch«, rief sie und winkte mit dem Hörer. »Es ist Dr. Kronthal. Er hat noch einmal versichert, dass es Unfälle waren. Hören Sie selbst.«

Marion nahm den Hörer und lauschte kurz. »Sie haben recht, Frau Eisen«, sagte sie. »Es ist alles in Ordnung.«

Die alte Frau nickte zufrieden und verschwand in ihrem Wohnzimmer.

***

Auf dem Weg zum Hauptgebäude sagte Bakker: »Natürlich war mir klar, dass der Tee nicht vergiftet war, weil du ja einen anderen hattest. Die Alte hätte kaum einen Zeugen haben wollen.«

»Genau«, entgegnete Marion lächelnd.

»Und die Leitung?«

»War natürlich tot.«

»Was für ein Ausflug«, stöhnte Bakker.

Die oberen Etagen des Hauptgebäudes waren nicht begehbar. Ein großes Loch zog sich durch alle Decken, sodass man vom Erdgeschoss bis in den Dachstuhl sehen konnte.

»Hier waren wohl die Klassenräume und oben die Schlafsäle«, mutmaßte Bakker.

»So wird es gewesen sein«, bestätigte Marion. »Gehen wir nach unten, vielleicht wird es da interessanter.«

Ein modriger Geruch empfing die beiden. Die Lichtkegel ihrer Taschenlampen huschten an feuchten Wänden entlang und erhellten leer stehende Räume. Der Boden war mit einer dünnen Staubschicht bedeckt.

»Da gibt es frische Fußabdrücke«, sagte Bakker. Die beiden folgten der Spur, die zu einer hohen, zweiflügeligen Tür führte. »WERKSTATT« stand auf einem verrosteten Schild. Bakker blickte Marion an – sie nickte. Vorsichtig drückte Bakker gegen einen Flügel, der quietschend nachgab. Ein weitläufiger Saal empfing sie. Durch ein Kellerfenster am gegenüberliegenden Ende fielen scharf gebündelte Sonnenstrahlen auf eine Werkzeugmaschine mit hohem Aufbau und einem massiven Tisch. An diesem Tisch kauerte eine Gestalt, deren linker Arm in einer Vorrichtung fixiert war.

Die beiden zogen ihre Waffen.

»Polizei«, rief Bakker und trat einen Schritt vor.

Ein Klicken ertönte, darauf folgte ein Surren. Dann setzte sich etwas an der Maschine in Bewegung.

»Das ist eine Stanze«, stellte Marion erschrocken fest. Die beiden rannten gleichzeitig los. Bakker hatte einen Mechanismus ausgelöst, der den Stempel der Maschine mit einer Kraft von mehreren Tonnen auf die Hand der Person hinunterfahren ließ. Die Stanze arbeitete präzise und schnell. Auf halbem Weg hörten sie ein trockenes Knacken. Marion hielt den Atem an, doch kein Schrei war zu vernehmen.

Sie verlangsamte ihren Schritt und blieb dann stehen. Auch Bakker stoppte. Die Lichtkegel ihrer Lampe erfassten nun das Gesicht der Person. Leblose Augen starrten sie an, ein geschminkter Mund lachte höhnisch.

»Eine Schaufensterpuppe.« Marion schüttelte den Kopf und steckte ihre Waffe weg. Auf dem Boden lagen zwei abgetrennte Finger, ein dritter befand sich noch auf dem Tisch. An einer Wand war der Kinderreim vom Fingermann zu lesen.

»So 'nen Scheiß hab ich noch nie erlebt. Der Typ muss krank sein«, meinte Bakker kurzatmig. »Wir müssen die Kollegen von der hiesigen Polizei verständigen. Die sollen die Spurensicherung kommen lassen.«

»Ja«, stimmte Marion zu und machte mit ihrem Handy Fotos. »Auf das Kompetenzgerangel hätte ich gerne verzichtet.«

Draußen rief Bakker Schorten an und informierte ihn. Dann statteten die beiden Miriam Eisen einen zweiten Besuch ab.

***

Bernhard Schorten war zur gewohnten Zeit auf dem Weg nach Hause. Seine Mitarbeiter waren instruiert, die Kollegen in Mecklenburg-Vorpommern informiert. Der aktuelle Fall gestaltete sich sehr interessant. Man hatte es entweder mit einem Psychopathen oder einem raffinierten Verbrecher zu tun, dessen eigentliches Motiv noch im Dunkeln lag. Dass der Entführer nur auf die vermeintlichen Missstände in diesem Heim aufmerksam machen wollte, schloss Schorten aus. Die nötige Aufmerksamkeit hätte er auch einfacher haben können.

Was seine Tochter betraf, hatte Marion Tesic recht gehabt. Maike betrieb ein Blog, eine Art Tagebuch, auf das jeder Mensch im Internet Zugriff hatte. Für ihn war es erschreckend, dass seine Tochter einem anonymen Millionenpublikum ihre intimsten Geheimnisse anvertraute, während sie mit ihm kaum sprach. Was waren das für Zeiten, wo ein Vater im Internet über das Befinden seiner Tochter nachlesen musste? Der Konsequenzen war sie sich sicher nicht bewusst. Genauso gut hätte sie ihr Tagebuch auch in einem Bahnhof verteilen können. Schorten beschloss, sie an diesem Abend noch anzurufen. Er musste sie vor weiteren Dummheiten schützen.

Das Küchenlicht brannte nicht. Schorten stellte den Wagen in der Garage ab und schloss das Tor. Auch sonst konnte er kein Licht im Haus erkennen. Schorten betrat den Flur und rief laut den Namen seiner Frau. Keine Antwort. Er schaute auf seine Uhr. Um diese Zeit war sie sonst immer zu Hause. Das Abendessen sollte jetzt auf dem Tisch stehen. Zwar hatte er nicht angerufen, aber er rief auch nur an, wenn er länger arbeiten musste. Heute war er pünktlich. Der Abend hätte seinen üblichen Verlauf nehmen sollen. Die Tür zur Küche stand offen. Schorten machte Licht. Die Küche war aufgeräumt, auf dem Esstisch lag ein Brief.

»Bernhard« stand, in der klaren Handschrift seiner Frau, auf dem Kuvert. Schorten öffnete es und entnahm zwei dicht beschriebene Blätter. Er setzte sich und las, was er nicht verstand.

Magnus Westermark, der bekannte Grafologe, legte die Lupe zurück und sagte: »Tut mir leid, Bernhard. Es ist eindeutig Cordulas Schrift.« Er war sofort zu Schorten gefahren, nachdem dieser ihn angerufen hatte. Die Stimme seines Freundes hatte ihn zur Eile gemahnt.

Schorten raufte sich die Haare. »Das kann aber nicht sein. Cordula hätte mich niemals verlassen, und sie hätte niemals so einen Brief geschrieben.«

Westermark legte seine Hand auf Schortens Schulter. »Vielleicht klärt sich ja alles auf.«

»Was soll sich aufklären? Das ist ja mehr als deutlich.« Schorten zeigte auf den Brief. »Aber die Art der Formulierungen, der Inhalt. Kann man da Ungereimtheiten erkennen? Hat man sie möglicherweise zu diesem Brief gezwungen?«, fragte er verzweifelt.

Seufzend entgegnete Westermark: »Die Handschrift ist flüssig, das Schriftbild klar. Hierin kann ich keine Anzeichen von Zwang erkennen. Was die Formulierungen betrifft, ist es schwer, eine Aussage zu machen. Jedoch entsprechen sie Cordulas Stil. Vielleicht ist ihr ja alles über den Kopf gewachsen. Vielleicht braucht sie ein bisschen Abstand.«

»Abstand. Abstand wovon? Wir waren doch glücklich.«

Schortens Blick fiel auf die Zeile, die ihn am meisten getroffen hatte: »Unser Leben war doch keins«, stand in sauberer Schrift auf dem Papier. »Das kann sie unmöglich geschrieben haben«, schluchzte er.

Westermark zuckte hilflos mit den Schultern.

Schorten atmete tief durch und sagte: »Wenn ich jetzt nicht

dein Freund wäre, wenn es sich hier um ein ganz normales Gutachten handeln würde, wie würde dein Urteil ausfallen?«

Westermark lehnte sich zurück und sagte: »Nüchtern betrachtet, handelt es sich hier um einen wohlüberlegten Brief, der in aller Ruhe geschrieben worden ist. Inhalt und Aussage sind so gewollt. Eine Einflussnahme durch Dritte ist auszuschließen.«

Schorten schloss die Augen und nickte – einmal, zweimal –, dann straffte er sich und sagte: »Gut. Man muss die Welt nehmen, wie sie ist. Das Prinzip von Ursache und Wirkung gilt immer, und ich werde aufklären, was Cordula zu diesem Schritt gebracht hat. Ich werde ihr Motiv herausfinden.«

»Du willst was?« Westermark blickte ungläubig. »Aber Bernhard, du kannst das doch nicht wie einen neuen Fall behandeln. Hier geht es um deine Ehe, um Gefühle.«

»Wo Gefühle herrschen, versagt der Verstand. Ich kann Cordulas Abschied so nicht akzeptieren. Es gibt keinen rationalen Grund für ihr Verhalten.«

»Menschen handeln selten rational, besonders nicht in Beziehungen.«

»Du kennst Cordula nicht gut genug. Sie ist ein Vernunftmensch.«

Westermark machte eine hilflose Geste, und Schorten stand auf. »Vielen Dank für dein schnelles Kommen, Magnus. Ich bitte dich, die Sache für dich zu behalten. Vorerst soll keiner davon erfahren.«

Nachdem Schorten Westermark hinauskomplimentiert hatte, rief er sich den Streit mit Wilbur Arndt in Erinnerung. Die Andeutungen über seine Ehe und dass jeder Mensch einen schwachen Punkt habe. Den Obdachlosen mit dem Verschwinden seiner Frau in Verbindung zu bringen, war mehr als abenteuerlich, das war Schorten bewusst. Dennoch war es für ihn ein Hoffnungsschimmer. Es fiel ihm leichter, seine Frau als Teil einer Verschwörung zu sehen, als zu akzeptieren, dass sie ihn verlassen hatte. Diese Sichtweise gab ihm neue Kraft; er hatte nun eine Aufgabe, und er brauchte mehr Informationen. Schorten wählte die Nummer seiner Tochter.

»Papa, was willst du denn?«, klang es ungehalten aus der Leitung.

»Es ist etwas Unvorhergesehenes passiert.«

»Das gibt es manchmal. Kannst du ein bisschen deutlicher werden?«

»Deine Mutter ist verschwunden.«

»Wie, verschwunden?«

»Sie hat mich verlassen.« Schortens Stimme zitterte. Nur mit Mühe konnte er ein Schluchzen unterdrücken. »So steht es zumindest in ihrem Abschiedsbrief«, ergänzte er schnell.

Einen Moment lang herrschte Schweigen, dann fragte Maike: »Hat sie einen Grund genannt?«

»Mehrere. Aber keiner entspricht ihrem Naturell. So ist sie nicht.«

»Was weißt du schon von Mutter?«

»Genug, um zu wissen, dass sie zufrieden war. Es ging ihr gut, auch finanziell. Wir hatten beide die gleiche Lebensauffassung. Das alles wirft man nicht einfach weg.«

»Du kennst sie nicht. Du hast sie noch nie so gesehen, wie sie ist.«

»Was soll das? Du redest wie Magnus.«

»Der Grafologe? Du hast ihm doch nicht etwa den Brief gezeigt?«

»Natürlich, ich musste doch wissen, ob er echt ist.«

»Genau das ist es.« Die Stimme Maikes wurde schneidend. »Bevor du an dir zweifelst, zweifelst du an allem anderen. Aber eure Ehe war nicht perfekt. Sie war eine Zweckgemeinschaft.«

»Das darfst du nicht sagen, das stimmt nicht.«

»Oh, Vater. Du machst dir noch immer etwas vor. Diese Ehe, unser angebliches Familienglück – alles nur Fassade. Mutter war nie eine Mutter. Sie ist dafür nicht geeignet, weil sie nicht wie andere Menschen ist. Sie hat keine Gefühle. Sie ist eiskalt.«

Einen Moment lang herrschte Stille in der Leitung. Schorten versuchte das schon oft Gehörte zu verdauen. Seine Tochter erging sich wieder einmal in ihren pubertären Vorwürfen.

Maike sprach weiter, ihre Stimme bebte. »Dich hat sie ausgenutzt und mich wie eine ihrer Porzellanpuppen behandelt:

erst abgestaubt und dann ins Regal gestellt. Hauptsache, nach außen wirkt alles ordentlich.«

»Rede nicht so von deiner Mutter!«

»Ich hab das alles so satt. Ich bin so froh, dass ich weg von euch bin. Eine Familie lebt von Liebe, verstehst du das denn nicht?«

Schorten schwieg eine Weile und antwortete dann: »Liebe zeigt sich auch in gegenseitigem Respekt.«

»Dir ist nicht zu helfen«, entgegnete Maike.

Wieder entstand eine Pause. Schorten ordnete seine Gedanken, das Gespräch hatte einen ungeplanten Verlauf genommen. Mit seiner Tochter konnte man einfach nicht vernünftig reden; was wusste die schon vom Leben? Schorten besann sich und kam zu dem Punkt, der ihn Maike hatte anrufen lassen. »Cordula hat geschrieben, dass sie erst einmal Urlaub macht. Hast du eine Ahnung, wo das sein könnte?«

»Nein, aber wenn sie mit dir reden will, wird sie sich schon melden.«

»Wann hast du zum letzten Mal mit ihr gesprochen?«

»Vor zwei Tagen; ich habe Geld gebraucht.«

Mühsam unterdrückte Schorten eine Bemerkung zu Maikes unverantwortlichem Umgang mit ihren Finanzen. »Hat sie da irgendwelche Andeutungen gemacht?«

»Ja. Andeutungen hat sie schon immer gemacht. Auch dir gegenüber. Nur kannst du nicht zuhören. Du hörst nur das, was du hören willst.«

Langsam drohte Schorten, die Beherrschung zu verlieren. Trotzig sagte er: »Wenn du mir nicht helfen willst, dann lass es. Ich komm schon allein klar.«

»Das wirst du von nun an auch müssen. Bei all ihren Fehlern ist sie wenigstens konsequent. Die hat genug von eurem Scheiß-Lebensglück, die siehst du nie wieder.«

»Maike, du wirst dich jetzt sofort entschuldigen!«

Die letzten Worte Schortens hatte seine Tochter nicht mehr gehört. Sie hatte aufgelegt.

Schortens Hand umschloss den Hörer fester, seine Knöchel traten weiß hervor. Kurz war er versucht, das Telefon gegen die Wand zu schmettern, doch dann besann er sich eines Besseren. Zeit und Alter würden Maike schon Vernunft lehren. Viel wichtiger als sich über das respektlose Benehmen seiner verwöhnten Tochter aufzuregen, war es, mit Bedacht und Verstand vorzugehen.

Nachdem er mehrere Möglichkeiten durchgespielt hatte, rief er seinen Mitarbeiter Kai Mendel an. Er gab ihm zu verstehen, dass er von dessen ewigem Krankfeiern genug habe und dass er seine Karriere vergessen könne, wenn er seinen Anweisungen nicht Folge leisten würde. Irritiert, aber gefügig fragte Mendel, was er tun solle. Schorten gab ihm den Auftrag, alles über das Privatleben seiner Frau herauszufinden. Wo sie verkehre, welchen Umgang sie pflege, ob sie einen Geliebten hätte. Das alles solle er privat ermitteln, niemand dürfe davon erfahren. Weitere Fragen Mendels würgte Schorten ab.

Im Schlafzimmer seiner Frau, die beiden schliefen schon seit Jahren getrennt, stellte Schorten fest, dass zwei Koffer und ein großer Teil ihrer Garderobe fehlten. Schorten setzte sich auf ihr Bett und roch am Kopfkissen. Der Geruch kam ihm fremd vor. Wann hatte er zuletzt sein Gesicht in ihrem Haar vergraben? Tränen schossen in seine Augen. Schorten umarmte das Kopfkissen und versuchte, die Beherrschung zurückzugewinnen. »Disziplin und Würde«, die Leitlinie seines Lebens, hämmerte er sich wie ein Mantra ein. Doch es half nichts.

In dieser Nacht fand Schorten keine Ruhe. In seinem Herzen herrschte eine vollkommene Leere, eine Leere, die er durch glückliche Erinnerungen auffüllen wollte. Erinnerungen, die er nicht hatte.

Zauberhafter Regen

Wie er diesen Schwächling hasste. Da kniete er wieder. Den Sack über dem Kopf, die Hände auf dem Rücken, die Vorrichtung gespannt. Er erfüllte die Erwartungen in keiner Weise. Er kannte das Gedicht, und er hatte die Schule durchlebt. Dennoch lehnte er sich nicht auf. Loki wandte sich vom Überwachungsschirm ab. Dieses Mal würde er ihn warten lassen, sehr lange sogar. Vielleicht änderte die Verzweiflung Fabians Einstellung. Aus Verzweiflung entsteht Wut, und auf Wut folgt die Tat. Nur wenn er sich wehrte, bekam alles einen Sinn.

Loki studierte die Zeitung. Noch hielt er alle Fäden in der Hand. Das Publikum las, ohne zu verstehen, die Polizei rannte und kam doch nicht vom Fleck. Wichtige Hinweise wurden übersehen und private Probleme schränkten das Urteilsvermögen ein. Die Welt des Chefermittlers brach zusammen, weil seine Frau ihn verlassen hatte. Wo Verstand gefragt war, regierten nun Emotionen. Falsche Freunde zeigten ihr wahres Gesicht und zerfleischten sich gegenseitig. Wie dumm konnten diese Spezialisten nur sein, dass sie das Offensichtliche nicht sahen? Ein Lächeln huschte über das Gesicht des Entführers. Der Gipfel der Konfusion war noch lange nicht erreicht.

Wilbur Arndt für das BERLINER TAGESGESCHEHEN. Fortsetzung folgt.

***

Tag sechs, Freitagmorgen, der 18. April

Bakker und Marion Tesic warteten seit einer halben Stunde in Schortens Büro.

»Bernhard hat sich noch nie verspätet«, sagte Bakker. »Vielleicht sollten wir mal bei ihm zu Hause anrufen.«

Marion reichte ihm wortlos das Telefon.

Bakker zögerte. »Er mag es nicht, wenn er grundlos angerufen wird.«

Lächelnd nahm Marion das Telefon wieder zurück. »Du bist der Ranghöhere, du entscheidest.«

Bakker verzog säuerlich das Gesicht. In dem Moment flog die Tür auf, und Schorten stürmte in das Büro.

»Wer hat das zu verantworten?«, schrie er und knallte das BERLINER TAGESGESCHEHEN auf den Tisch. Bakker zog den Kopf ein, und Marion musterte verwundert ihren Chef.

»Karl, hast du diese Folge freigegeben?« Schorten fixierte Bakker, der unter seinem Blick immer kleiner wurde.

»Ich weiß nicht, wo das Problem ist«, sagte Bakker unsicher.

»Muss ich es noch extra vorlesen?«

Bakker studierte hilflos den Text. Er wusste offenbar nicht, was Schorten meinte. Auch Marion Tesic schien keine Ahnung zu haben.

»Hier steht«, Schorten tippte mit dem Zeigefinger auf die Zeitung, »dass der Chefermittler den Überblick verliert, weil ihn seine Frau verlassen hat.«

»Und das stimmt?«, fragte Bakker verwundert.

Schorten ließ plötzlich seine Schultern hängen, die ganze Anspannung fiel von ihm ab. Konsterniert setzte er sich. »Ihr wisst nichts davon«, stellte er fest. »Natürlich, woher auch?«

Schortens unordentliche Kleidung fiel auf. Das Hemd war ungebügelt, das Sakko passte nicht zur Hose.

»Ist was mit Ihrer Frau?«, fragte Marion Tesic.

Schorten zögerte mit der Antwort und massierte seine Schläfen. Nüchternes, überlegtes Handeln war seine Stärke, und jetzt ließ er sich von seinen Gefühlen leiten und gab sich der Lächerlichkeit preis. Ein unverzeihlicher Fehler. Dieser Wilbur Arndt setzte ihm mächtig zu, er spielte mit ihm. Nur welche Qualität das Spiel hatte, war unklar. Hatte Arndt mit seinen Provokationen einfach nur Glück, oder sollte sich Schortens insgeheim gehegter Verdacht tatsächlich bestätigen? Der zweiten Möglichkeit ging er selbst nach. Eine offizielle Untersuchung wollte er unbedingt vermeiden. Er wusste ja aus eigener Erfahrung, wie so etwas ablief. Man tauschte sich aus, Gerüchte entstanden, und bald kannte das ganze Revier intime Einzelheiten aus dem Privatleben des Hauptkommissars, die man auf den Gängen breittrat.

Um dem zuvorzukommen, schaute Schorten in die fragenden Gesichter seiner Mitarbeiter und sagte: »Ich hatte eine unruhige Nacht und bin etwas durcheinander, ihr müsst entschuldigen. Was meine Frau betrifft: Sie war gestern Abend nicht zu Hause, darum meine überzogene Reaktion. Die Überschneidung mit Arndts Ansage in der Zeitung ist reiner Zufall. Arndt versucht alles, um mich zu provozieren, und hat hier versehentlich ins Schwarze getroffen.«

»Deine Frau ist einfach so verschwunden? Das ist doch gar nicht ihre Art. Sie ist doch sonst immer so zuverlässig«, sagte Bakker übertrieben mitfühlend.

»Ich will das Thema nicht vertiefen, das ist privat«, entgegnete Schorten gereizt. Bakkers aufgesetztes Mitgefühl ärgerte ihn maßlos.

Doch Bakker hakte nach: »Dennoch ist die Sache merkwürdig. Erst das Verschwinden deiner Frau, dann Arndts Geschichte.«

»Ich glaube, ich habe mich deutlich genug ausgedrückt. Mein Privatleben steht hier nicht zur Diskussion. Ist das klar?«

Bakker hob einlenkend seine Hände. Schorten fixierte ihn noch einen Augenblick und legte dann die Zeitung zu den Unterlagen.

»Kehren wir zu dem Entführungsfall Flaig zurück«, sagte er mühsam beherrscht. »Wo ist Herr Arndt?«

»Arndt schläft«, entgegnete Bakker vorsichtig.

»Dann hol ihn!«

»Geht nicht. Er ist vollkommen betrunken.«

Schorten zog scharf die Luft ein. »Hab ich dir gestern nicht gesagt, dass ich ihn nach der morgendlichen Besprechung sehen will?«

»Ja, schon. Aber ich bin doch nicht sein Kindermädchen.«

Jetzt explodierte Schorten. Er schlug mit der Faust auf den Tisch.

»Mir reicht es, Karl! Deine Nachlässigkeiten hängen mir zum Hals raus. Du taugst nicht einmal für die Ablage.«

»Aber Bernhard …«

»Und die Vertraulichkeit kannst du dir sparen. Viel zu lange habe ich Nachsicht geübt. Dein Umgangston, dein Verhalten Mitarbeitern gegenüber ist unerträglich. Du ignorierst ständig meine Anweisungen. Habe ich dir nicht auch gesagt, dass ich jeden Text von Arndt lesen will, bevor er veröffentlicht wird?«

Bakker wich Schortens Blick aus. »Es war schon spät, als Arndt den Text abgeliefert hat. Ich wollte dich nicht mehr stören. Ich dachte, das geht so schon in Ordnung.«

»Du denkst ziemlich viel, nur merkt es keiner.«

»Ich finde, du übertreibst jetzt.«

»Der Meinung bin ich nicht. Viel zu lange habe ich dein Benehmen akzeptiert. Damit ist nun Schluss. Und jetzt raus!«

Bakker stand auf. »So lass ich nicht mit mir reden.«

Schorten schrie: »RAUS!«

Als Bakker das Büro verlassen hatte, bedeutete Schorten Marion zu bleiben. Während er fahrig seinen Schreibtisch aufräumte und den Computer hochfuhr, stellte sie fest: »Ihnen geht es nicht gut.«

»Nein, nicht besonders.« Schorten versuchte zu lächeln. »Aber das Leben ist nun mal hart, wie man so schön sagt.« Auch sein zweites Lächeln misslang. »Ein bisschen Geduld, ich hab's gleich«, fügte er an und öffnete die E-Mail des Entführers. Aufmerksam las er den Text, dem er nichts Auffälliges entnehmen konnte. Dann spielte er die Nachricht mit dem Lebenszeichen des Entführungsopfers ab. »Wie gehabt«, sagte er.

Marion nickte.

»Was meint der Psychologe?«

»Viele Worte und wenig Substanz. Im Grunde weiß er genauso wenig wie wir.«

»Wie immer, nicht wahr?«

Marion nickte abermals, und Schorten gelang diesmal das Lächeln, er wirkte jetzt sichtlich entspannter. Marion nutzte den Augenblick und fragte: »Ihnen ist sicher nicht entgangen, dass der Entführer unsere Arbeit vorwegnimmt beziehungsweise uns auf von ihm gelegte Spuren führt?«

»Durchaus nicht. Das liegt aber in der Natur der Sache. Er liefert uns Hinweise, denen wir nachgehen müssen.«

»Ja, aber dadurch verlieren wir die Souveränität. Wir reagieren, anstatt zu agieren.«

»Haben Sie einen besseren Vorschlag?«

»Wir sollten uns mit Herrn Arndts Ausführungen beschäftigen, und zwar mit jenen, die er nicht aus der E-Mail ableiten kann. Wie Sie sicher bemerkt haben, steht nichts über Ihre Frau darin. Deshalb müssen wir, auch wenn es Ihnen aus verständlichen Gründen schwerfällt, die Frage stellen, wie er vom Verschwinden Ihrer Frau wissen konnte.«

Schorten musterte Marion, die seinem Blick standhielt, und entgegnete: »Sie haben natürlich recht. Von einem Zufall kann man kaum ausgehen.«

»Gut«, sagte sie. »Die Frage ist, woher hatte Arndt die Information? Wer weiß außer Ihnen davon?«

»Magnus Westermark, er ist ein guter Freund, und natürlich meine Tochter«, antwortete Schorten, Mendel ließ er aus dem Spiel, das ging Tesic nichts an.

»Und kann einer von den beiden mit Arndt im Kontakt stehen?«

»Nein, aber ...« Schorten schüttelte den Kopf. »Wie konnte ich das nur vergessen?« Er tippte eine Internetadresse ein, und auf dem Bildschirm erschien das Tagebuch seiner Tochter. Sofort sah er den Eintrag. Tonlos sagte er: »Hier, lesen Sie. Den Hinweis hatte ich ja von Ihnen.«

Marion überflog den Text. Gestern Abend um 20 Uhr 13 hatte Schortens Tochter der Welt mitgeteilt, dass ihre Mutter ihren Vater verlassen hatte.

»Das war eine Stunde, bevor Arndts Text abgeschickt wurde«, stellte sie fest.

Schorten lehnte sich zurück und sagte: »So einfach ist das also. Arndt liest in Maikes Blog und verarbeitet die Information sofort in seiner Geschichte.«

»Es sieht ganz danach aus«, entgegnete Marion enttäuscht; sie hatte mit einer sicheren Spur gerechnet.

Schorten überflog noch ein paar Seiten des Tagebuchs, dann schloss er die Webseite. »Verrückt, was Maike alles dem Internet anvertraut, nicht wahr?«

Marion zuckte mit den Schultern. »Ihre Tochter ist da nur eine von vielen. Ich habe es Ihnen ja gesagt.«

Seufzend schob Schorten die Tastatur weg und erwiderte: »Ich werde dafür sorgen, dass das gelöscht wird.« Nach einer kurzen Pause fügte er hinzu: »Haben Sie Vorschläge für unsere weitere Vorgehensweise?«

»Ja. Auch wenn wir Arndt bisher nichts nachweisen können, bleibt er unser Hauptverdächtiger, der Verdacht hat sich sogar erhärtet. Wie wir jetzt wissen, war Arndt im Tromptower Kinderheim, also ausgerechnet in dem Heim, auf dessen Missstände Loki unsere Aufmerksamkeit lenkt. Eine Verbindung ist mehr als offensichtlich. Ich gehe davon aus, dass Loki selbst Insasse des Heims war. Wahrscheinlich hat er Arndt dort kennengelernt. Deshalb sollten wir Arndts damaliges Umfeld eingehend überprüfen.«

»Das sehe ich auch so. Schauen Sie mal, was Sie von hier aus erreichen können. Eventuell müssen Sie noch mal nach Tromptow. Was sagt eigentlich die Spurensicherung über die Werkstatt?«

»Der Bericht steht noch aus. Ich werde Sie auf dem Laufenden halten.«

»Und wie sieht es mit Arndts Artikeln für den STRASSENRAND aus, die Sie durchforsten wollten?«

»Ich habe nichts Auffälliges gefunden.«

»Alles in allem sind wir also nicht viel weiter. Wir haben zwar eine Verbindung von Arndt zu dem Entführer entdeckt, aber was sagt das schon aus? Es kann ja durchaus sein, dass Arndt Loki gar nicht kennt, selbst wenn die beiden im gleichen Heim waren. Vielleicht wurde er nur zufällig von Loki ausgewählt. Außerdem müssen wir Arndts Verhalten berücksichtigen; er legt es ja geradezu darauf an, verdächtig zu sein. Womöglich gefällt ihm einfach die Rolle des Hauptverdächtigen, und wir ermitteln in eine ganz falsche Richtung. Wer weiß?«

»Das mag schon sein. Dennoch ist er unsere einzige Spur. Bei ihm laufen alle Fäden zusammen.«

Schorten nickte. »Bleiben Sie an Arndt dran.«

***

Der für Arndts Überwachung zuständige Beamte rief Marion am frühen Nachmittag an und teilte ihr mit, dass Arndt im Begriff war aufzubrechen. Marion übernahm die Bewachung und folgte Arndt, der entweder schon wieder oder immer noch betrunken war. Unerträglich langsam schleppte er sich zur U-Bahn-Station, wo er beinahe die Treppe hinunterfiel. Im Zug schlief er ein, bis ein Kontrolleur seine Fahrkarte verlangte. Danach schloss er abermals die Augen. Kurz vor der Endstation weckte Marion ihn. Seine trüben Augen schienen sie gar nicht wahrzunehmen, als sie fragte: »Herr Arndt, wo wollen Sie denn hin?«

Arndt flüsterte: »Der Weg ist das Ziel«, und ergänzte dann etwas lauter: »Wenn ich das verrate, ist die ganze Überwachung fürn Arsch.« Daraufhin drehte er sich weg und schlief abermals ein. Genervt setzte sich Marion ans andere Ende des Zugabteils.

An der Endstation stieg Arndt erst aus, als ihn das Reinigungspersonal hinauswarf. Er quälte sich zum gegenüberliegenden Bahnsteig, wo er seltsam anmutende gymnastische Übungen durchführte. Auf zittrige Kniebeugen folgte Armkreisen und eine Art Schattenboxen. Dann hüpfte er von einem auf das andere Bein, und zum krönenden Abschluss rannte er auf der Stelle, was er aber nur ein paar Sekunden durchhielt.

Als die nächste U-Bahn eintraf, stieg er ein und fuhr zurück bis zum Bahnhof Zoo. Dort trieb er sich eine Weile herum und bettelte Touristen an. Irgendwann entdeckte er einen Straßenmusiker, den er auf seiner Flöte begleitete, bis dieser ihn vertrieb. Aus sicherer Entfernung schrie Arndt noch Dinge wie »Zensur und Diktatur«, dann rannte er um die Ecke.

»Auch das noch«, stöhnte Marion und folgte ihm. Sie sah gerade noch, wie er den Bahnhof verließ. Als sie draußen angekommen war, hatte sie ihn aus den Augen verloren.

Marion entschied sich, Richtung Ku'damm zu gehen, weil er sich dort in der Menge am besten verstecken konnte. Nach zehn Minuten erfolglosen Suchens setzte sie sich auf eine Bank und wartete. Es kam so, wie sie es sich gedacht hatte. Arndt tauchte wieder auf. Er hatte eine Plastiktüte mit dem Aufdruck eines lachenden Schweinekopfs in der Hand und kam auf sie zu. Im Vorbeigehen gab er ihr wortlos einen Zettel.

Schicksalsergeben stand Marion auf und folgte Arndt. Im Gehen las sie: »Bereiten Sie sich auf Regen vor.« Marion blickte zum Himmel. Es war keine Wolke zu sehen.

Diesmal schien Arndt keine Zeit zu verlieren. Ohne Umschweife nahm er die S7 und stieg beim Hackeschen Markt aus. Auf dem Vorplatz stand wie üblich Max Dreiklang und verkaufte den STRASSENRAND. Seine Begrüßung Arndt gegenüber fiel sehr verhalten aus. Erst als er Marion sah, lächelte er. Arndt hatte von Max inzwischen eine alte Obstkiste erhalten, mit der er hinunter zur Spree strebte. Marion deutete dem Zeitungsverkäufer an, dass sie Arndt folgen müsse, woraufhin dieser seine Habseligkeiten zusammenpackte und sich ihr anschloss.

»Ist eh gerade Flaute, das Geschäft zieht erst am Abend wieder an«, erklärte Max. »Und heute sieht Wilbur entschlossen aus; wird bestimmt ein guter Auftritt.«

Am Spreeufer, dort, wo man einen herrlichen Blick auf die Museumsinsel hatte, machte eine junge Frau mit extrem kurzen Haaren auf sich aufmerksam. Sie saß auf einem Verstärker und trug eine kurze schwarze Jacke mit hohem Pelzkragen. Während sie auf ihre E-Gitarre eindrosch und am Verstärker die Lautstärke regulierte, nickte sie Arndt zu, der sich mit seiner Kiste neben sie gesellte.

»Sieh an, Jeanne d'Arc von der Zeitungsredaktion«, bemerkte Marion.

»An besonderen Tagen unterstützt sie Wilbur«, erklärte Max.

»Und heute ist ein besonderer Tag?«

»Sieht ganz so aus.«

Marion und Max stellten sich in einigem Abstand zu den beiden auf. Bald kamen noch ein paar Neugierige, hauptsächlich Touristen, hinzu. Arndt mühte sich auf seine Kiste, und Jeanne d'Arc stellte abrupt ihr wildes Spiel ein.

»Thema heute«, rief Arndt, »›Der freie Wille ist eine Illusion.‹ Teil eins.«

Jeanne d'Arc spielte einen Tusch oder das, was sie dafür hielt. Arndt breitete seine Arme aus.

»Ich sage nur: Neurobiologie, Neurophysiologie, Neuropsychologie und CIA. AIDS war nur ein Versehen, ein Ausrutscher, der auf das wahre Arsenal hinweist. Die Katastrophe ist längst geschehen, wir alle sind Sklaven unserer Neuronen. Sie feuern und wir gehorchen. Hier, schaut es euch an.« Jetzt griff Arndt in seinen Rucksack und zog die Plastiktüte mit dem Schweinekopf-Bild heraus. Aus der Naht der Tüte tropfte Blut.

»Das Scheißding ist undicht«, fluchte Arndt und entnahm eine rosagraue Masse, die er eingehend betrachtete. »Das menschliche Gehirn, ungefähr tausenddreihundert Gramm schwer, bestehend aus Milliarden von Neuronen, ist unser Chef. Und unser Chef ist ferngesteuert!« Arndt hielt das Hirn hoch, Blut lief in seinen Ärmel, Jeanne d'Arc spielte einen weiteren Tusch, und der Kreis um die beiden wurde dichter.

»Der kalifornische Neuropsychologe Benjamin Libet hat festgestellt, dass jeder bewussten Entscheidung ein Befehl im Gehirn vorauseilt. Das heißt: Wenn ich mich bewusst entscheide, zum Beispiel meinen linken Arm zu heben, dann war der Befehl dazu schon längst vorbereitet. Das heißt wiederum: Unser Wille gleicht einem Hahn, der glaubt, die Sonne gehe auf, weil er kräht. Oder, wie es der Herr Professor Wolfgang Prinz vom Max-Planck-Institut sagt: Wir tun nicht, was wir wollen, sondern wir wollen, was wir tun.«

Jeanne d'Arc hämmerte nun wie wild auf ihrer Gitarre herum, und Arndt drehte sich um die eigene Achse. Einige Zuschauer wandten sich kopfschüttelnd ab, andere feuerten die beiden an. Arndt bot mit ausholender Geste seiner Musikerin Einhalt, dabei wäre er fast von der Kiste gestürzt.

»Jetzt müssen wir uns fragen: Woher kommen die Befehle in unserem Gehirn?« Jeanne d'Arc spielte einen hohen Ton, den sie lange hielt.

»Die Antwort lautet: elektromagnetische Schwingungen. Subtile Beeinflussung der Neuronen von außen. Wir alle sind Sklaven der unsichtbaren Strahlen. Und die Strahlungsdichte nimmt täglich, nein, stündlich zu. Überall sind sie, diese Strommasten, Antennen und Satelliten. Mit jedem Tag nimmt die Macht des Gestalters zu, mit jedem Tag verlieren wir ein Stück Freiheit. Und wenn ihr Beweise wollt, dann schaut nur nach

Amerika, dort findet ihr den lebenden Beweis des ferngesteuerten Menschen: Präsident George W. Bush.«

»Aber der ist doch längst abgewählt«, warf jemand ein.

»Das ist nur die offizielle Version«, entgegnete Arndt, während Jeanne d'Arc die verzerrte Hymne der USA anstimmte. Arndt führte seine Hand zum Herzen und sang voller Inbrunst mit. Max und andere klatschten Beifall, während einige Touristen, offensichtlich Amerikaner, nicht wussten, wie sie sich verhalten sollten. In diesem Moment begann es zu regnen.

Schwere Tropfen trieben die Menschen zu den nächsten Unterständen. Marion folgte gezwungenermaßen Jeanne d'Arc, da sie sich bereit erklärt hatte, den Verstärker zu tragen, der immer noch mit der Gitarre verbunden war. Max Dreiklang rollte hastig die Kabeltrommel auf und versuchte mit Jeanne d'Arc Schritt zu halten. Nur Arndt ließ sich von der Hektik nicht anstecken und blieb zurück.

Die drei fanden unter der Markise eines Cafés Schutz. Marion spähte zum Himmel. Sie hatte die dunklen Gewitterwolken, die nun die Sonne verdeckten, nicht kommen sehen. Ein Blitz zuckte, und der Regen wurde so dicht, dass man kaum zum Ufer der Spree sehen konnte. Nervös hielt Marion nach Arndt Ausschau. Sie hatte ihn doch nicht verloren?

Minuten verstrichen, die Abwasserschächte konnten die Wassermassen kaum noch fassen, als sich Arndts Gestalt aus der grauen Wand schälte. Er trug einen breitkrempigen Hut, der die gleiche Farbe wie sein Mantel hatte. Kurz vor der Markise blieb er stehen und musterte die Unterstehenden. Der Regen rann in Sturzbächen von der Hutkrempe über seine Schultern.

»Es ist an der Zeit, Jeanne d'Arc«, sagte er und begann mit rauer Stimme einen englischen Text zu zitieren:

»As I did walk by Hampstead Fair
I came upon Mother Goose
so I turned her loose – she was screaming.«

Die Zeilen wiederholte er, und Jeanne d'Arc untermalte das Gesagte mit dezenten Tönen. Arndt zwängte sich zwischen die anderen und setzte sich auf den Verstärker. Die vereinzelten Töne vereinten sich zu einer Melodie, und das Gesprochene wurde gesungen; eine Ballade, angesiedelt zwischen Folk und Blues, entstand. Angenehm überrascht, versuchte Marion das Gesungene zu übersetzen, ohne aber daraus schlau zu werden:

»Saw Johnny Scarecrow make his rounds
in his jet-black 'mac, which he won't give back
stole it from a snowman.«

Arndt, noch immer singend, kramte aus seinem Rucksack eine Sammelbüchse, die stark an die von »Brot für die Welt« erinnerte, und stellte sie vor sich ab, was wenig Sinn machte. Es regnete noch immer, zahlendes Publikum war nicht in Sicht.

Wie würde Bakker wohl reagieren, wenn er mich so sähe?, dachte Marion. Sie, mit dieser abgerissenen Truppe unter einer Markise und vor sich eine Sammelbüchse. Nichts Gutes mit Sicherheit. Marion lächelte. Die Musik nahm sie mit und ließ sie ihre Augen schließen, ihre Gedanken reisten ans Meer. Aller Ballast fiel von ihr ab. Es brauchte nicht viel, um glücklich zu sein.

»Immer muss ich recht haben«, sagte Arndt und holte Marion in die Wirklichkeit zurück. Sie blinzelte. Ihre Augen hatten Probleme, sich an das diffuse Licht zu gewöhnen, am grauschwarzen Himmel glaubte sie eine Möwe zu sehen, die in einer Wolke verschwand.

»Wegen des Regens?«, fragte sie.

Arndt nickte.

»Sie haben viele verborgene Talente: Meteorologe, Musiker, Verschwörungstheoretiker, Schriftsteller. Was kommt als Nächstes? Ein weißes Kaninchen, hervorgezaubert aus Ihrem Hut?«

»Sie müssen nur genau hinsehen. Ich bin Johnny, die Vogelscheuche, und drehe meine Runden«, antwortete Arndt, indem er eine Zeile des Liedes übersetzte.

Marion ergänzte: »In dem pechschwarzen Regenmantel, den er nicht zurückgeben will.«

»Genau«, sagte Arndt und fügte verschwörerisch an: »Den habe ich dem Schneemann gestohlen.«

Max Dreiklang warf ein: »Das kapiere ich nicht. Klingt aber irgendwie schön.«

»Wer alles versteht, stirbt vor Langeweile«, entgegnete Arndt.

»Weil ihn nichts mehr überraschen kann?«, fragte Marion.

»So ist es.« Arndt lächelte hintergründig.

Marion musterte diesen seltsamen Mann, der ihr so viele Rätsel aufgab. »Haben Sie eigentlich eine Lizenz dafür?«, fragte sie dann und zeigte auf die Sammelbüchse.

»Ich habe sogar die Lizenz zum Atmen, Frau Kommissarin«, entgegnete Arndt.

»Das klingt aber nicht sehr vertrauenswürdig. Wenn jetzt ein Kollege vorbeikommt, wie stehe ich dann da?«

»Sie könnten fliehen. Ich würde Ihnen den Rücken freihalten. Selbst mit einer Hundertschaft würde ich es aufnehmen, meine Möglichkeiten sind unbegrenzt.«

»Sie müssen immer übertreiben.«

»Die Übertreibung ist ein Kind der Wahrheit.« Arndt hielt inne. »Das war ein guter Satz, finden Sie nicht?«

Marion schüttelte nur den Kopf, während Arndt sich an seinem Rucksack zu schaffen machte. Er zog ein rotes Regencape heraus und reichte es Marion.

»Hier, für den Nachhauseweg. Es wird bis in die Nacht hinein regnen.«

Überrascht bedankte sich Marion. Das Cape war zwar aus billigem Stoff, aber es war nagelneu.

»Habe ich heute für Sie gekauft«, sagte Arndt stolz. »Ich wusste, dass Sie eins brauchen würden.«

Marion trat einen Schritt zurück, Arndts Geschenk in der Hand. Was geschah hier nur? Woher diese plötzliche Vertrautheit? Wie konnte sie nur so eine Nähe zu Arndt zulassen? Sie musste doch Distanz wahren.

Mit der Ausrede, sich die Hände waschen zu müssen, verschaffte sie sich erst einmal diese Distanz. Sie suchte eine ruhige Ecke im Café auf und forderte dann per Handy eine Ablösung an.

Der Beamte in Zivil erschien spät, es begann bereits zu dämmern. Jeanne d'Arc war schon gegangen. Max Dreiklang verzehrte sein Abendbrot, und Wilbur Arndt saß auf seinem Stuhl unter der Markise und spielte Flöte. Als Marion sich verabschiedete, schaute er nicht auf.

Der Regen wollte nicht enden. Marion schob sich an der Hauswand entlang, dennoch wurde sie bis auf die Knochen nass. Das Regencape bot keinen Schutz, es schien eher die Feuchtigkeit unter dem Stoff zu konservieren. Marion dachte an Arndt, sein Vortrag ging ihr nicht aus dem Sinn. Sie kannte die Wissenschaftler, die er zitiert hatte. Zwischen all seine Verschwörungstheorien hatte er immer wieder Tatsachen eingestreut. Der Versuch des Neuropsychologen Benjamin Libet hatte im Strafrecht eine rege Diskussion angeregt. Libet hatte Testpersonen angewiesen, ihren Arm zu einem von ihnen selbst bestimmten Zeitpunkt anzuheben. Bevor sie die Handlung ausübten, sollten sie diese ankündigen. Hierbei wurde ihr Gehirn mittels Kernspintomograf überwacht. Bei allen Probanden wurde festgestellt, dass vor dem bewussten Befehl die für die Bewegung zuständige Region im Gehirn tätig wurde. Die Schlussfolgerung aus diesem Experiment lautete: Das Gehirn handelt, bevor der Mensch entscheidet. Der menschliche Wille existiert also nicht, oder, wie Arndt so schön sagte: »Unser Wille gleicht einem Hahn, der glaubt, die Sonne gehe auf, weil er kräht.«

Dieser Umstand war für das Strafrecht entscheidend, da Verurteilungen auf Schuld basierten, und wo der Wille zur Tat nicht vorhanden war, gab es keine Schuld. Man handelte so, wie man handelte, weil es keine andere Möglichkeit gab. Man müsste also ein neues Rechtssystem etablieren, das nicht auf Schuld und Verantwortung basierte, das den Begriff Strafe nicht kannte.

Diese Vorstellung widerstrebte Marion zutiefst. Musste man dann jeden Verbrecher als Opfer behandeln? Sollten Gefängnisse einen möglichst angenehmen Aufenthalt garantieren? Und was hätte das für Konsequenzen im alltäglichen Leben? Durfte man nun ein Kind nicht mehr maßregeln, weil es tat, was es tun musste?

Was sollte das für eine Welt sein, in der es keinen Handlungsspielraum gab, in der eine höhere Instanz das gesamte Leben bestimmte? Eine Welt, in der das Drehbuch längst geschrieben war, in der jeder seine ihm zugewiesene Rolle erfüllte, egal ob gut oder böse? Marion lehnte diese Gedankengänge entschieden ab, da konnte die Wissenschaft entdecken, was sie wollte. Denn eines stand fest: Die Freiheit des Willens zeichnete den Menschen aus.

Marion blieb vor einem Schaufenster stehen, in dem eine defekte Neonröhre flackerte. Sie betrachtete ihr Spiegelbild, das mit jedem Aufleuchten der Lampe verschwand. Die Haare hingen ihr strähnig ins Gesicht, Arndts Regencape klebte an ihrem Körper. Die letzten Tage hatte Arndt einen großen Teil ihres Lebens bestimmt, und jetzt brachte er sie sogar dazu, von ihm gekaufte Kleidung zu tragen. Was für ein Spiel spielte er mit ihr? Wie nahe lagen Manipulation und der Verlust der Willensfreiheit zusammen?

***

Das LKA-Dienstgebäude war wie ausgestorben. Außer der Spätschicht waren schon alle zu Hause. Marion machte in ihrem Büro die Schreibtischlampe an und ließ die Jalousien hinunter. Dann zog sie das Regencape aus. Ihre weiße Bluse war vollkommen durchnässt, durch den dünnen Stoff schimmerte ihre Haut. Marion nahm ein Handtuch und trocknete sich die Haare. Ein Geräusch ließ sie herumfahren. In der Tür stand Bakker.

»Na, das ist ein Anblick«, sagte er und schloss die Tür hinter sich, dabei stieß er gegen den Papierkorb. Er war sichtlich betrunken. »Willst du dich bei Miss Wet T-Shirt bewerben?«

Marion hielt sich das Handtuch vor die Brust und sagte: »Bakker, ich glaube, du solltest besser nach Hause gehen.«

»Warum denn? Jetzt, wo es gerade gemütlich wird.« Bakker zog seine Jacke aus und wankte auf Marion zu.

Marion wich zurück, bis sie die Wand im Rücken spürte.

»War kein guter Tag für dich heute«, sagte sie.

»Nein, das war wirklich kein guter Tag.« Bakker blieb stehen und ließ die Schultern hängen. »Bernhard – oder soll ich ihn jetzt Herr Schorten nennen? – hat mich richtig fertiggemacht. Ich dachte, er sei mein Freund. Seit wir auf der Polizeihochschule waren, haben wir zusammengearbeitet. Erst auf gleicher Stufe, dann wurde er mein Chef. War kein Problem für mich, Bernhard war schon immer der Beste. Für ihn habe ich die Drecksarbeit gemacht. Wenn er beim Verhör mit den üblichen Mitteln nichts erreicht hat, hat er mich geholt. Bei mir haben sie alle gesprochen. Jeder hat so seine Qualitäten. Auch wenn es draußen hart auf hart kam, konnte er auf mich zählen. Und jetzt? Sein Privatleben gerät durcheinander, dieser Penner geht ihm auf die Nerven, und schon dreht er durch und macht mich zur Sau. Der will mich loshaben, ganz kalt abservieren. Aber nicht mit mir, dem werde ich's zeigen!« Bakker brüllte jetzt, sein Gesicht war rot angelaufen.

»Du hast ja recht«, beschwichtigte Marion. »Schorten hat überreagiert. Ihr solltet morgen darüber reden. Ich bin sicher, dass sich alles wieder einrenkt.«

»Wen interessiert schon der nächste Tag, wenn die Nacht so schön ist.« Bakker setzte sich wieder in Bewegung.

»Bakker, bleib stehen, du bist betrunken«, sagte Marion schneidend.

Bakker stand nun genau vor ihr und schaute auf sie herab. »Das Handtuch verdeckt mir die Sicht«, sagte er heiser und legte seine massige Hand auf Marions Brust. Marion schlug die Hand weg, das Handtuch verrutschte.

»Schon besser«, grinste Bakker.

»Tu das nicht, ich werde schreien!« Marions Stimme zitterte.

»Dann macht es noch mehr Spaß.« Bakker drückte Marion gegen die Wand. Er war über einen Meter neunzig groß und wog mindestens hundertdreißig Kilogramm. Er roch nach Alkohol und altem Schweiß. Seine Hand zerrte an ihrer Hose, sein Knie zwängte sich zwischen ihre Beine.

Marion unterdrückte die aufkeimende Panik und handelte. In Jahren antrainierte Abläufe wurden ausgelöst. Sie rammte von unten ihre Faust gegen Bakkers Nase. Ein unangenehmes Geräusch ertönte, Bakker taumelte einen Schritt zurück. Blut lief über sein Gesicht. Bakker lachte und kam wieder auf sie zu. Marion riss ihr Knie hoch und traf Bakker im Unterleib, dann schlug sie mit der Handkante gegen seine Kehle, traf diese aber nur unzureichend. Dennoch knickten dem Riesen die Beine weg. Marion stieß sich von der Wand ab, doch Bakker bekam ihren Fuß zu fassen. Marion stürzte. In diesem Moment ging die Tür auf. Im Gegenlicht erkannte sie die Silhouette Arndts.

Arndt hatte die Situation sofort erfasst. Er sah die Angst in Marion Tesics Gesicht und die Gier in Bakkers. Er sah, wie Bakker Tesics Fuß losließ und diese sich aufrappelte und auf ihn zurannte.

Marion Tesic packte ihn am Arm und sagte gehetzt: »Kommen Sie mit. Bakker hat den Verstand verloren.«

Arndt winkte ab. »Gehen Sie nur, einer Ihrer Kollegen ist im Erdgeschoss. Mir wird Bakker schon nichts tun.«

Tesic zögerte kurz, dann rannte sie den Gang entlang.

Arndt wandte sich Bakker zu. Dieser lehnte an der Wand und hielt ein Taschentuch an seine Nase. »Mann, hat die einen Schlag«, sagte er anerkennend.

»Sie sollten von hier verschwinden«, entgegnete Arndt.

»Warum? Jetzt ist eh alles egal.«

»Tesic wird eine Weile brauchen, bis sie zurück ist. Noch haben Sie eine Chance.«

»Toll, und morgen werde ich wegen versuchter Vergewaltigung verhaftet. Mein Leben ist am Arsch.«

»Eine Vergewaltigung braucht Zeugen, und der einzige Zeuge hat womöglich gar nichts gesehen.«

Bakker nahm seine Jacke und richtete sich langsam auf. Misstrauisch fragte er: »Warum tust du das? Wir beide sind nicht gerade Freunde.«

»Es ist immer gut, jemanden bei der Polizei zu kennen, der einem mal einen Gefallen tut.«

»Ich bin nicht bestechlich.«

»Klar«, grinste Arndt. »Ein unbestechlicher Bulle, der seine Kollegin vergewaltigen will; das hat schon was.«

Bakker rang kurz mit sich, dann stimmte er zu. Leicht humpelnd ging er zur Tür und spähte in den Gang.

Arndt folgte ihm und sagte: »Machen Sie sich keine Sorgen, die Tesic braucht noch ein bisschen. Und Ihre Kollegen sind mit der Suche nach mir beschäftigt.«

Während Bakker seine Jacke anzog, steckte Arndt ihm eine Visitenkarte zu. »Vielleicht wollen Sie heute Abend noch Ihr Gemüt abkühlen.«

Bakker schaute irritiert, dann verschwand er.

Marion irrte durch das Gebäude. Im Erdgeschoss war niemand, die Pforte war verlassen, doch im Kellergeschoss brannte Licht. Marion verkniff es sich zu rufen, zu sehr hatte sie Angst, dass Bakker ihr gefolgt war. Vorsichtig schritt sie die Treppe hinunter. Erst jetzt, wo sie langsamer ging, merkte sie, wie sehr sie zitterte.

Unten angekommen, lauschte sie. Es war niemand hier, jedoch stand die Tür zu Wilbur Arndts Unterkunft offen. Marion betrat die Kammer. Sofort fiel ihr Blick auf die aus Draht geformte Figur, die auf dem Tisch lag. Sie erinnerte an einen Menschen, einen großen Menschen, um dessen Hals eine Schlinge gezogen war. Marion setzte sich an den Tisch und starrte die Figur an. Weiter tat sie nichts. Sie starrte und wartete, dass das Zittern aus ihren Gliedern wich.

Zwei junge Polizisten und Arndt erschienen. Der eine war zu dessen Bewachung abgestellt.

»Den haben wir oben gefunden«, sagte er und zeigte auf Arndt. »Dass er mir entwischt ist, tut mir leid. Aber ich bin nur für 'ne Sekunde eingenickt, und die Tür war geschlossen. Das konnte der doch gar nicht sehen.«

»Ist schon gut«, entgegnete Marion tonlos.

»Er redet ein bisschen wirres Zeugs und spricht von einem Streit.«

»Ja, es gab einen Streit.« Marion schaute an ihrem Kollegen vorbei. »Aber nichts Dramatisches. Wie es halt manchmal so ist, wenn man zu lange arbeitet. Sie verstehen schon.«

Der junge Mann nickte, obwohl er gar nichts verstand. »Mit Ihnen ist also alles in Ordnung?«

Marion versuchte ein Lächeln. »Ja, geht schon. Bin einfach etwas müde; kein Wunder um die Zeit.«

Abermals nickte der junge Mann.

Marion massierte ihre Schläfen und sagte: »Können Sie uns jetzt vielleicht allein lassen? Ich muss mit Herrn Arndt noch was besprechen.«

Der Polizist gab seinem Kollegen ein Zeichen, und die beiden verließen den Raum.

»Ein bisschen verwundert bin ich schon«, sagte Arndt.

»Ich habe mir das reiflich überlegt«, entgegnete Marion. »Wissen Sie, wie es um die Karriere einer Frau bei der Polizei bestellt ist, wenn sie ihren Kollegen anschwärzt, ihn der versuchten Vergewaltigung bezichtigt? Wissen Sie, was das an peinlichen Verhören und Verfahren nach sich zieht? Wenn das publik wird, kann nicht nur Bakker einpacken. Außerdem hat der eine Frau und drei Kinder. Es ist nicht nur die Schande, nein, eine Verurteilung wird ihn seine Existenz kosten.«

»Dann wollen Sie alles auf sich beruhen lassen?«

»Nein. Ich werde mit Schorten reden. Bakker wird in eine andere Abteilung versetzt werden. Da bin ich sicher.«

»Na, dann ist ja alles in bester Ordnung«, höhnte Arndt. »Sie bekommen Bakkers Stelle, und er darf, von seinem Erfolg ermuntert, woanders auf Jagd gehen.«

»So ist es nicht.« Marions Lippen bebten, das Zittern kehrte zurück. Sie schloss die Augen, damit Arndt ihre Tränen nicht sah.

»Keine Angst, Marion.« Arndts Stimme hatte plötzlich einen warmen Klang. »Bakker wird bekommen, was er verdient.«

***

Auf den nassen Straßen spiegelten sich die Lichter der Schaufenster. Bakker wusste nicht, wohin. Nach Hause konnte er nicht. Jetzt seiner Frau gegenüberzutreten war unmöglich. Was war er nur für ein Idiot, wie konnte er sich nur so gehen lassen? Aber die Tesic, die hatte Mitschuld. Immer diese engen Blusen und die hochhackigen Schuhe. Und dann die flapsigen Sprüche, die wollte das doch auch! Bakker fuhr sich übers Gesicht. Er brauchte jetzt erst mal was zu trinken.

Beim nächsten Kiosk trank er drei Schnäpse und ein Bier. Ein weiteres nahm er mit. Jetzt ging es ihm schon besser, aber das Bild seiner Kollegin wurde er nicht los. Wie sie da stand in der durchsichtigen Bluse. Die Arme oben. Alles hatte sich deutlich abgezeichnet.

»Verdammt«, fluchte Bakker und kramte in seiner Tasche. Er zog die Visitenkarte raus, die ihm Arndt anvertraut hatte. »Club Asgard« stand darauf.

»Scheiß-Name«, sagte er und las die Adresse. Der Club befand sich irgendwo in Berlin Mitte. Schon wieder Mitte, dachte er und hielt ein Taxi an. Der Fahrer kannte weder den Club noch die Straße. Nur mit Hilfe des Navis fand er die Adresse. Bakker stieg aus.

Die Straße war schlecht beleuchtet, irgendwo bellte ein Hund. Als sich das Taxi entfernt hatte, wurde es still. Kopfsteinpflaster führte in einen engen Hinterhof. Bis auf eine armselige Laterne, die eine Kellertreppe in fahles Licht tauchte, war alles dunkel.

»Und hier soll ein Club sein?« Bakker spuckte aus. Wie konnte er nur auf diesen verdammten Penner reinfallen?

Das Klacken von Stiefeln ließ ihn aufhorchen. Bakker drehte sich um. Eine Frau in einem schwarzen Lackmantel kam auf ihn zu. Bei jedem Schritt öffnete sich der Mantel, und nackte Haut blitzte unter Netzstrümpfen auf. Die blonden Haare schulterlang, das Gesicht kaum zu erkennen, nur ein roter Mund, der ihn nach der Karte fragte.

Bakker holte die Karte hervor, schwarze Handschuhe nahmen sie entgegen, seine Hand wurde kurz berührt. Kalter, glänzender Stoff hinterließ eine bleibende Spur auf seiner Haut. Bakker schaute auf. Unnatürlich blaue Augen musterten ihn und gaben ihm ein Zeichen. Die Frau wandte sich um. Bakker folgte ihr die Kellertreppe hinunter. Ihr Parfüm, ein bekannter Geruch, nur um vieles intensiver. Wie die Tesic. Bakker schluckte. Eine Tür ging auf, dahinter ein dunkler Gang. Die Frau verschwand, Bakker zögerte. Gefahr, meldete sich sein Instinkt. Eine weitere Tür öffnete sich. Blaues Licht fiel in den Gang, zeichnete die Umrisse der Frau deutlich nach. Sie drehte sich halb. Bakker sah ihr Profil. Sie hob die Hand. Bakker vergaß die Warnung.

Feuchte, warme Luft schlug ihm entgegen. Der Raum war groß. Eine Bar, eine Bühne, unbesetzte Tische. Die Frau war verschwunden. Hinter ihm schloss sich die Tür. Bakker drehte sich. Eine weitere Frau. Schlank, schwarze kurze Haare. Das Make-up um die Augen verschmiert, ihr Blick herausfordernd, das Lächeln nicht zu deuten.

»Sie sehen durstig aus.« Die Frau zeigte zur Bar. Bakker nahm Platz.

»Nicht viel los hier«, sagte er.

»An manchen Tagen reicht ein Gast«, entgegnete sie. Bakker starrte in ihren Ausschnitt, während sie ein Getränk mixte.

»Was ist das?«, fragte er.

»Ein Glücklichmacher.«

»Seh ich aus, als ob ich das bräuchte?«

»Wer braucht kein Glück?«

Bakker grinste und trank. Scharf und etwas süßlich rann das Getränk seine Kehle hinunter.

»Schmeckt verdammt gut.«

»Glück trifft jeden Geschmack«, sagte sie und stellte ein zweites Getränk auf die Theke.

»Wie heißt du?«

»Angrboda.«

»Was ist denn das für ein Name?«

»Kommt aus dem Nordischen und hat irgendwas mit Göttern zu tun. Passt ganz gut zum Clubnamen.«

»Und die andere?«

»Hel.«

»Auch was Nordisches?«

»Genau.«

»Kommt sie wieder?«

»Sie hat gleich ihren Auftritt.«

Bakker drehte sich zur Bühne, die in Schwarzlicht getaucht war. Ein breites Stahlbett nahm die Mitte ein. Gitter und Ketten hingen von der Decke und begrenzten die Bühne. Das Bild verschwamm etwas vor seinen Augen. In das Schwarzblau des Lichts mischte sich ein Rot. Bakker wischte sich übers Gesicht, das Bild wurde nicht schärfer. Er spürte deutlich die Auswirkungen des Getränks. Sein Puls ging schneller, er nahm seine Umwelt anders wahr und fühlte sich seltsam erregt. Bakker trank das zweite Glas aus. Sphärische Musik setzte ein, füllte den Raum, kroch in seine Glieder und ließ ihn aufstehen.

Angrboda nahm seinen Arm, legte ihn um ihre Schulter. Seine Beine waren wie aus Wachs, seine Hand lag auf ihrem Busen. Er lachte.

Hel trat auf die Bühne. Ihr Mantel war offen. Die Korsage glänzte feucht. Bakker wankte die Treppe zur Bühne hinauf. Angrboda ließ ihn los, und er landete vor Hels Füßen. Sein Blick wanderte die endlosen Beine hinauf. Zwei Hände packten ihn und zogen ihn aufs Bett. Er roch wieder das Parfüm und leckte sich die Lippen. Eine Kamera ging an. Hels Mund kam an sein Ohr.

»Zieh dich aus.«

Bakker lachte erneut. Das Hemd zerriss er, bei Hose und Schuhen bekam er Hilfe. Die Kamera kreiste ums Bett; Angrboda filmte.

»Nimm das Halsband.«

Bakker legte ein Halsband an, in das ein Stahlseil eingenäht war.

»Hak es ein.«

Am rückwärtigen Bettgestell war eine Kette befestigt, die er mittels Karabinerhaken mit dem Stahlseil verband. Hel kniete sich über seine ausgestreckten Beine, ihre Brüste vor seinen Augen.

»Jetzt die Fesseln.«

Bakker griff nach Hel.

»Erst die Fesseln!«

Am Bettgestell waren Handschellen angeschweißt. Bakker legte seine rechte Hand in die eine. Sie schloss automatisch.

»Die andere Hand auch.« Hel fuhr mit ihrem Handschuh über Bakkers Brust, der zweite Mechanismus klickte. Bakker war gefesselt. Hel lehnte sich zurück. Bakker wollte sich aufrichten, dabei bemerkte er, dass sich das Stahlseil um seinen Hals zuzog. Auch als er sich flach hinlegte, ließ die Spannung nicht nach. Hel fuhr mit ihrer Zunge über Bakkers Gesicht. Wieder roch er das Parfüm. Hels Gesicht entfernte sich, Bakker suchte ihre Lippen, das Halsband wurde enger.

»Das ist der Preis«, hauchte Hel und öffnete die Korsage. Bakker zerrte an seinen Fesseln, er begann zu röcheln. Hel umfasste ihre Brüste. Bakker stöhnte und hob seinen Kopf ein weiteres Stück. Er musste sie besitzen, sie war wie die Tesic. Der Mangel an Luft spornte ihn zusätzlich an, er genoss die Atemnot. Hels Oberkörper näherte sich seinem Gesicht. Ihre Brustwarze streifte seinen Mund. Bakker folgte dem harten Fleisch, das Stahlseil schnitt in seine Kehle. Hel ließ sich nach hinten fallen, sie lachte, Bakker lachte ebenfalls und riss seinen Kopf mit aller Macht nach vorn.

Tod eines Ermittlers

Selbst der Meister der Intrige kommt nicht gegen den menschlichen Charakter an. Er kann Tendenzen nutzen, Neigungen verstärken. Die grundsätzliche Form kann er aber nicht ändern.

Loki starrte auf den Überwachungsschirm. Fabian bearbeitete mit einer Bürste die Wand, um das Gedicht vom Fingermann zu entfernen. Seine Mühen waren vergebens, die Farbe ließ sich nicht abreiben. Wenn er mit der gleichen Energie versucht hätte, sich zu wehren, dann hätte die Geschichte einen anderen Verlauf genommen. Doch Fabian hatte seine letzte Chance vertan, und er wurde zu einer Randfigur, der nur noch die Opferrolle blieb. Eine Rolle, die Loki ihm gerne erspart hätte.

Die Ermittler rückten nun in den Mittelpunkt des Geschehens. Sie trieben die Geschichte voran, sie erfüllten alle Erwartungen. Der stämmige Hauptkommissar erwies sich hier als Idealbesetzung. Sein Sexualtrieb war ihm wichtiger als die Luft zum Atmen. Jetzt lag seine Leiche auf einer Müllhalde, und seine Kollegen konnten sich allein um alles kümmern. Aber selbst das geschrumpfte Team wurde weiter geschwächt, hatte der Chefermittler doch an zwei Fronten zu kämpfen, und eine dritte kam hinzu. Da blieb ihm nur noch der Rückzug ins Private.

Der Leitung beraubt, musste ein neuer Chef gefunden werden. Hierfür bot sich die ehrgeizige Oberkommissarin an. Sie war bestens geeignet. Doch traute man ihr das auch zu? Eher nicht. In Zeiten der Krise scheut man das Risiko.

Der Überwachungsschirm zeigte nichts Neues. Fabian mühte sich noch immer ab. Loki drückte den Knopf, und das rote Licht leuchtete auf. Überstürzt nahm Fabian Sack und Handschellen auf und befolgte die Regeln.

Er ist dressiert wie eine Ratte, dachte Loki. Auch in Freiheit wird er immer ein Gefangener sein.

Wilbur Arndt für das BERLINER TAGESGESCHEHEN. Fortsetzung folgt.

***

Tag sieben, Samstag, der 19. April

Auf der Müllhalde stank es erbärmlich. Die aufgehende Sonne wärmte nicht. Marion Tesic zog ihren Mantel zu und starrte auf die Leiche Bakkers. Sein aufgedunsenes Gesicht wurde von einem Lachen entstellt, das kurz vor einem Schrei stand. Seine blasse Haut hatte einen Stich ins Bläuliche. Über sein Bein kroch ein schwarzes Insekt.

»Kann man ihn nicht endlich wegbringen?«, fragte sie genervt.

Der Gerichtsmediziner, Dr. Mattek, antwortete: »Ich bin fast fertig, aber die Spurensicherung wird noch eine Weile brauchen.«

»Dann decken Sie ihn zumindest zu.«

»Ich kann gut verstehen, dass Sie der Tod eines Kollegen mitnimmt, aber Sie wissen genau, dass der Tatort nicht verändert werden darf, solange die Untersuchungen noch nicht abgeschlossen sind.«

Marion wandte sich ab und watete die Müllhalde hinunter. Dr. Mattek folgte ihr und legte seine Hand auf ihre Schulter. »Es ist für uns alle schwer, er war ein guter Kollege.«

Marion beachtete Mattek nicht und ging weiter. Bakkers Tod berührte sie nicht im Geringsten, vielmehr störte sie der Anblick, der an die letzte Nacht erinnerte. Bakker hatte sie in ihren Träumen verfolgt. Er lag auf ihr. Nackt. Sein Fleisch war teigig, seine Haut kalt und glitschig. Ihre Hände konnten ihn nicht greifen, rutschten immer wieder ab. Marion schüttelte sich, doch den Ekel, den sie empfand, wurde sie nicht los.

Am Rand der Müllhalde standen Schorten und Mendel. Beide waren gerade erst eingetroffen. Schorten sah müde und unordentlich aus, er trug Hemd und Jackett vom Vortag. Mendel hingegen wirkte frisch. Als Marion sich zu den beiden gesellte, unterbrachen sie abrupt ihr Gespräch. Marion hatte Schorten noch »… und Sie sind sicher?« sagen gehört.

Schorten wandte sich ihr zu. Seine Krawatte saß schief, er roch nach Alkohol. Marion konnte nicht glauben, dass Bakkers Tod ihm so zugesetzt hatte.

»Entschuldigen Sie meine Verspätung, aber meine Frau, sie ist immer noch nicht zurück.« Verwundert schaute Marion auf, und Schorten ergänzte: »Und das mit Karl, schrecklich.«

Mendel stimmte beflissentlich zu und versuchte, eine betroffene Miene zu machen.

»Haben Sie schon irgendwelche Erkenntnisse?«, fragte Schorten.

»Der Tod trat zwischen zweiundzwanzig und vierundzwanzig Uhr ein. Bakker wurde erdrosselt. Der Fundort ist nicht der Tatort. Seine Kleidung fehlt. Ansonsten ist die Spurensicherung noch bei der Arbeit.«

»Schlimme Sache.« Schorten nestelte an seiner Jackentasche, fand das Gesuchte aber nicht. »Hat jemand eine Zigarette?«

Marion und Mendel verneinten. Schorten massierte seine Nasenwurzel. Jetzt hätte er weitere Fragen stellen oder Anweisungen erteilen sollen. Doch nichts dergleichen geschah. Eine peinliche Pause folgte, die erst durch das Erscheinen von Dr. Mattek beendet wurde.

»Ich habe noch etwas gefunden«, sagte er und hielt eine Tüte der Spurensicherung hoch. »Es ist ein USB-Stick. Er steckte in Bakkers Hals.«

»Eine Nachricht.« Mendel hob verwundert die Augenbraue.

»Das muss sofort überprüft werden.« In Schorten kam Leben. »Hier können wir eh nichts mehr tun. Wir brechen auf.« An Mendel gewandt, sagte er: »Rufen Sie schon mal jemanden von den EDV-Spezialisten an. Sie können dann mit Frau Tesic aufs Revier fahren. Ich muss noch etwas erledigen.«

Als Schorten eilig wegging, schüttelte Marion den Kopf.

»Ist etwas nicht in Ordnung?«, erkundigte sich Mendel.

»Das fragst du noch? Schorten kann jetzt unmöglich seinen privaten Angelegenheiten nachgehen. Die Sache hier hat absoluten Vorrang.«

»Vielleicht hat sich für ihn etwas Wichtiges ereignet.«

Marion horchte auf. »Was weißt du?«

»Nichts, was ich weitergeben darf. Schorten will es so.«

»Wenn das irgendetwas mit dem Fall zu tun hat, musst du mich informieren.«

»Hat es nicht. Es ist privat.«

Verärgert stieg Marion in ihren Wagen. Bisher hatte Schorten sie immer ins Vertrauen gezogen. Was er plötzlich mit Mendel zu tun hatte, war ihr ein Rätsel.

Mendel schien ihre Verärgerung zu ignorieren. Er betrachtete den USB-Stick durch die Tüte und fragte: »Was uns da wohl noch erwartet?«

***

Auf der Autobahn klingelte Marions Handy. »Rensch. Wo ist Ihr Chef?« Die herrische Frauenstimme, die aus der Freisprechanlage tönte, sorgte dafür, dass sich Mendel im Sitz aufrichtete.

»Frau Staatsanwältin«, antwortete Marion überrascht.

»Sein Handy ist abgeschaltet. Was ist da los?«

»Kann ich nicht sagen. Vielleicht ist der Akku leer. Auf jeden Fall fährt er Richtung Berlin.«

»Und Sie?«

»Herr Mendel und ich passieren gerade das Ortsschild von Bernau. Bis wir auf dem Revier sind, kann es noch eine Stunde dauern.«

»Wie sieht es mit dem Tod von Bakker aus? Nicht mehr lange, und die Presse rennt uns die Bude ein.«

»Wir haben vermutlich eine Spur. Ein USB-Stick steckte in seinem Hals. Man kann von einer Nachricht des Täters ausgehen.«

»Dann war es Mord?«

»Definitiv. Bakker wurde erdrosselt.«

Kurz herrschte Schweigen in der Leitung, dann sagte Rensch: »Er war ein guter Polizist.«

Marion musste sich eine abfällige Bemerkung verkneifen, Mendel schaute aus dem Fenster.

»Und wie geht's Ihnen? Können Sie weitermachen?« Der Tonfall der Staatsanwältin verriet, dass sie diese Frage nur stellte, weil sie sich verpflichtet fühlte.

»Es geht schon«, antwortete Marion.

»Gut. Dann passen Sie jetzt mal auf. Sie arbeiten doch auch an der Entführung von Fabian Flaig?«

»Ja.«

»Sie haben sicher schon die Zeitung gelesen.«

»Nein. Ich war schon um sechs am Tatort, und Mendel ...« Der hob seine Arme. »Mendel kam gleich danach.«

»Dann sollten Sie jetzt mal gut zuhören. Ich werde Ihnen Arndts letzten Artikel vorlesen.«

Marion und Mendel lauschten gespannt der spröden Stimme.

»Wir sollten Arndt sofort verhaften lassen«, unterbrach Marion die Staatsanwältin, als sie das Wichtigste gehört hatte.

»Meinen Sie, Sie haben es mit Idioten zu tun?«, plärrte es aus der Leitung. »Arndt ist in Gewahrsam.«

Marion biss sich auf die Lippen, während die Staatsanwältin richtig aufdrehte.

»Ihre ganze Abteilung baut nur Mist. Erst lässt sie diesen Penner gewähren, ohne dass sich ein Erfolg einstellt, und dann kann er an allen Leuten vorbei auf eigene Faust einen Artikel in die Zeitung setzen. Einen Artikel, der den Mord an einem Polizisten vorwegnimmt!« Bei den letzten Worten überschlug sich Renschs Stimme. »Wenn nur einer von Ihnen sich so engagieren würde, wie man es in diesem Job erwarten kann, dann würde Bakker noch leben.«

»Gestern war eine schwierige Nacht«, stotterte Marion.

Man hörte, dass Rensch auf den Tisch schlug, dann sagte sie mit ätzendem Unterton: »Sie hatten eine schwierige Nacht? Ich glaube, darauf werden noch einige folgen. Sie werden sich sofort mit Mendel bei mir melden.«

»Und der USB-Stick?«

»Für so was haben wir Spezialisten, die von ihrer Arbeit etwas verstehen, im Gegensatz zu Ihnen. Aber was rege ich mich auf. Sie sind ja nicht die Verantwortliche. Sie sind nur eine Sachbearbeiterin. Und das werden Sie auf lange Sicht auch bleiben.«

***

Bernhard Schorten befand sich auf dem Weg nach Treptow-Köpenick im Südosten Berlins. Das Navigationssystem lotste ihn nach Alt-Treptow vor ein modernes Mietshaus. »Hier soll es also sein«, sagte er und stieg aus.

Mendel hatte gute Arbeit geleistet. Die Adresse herauszufinden war nicht schwer, hatte er gesagt. In der Nähe sei Cordulas Friseur. Alles Weitere sei einfaches Nachfragen gewesen. Schorten rief sich die Worte Mendels ins Gedächtnis: »Anscheinend war Ihre Frau viermal in der Woche hier. Sie ging mit diesem Herrn Bauer einkaufen und ins Café. Die beiden hatten auf alle Befragten den Eindruck eines glücklichen Paares gemacht.«

Ein bitterer Zug lag auf Schortens Gesicht, als er bei Thomas Bauer klingelte. Auch nach mehrmaligem Läuten tat sich nichts. Stattdessen kam ein älterer Herr an die Haustür und öffnete.

»Herr Bauer und seine Freundin sind im Urlaub«, sagte er lächelnd. Beim Wort »Freundin« zog sich Schortens Herz zusammen.

»Kann ich mit reinkommen? Ich möchte etwas überprüfen.«

»Überprüfen?« Das Lächeln wich aus dem Gesicht des Mannes. »Eigentlich nicht so gerne. Sind Sie ein Bekannter?«

»Nein, ich bin von der Polizei.« Schorten zeigte seinen Ausweis.

»Ist was passiert? Die beiden sind immer so nett.« Die Stimme des Mannes klang ehrlich betroffen.

»Nein. Es handelt sich um eine reine Routineuntersuchung. Mehr kann ich dazu nicht mitteilen.«

Der Mann schaute skeptisch, sagte aber: »Dritter Stock rechts. Nicht zu verfehlen.«

Schorten bedankte sich und schritt eilig die Treppen hinauf. In seinem Rücken spürte er den Blick des Mannes. Vor Bauers Wohnung atmete er noch einmal tief durch. Vielleicht war es ganz gut, wenn er nicht alles wusste. Vielleicht sollte er jetzt ganz einfach nach Hause gehen. Letztendlich siegten aber seine Neugier und sein gekränkter Stolz.

Die verschlossene Tür stellte für Schorten kein Hindernis dar. Leise schloss er sie hinter sich und schaute sich um. An der Garderobe im Gang hing eine Jacke, auf einer Anrichte lagen verschiedene Zeitschriften, die Türen zu den angrenzenden Räumen waren geschlossen, durch eine milchige Scheibe fiel

Licht. Schorten ging ins Wohnzimmer. Ein großer Raum, viel Glas, viel Chrom. In der Ecke stand ein schwarz glänzendes Klavier, auf dem Designersofa lagen zwei Kissen. Eines weiß, das andere schwarz. Beide glatt gestrichen und in der Mitte eine Falte. Schorten setzte sich. Sein Blick schweifte über Schränke und Borde.

Er registrierte die Bilder und die Accessoires, die Pflanzen und die sorgsam angeordneten Bücher. Das Zimmer trug eindeutig Cordulas Handschrift. Es war fast eine Kopie ihres Zuhauses, nur moderner, exklusiver. In einem plötzlichen Wutanfall fegte er die Kissen vom Sofa. Cordula gab sich immer so viel Mühe mit ihnen. Sie hasste es, wenn sie nicht an ihrem Platz lagen. Schorten vergrub das Gesicht in seinen Händen. Wie konnte sie ihm das antun? Nur mit Mühe unterdrückte er ein Schluchzen.

Aus einer Schrankschublade zog Schorten ein Fotoalbum. Er sah einen gut aussehenden Mann Anfang vierzig und Cordula. Beide lachten. Der Mann hielt sie im Arm, sie reichte ihm gerade bis zur Schulter. Ein weiteres Bild. Eine Strandbar und zwei lachende braun gebrannte Gesichter. Darunter stand: »Sommer 2009«.

Schorten überlegte: die Kur im Juni, zwei Wochen im Allgäu. Cordula hatte geschrieben, dass sie sich gut erhole, ihn aber vermissen würde. Er hatte sich damals gefragt, warum sie trotz des verregneten Sommers so braun war. Weitere Bilder folgten. Mehrere Urlaube. Zu jedem fielen Schorten Cordulas Lügen ein. Mit dem Album unterm Arm ging er zum Schlafzimmer. Seine Hand zitterte, als er sie auf die Türklinke legte. Schorten zögerte und wandte sich ab. Er konnte da nicht hineingehen.

Im Arbeitszimmer Bauers durchwühlte er sämtliche Akten. Ein Architekt, geboren 1967 in Ostberlin, anscheinend selbstständig. Gute Auftragslage. Dann die Küche. Fast neu, sehr edel. Genau so, wie Cordula sie immer haben wollte. Oft hatte sie ihm deswegen in den Ohren gelegen, oft hatte sie nach mehr Luxus verlangt. Andere würden auch Schulden machen, und die hätten nicht so ein Erbe in Aussicht. Ja, das Erbe, es war immer ein Thema. Cordula wollte nicht warten, sie lebte jetzt, sagte sie immer. Doch Schorten war konservativ, zwar war ihm das

Erbe seines alten Herrn sicher, doch solange der noch lebte, war dies tabu. Geld, das einem nicht gehörte, gab man nicht aus. Es ging ihnen doch auch so gut. Sie hatten ein schönes Haus, und die Küche erfüllte immer noch ihren Zweck. Bodenständigkeit war kein Makel.

Für eine Weile blieb Schorten regungslos stehen und musterte sich in einem spiegelnden Hängeschrank – ein Mann Mitte fünfzig mit schweren Tränensäcken –, dann verließ er fluchtartig die Wohnung.

Wie betäubt irrte er durch das Viertel. Sein ganzes Leben war eine einzige Lüge. Ein Haus ohne Fundament, nur durch Selbstbetrug zusammengehalten. Wie konnte er glauben, dass Cordula glücklich war, wie konnte sie ihn nur so hintergehen? Wie konnte ein Mensch sich über Jahre hinweg so verstellen? Hier die Ehefrau, die Pflichtbewusste, die sein Leben zusammenhielt, die von allen geachtet wurde. Und dort die Betrügerin, die ein Doppelleben führte. Schorten verstand nicht, wie sie mit dieser Lüge leben konnte. Er verstand nicht, wie er sich in Cordula so täuschen konnte. Die Frau, die er zu kennen glaubte, existierte nicht.

Irgendwann fand er sich am Spreeufer wieder und setzte sich auf eine Bank. Es fiel ihm schwer, einen klaren Gedanken zu fassen. Er wusste nicht, wie es weitergehen sollte. Der Versuch, sich abzulenken, sich auf seine Arbeit zu konzentrieren, misslang. Zum ersten Mal war ihm seine Arbeit gleichgültig. Das Einzige, was ihn interessierte, war seine Frau. Wo sie sich aufhielt, wie sie ihre Untreue rechtfertigen würde. Er musste mit ihr reden, vielleicht konnte er ihr sogar vergeben, sie zurückholen, das Ganze ungeschehen machen. Ja, alles ungeschehen machen, das war das Einzige, was er wollte, alles andere war unwichtig. Mit einem Mal war Schorten klar, was er zu tun hatte. Er wählte die Nummer seines Vorgesetzten.

***

Die Staatsanwältin Dr. Hilde Rensch und der Leiter der Abteilung für Delikte am Menschen, Kriminaldirektor Jochen

Sandt, warteten im Büro der Staatsanwältin. Sandt beobachtete Rensch, wie sie energisch die Unterlagen im Entführungsfall Fabian Flaig durchblätterte. Ihre viel zu kurzen Finger huschten über die Blätter und kneteten ihr Doppelkinn, das sich bildete, wenn sie den Kopf nach unten neigte. Ihr cremefarbenes Kostüm saß perfekt wie immer, konnte aber ihre massige Figur nicht kaschieren. Die Hüften noch breiter als ihr Oberkörper, darauf ein feister Kopf mit streng nach hinten gekämmtem Haar und kleinen, leicht geröteten Augen – sie erinnerte Sandt an ein zum Kampf bereites Tier. Das ist es, dachte er, sie sieht aus wie ein Pitbull, der sich an einen Schreibtisch verirrt hat. Dieser Gedanke ließ ihn lächeln und verdrängte das unangenehme Gefühl der Unterlegenheit, das er stets in ihrer Nähe verspürte.

Als Sandts Handy klingelte, blickte sie auf. Entschuldigend zuckte er mit den Schultern und hob ab. »Sandt. Bernhard, wo bist du nur? Wir versuchen dich seit geraumer Zeit zu erreichen.«

Nun folgte eine längere Pause, die Rensch unruhig auf ihrem Sitz herumrutschen ließ. Sandt nickte mehrmals, sagte: »Ich verstehe« und »Wir sind alle betroffen«. Dann hörte er wieder zu. Mit den Worten »Du weißt, zu wem du zu gehen hast« und »Wir sprechen heute Abend darüber« schloss er. Sandt verstaute umständlich sein Handy, während Rensch unnötigerweise aufstand und sich wieder hinsetzte.

»Schlechte Nachrichten«, eröffnete Sandt. »Hauptkommissar Schorten hat den Fall abgegeben. Er wird nachher unseren Psychologen aufsuchen. Der wird ihn mit Sicherheit für dienstunfähig erklären.«

Renschs Mundwinkel zuckte, während Sandt fortfuhr: »Karl Bakker und er waren Freunde, schon seit ihrer gemeinsamen Zeit auf der Polizeihochschule. Er sieht sich außerstande, in diesem Fall weiterzuermitteln.«

»Auch das noch. Ich dachte, Schorten sei einer unserer belastbarsten Ermittler.«

»Schorten ist die Zuverlässigkeit in Person. Aber er ist keine Maschine. Außerdem gehe ich davon aus, dass Sie die Vorschriften kennen, die gelten, wenn der Ermittler vom Fall persönlich betroffen ist.«

»Ja, aber Vorschriften sind dehnbar. Gerade weil Bakker sein Freund war, hätte man hier eine Lösung gefunden. Außerdem könnten wir dann gleich seine gesamte Gruppe abziehen.«

»Tesic und Mendel haben diesbezüglich nichts gesagt.«

»Gut, immerhin sind noch zwei übrig. Dennoch brauchen wir jetzt eine kompetente Person an der Spitze und einen Ersatz für Bakker.«

»Frau Tesic macht sich sehr gut.«

»Das Püppchen? Ich glaube, die wird generell überbewertet. Vor allem von Männern.«

»Die Beurteilung meiner Mitarbeiter müssen Sie schon mir überlassen, Frau Staatsanwältin.«

»Dann sehen Sie es mal so, Herr Kriminaldirektor. Sie müssen die Abteilung aufgrund der Umstände so oder so aufstocken. Da empfiehlt sich doch eine gestandene Person, die Erfahrung hat – wenn ich schon allein an den Presseaufmarsch denke.«

Sandt überlegte kurz und musste sich eingestehen, dass Renschs Argumente nicht von der Hand zu weisen waren. Widerwillig sagte er: »Sie haben nicht ganz unrecht. Hauptkommissar Illsen würde sich anbieten.«

»Peter Illsen? Auch ziemlich jung, aber sehr durchsetzungsfähig. Der könnte sich hier bewähren. Meine Zustimmung haben Sie.«

»Die brauche ich nicht.«

»Na, wenn Sie sich da mal nicht irren.«

Sandt blickte auf Rensch hinab, die ihn so lange fixierte, bis er die Augen senkte. Seit sie als Kandidatin für den Posten des Oberstaatsanwalts gehandelt wurde, war sie ihm noch unangenehmer geworden. Ein Klopfen an der Tür ließ Rensch herumfahren. Die Frau stand immer unter Strom. »Herein!«, plärrte sie.

Marion und Mendel betraten das Büro. Sandt bot ihnen einen Platz an und sprach sein Beileid aus. Rensch nickte nur knapp. Dann berichtete Sandt von der neuen Sachlage.

»Für den heutigen Tag übernehmen Sie die Leitung«, sagte

er zu Marion. »Ab morgen wird Hauptkommissar Illsen Herrn Schorten vertreten, außerdem bekommen Sie noch eine weitere Verstärkung, damit Ihr Team wieder vollständig ist.«

»Das ist alles etwas viel auf einmal«, entgegnete Marion. »Ich kann kaum glauben, dass Schorten den Fall abgegeben hat.«

»Ist aber leider so. Wir müssen jetzt schauen, dass wir trotz der widrigen Umstände einen kühlen Kopf bewahren.« Sandt machte eine kurze Pause, dann fuhr er fort: »Der Tod eines Kollegen ist immer schwer zu verkraften. Privat wie auch beruflich. Wenn ein Polizist ermordet wird, ist das ein direkter Angriff gegen den Staat, deshalb werden wir alles daran setzen, diesen Mord aufzuklären. Das heißt, dass ich auch eine Sonderkommission in Betracht ziehe. Vorerst verbleiben wir aber wie eben besprochen. Um die Presse kümmern sich Frau Rensch und ich.«

Es fiel Marion schwer, ihre Enttäuschung zu verheimlichen. Möglichst gelassen sagte sie: »Ich bin durchaus bereit, Verantwortung zu übernehmen. Schorten hat mir stets vertraut.«

Sandt entgegnete: »Ihre Chance kommt noch, Frau Tesic. Ich glaube, diese Sache ist noch ein bisschen zu groß.«

»Das glaube ich auch«, meldete sich Rensch zu Wort. »Es wird Zeit, dass hier ein bisschen Zug dahinterkommt. Gerade auch in Bezug auf den Entführungsfall. Dass hier eine Verbindung zum Mordfall Bakker besteht, wird jedem klar sein, der Zeitung liest. Und das sind nicht wenige, Frau Tesic.«

Die Staatsanwältin hat offensichtlich ein Problem mit mir, dachte Marion. Warum nur? Bisher hatte ich kaum mit ihr zu tun.

Um die Situation nicht weiter zu verschärfen, sagte sie ruhig: »Die Problematik ist mir durchaus bewusst, Frau Rensch. Über den Tod Bakkers wird schon in den Nachrichten berichtet, und die Leute vom BERLINER TAGESGESCHEHEN werden bald eins und eins zusammenzählen und ihren Vorteil gegenüber der Konkurrenz nutzen. Es ist nur eine Frage der Zeit, bis die Öffentlichkeit über alles Bescheid weiß. Diese Entwicklung können wir nicht aufhalten. Was wir machen können, ist, das Geschehene zu bewerten und die richtigen Fragen zu stellen.«

Marion konzentrierte sich kurz und begann dann aufzuzählen: »Erstens: Warum sollte der Entführer am Tod Bakkers interessiert sein? Zweitens: Der Mord muss von langer Hand geplant worden sein. Es muss Helfer geben, wer sind diese? Drittens: Hat Wilbur Arndt etwas damit zu tun? Viertens: Wie kann der Entführer wissen, dass Hauptkommissar Schorten den Fall abgibt? Und wie kann er wissen, dass ich nicht mit der Leitung betraut werde?«

»Das trifft Sie schwer, nicht wahr? Aber glauben Sie mir, wir alle wollen für Sie nur das Beste.« Ein entlarvendes Lächeln huschte über Renschs Gesicht. »Und Ihre Fragen sind natürlich nicht neu; mit ein bisschen Sachverstand stellen die sich ja von selbst.« Wieder dieses Lächeln, dann fuhr Rensch fort: »Da Sie noch recht unerfahren sind und wir uns keine weitere Verzögerung leisten können, rate ich Ihnen, zuerst mit Herrn Arndt zu sprechen.«

Als Nächstes erklärt sie mir, wie man mit Messer und Gabel isst, dachte Marion wütend. Mühsam beherrscht fragte sie: »Sitzt er in U-Haft?«

»Nein. Für eine Verhaftung hatten wir keine Beweise. Alles, was er geschrieben hat, war der Nachricht des Entführers zu entnehmen. Das Einzige, was man ihm vorwerfen kann, ist, dass er eigenmächtig den Artikel an die Zeitung weitergeleitet hat. Wie er das gemacht hat, ist allerdings auch eine interessante Frage.«

»Dann befindet er sich noch in der Keithstraße?«

»Wie gehabt. Er wird bewacht. Er säuft. Und er lacht sich über uns tot.«

»Sie haben mit ihm gesprochen?«

»Sagen wir mal so: Herr Sandt und ich haben uns ein Bild von ihm gemacht. Ein normales Gespräch ist mit diesem Menschen ja nicht möglich.« Renschs Ton war noch eine Spur aggressiver geworden, und Marion konnte sich denken, warum. Arndt hatte sie sicherlich beleidigt.

»Ihr letzter Punkt, die beiden Fragen Schorten und die Leitung Ihrer Abteilung betreffend«, wandte Sandt ein, »war mir so gar nicht bewusst.« Er warf einen Blick auf das TAGES-

GESCHEHEN, das auf Renschs Schreibtisch lag. »Sie haben tatsächlich recht.« Sandt lächelte schief. »Der Entführer zeigt hellseherische Fähigkeiten.«

Rensch blieb stumm, weil sie sich hier offensichtlich keine Blöße geben wollte. Sandt fuhr fort. »Davon sollten wir uns aber nicht zu sehr beeindrucken lassen. Die Vorwegnahme dieser Ereignisse lässt sich mit guter Menschenkenntnis erklären: Der Entführer weiß um Schortens Verhältnis zu Bakker – es ist nicht leicht, den Tod eines engen Bekannten zu verkraften – und geht von einem Rückzug Schortens aus. Da der Entführer ein Spieler ist, der für einen verblüffenden Effekt ein gewisses Risiko eingeht, lässt er diese Annahme veröffentlichen. Das Gleiche trifft auf unsere Personalentscheidung zu. Der Entführer konnte davon ausgehen, dass wir auf Erfahrung setzen und nicht Sie, Frau Tesic, mit der Leitung betrauen würden. Außerdem sollte man nicht vergessen, dass dieser Entschluss bisher nur diesem kleinen Kreis bekannt ist. Er ist noch nicht offiziell. Es wäre ein Leichtes, ihn zu kippen, um den Entführer zu entzaubern. Aber das halte ich für unangemessen.«

Sandt suchte Marions Blick, doch sie wich aus. Eigentlich hatte sie sich in einer besseren Position gesehen. Selbst die Möglichkeit, Loki vorzuführen, reichte nicht für ihre Beförderung. Anscheinend war Loki hier objektiver. Was Schorten betraf, lag Sandt falsch. Marion war sich sicher, dass sein Rückzug aus dem Fall mit dem Verschwinden seiner Frau zu tun hatte. Die Trauer um Bakker hielt sich bei ihm, wie bei allen anderen, in Grenzen.

»Wie dem auch sei«, raffte sie sich auf. »Festhalten können wir, dass der Entführer sich sehr gut bei uns auskennt. Festhalten können wir weiter, dass Mord und Entführung vom selben Täter oder derselben Tätergruppe durchgeführt wurden. Ein klares Motiv ist nicht zu erkennen.«

»Ein Mord und eine Entführung ohne rechten Sinn. Man könnte meinen, wir hätten es mit einem Psychopathen zu tun«, fasste Sandt zusammen.

Die Staatsanwältin nickte und wandte sich Mendel zu. »Und Sie?«, fragte sie herausfordernd. »Haben Sie eigentlich auch eine Meinung?«

Mendel zuckte auf seinem Stuhl zusammen und stotterte: »Ich war krank.«

»Das ist allerdings eine gute Entschuldigung. Krank war er. Vermutlich überarbeitet. Ich glaube, wir sollten die Besprechung jetzt besser beenden. Sonst werde ich krank.« Auf Renschs Stirn zeichnete sich deutlich eine Ader ab.

Sandt erhob sich und sagte beschwichtigend: »Frau Rensch hat recht. Gehen wir an die Arbeit. Ich denke, jeder weiß, was er zu tun hat.«

Als alle gegangen waren, blickte sie noch eine Weile auf die geschlossene Tür. Typen wie Kai Mendel hatte sie gefressen, doch Marion Tesic hasste sie. Sie hasste sie für ihre Schönheit und dafür, wie ihr die Männer zuflogen. Sie hasste sie für die Leichtigkeit, mit der sie durchs Leben ging, während sie selbst sich alles hart erkämpfen musste. Und ausgerechnet diese Person arbeitete an einem Fall, der ihre Karriere gefährden konnte. Als zukünftige Oberstaatsanwältin durfte kein dunkler Fleck an ihrem Lebenslauf haften, und selbst die Entschuldigung, dass sie damals beinahe noch ein Kind war, würde kaum ins Gewicht fallen.

Aber noch war es nicht so weit. Bisher gab es nur den Reim vom Fingermann in der Zeitung. Niemand, außer der alten Frau Eisen, die schon damals nicht richtig tickte, hatte sich bisher gemeldet. Kein Wunder, die anderen waren froh, wenn man sie nicht behelligte. Doch was hatte es mit diesem Entführer namens Loki auf sich? Rensch knetete ihre Hände. Was er wohl mit dem Ganzen bezweckte? Hatte er es auf sie abgesehen? Eine verspätete Rache? War er eines ihrer Opfer, einer der Jungen, der der Allmacht zweier pubertierender Mädchen ausgeliefert gewesen war? Gehörte er zu denjenigen, die man nicht mehr aufgefunden hatte, als es darum ging, die Schatten ihrer Vergangenheit zu tilgen? Oder war er gar einer dieser Brüder, die die Gunst ihres Vaters verloren hatten, weil sie zu weit gegangen war?

Worauf Loki auch immer hinauswollte, eines war sicher: Sein erstes Ziel lag darin, sie nervös zu machen. Die abgetrennten Finger der Puppe und das Einsetzen von Wilbur Arndt als

Ghostwriter waren mehr als deutliche Hinweise. Laut Tesics Bericht war Arndt ein ehemaliger Heiminsasse, der selbst ein Opfer der Stanzen geworden war. Deshalb musste er mit der Sache zu tun haben, auch wenn er ihr gegenüber bei der Befragung keine Andeutungen gemacht hatte. Sie selbst konnte sich nicht an Arndt erinnern. Weder Name noch Gesicht waren ihr geläufig, was aber nach mehr als vierzig Jahren nicht verwunderte. Wie dem auch sei. Arndt war gefährlich. Notfalls musste man ihn davon überzeugen, dass es besser war, Vergangenes ruhen zu lassen.

Hilde Rensch starrte auf ihr Adressbuch. Vielleicht sollte sie ihre ehemalige Freundin und Schicksalsgenossin kontaktieren. Vielleicht erinnerte sie sich an Arndt. Zwar waren sie seit damals getrennte Wege gegangen, aber die Vergangenheit hatte sie für immer zusammengeschweißt. Wie sie wohl reagieren würde, die biedere Frau des Hauptkommissars Bernhard Schorten, unverhofft konfrontiert mit ihrer schrecklich schönen Kindheit?

Unwillkürlich musste Hilde Rensch lächeln. Cora, das hübsche, blonde Mädchen mit den Zöpfen, das bei allen beliebt war. Ein Teufel in Engelsgestalt. An Grausamkeit hatte Cora sie fast noch übertroffen, obwohl sie niemals die Initiative übernahm. Erst wenn Hilde die Jungs so weit gehabt hatte, hatte sie eingegriffen, aber dann hatte sie mit ihren Einfällen überrascht.

Rensch atmete tief ein, ihre Handflächen waren feucht. Noch immer, selbst nach all den Jahren, erregten sie die Spiele, die Unterwürfigkeit und die Macht, diese grenzenlose Macht. Rensch ging zum Waschbecken und kühlte ihre heiße Stirn. Beherrschung war der Lohn des Erwachsenseins. Sie gönnte sich nur noch kontrollierte Eskapaden, für ihre Phantasien bezahlte sie nun.

»Wer hätte dich auch genommen?«, sagte sie zu ihrem Spiegelbild und setzte sich dann wieder an ihren Schreibtisch.

***

Auf dem Weg in ihr Büro wurde Marion von Jeff Broghammer, dem EDV-Spezialisten, angerufen.

»Hallo Marion«, meldete er sich. »Auf dem Stick ist ein Video. Ich habe es gerade gesehen. Ist ziemlich unangenehm, und der Typ, der es gedreht hat, muss einen ganz miesen Humor haben.«

»Sieht man Bakker?«

»Man sieht alles. Am besten, du schaust es dir an.«

»Wir sind schon unterwegs.«

***

Das Kompetenzzentrum Kriminaltechnik (LKA KT) befand sich im Bezirk Tempelhof-Schöneberg. Damit es seine Unabhängigkeit bewahren konnte, war es von den anderen LKA-Dienststellen räumlich getrennt. In sechs Dezernaten, von der Tatorterkennung bis zur forensischen Informationstechnik, wurde hier mit modernster Technik die Aufklärung von Verbrechen unterstützt.

Broghammer führte Marion und Mendel in einen kleinen, fensterlosen Raum. Zwei Computer summten, eine Schreibtischlampe erhellte nur einen Teil des Zimmers, das mit elektronischen Geräten zugestellt war.

»Wir haben nur zwei Stühle«, sagte Broghammer und setzte sich auf den einen. Marion bot Mendel den anderen an. Sie wollte hinter den beiden stehen.

Broghammer öffnete ein Programm und sagte: »Die Datei war nicht geschützt, jedes Kind hätte das Video zum Laufen gebracht. Bisher habe nur ich den Film gesehen, und wie ich schon sagte, das ist ziemlich skurril und nichts für schwache Nerven.«

»Jetzt fang schon an«, drängte Marion.

Broghammer nickte, und schwarz-weiße Zahlen flimmerten über den Bildschirm. Sie zählten rückwärts von fünf bis eins, dann erschien ein Tänzer aus der Ära der Stummfilmzeit. Er trug Stock und Hut. Ein maskenhaftes Grinsen entstellte sein Gesicht. Der Mann befand sich auf einer kahlen Bühne und tanzte Charleston. Er tanzte von der linken zur rechten Seite. Am rechten Rand angekommen, nahm er seinen Hut ab und verbeugte sich. In dieser Stellung verharrte er. Nun wurde auf der linken Hälfte des Bildschirms ein zittriger Text eingeblendet:

Atemlos-Produktionen präsentiert:
Tod eines Ermittlers
oder
Warum leben, wenn das Sterben so schön ist?

Jetzt erfolgte ein Schnitt, und man sah Bakkers aufgeschwemmtes Gesicht in Großaufnahme. Es füllte den ganzen Bildschirm. Er lachte. Das Lachen Bakkers hörte man nicht. Es wurde durch eine einfältige Melodie überdeckt.

»Die eigentliche Tonspur wurde gelöscht. Ob ich sie wiederherstellen kann, weiß ich noch nicht«, erklärte Broghammer.

Nun zoomte die Kamera weg. Man sah eine in Schwarzlicht getauchte Bühne und ein breites, aus Stahlrohren gefertigtes Bett, auf dem Bakker saß, nackt. Marion schloss die Augen. Sie ertrug Bakkers Anblick nicht. Wieder glaubte sie, ihn zu riechen, seine feuchten Hände zu spüren. Nur mit Mühe unterdrückte sie den Drang wegzulaufen.

Wie aus weiter Ferne vernahm sie Broghammers Erklärungen: »Wie ihr seht, fesselt Bakker sich selbst. Die Frau gibt nur Anweisungen. Ihr Gesicht sieht man nie. Jetzt kommt die Schlinge. Sie ist etwas Besonderes. Jedes Mal, wenn er sich aufrichtet, zieht sie sich fester zu.«

»Was er wohl sagt?«, fragte Mendel.

»Weiß nicht, vielleicht kann ein Lippenleser helfen.«

»Dieses Lachen. Stand er unter Drogen?«

»Da müssen wir den Bericht der Gerichtsmedizin abwarten.«

»Was tut er jetzt? Wieso bleibt er nicht liegen? So stranguliert er sich doch selbst!« Mendel atmete hörbar aus. »Und was sind das für Zahlen am Bildrand?«

»Statistiken zu tödlichen Unfällen bei Sexspielen. Unten erscheint gleich die Quellenangabe.«

»Ist das ein Tattoo auf dem Rücken der Frau?«

»Wohl schon. Die Bildauswertung machen wir nachher.«

»Mein Gott, jetzt richtet er sich wieder auf, damit gibt er

sich doch den Rest! Der erstickt vor unseren Augen.« Mendel rutschte nervös auf seinem Stuhl hin und her. »Wie lange geht das denn noch? Und immer dieses Lachen. Bakker stirbt und genießt den Scheiß!«

Die lächerliche Melodie wiederholte sich in einer Endlosschleife. Bakker wurde von Krämpfen geschüttelt, seine Zunge trat hervor.

Irgendwann warnte Broghammer: »Jetzt nicht erschrecken.«

Prompt ertönte ein lärmender Tusch, und ein Chor sang »Halleluja«.

»Ist es jetzt vorbei?«

»Mit Bakker schon. Was noch folgt, ist der Abspann.«

»Was meinst du, ist das Mord?«

»Keine Ahnung. Auf jeden Fall unterlassene Hilfeleistung.«

Endlich endete die Musik. Der Stepptänzer erschien wieder im Bild. Er warf seinen Stock weg, fasste sich an den Hals und würgte sich. Dazu begann er in einem irrwitzigen Tempo zu tanzen. Zunge und Augen traten hervor. Im Todeskampf mit sich selbst taumelte er über die Bühne. In der Mitte angekommen, sank er auf die Knie. Sein Kopf ruckte hin und her. Er verlor seinen Hut, und die Haare fielen strähnig in sein Gesicht. Plötzlich erschlafften seine Züge, und er sackte zusammen. Die Kameralinse schloss sich langsam. Ein Text wurde eingeblendet:

Luftmangel kann tödlich sein.
Vergewaltigen auch.

Mendel schüttelte den Kopf. »Der oder die haben echt einen Stich. War das jetzt nur das Werk von irgendwelchen Perversen, oder steckt eine Botschaft dahinter?«

»Ich weiß es nicht«, antwortete Marion und hoffte, dass ihre Stimme nicht zitterte.

»Wir werden das Ganze noch ein paarmal anschauen müssen«, sagte Broghammer. »Es gibt einige Hinweise, die uns weiterbringen können.«

»Ist schon klar«, seufzte Mendel. »Bakker und ich waren zwar nicht gerade Freunde, aber das nimmt einen schon ganz schön mit.«

Mit aller Macht mahnte Marion sich zur Ruhe. Sie musste jetzt einen klaren Kopf bewahren. Der Schlusstext des Videos war eine eindeutige Anspielung auf letzte Nacht. Von der versuchten Vergewaltigung wusste nur Arndt. Somit war er zweifellos an dem Mord beteiligt. Ihre Kollegen wollte sie nicht davon in Kenntnis setzten – noch nicht. Erst musste sie mit Arndt allein reden. Nervös fuhr sie sich durchs Haar. Ihre Hand zitterte tatsächlich.

»Ich werde mit Arndt sprechen«, sagte sie stockend. »Es muss noch geklärt werden, wie er die E-Mail mit dem Fortsetzungsroman an die Zeitung geschickt hat. Ihr kommt sicher auch ohne mich zurecht.«

Broghammer nickte. »Ist mein täglich Brot. Der USB-Stick wird noch auf alte, gelöschte Daten untersucht, und natürlich auch auf Spuren des Täters.«

»Wir machen das schon, keine Sorge, Marion«, ergänzte Mendel, der sich offensichtlich um sie sorgte.

Als Marion das Büro verlassen hatte, sagte er zu Broghammer: »Ich wusste gar nicht, dass sie Bakker so nahestand.«

***

Die Tür schlug gegen den Anschlag und federte zurück. Marion stürmte in Arndts Kammer und baute sich vor ihm auf.

»Ist es ein Handy? Oder haben Sie alles per E-Mail übermittelt?« Marions Stimme überschlug sich beinahe, was sie ärgerte. Sie atmete tief durch und wartete auf eine Antwort. Arndt hob nicht einmal den Kopf. Er formte aus Draht eine weitere Figur, deren Gestalt noch nicht zu erkennen war.

»Wissen Sie«, sagte er leise, »dass Bakker eine meiner Figuren zerstört hat?«

»Hören Sie auf damit!« Marion war noch immer außer sich.

»Womit?« Arndt hob langsam seinen Kopf, sein Armeemantel knarzte. »Mit meiner Kunst oder mit Bakker?«

Marion setzte sich. Ungeduld war hier fehl am Platze.

»Ein Kaffee?«, fragte Arndt und zeigte auf eine Thermoskanne. Ohne auf Marions Reaktion zu warten, schenkte er ihr und sich ein. »Ich nehme mit Schuss. Sie natürlich nicht.« Lächelnd füllte Arndt seine Tasse mit Kognak auf.

Marion trank langsam. Der Kaffee war heiß. Er tat ihr gut. Arndt beschäftigte sich weiter mit seiner Figur. Draußen hörte Marion jemanden »Mahlzeit« sagen, es war jetzt 12 Uhr 30. Marion massierte sich die Stirn, sie fühlte sich gerädert. Gerne wäre sie jetzt weit weg gewesen, weit weg von diesem Fall, von Arndt, von Bakker, irgendwo am Meer.

»Die Nachricht an die Zeitung habe ich von einem Ihrer Computer verschickt«, begann Arndt zu erzählen. »War kein Problem. Mein Wachhund hatte keine Bedenken, als ich mir in den Gängen des Gebäudes die Füße vertrat. Wo sollte ich denn auch hin, wo doch alle Ausgänge verschlossen waren. Seien Sie ihm nicht böse. Ein geeignetes Büro zu finden war leicht. Einer Ihrer Kollegen hat sein Passwort auf einen Zettel geschrieben und im Schreibtisch versteckt. Ist auch schwer zu merken, so ein Passwort.«

»Ganz einfach also«, sagte Marion vor sich hin und ärgerte sich einmal mehr über die Nachlässigkeiten in diesem Fall. Oder waren es keine Nachlässigkeiten? Nutzte Arndt mit gerissenem Gespür alle Sicherheitslücken? Oder waren die Sicherheitslücken erst durch die besondere Konstellation in diesem Fall entstanden? Hatte man sich mit Arndt ein trojanisches Pferd eingehandelt? Er hatte sein Quartier dort, wo alle Informationen sich bündelten, er verschaffte sich Zugang zum Polizeirechner. Im Grunde war er Herr des Geschehens.

Marion löste sich aus ihren Gedanken und sagte: »Es gibt ein Video von Bakkers Tod. Am Schluss erscheint eine Texteinblendung. Eine Anspielung auf gestern Abend, auf die versuchte Vergewaltigung. Nur Sie wissen davon. Erklären Sie mir, wie es dazu kommen konnte.«

»Der Film. Ja, der Film.« Arndt blinzelte. »Sagen Sie, ist er gelungen? Ich habe ihn noch nicht gesehen.«

Marion horchte auf. »Wollen Sie etwa gestehen?«

»Ich gestehe alles, bei ihren schönen Augen.«

»Herr Arndt, wissen Sie überhaupt, was da vorgefallen ist? Dieses Video, die Tat, das ist äußerst abstoßend. Es geht hier um Mord.«

»Der Film ist nicht gut. Ich hab's befürchtet.«

Marion konnte mit seiner Reaktion nichts anfangen. War er wirklich verrückt? Tonlos sagte sie: »Alle ein- und ausgehenden E-Mails werden aufgezeichnet. Auch die Telefonate. Wenn Sie etwas Verfängliches gesagt oder geschrieben haben, erfahren wir es.«

Arndt seufzte. »Ach, Frau Tesic. Für wie dumm halten Sie mich? Sie werden nichts finden.«

»Sind Sie sicher? Sie konnten das Gebäude nicht verlassen. Sie wurden die ganze Zeit überwacht. Da bleiben nicht viele Möglichkeiten für den Kontakt mit Ihren Komplizen. War es ein Handy?«

»Was soll das, Frau Kommissarin? Ich nehme Ihnen doch nicht die ganze Arbeit ab. Dafür werden Sie schließlich bezahlt.«

Gereizt sagte Marion: »Das alles ist für Sie ein Spiel. Wie krank sind Sie eigentlich? Ein Mensch wird entführt, schon allein das ist ein verabscheuungswürdiges Verbrechen. Doch damit nicht genug. Jetzt musste sogar noch jemand sterben. Warum nur?«

»Warum werden Menschen ermordet? Aus Habgier, aus Wut, aus Rache? Rache wäre doch ein gutes Motiv. Sie können das sicher gut nachvollziehen. Manche töten in ihren Gedanken. Andere gehen handfester vor und nehmen einem die Arbeit ab.«

Marion wich zurück. »Sie meinen, Sie wollten mir einen Gefallen tun?«

»So uneigennützig bin ich nicht. Bakker war ein schlechter Mensch, er hatte es verdient. Und auf eines will ich noch hinweisen: Wenn einer sich freiwillig die Luft abdreht, dann ist das kein Mord.«

»Das wird sich noch herausstellen, Herr Arndt.«

»Wie dem auch sei. Gefreut haben Sie sich dennoch, nicht wahr?«

»Den Tod Bakkers habe ich nie gewollt.«

»So?«

»Ich bin Polizistin. Ich glaube an den Rechtsstaat und nicht an Selbstjustiz. Es gibt einen großen Unterschied zwischen dem, was man denkt, und dem, wie man handelt.«

»Die Übergänge sind fließend. Wenn sich die Möglichkeit bietet, wenn alles zusammenkommt, dann wird der Moralist zum Täter. Manchmal genügt schon ein Wort.«

»Sie irren sich. Die Menschen sind nicht so. Aber ich will mit einem Verbrecher nicht darüber diskutieren. Mich interessieren Ihre bizarren Ansichten nicht.«

Die Blicke der beiden trafen sich. Entgegen seiner sonstigen Gewohnheit schaute Arndt nicht weg. Marion versuchte, in seinen wässrigen Augen zu lesen. Was bewegte diesen Menschen, was trieb ihn an? Arndt lächelte.

»Sie sollten mich jetzt verhaften.«

»Sie wissen genau, dass ich keine Beweise habe. Die versuchte Vergewaltigung ist nur uns beiden bekannt, und dieses Gespräch wird nicht aufgezeichnet. Deshalb muss ich erst die Nachricht finden, die Sie an Ihren Komplizen geschickt haben.«

»Stimmt. Schlaues Kind. Aber Sie haben jetzt ein persönliches Problem. Im Grunde genommen wollen Sie doch gar nicht, dass jemand von gestern Abend erfährt. Wenn Sie den Beweis, den Sie suchen, jetzt in der Hand hätten, was würden Sie tun? Die Ehre und die Karriere stehen auf dem Spiel. Da kann man einen Mörder schon laufen lassen.«

»Ich werde Sie nicht laufen lassen. Ich kriege Sie garantiert, auch ohne diesen Hinweis. Sie haben zu viele Spuren gelegt, zu viel Aufwand betrieben. Der Mord an Bakker war von langer Hand geplant. Es gibt Mittäter und Mitwisser. Über kurz oder lang wird alles auffliegen.«

»Das wird es. Aber bis dahin bleibt noch viel Zeit. Sie sollten vielleicht mal ausspannen. Fahren Sie doch mal ans Meer. Das lieben Sie doch so sehr.«

»Woher wissen Sie das?«, fragte Marion konsterniert.

»Schön, dass ich Sie immer noch überraschen kann.« Arndt zog seine Flöte aus der Tasche. »Aber jetzt möchte ich noch einmal an unseren dicken Freund Bakker erinnern. Toten soll man bekanntlich nichts nachtragen.« Unvermittelt begann er zu spielen. Sein stampfender Fuß gab den Rhythmus vor. Irgendwann legte er die Flöte beiseite und trommelte auf den Tisch. Dazu sang er ein Lied, das mit der Zeile *»Don't want to be a fat man«* begann.

Marion ließ sich nicht anmerken, wie sehr Arndt sie traf. Stattdessen beobachtete sie ihn, wie er sich in der Musik zu verlieren schien. Er trommelte wie ein Besessener. Schweiß stand auf seiner Stirn, die Augen hatte er geschlossen. Der zur Wache eingeteilte Polizist warf einen Blick durch die Tür. Marion gab ihm zu verstehen, dass alles in Ordnung sei, woraufhin er sich wieder zurückzog. Aufmerksam wartete sie das Ende des Liedes ab. Als Arndt aufschaute, lächelte er amüsiert. »Jetzt haben Sie mich überrascht, Frau Tesic. Ich dachte, Sie laufen beleidigt weg.«

»Nicht jeder spielt nach Ihren Regeln, Arndt.«

***

Zum ersten Mal seit gestern Abend war Marion wieder in ihrem Büro. Sofort fielen ihr die Kampfspuren der letzten Nacht auf. Backers Blut sprenkelte den Boden. Mit einem feuchten Geschirrtuch wischte sie sie auf. Das angetrocknete Blut verschmierte. Selbst in diesem Zustand war Bakker noch klebrig und abstoßend. Das Geschirrtuch warf sie weg, dann setzte sie sich an ihren Schreibtisch und versuchte, ihre Gedanken zu ordnen. Gerade eben hatte Arndt gestanden, doch sie konnte ihm nichts nachweisen. Das Gespräch würde er leugnen, und die Videoaufzeichnung von Bakkers Tod diente allein ihr als Beweis – es war zum Verzweifeln.

Dennoch konnte sie nicht weitermachen wie bisher, es galt, Maßnahmen zu treffen. Als Erstes vergewisserte sie sich, ob Arndts Überwachung noch gewährleistet war. Die verantwortlichen Beamten wies sie abermals auf die Bedeutung ihrer Aufgabe hin. Als Zweites begann sie die bisherigen Ermittlungen aufzuarbeiten. Es musste doch etwas Konkretes gegen Arndt zu finden sein.

Auf ihrem Schreibtisch lagen zwei Berichte. Einer von der Kripo Anklam und einer von der Kriminaltechnik. Den aus

Anklam las sie zuerst. Die dortige Spurensicherung hatte das ehemalige Kinderheim Die Brücke in Augenschein genommen und die Werkstatt eingehend überprüft. Die Kollegen waren auf eine Menge Spuren und Fingerabdrücke gestoßen, die natürlich alle katalogisiert und mit der Datenbank verglichen wurden. Das Ergebnis war negativ. Die Spuren stammten nicht von polizeibekannten Personen. Auch gab es keine Übereinstimmung mit den Fingerabdrücken Arndts, worauf Marion insgeheim gehofft hatte.

Besonderes Augenmerk wurde auf die Mechanik, die die Stanze in Gang gesetzt hatte, gerichtet. Sie musste von einer technisch begabten Person installiert worden sein. Die einzelnen Bauteile waren zum Teil selbst gefertigt, zum Teil stammten sie aus einem Baumarkt aus der Nähe. Die Befragung der Angestellten hatte nichts gebracht. Niemand konnte die Artikel mit einem speziellen Käufer in Verbindung bringen.

Marion rief sich das zweite Gespräch mit Miriam Eisen in Erinnerung. Nachdem Bakker und sie die Werkstatt verlassen hatten, waren sie noch einmal bei ihr erschienen. Die alte Dame hatte sie schon wieder vergessen, und die zweite Befragung unterschied sich anfangs kaum von der ersten. Als sie endlich Fragen zur Werkstatt stellen konnten, schwelgte Miriam Eisen in Erinnerungen. Erst nach geraumer Zeit erfuhren sie, dass die alte Dame niemanden beobachtet oder etwas Verdächtiges bemerkt hatte.

Am Ende der Befragung bot sie Bakker, der sie mächtig bedrängt hatte, abermals einen Hagebuttentee an. Marion musste an die Geschichte mit dem Gift denken, und ein ungewolltes Lächeln huschte über ihr Gesicht. Seitdem waren erst zwei Tage vergangen, zwei Tage, die Marion wie Jahre vorkamen. Bakker war tot, und ihr Chef hatte den Fall abgegeben. Ihre Abteilung wurde neu geordnet, und sie kannte einen der Drahtzieher, ohne ihn stellen zu können. Marion schüttelte den Kopf. Alles war so verworren, trotz etlicher Spuren und Hinweise gab es kein eindeutiges Motiv. Um die Aufmerksamkeit auf die Missstände im Heim zu lenken, hätte es nicht dieses Aufwandes bedurft. Es musste einfach mehr dahinterstecken.

Klar war, dass alle in diesen Fall verwickelten Personen im Sinne Lokis handelten. Alle folgten seinem Drehbuch, das Stück für Stück in der Zeitung als Fortsetzungsroman veröffentlicht wurde. Gedankenverloren zog Marion ihr Notizbuch hervor. Der einzige Eintrag zu diesem Fall stammte vom 16. April, jenem Tag, als sie zum ersten Mal mit Max Dreiklang gesprochen hatte. »Gefährlich wie Hyde« stand da. Marion strich »Hyde« und schrieb »Loki« darüber. Loki der Gestaltenwandler, der Meister der Intrige. Loki ging es um Macht, er wollte andere beherrschen, manipulieren. Marion nickte. Genau das war es: Manipulation. Es ging darum, andere zu beherrschen, über das Schicksal anderer zu bestimmen.

Mit einem Mal wurde ihr bewusst, dass sie den Fall nur lösen konnte, wenn sie dem Drehbuch nicht folgte.

Es musste ihr gelingen, sich aus ihrer Rolle zu befreien und eigenständig zu handeln. Nur so konnte sie Loki aus der Reserve locken. Wenn sie die Handlung an sich riss, musste er reagieren, weil seine Machenschaften sonst den Sinn verloren. Am naheliegendsten war es deshalb, sich nicht mehr seinem Diktat zu beugen, seine Forderungen nicht mehr zu erfüllen. Marion war sich des großen Risikos bewusst. Konnte sie das verantworten? Eigentlich eine müßige Frage, denn morgen schon hatte sie einen neuen Vorgesetzten, und der hatte dann zu entscheiden. Daher musste sie den Neuen von ihrer recht abenteuerlichen Theorie überzeugen. Doch die Chance, dass er darauf einging, tendierte, realistisch gesehen, gegen null. Nur aufgrund ihrer Annahme würde er niemals Leib und Leben des Entführten gefährden.

Nachdenklich nahm sie den Bericht der Kriminaltechnik zur Hand. Der Sachverständige der Fachgruppe Urkunden, Schrift und Drucktechnik bestätigte die Echtheit der Unterlagen über Arndt, seine Eltern und seinen Freund Johannes Berg. Schon mit dreizehn Jahren hatte Arndt also all seine Vertrauten verloren. Erst die Eltern, dann den Freund. Was mochte da in einem Kind vorgehen? Kam ihm da das Grundvertrauen in das Gute abhanden? Wurde hier schon Arndts Lebensweg festgelegt? Sein Versagen im Beruf, sein Scheitern in der Gesellschaft und das Abrutschen in die Obdachlosigkeit? War er deshalb auf die schiefe Bahn geraten? Hatten ihn die damaligen Ereignisse zu dem gemacht, was er heute war?

Mit Sicherheit, und deshalb lag der Schlüssel zur Lösung dieses Falls eindeutig in Arndts Vergangenheit.

Was Marion fehlte, war Zeit. Die Ereignisse überschlugen sich und ließen sie kaum Luft holen, Beschlossenes wurde über den Haufen geworfen. Bisher war sie nicht dazu gekommen, sich, wie mit Schorten schon besprochen, abermals mit Arndts Kindheit und der Geschichte des Heims zu befassen. Auch hierin war Lokis Geschick zu erkennen. Er gab den Takt vor und unterdrückte somit jede Eigeninitiative, jedes Abweichen von seinem Plan. Dem musste sie entgegenwirken. Tromptow, dem Archiv von Miriam Eisen, galt jetzt ihr Hauptinteresse. Morgen früh schon würde sie fahren.

Der Eingang einer E-Mail änderte alles. Loki hatte sich wieder gemeldet. Marion lächelte. So einfach würde sie es ihm diesmal nicht machen. Auch wenn Tromptow abermals verschoben war, hatte sie eine Handhabe gegen den Meister der Intrige, eine viel bessere sogar.

***

»Das Wochenende kannst du vergessen«, sagte sie zu Kai Mendel, als er sich an den Schreibtisch setzte. Marion legte die neueste Nachricht des Entführers auf den Tisch. »Die Angaben sind recht exakt. Loki will, dass wir ihn finden.«

Mendel studierte die Stichworte. »52° 30' – 52° 31' N, 13° 29' – 13° 30' O. Das sind Koordinaten«, stellte er fest.

»Ja«, bestätigte Marion, »damit lässt sich ein Gebiet um Treptow-Köpenick eingrenzen.«

»Was haben wir denn noch?«, sagte er und las laut weiter. »Schornsteine, Geiselübergabe, Dienstag, Müller, die Wahrheit und nichts als die Wahrheit, Showdown, es trifft den Richtigen, hütet euch vor Kabeln.« Mendel legte den Ausdruck kopfschütteln beiseite. »Unser Entführer liebt Rätsel.«

Marion nickte. »Und er liebt es zu spielen. Der ganze Fall ist für ihn ein Spiel, und wir sind seine Figuren. Er will, dass wir seiner Regie folgen, dass wir sein Spiel spielen. Allein deswegen die Entführung und der Mord.«

Mendel schaute verwundert. »Du meinst, sein Motiv ist die Manipulation von Menschen? Das Ausüben von Macht – so was wie Gott spielen?«

»Ja. Wenn du nur mal die letzten Tage Revue passieren lässt, wirst du zu einem ähnlichen Schluss kommen.«

»Und was ist mit dem Kinderheim? Die Missstände sind es doch, auf die Loki aufmerksam machen will.«

»Das ist nur ein Teil des Ganzen. Lokis eigentliches Motiv ist, uns in seinem Sinne zu manipulieren. Wir sind Figuren auf seinem Schachbrett.«

»Das halte ich für weit hergeholt, Marion.«

»Schau dir doch mal Arndts Artikel genau an. Sie nehmen unsere Handlungen vorweg. Erst wird unsere Ermittlungsarbeit beeinflusst und dann unser Privatleben.«

»Wir müssen Arndts Artikel und die Informationen des Entführers getrennt betrachten. Du vermengst hier beides. Was die Ermittlungen betrifft, mussten wir den Hinweisen Lokis nachgehen – das ist eine ganz normale Handlungsweise, von Manipulation also keine Spur. Für den privaten Bereich, der sich auch nur auf Schorten bezieht, zeigt sich Arndt verantwortlich. Die Informationen hierzu hat er bekanntlich aus dem Internet. Sie stammen nicht vom Entführer. Wenn also jemand manipuliert, dann ist es Arndt, und der hat nach dem momentanen Stand der Ermittlungen nichts mit dem Verbrechen zu tun.«

»Da irrst du dich. Arndt hat vorhin gestanden.«

Mendels Gestalt straffte sich. »Was? Und wieso sagst du mir das erst jetzt?«

»Weil es von dem Geständnis keine Aufzeichnung gibt, wir haben weiterhin nichts gegen ihn in der Hand. Im Übrigen bist du der Erste, der davon erfährt.«

»Na, da fühle ich mich aber geehrt. Hat Arndt wenigstens konkrete Angaben gemacht?«

»Nein, er verliert sich weiterhin im Ungewissen. Außerdem war seine Aussage kein Geständnis im eigentlichen Sinn.«

»Was soll das schon wieder heißen?«

»Nun, er weiß von dem Video, das Bakkers Tod zeigt, obwohl das bisher nur einem kleinen Personenkreis bekannt ist. Als ich ihn darauf ansprach, rühmte er sich seiner Beteiligung an der Erstellung des Videos.«

»Und sagte er, warum Bakker ermordet wurde?«

»Arndt spricht nicht von Mord, eher von Selbstjustiz. Bakker hat sich in seinen Augen selbst gerichtet. Dennoch bleibt es ein Verbrechen. Begründet hat er Bakkers Tod damit, dass Bakker ein schlechter Mensch sei und es verdient habe zu sterben.«

»Für mich klingt das nicht besonders überzeugend. Wusste er denn, was gezeigt wurde? Hat er gesagt, wie er das Ganze organisiert hat?«

»Nur, wie er die letzte Folge des Fortsetzungsromans an die Zeitung verschickt hat. Den Rest sollen wir gefälligst selbst herausfinden. Du kennst ja seine Art.«

»Die kenne ich zur Genüge. Er ist ein Aufschneider. Er macht sich gerne wichtiger, als er ist. Kann es nicht sein, dass er dich reingelegt hat? Vielleicht hast du ihm unbewusst einen Tipp gegeben, den er dankbar aufgenommen hat.«

»Kai«, sagte Marion ärgerlich, »ich bin erfahren genug. So ein Fehler unterläuft mir nicht.«

»Na, dann hat er es vielleicht von anderer Seite erfahren. Er sitzt ja hier an der Quelle.«

Marion wurde ungehalten. »Wilbur Arndt hat mir nichts vorgemacht, er ist sowohl an dem Mord als auch an der Entführung beteiligt, da bin ich mir absolut sicher.«

»Ist ja schon gut, Marion«, lenkte Mendel ein. »Ich will nur nicht, dass du dich hier in etwas verrennst. Vielleicht sollte diese Anschuldigung unter uns bleiben, bis du sie beweisen kannst.«

Marion zuckte mit den Schultern. Mendel glaubte ihr also nicht. Spätestens jetzt hätte sie von der versuchten Vergewaltigung erzählen müssen, doch genau das wollte sie nicht. Niemand sollte davon erfahren. Also lenkte sie das Gespräch in andere Bahnen.

»Ich hatte gar nicht vor, andere davon zu unterrichten, da bei Arndt, solange er sich in unserer Obhut befindet, keine

Fluchtgefahr besteht. Dennoch sollten wir uns jetzt darauf konzentrieren, seine Schuld nachzuweisen. Darum komme ich zum Motiv zurück. Wenn wir davon ausgehen, dass es Manipulation ist, dann können wir darauf reagieren. Wir werden Arndt eine Falle stellen, indem wir uns nicht mehr so verhalten, wie es von uns erwartet wird.«

»Und wie soll das konkret aussehen?«

»Wir werden Arndt die neueste Nachricht des Entführers vorenthalten. Damit schlagen wir zwei Fliegen mit einer Klappe: Erstens reißen wir das Heft der Handlung an uns. Und zweitens wird Arndt sich vielleicht verraten, weil er den Inhalt mit Sicherheit schon kennt.«

»Dann wird aber auch keine Fortsetzung des Romans erscheinen.«

»Doch. Ich werde das nächste Kapitel schreiben.«

Mendel runzelte die Stirn. »Davor wurden wir aber ausdrücklich gewarnt. Damit gefährdest du Fabian Flaigs Leben.«

»Ich denke, dieses Risiko kann ich verantworten. Bei dem ganzen Aufwand, der betrieben worden ist, wird unser Entführer nicht gleich zum Äußersten greifen. Das wäre vollkommen unlogisch.«

»Dennoch wird er reagieren.«

»Genau darauf hoffe ich. Wenn Loki weiß, dass der Artikel nicht von Arndt geschrieben worden ist, dann müssen die beiden in Kontakt stehen, oder es muss ein vereinbartes Zeichen, eine Art Geheimcode, geben. Und somit haben wir gegen Arndt etwas in der Hand.«

»Das ist aber eine sehr wacklige Beweisführung. Man könnte dagegenhalten, dass Loki die Fälschung anhand des Schreibstiles erkannt hat.«

»Ich werde mich an den vorherigen Folgen orientieren – besonders ausgefallen war die Sprache ja nicht. Das bekomme ich schon hin.«

Mendel blieb skeptisch. »Wenn du meinst. Ich persönlich bin von deinem Plan nicht so überzeugt. Vor allen Dingen überschreitest du damit deine Kompetenzen.«

»Das stimmt so nicht, Kai. Für heute bin ich die Leiterin der

Ermittlungsgruppe und habe somit auch die Entscheidungsgewalt.«

»Na, wenn das so ist.« Mendel zuckte hilflos mit den Schultern. Marion ordnete nachdenklich ihre Unterlagen. Sie war sich des Risikos bewusst. Dennoch musste sie so handeln. Nur so konnte sie Loki und Arndt aus der Reserve locken.

»Wenn du das durchziehst und es geht schief, dann wird die Staatsanwältin dich in der Luft zerreißen.«

»Die Rensch arbeitet eh gegen mich, egal was ich tue. Viel wichtiger ist mir, wie du dazu stehst. Ich brauche dich.«

Marion schaute Kai direkt an, der sich unter ihrem Blick wand. Er tat sich mit einer Entscheidung offensichtlich sehr schwer. Deshalb schenkte Marion ihm ein Lächeln, das ihn erröten ließ. Dann eben mit den Waffen einer Frau, dachte sie sich.

Mendel seufzte. »Gut, Marion. Ich bin dabei. Du bist dir aber bewusst, dass uns das die Karriere kosten kann?«

»Wir machen das Richtige, Kai«, beschwichtigte Marion und schenkte ihm ein weiteres Lächeln. Mendel nestelte nervös an seinem Jackett. Wie leicht Männer doch zu beeinflussen waren. Marions Lächeln verschwand.

»Die Priorität liegt jetzt beim Entführungsfall«, sagte sie. »Wir werden alle Hinweise des Entführers durchgehen. Vielleicht können wir das Gebiet um seinen möglichen Aufenthaltsort weiter eingrenzen und eine Streife dorthin beordern. Es gibt immer Menschen, die etwas Verdächtiges beobachten. Danach beschäftigen wir uns mit dem Mord an Bakker. Du wirst bestimmt noch einiges über das Video zu berichten haben. Vorher werde ich aber noch die nächste Folge des Romans schreiben, die du Korrektur lesen solltest. Bis einundzwanzig Uhr muss der Artikel der Redaktion des TAGESGESCHEHENs vorliegen.«

»Wird wohl eine lange Nacht werden.«

»Das wird es.«

Tag acht, Sonntag, der 20. April

Der ungewohnte Straßenlärm weckte Marion. Sie drehte sich auf den Rücken und zog die Decke bis zu ihrer Nase. Kalt und unbequem war es. Durch das gekippte Fenster drangen die Geräusche der erwachenden Großstadt, das blasse Licht einer Straßenlaterne warf einen Schatten an die Decke des Aufenthaltsraumes.

Fröstelnd stand Marion auf und zog sich Pullover und Schuhe an. Sie hasste es, in ihren Kleidern zu schlafen; eine heiße Dusche hätte ihr jetzt gutgetan. Doch daran war nicht zu denken. Stattdessen schlich sie zur Personalküche und machte Kaffee. In der hintersten Ecke beim Heizungskörper nahm sie Platz. Marion hielt sich an ihrer heißen Tasse fest und zog die Schultern hoch – die lindgrüne Einrichtung der Küche verströmte den Charme eines OP-Saals. Wieso tat sie sich das an? Niemand zwang sie, hier zu übernachten, und niemand würde sie dafür bezahlen.

Missmutig schaute sie auf die Uhr. In zwei Stunden hatte sich Peter Illsen angekündigt. Bis dahin war noch genügend Zeit, Ordnung in Unterlagen und Gedanken zu bringen. Kai und sie hatten bis tief in die Nacht gearbeitet, ohne Entscheidendes herauszufinden. Die Hinweise Lokis ergaben keinen rechten Sinn, und die Auswertung des Videos hatte auch noch nichts Konkretes geliefert. Genau genommen war sie so schlau wie am Abend zuvor. Einzig die rechtzeitige Fertigstellung der nächsten Folge des Romans konnte sie als Erfolg verbuchen. Heute würde sie in der Sonntagsausgabe erscheinen. Die möglichen Auswirkungen bereiteten ihr Sorge. Ihr gestriger Mut und ihre Zuversicht litten sehr unter der frühen Stunde. Am Morgen war sie immer sehr verletzlich.

Mit schleppenden Schritten begab sie sich in ihr Büro, wo Kai Mendel schlief. Sein Gesicht hatte die Farbe des Lakens, er wirkte älter, als er war. Ihr war durchaus bewusst, warum er sich plötzlich so engagierte. Anscheinend rechnete er sich Chancen bei ihr aus. Chancen, die er nicht hatte. Kai war zwar nett, mehr aber auch nicht. Dennoch würde sie ihn nicht entmutigen – Marion brauchte ihn. Er war ein guter Ermittler, wenn er sich mühte. Dass sie dabei seine Zuneigung ausnützte, glaubte sie nicht. Vielmehr tat sie ihm einen Gefallen, denn Kai hatte sich mit seiner bisherigen Arbeitsmoral keine Freunde gemacht.

⋆⋆⋆

Peter Illsen stellte seinen schwarzen Alfa Romeo auf dem für den Polizeipräsidenten reservierten Parkplatz ab und griff sich den Ordner, den er letzte Nacht durchgearbeitet hatte. Muss es ausgerechnet dieses Wochenende sein?, dachte er sich. Heute hatte er mit den Kindern ins Bad gehen wollen, und für gestern hatte er seiner Frau Patricia ein gemütliches Abendessen beim Italiener versprochen. Patricia hatte ihm keine Vorwürfe gemacht, aber er glaubte, eine gewisse Resignation in ihrem Blick gesehen zu haben. Gerade jetzt, wo er sich so bemühte.

Als er ausgestiegen war, zog er sich hastig seine halblange Lederjacke an und wischte sich einen Regentropfen von der Glatze. Dann nahm er den Kuchen, den Patricia extra für heute gebacken hatte. »Toller Sonntag«, zischte er und strebte in das Dienstgebäude des LKA 1.

Der Beamte an der Pforte grüßte ihn und sagte: »Morgen, Herr Illsen. Das ist aber nicht Ihr Parkplatz.«

»Stimmt. Aber ich werde nicht gerne nass. Und was nicht ist, kann ja noch werden.«

»Sie Polizeipräsident? Na, dann mach ich den Innenminister.«

»Warum nicht, Riedel? Es kann ja nur besser werden.«

»Da haben Sie recht. Schönen Tag noch.«

»Danke, gleichfalls«, rief Illsen, als er schon auf der Treppe war. Im Gang, der zu Marion Tesics Büro führte, verlangsamte er seinen Schritt. Der Chef des LKA 1, Jochen Sandt, hatte ihn über die besondere Situation aufgeklärt. Illsen wusste jetzt, dass Marion Tesic befähigt war, die Leitung der Ermittlungen zu übernehmen, und dass sie sehr auf ihre Karriere achtete.

»Ihr fehlt es nicht an Selbstbewusstsein«, hatte Sandt gesagt. »Wenn Sie auf eine gute Zusammenarbeit Wert legen, sollten Sie diplomatisch vorgehen und nicht zu sehr als ihr Vorgesetzter auftreten. Insgeheim hat Tesic damit gerechnet, Schortens Nachfolgerin zu werden.«

»Was wird aus Schorten?«, hatte er gefragt.

»Der ist erst einmal für zwei Wochen krankgeschrieben. Danach geht er in Kur, und dann schauen wir mal. Es gibt genug Stellen im Innendienst, die es zu besetzen gilt. Schorten ist ein sehr guter Mann, aber der Psychologe meinte, er sollte vorerst an einer ruhigeren Stelle Dienst tun.«

Illsen kannte Marion Tesic vom Sehen. Jeder auf dem Revier kannte sie. Die Frau zog alle Blicke auf sich. Bisher war er froh gewesen, dass er ihr aus dem Weg gehen konnte, denn wenn er eine Schwäche hatte, dann waren es attraktive Frauen. Ziemlich lange war er mit Patricia zur Eheberatung gegangen, bis er begriffen hatte, was er mit seinen Eskapaden riskierte. Er liebte seine Frau, und er liebte seine Kinder. Er hatte ein glückliches Leben.

Dies war keinen Seitensprung wert. Dennoch überkam ihn von Zeit zu Zeit diese Unruhe, die ihn früher um die Häuser getrieben hatte, die ihn auf der Suche nach Möglichkeiten viele Nächte gekostet hatte. Daher ging er diesen Möglichkeiten gezielt aus dem Weg, nur so bekam er diese Sucht – ja, es war eine Sucht – in den Griff.

Illsen klopfte an und Tesic öffnete.

»Ich wollte gerade noch schnell zum Bäcker«, sagte sie. »Wir haben nicht so früh mit Ihnen gerechnet.«

Marion Tesic streckte ihm die Hand entgegen, mit der anderen hielt sie ihre rote Wildlederjacke zu, als ob sie fröre.

»Meine Frau hat mir Kuchen eingepackt. Wenn Sie wollen?« Illsen nahm ihre Hand und lächelte etwas verkrampft. Von Nahem sah sie noch viel besser aus, als er befürchtet hatte. Am liebsten wäre er gleich wieder gegangen.

»Gerne«, antwortete sie und drehte sich um. »Kai, wir sind gerettet«, sagte sie dann zu einem blassen Mann, der an einem der beiden Schreibtische saß.

Illsen schritt auf ihn zu und gab ihm ebenfalls die Hand. »Sie sind sicherlich Kai Mendel«, sagte er.

Mendel stand auf und entschuldigte sich für die Unordnung auf seinem Schreibtisch, was Illsen mit einem Schulterzucken beantwortete.

Marion fragte: »Sollen wir in Ihr Büro gehen?«

»Nein, ich denke, wir können uns erst mal hier besprechen. Wenn Sie einen Stuhl für mich hätten.«

Sie setzten sich. Kaffee und Kuchen wurden verteilt und ein paar müde Scherze über die aufreibende Polizeiarbeit gemacht. Dann wurde Illsen offiziell.

»Vorneweg«, begann er. »Die Situation ist für uns alle nicht leicht. Durch den bedauerlichen Tod von Karl Bakker und die gesundheitlichen Probleme von Bernhard Schorten ist Ihre Abteilung auseinandergerissen worden. Eine bewährte Zusammenarbeit hat ihr Ende gefunden, und das zu einem Zeitpunkt, wo ein immenser Druck auf dem Team lastet. Schorten hat bisher die Abteilung vorbildlich geführt, und ich bin, ehrlich gesagt, nicht scharf darauf, gerade jetzt seine Position einzunehmen.« Illsen trank einen Schluck Kaffee und wandte sich Marion zu. »Mir ist durchaus bewusst, dass Sie, Frau Tesic, genauso gut die Führung hätten übernehmen können. Dies ist aber aus verschiedenen Gründen nicht so gekommen, und deshalb müssen wir uns alle mit der jetzigen Situation arrangieren.«

Marion zeigte ihre Zustimmung, Illsen rückte seine Tasse zurecht.

»Was ich von mir sagen kann, sind zwei Dinge. Erstens: Ich bin ein Teamspieler und nehme gerne Ratschläge an. Zweitens: Ich bin der festen Überzeugung, dass ein Team einen Leiter braucht. Und der bin nun mal ich. Wenn wir miteinander auskommen wollen, müssen Sie beide das akzeptieren.«

Mendel nickte eilfertig, und Marion schenkte Illsen ein Lächeln, das ihn kurz den Faden verlieren ließ.

»Gut«, sagte er gedehnt und nippte an seinem Kaffee. Dann fuhr er fort: »Vergangene Nacht habe ich mich weitestgehend in die Materie eingearbeitet. Um aber einen tatsächlichen Überblick zu haben, brauche ich Ihre Unterstützung. Deshalb hätte ich gerne einen Lagebericht zum derzeitigen Stand der Dinge. Wenn Sie so gut wären, Frau Tesic.«

Marion richtete sich etwas umständlich auf. Was sie jetzt zu sagen hatte, würde die entspannte Atmosphäre empfindlich stören.

»Also. Gestern Abend hat sich der Entführer, der sich selbst Loki nennt, wieder gemeldet. Wie gehabt, hat er uns eine E-Mail mit Stichworten zur Entführung geschickt. Sie kennen ja sein Vorgehen. Nur diesmal haben wir – habe ich«, korrigierte sich Marion, »die E-Mail, entgegen Lokis Anweisung, nicht an Wilbur Arndt weitergeleitet.«

»Sondern?«

»Ich habe die nächste Folge des Romans selbst geschrieben und an die Zeitung gesandt. Die Ausgabe dürften wir in Kürze erhalten.«

Illsen zog scharf die Luft ein und fragte: »Warum?«

Als Marion ihre Beweggründe schilderte, konnte sie eine anfängliche Nervosität nicht unterdrücken. Erst allmählich und nach mehrmaligem Nachfragen konnte sie einen einigermaßen vernünftigen Bericht abgeben. Zufrieden war sie dennoch nicht. Ihre Theorie zum Motiv für Mord und Entführung stand auf sehr wackeligen Füßen. Außerdem konnte sie Arndts Verwicklung nicht glaubhaft darstellen.

»Wenn ich mal zusammenfassen darf«, sagte Illsen. »Sie sind davon überzeugt, dass Wilbur Arndt zu den Verbrechern gehört, dass er vielleicht sogar deren Kopf ist. Und durch Ihren aberwitzigen Alleingang wollen Sie ihn überführen. Wenn ich Sie daran erinnern darf: Herr Arndt ist ein Obdachloser, und das nachweislich schon über Jahre hinweg. Woher soll er denn die Mittel haben? Und dann noch das Motiv: Manipulation von Menschen. Das ist doch ein Witz!« Die Kaffeetasse klirrte, als Illsen sie auf den Tisch stellte. »Aufgrund dieser höchst abenteuerlichen Annahmen, für die Sie keinerlei Beweise haben, gefährden Sie das Leben des Entführungsopfers. Sind Sie sich eigentlich bewusst, was Sie getan haben?«

»Ich habe mir das gründlich überlegt.« Marions Stimme vibrierte.

»Was sagen Sie dazu, Herr Mendel?«

Kai Mendel wand sich unter Illsens zornigem Blick. »Marions Argumente kann man nicht ganz von der Hand weisen. Ich finde, es ist kein schlechter Ansatz.«

»Kein schlechter Ansatz?« Illsen wurde lauter. »Sie haben hier Tatsachen geschaffen, und zwar über meinen Kopf hinweg. Das ist nicht zu glauben! Herr Mendel, ich will, dass Sie von diesem Gespräch ein Protokoll anfertigen. Ich muss mich hier absichern.«

»Natürlich, Herr Illsen.« Fahrig kramte Mendel einen Block hervor und begann umgehend zu schreiben. Den Blickkontakt zu Marion mied er.

»Also, Frau Tesic, da Sie nun mal gerne Chefin spielen, können Sie mir bestimmt sagen, wie es weitergehen soll.«

Marion hatte ihre Selbstsicherheit eingebüßt, hoffte aber, dass Illsen es nicht merkte. Betont ruhig sagte sie: »Entführung und Mord hängen eindeutig zusammen, dies beweist Lokis vorletzte E-Mail, in der er den Mord an Bakker vorwegnimmt. Wenn wir einen Fall lösen oder zumindest einen Verdächtigen ausmachen, kommen wir auch der Lösung des anderen Falls näher. Konkrete Hinweise besitzen wir durch das Video, das Bakkers Tod zeigt. Es wurden Bilder von der beteiligten Frau und der Tätowierung auf ihrem Rücken angefertigt. Das Gesicht der Frau sieht man leider nicht, dennoch haben die Bilder Aussagekraft. Wir sollten uns in der SM-Szene umsehen, vielleicht kennt man sie dort. Auch sollten wir nach Bakker fragen. Es ist davon auszugehen, dass er nicht zum ersten Mal Dienste dieser Art in Anspruch genommen hat. Des Weiteren sollten wir alle Tattooläden abklappern. Vielleicht ist ja in einem der hiesigen der Frau das Tattoo gestochen worden.«

»Gut«, stimmte Illsen zu. »Personell zwar ziemlich aufwendig, aber das bekomme ich hin. Und was schlagen Sie im Entführungsfall vor?«

»Mendel und ich sind gestern Nacht noch einmal alle E-Mails des Erpressers durchgegangen. In Bezug auf seinen Aufenthaltsort haben wir folgende Hinweise.« Marion zog eine Notiz hervor. »Heizungsrohre, Labyrinth, Kontrollraum, Schornsteine und die Koordinaten-Angaben. Wenn wir noch die Geräusche, die auf den gesprochenen Nachrichten zu hören sind, hinzunehmen, dann würde sich ein Kraftwerk oder eine Bunkeranlage anbieten.«

»Meines Wissens haben Sie das schon bei einer Ihrer ersten Besprechungen festgestellt.«

»Richtig. Dort hatten wir aber noch nicht die Eingrenzung auf Treptow-Köpenick. Der Streifendienst in diesem Bezirk ist schon instruiert worden, ein besonderes Auge auf derlei Objekte zu richten. Mein Vorschlag wäre, die Streifen zu verstärken.«

Illsen nickte, und Mendel wandte ein: »Vergiss Müller nicht.«

»Ja, danke, Kai. Der Name Müller tauchte in der letzten E-Mail auf. Wenn man den Namen als Berufsbezeichnung sieht, kann man auf ein Gebäude schließen. Vielleicht ist hiermit eine alte Mühle oder eine industrielle Bäckerei gemeint.«

»Klingt etwas weit hergeholt, dennoch werden wir das als Möglichkeit mit einbeziehen.«

»Bleiben noch die Hinweise: Geiselübergabe, die Wahrheit und nichts als die Wahrheit, Showdown und Dienstag. Nach all unseren Erfahrungen mit Loki können wir also am Dienstag mit einer Zuspitzung rechnen. Deshalb empfiehlt sich eine Vorwarnung an die Sondereinsatzkräfte.«

Illsen lehnte sich zurück. Sein Ärger schien verraucht.

»Das ist gut, Frau Tesic. Die Maßnahmen machen alle Sinn. Umso weniger verstehe ich Ihr gestriges Vorgehen. Sie haben das Leben von Fabian Flaig unnötig gefährdet.«

»Ich bin überzeugt, dass ihm nichts geschehen wird. Des Weiteren bin ich überzeugt, dass wir Loki und Arndt einen Strich durch die Rechnung machen und sie zu Fehlern zwingen. Denn wenn wir ehrlich sind, dann folgen alle anderen Maßnahmen doch nur ihren Vorgaben – Manipulation bleibt deshalb für mich das Hauptmotiv. Insofern ist meine Vorgehensweise nur konsequent.«

»Es tut mir leid, aber ich kann Ihre Sichtweise nicht teilen. Das Motiv und die Verwicklung Arndts, das ist mir viel zu vage. Die Masse an Hinweisen und Spuren reichen meiner Meinung nach vollkommen aus, um die Täter zu überführen. Das ist alles nur eine Frage der Zeit.«

»Darin liegt doch gerade Lokis Strategie. Wir haben zu wenig Zeit und zu wenig Personal, und so bindet er mit seinen Hinweisen all unsere Kräfte. Dem müssen wir entgegenwirken, wir müssen agieren. Deshalb sollten wir noch weitere Maßnahmen treffen. Ich würde gerne noch einmal mit Miriam Eisen sprechen und mich in dem Archiv des Kinderheims umsehen. Wenn es einen Schlüssel zur Lösung der beiden Fälle gibt, dann liegt er dort.«

»Frau Eisen war doch die Betreuerin, die sich wegen des Kinderreims gemeldet hatte?«

Marion nickte.

»Wenn ich mich nicht irre, lebt sie irgendwo in Mecklenburg-Vorpommern. Die Fahrt dorthin benötigt viel Zeit.« Illsen überlegte kurz und sagte dann: »Nein, das geht nicht. Bei all den Aufgaben, die uns hier erwarten, kann ich dem nicht zustimmen, zumal die von Sandt versprochene Verstärkung nun doch nicht kommt. Ich muss Prioritäten setzen, und die liegen nun mal hier. Außerdem haben Sie durch Ihre Eigenmächtigkeit doch schon genug erreicht.«

Marion verschränkte ihre Arme und schaute angestrengt an Illsen vorbei. Sie musste seinen Anweisungen Folge leisten, auch wenn es ihr schwerfiel.

Vom Gang aus war Lärm zu vernehmen. Alle drei drehten ihren Kopf. Die Bürotür wurde einen Spalt weit geöffnet und wieder heftig zugezogen. Es entbrannte ein Streit, und jemand trat gegen die Tür. Marion stand auf und öffnete. Wie erwartet fand sie Wilbur Arndt vor, der von einem uniformierten Polizeibeamten festgehalten wurde.

»Auch Gewalt kann das Schicksal nicht aufhalten«, rief er und wand sich unter dem Griff des Beamten.

»Sie können ihn loslassen«, sagte Marion.

»Er wollte nur eine Zeitung holen und ist dann plötzlich losgerannt. Weiß Gott, warum der so schnell auf den Beinen ist«, entschuldigte sich der Kollege.

»Wilbur Arndt ist für uns alle ein Rätsel. Warten Sie bitte vor der Tür«, entgegnete Marion.

Arndt setzte sich ungefragt auf Marions Stuhl. Sie machte ihn mit Illsen bekannt. Peter Illsen fuhr sich über die Glatze und fixierte Arndt.

»Sie haben uns die Zeitung mitgebracht, Herr Arndt?«, fragte er.

»Vor dieser Zeitung kann ich nur warnen. Es stehen lauter Lügen darin.«

»So?«

»Nehmen Sie nur mal die neueste Episode des Fortsetzungsromans. Alles falsch. Abgesehen vom Stil, der, gelinde gesagt, verbesserungswürdig ist, kann die Geschichte so unmöglich weitergehen.«

»Woher wollen Sie das denn wissen?«, mischte sich Marion ein.

»Intuition, reine Intuition. Natürlich kenne ich die Stichworte zu dieser Episode, falls es überhaupt welche gibt, nicht.« Arndt schenkte Marion ein breites Grinsen. »Aber als Verfasser der ersten Folgen habe ich ein Gespür für den weiteren Verlauf der Geschichte.«

»Und wie sieht der aus?«

Arndt legte die Zeitung auf den Tisch und betrachtete seine Hände, die leicht zitterten. »Sehen Sie, was ich sehe?«

Während Illsen nicht verstand, fragte Marion: »Haben wir noch was da, Kai?«

Der nickte und machte sich an seinem Schreibtisch zu schaffen. Als er ein bis zum Rand gefülltes Kognakglas vor Arndt abstellte, sagte er: »Wir haben schon alles versucht, Herr Illsen. Ohne Alkohol redet unser Schriftsteller nicht.«

Illsen sagte nichts und verzog auch keine Miene, als Arndt das Glas in einem Zug leerte. »Ob die Abgabe von Drogen an hilflose Obdachlose in diesen Räumen gestattet ist?«, fragte er und stieß auf.

»Können wir jetzt fortfahren?« Marion war genervt.

»Je wütender sie ist, umso schöner ist sie. Nicht wahr, Herr Illsen?«

»Lassen Sie sich nicht auf seine Spielchen ein«, warnte Marion.

Illsen zuckte mit den Schultern, seine Miene war noch immer unbewegt. Man sah nicht, was er dachte.

»Es freut mich, Sie in dieser Runde anzutreffen«, sagte Arndt. »Sie sind ein Mann von Format, obwohl ich Frau Tesic den Posten gegönnt hätte. Ihre Qualitäten sind ja unbestritten. Aber genug der Nettigkeiten. Wir wollen doch alle wissen, wie es weitergeht, oder nicht?« Arndt schaute sich um und war mit den erwartungsvollen Gesichtern anscheinend zufrieden. »Ein Umbruch steht bevor. Frau Tesic hat Loki mit ihrer eigenwilligen Handlung gereizt, was sehr unangenehm werden kann. Die Geschichte gewinnt an Fahrt und bewegt sich in eine Richtung, die für alle Beteiligten Überraschungen bietet, mich eingeschlossen. Wir müssen jetzt alle umdenken und uns neu orientieren. Ich für meinen Teil werde mich bald zurückziehen, da meine Dienste anscheinend nicht mehr gebraucht werden.«

»Sie glauben doch nicht, dass wir Sie so einfach gehen lassen«, brauste Marion auf.

»Wie wollen Sie mich hindern? Gibt es neue Beweise, die eine Verhaftung rechtfertigen? Haben Sie etwas herausgefunden, was Ihre Kollegen noch nicht wissen, Frau Tesic?«

Allein Marion verstand die Andeutung und biss sich auf die Lippen.

»Anscheinend nicht. Aber ich kann Sie beruhigen. Wenn Sie mich noch nicht satthaben, bleibe ich erst noch eine Weile. Hier geschehen immer so interessante Dinge.«

Genau in diesem Moment klingelte der Apparat auf Marions Schreibtisch.

Nachdem Marion sich gemeldet hatte, aktivierte sie das Aufzeichnungsgerät und drückte auf die Lautsprechertaste.

Lokis verzerrte Stimme füllte den Raum. »Sie haben die Abmachung gebrochen.«

»Wie kommen Sie darauf?«

»Die Fragen stelle ich. Warum hat nicht Wilbur die neue Folge verfasst?«

Marion tauschte einen Blick mit Mendel und sagte: »Es gab

Probleme mit ihm. Er trinkt sehr viel. Er war gestern nicht in der Lage …«

»Reden Sie nicht. Wir beide wissen genau, warum. Jetzt müssen Sie die Konsequenzen tragen. Der Fingermann wird seine Pflicht tun und Fabian Flaig bestrafen, und Sie tragen die Schuld.«

»Unternehmen Sie nichts Unüberlegtes. Wir werden Ihre Forderungen von nun an erfüllen.«

»Für alles gibt es einen Plan. Meine Handlungsweise ist wohldurchdacht. Eine Missachtung der Regeln kann nicht geduldet werden. Was Sie in Gang gesetzt haben, lässt sich nicht aufhalten.«

»Wenn Sie Herrn Flaig etwas antun, kann ich für nichts garantieren.«

»Ist das eine Drohung?«

»Sie wollen die Entführungsgeschichte in der Zeitung sehen. Falls Sie Flaig verletzen, werden wir die Veröffentlichung verhindern.«

»Das ist eine Drohung, und die ist Ihrer Intelligenz nicht würdig. Fabians Schicksal ist schlimm genug, seinen Tod werden Sie nicht riskieren.«

»Woher soll ich wissen, dass er überhaupt noch lebt?«

»Gestern konnten Sie seine Stimme hören, und heute werden Sie ein ganz besonderes Lebenszeichen erhalten.«

Das Freizeichen ertönte, dennoch dauerte es eine Weile, bis Marion den Hörer auflegte. Sie war bleich im Gesicht. Als Erster ergriff Arndt das Wort. »Man sollte Loki nicht reizen. Jetzt schickt er Fabian Flaig in Einzelteilen.«

»Seien Sie still«, fuhr Marion ihn an.

»Werden Sie nun empfindlich?«

»Ich habe genug von Ihren Spielen. Sie wissen doch ganz genau, was hier läuft. Während Ihr Komplize durchdreht, machen Sie noch dumme Witze.«

»Loki ist also mein Komplize? Sehr schön, Frau Tesic. Wenn Sie mir seine Nummer geben, rufe ich ihn an und bringe die Sache in Ordnung.«

»Ihnen ist doch klar, dass wir jetzt etwas gegen Sie in der

Hand haben. Loki und Sie stehen in Verbindung. Wie sonst konnte er wissen, dass die letzte Folge nicht von Ihnen war?«

»Jetzt kränken Sie mich aber, Marion. Ihre schriftstellerischen Fähigkeiten sind sehr beschränkt. Meine Werke hingegen bestechen durch Wortwahl und Esprit. Den Unterschied bemerkt jeder Grundschüler.«

»Für uns reicht das als Beweis.«

»Das ist Ihr Beweis? Ich nenne das Polizeiwillkür. Das ist Diktatur. Gegen Ihren Verein war die Stasi geradezu ein Vorbild der Rechtstaatlichkeit.«

»Bring ihn raus, Kai. Sonst vergesse ich mich.«

Mendel fasste Arndt am Arm und führte ihn zur Tür. Als der Polizeibeamte ihn in Empfang nahm, drehte Arndt sich noch einmal um und höhnte: »Der Fingermann kommt bei Nacht und hat die Schere mitgebracht.«

Marion starrte noch auf die geschlossene Tür, als Mendel sich setzte und sagte: »Mach dir nicht unnötig Sorgen. Noch ist nicht sicher, dass Loki seine Drohung erfüllt.«

»Wir haben es mit einem Psychopathen zu tun, und ich habe das einfach verdrängt. Wie konnte ich nur so dumm sein? Jetzt wird der Fingermann seine Pflicht tun.«

»Sie glauben, Loki wird dem Entführungsopfer einen Finger amputieren?«, fragte Illsen.

»Ja«, presste Marion hervor.

Illsen lehnte sich zurück und ließ seinen Blick über die Fensterfront gleiten. Dann nahm er das Telefon und rief bei der Pforte an. »Hallo, Herr Riedel. Wenn heute ein Paket für Frau Tesic, Herrn Mendel oder mich abgegeben wird, dann halten Sie den Überbringer fest und melden sich sofort bei mir. Wie Sie den Boten festhalten, ist mir egal. Lassen Sie sich einfach etwas einfallen. Wir sind ja gleich unten.«

Nachdem Illsen aufgelegt hatte, sagte er: »Wenn es schon zum Schlimmsten kommt, sollten wir einen Vorteil daraus ziehen.«

Marion schloss die Augen und atmete hörbar aus.

»Sie sollten sich ausruhen«, sagte Illsen. »Im Moment gibt

es nichts zu tun. Die Befragung in der SM-Szene lohnt erst am Abend, und die Tattooläden haben heute geschlossen.«

»Ich kann jetzt nicht abschalten. Solange Flaigs Schicksal ungewiss ist, finde ich keine Ruhe.«

Illsen zuckte mit den Schultern und sagte: »Lassen Sie uns die positiven Dinge sehen. Ihr Vorgehen hat den Verdacht gegen Arndt erhärtet; auch ich bin jetzt Ihrer Meinung. Deshalb werde ich bei der Staatsanwältin auf einen Haftbefehl drängen. Es passt mir ohnehin nicht, dass er hier im Gebäude sitzt.«

»Bisher hat die Staatsanwältin einer Verhaftung nicht zugestimmt, und ob sie es aufgrund der neuen Beweislage tut, bezweifle ich«, wandte Mendel ein.

»Dann muss sie ihre Meinung eben ändern. Herr Arndt darf keine Möglichkeit haben, Kontakt mit seinen Komplizen aufzunehmen. Besitzt er eigentlich ein Handy?«

»Nein. Wir haben jedenfalls keines bei ihm gefunden. Die Kammer, in der er wohnt, wurde auch durchsucht.«

»Gut. Da sich die Lage zuspitzt, dürfen wir uns keinen Fehler erlauben.«

***

Ungefähr fünf Stunden nach Lokis Anruf meldete sich Polizeiobermeister Riedel bei Illsen. »Ein Paket für Frau Tesic ist eingetroffen. Der Überbringer sitzt mit mir im Besucherraum.«

Als Hauptkommissar Illsen in Begleitung von Marion Tesic und Kai Mendel das Zimmer betrat, stand Riedel auf und legte die neueste Ausgabe des STRASSENRAND, die er gerade erstanden hatte, auf den Tisch. Max Dreiklang, der mit durchgedrücktem Rücken auf der vordersten Ecke seines Stuhles saß, blieb hingegen sitzen. Nicht weil er unhöflich war, nein. Vielmehr war es ein Zeichen seiner Unsicherheit.

»Hab ich was falsch gemacht?«, fragte er.

Marions erster Blick galt dem länglichen Paket auf dem Tisch. Sie fragte sich, warum es so groß war. Dann wandte sie sich Max zu. »Ich glaube nicht. Sie können uns sicherlich erklären, wie Sie zu dem Paket kamen.«

Max rutschte noch ein Stückchen weiter vor und stützte die Hände auf seine Oberschenkel. »Wissen Sie, so eine Lizenz bekommt man nicht einfach so. Man muss sich ordentlich benehmen und darf keinen Ärger mit der Polizei haben.«

»Keine Angst, Herr Dreiklang. Wir werden Ihnen Ihre Verkäuferlizenz nicht abnehmen. Erzählen Sie einfach, was passiert ist«, versuchte Marion ihn zu beruhigen.

»Sie kennen den Herrn?«, fragte Illsen.

»Ja, er ist ein Bekannter von Arndt. Im Zuge der Ermittlungen bin ich auf ihn gestoßen.«

»Genau, Wilbur war's, der hat Schuld, der hat mir das Ganze eingebrockt«, ereiferte sich Max.

»Wilbur Arndt? Wann?« Marion nahm sich einen Stuhl und setzte sich zu Max.

»Und dann darf ich gehen? Am Sonntag kann man ganz gute Geschäfte machen.«

»Wir sollten erst einmal das Paket öffnen«, wandte Illsen ein.

»Kann man das in einem anderen Raum tun? Ich möchte nicht unbedingt dabei sein«, entgegnete Marion.

»Sicher. Herr Mendel, Herr Riedel. Wenn Sie so gut wären?«

Die beiden Angesprochenen nickten und verließen mit dem Paket das Zimmer.

»Ist wohl was Unangenehmes? Sie sehen gar nicht gut aus, Frau Kommissarin«, sagte Max besorgt.

»Wird schon nicht so schlimm sein.« Marion versuchte zu lächeln. »Sagen Sie mir jetzt bitte, wie Sie zu dem Paket kamen.«

»Also, am letzten Freitag, da, wo es so geregnet hat und wir unter der Markise standen. Sie erinnern sich?«

Marion nickte.

»Also, da hat mir Wilbur, nachdem Sie gegangen sind, einen Schlüssel für ein Schließfach beim Hackeschen Markt gegeben. Er hat gesagt, ich soll jeden Tag um dreizehn Uhr in das Schließfach schauen. Wenn ein Paket drin ist, soll ich es sofort zu dieser Polizeidienststelle bringen. Er hat mir dafür hundert Euro gegeben. Ist 'ne Menge Geld.«

»Dann war das mit dem Lebenszeichen schon vor dem Telefonat mit Loki geplant«, stellte Marion fest.

»Warten wir erst mal ab, was drin ist«, entgegnete Illsen.

Marion blickte zu Boden.

»Und was ist mit mir? Kann ich jetzt gehen?«, fragte Max.

»Ja«, antwortete Marion. »Geben Sie mir aber bitte noch den Schlüssel. Wenn ich weitere Fragen habe, finde ich Sie am Hackeschen Markt, oder?«

»Ja. Das ist ein guter Platz. Den gebe ich nicht auf.«

Nachdem Max Dreiklang gegangen war, warteten die beiden auf Mendel. Marion und Illsen rauchten schweigend eine Zigarette. Der ungewohnte Genuss reizte Marions Lunge, lenkte sie aber ab. Nach ein paar Minuten kehrte Mendel zurück. Sein Gesicht war noch bleicher als sonst.

»Es ist so, wie wir es befürchtet haben. Ein abgetrennter kleiner Finger und dazu noch das vermutliche Werkzeug – eine große Heckenschere.«

Marion musste würgen. War es das Bild, das sie vor Augen hatte, oder war es die Zigarette? Vermutlich beides. Tröstend legte Mendel seine Hand auf ihre Schulter.

Illsen öffnete ein Fenster und sagte: »Noch ist nicht klar, ob es sich hier um den Finger von Flaig handelt. Bei diesem Fall muss man mit allem rechnen. Herr Mendel, Sie werden jetzt gleich zur Kriminaltechnik fahren und das überprüfen lassen.«

Mendel zog unbeholfen seine Hand zurück und ging. Mit leeren Augen starrte Marion ihm nach. Krampfhaft versuchte sie, nicht in Tränen auszubrechen. In ihrer Arroganz hatte sie die erste Regel bei einer Entführung missachtet: Der Schutz des Opfers hat immer oberste Priorität. Wie hatte sie das vergessen können?

Betont sachlich sagte Illsen: »Für Emotionen ist jetzt keine Zeit. Sie müssen sich zusammenreißen. Gebrauchen Sie Ihren Verstand. Dreiklang wurde am Freitag von Arndt instruiert, Loki hat aber erst heute die Drohung ausgesprochen. Daher war die Verstümmelung von Flaig, wie Sie selbst festgestellt haben, schon längst geplant. Sie können nichts dafür.«

»Oh doch, das kann ich. Arndt und Loki manipulieren uns.

Da sie aber nie exakt wissen, wie wir uns verhalten werden, müssen sie auf alles vorbereitet sein. Sie entwerfen verschiedene Szenarien und treffen Vorkehrungen, um dann entsprechend reagieren zu können. Sie haben mit meiner Reaktion gerechnet, sie vielleicht sogar provoziert, aber die Entscheidung habe ich ganz allein getroffen. Es gibt keine Entschuldigung.«

»Sie verrennen sich da in etwas. Letztendlich zählen nur die Fakten, und die besagen, dass Flaigs Schicksal schon von vornherein besiegelt war – unabhängig von Ihrem Verhalten. Bevor wir aber eine unnötige Diskussion darüber führen, sollten wir den befragen, der es wissen muss. Dabei können wir Wilbur Arndt auch gleich noch verhaften.«

***

Im Gang vor Arndts Kammer saß der junge Polizeimeister Simon Uhl an einem Schreibtisch und erledigte Verwaltungsaufgaben. Er versuchte, die Zeit des Wartens sinnvoll zu nutzen. Zwar war er noch nicht lange bei der Polizei, dennoch fand er den Aufwand, der wegen des Obdachlosen betrieben wurde, recht befremdlich. Eine Rund-um-die-Uhr-Bewachung im Gebäude des LKA, daraus sollte einer noch schlau werden.

Eilige Schritte ließen ihn aufhorchen. Die Kommissare Illsen und Tesic kamen den Gang entlang. Sie wollten anscheinend zu dem Alten. Uhl stand auf, während Tesic schon an der Tür war.

»Abgeschlossen«, stellte sie überrascht fest, als sie die Klinke herunterdrückte.

»Herr Arndt wollte es so«, bemerkte Uhl und zückte einen Schlüssel. Tesic machte ihm Platz, und Uhl schloss auf, dabei zog er die Tür zu sich heran. »Sie klemmt ein bisschen«, sagte er und ließ die Tür aufschwingen. Marion Tesic trat als Erste ein und blieb wie angewurzelt stehen.

»Das kann nicht wahr sein!«, stöhnte sie.

Illsen und Uhl drängten nach. Beide konnten nicht glauben, was sie sahen: Die Kammer war verlassen. Wo zuvor der Spind gestanden hatte, klaffte ein riesiges Loch.

Ein Erwachsener konnte bequem durch den Durchbruch steigen. Während Illsen und Uhl darin verschwanden, spähte Marion nur hindurch. Sie wusste, dass Arndt längst entkommen war. Oberhalb des Lochs verlief ein Belüftungsschacht. Das Gitter war entfernt worden und lag auf dem zur Seite gerückten Spind. Marion setzte ihren Fuß auf den unteren Rand des Lochs – ein Backstein gab nach, andere folgten. Die Mauer war keine. Marion schob einen Tisch vor das Loch; jetzt konnte sie in den Schacht hineingreifen. Ihre Finger ertasteten einen Riegel – sie zog daran, und eine Klappe schwang auf. Um das Geheimfach leeren zu können, musste sie sich auf ihre Zehenspitzen stellen. Marion fand ein Handy und mehrere Mappen. Auf jeder Mappe stand ein Name. Ihrer ganz oben.

Außer Atem kehrten Illsen und Uhl zurück.

»Der angrenzende Raum ist der Heizungskeller. Von dort kann man ungesehen in den Hinterhof und zu den Parkplätzen gelangen. Bei alledem würde es mich nicht wundern, wenn Arndt mit einem bereitgestellten Auto verschwunden wäre«, keuchte Illsen. »Ich habe ihn zur Fahndung ausschreiben lassen.«

Marion nickte abwesend und schloss ihre Akte.

»Was haben Sie da?«, fragte Illsen.

»Soweit ich es beurteilen kann, sind das Unterlagen zu Personen, die beim LKA 1 arbeiten.«

»Bin ich auch dabei?«

»Natürlich.« Marion lächelte müde. »Außerdem das Handy, mit dem Arndt Kontakt zu seinen Komplizen hatte.«

»Gespeicherte Nummern?«

»Viele. Es gibt eine Menge zu überprüfen.«

»Das alles ist vollkommen verrückt. Dieser Arndt hat uns alle an der Nase herumgeführt.«

»Das Beste kommt noch«, entgegnete Marion. »Schauen Sie sich das Loch mal genau an.«

»Kein Mörtel«, stellte Illsen fest.

»Ja. Die Steine wurden nur lose aufeinandergeschichtet und durch die Dämmplatten zusammengehalten. Mit dem Stemmeisen«, Marion deutete in eine Ecke, »war es ein Leichtes, die Wand aufzubrechen.«

»Aber das hätte man doch hören müssen. Und warum gibt es hier ein Stemmeisen?«

Der junge Polizist verteidigte sich. »Der Arndt war kein Gefangener. Das Stemmeisen hat er für seine Figuren gebraucht, hat er zumindest behauptet. Und Krach war den ganzen Tag in seiner Bude. Mal hat er getrommelt, mal gehämmert. Meine Kollegen und ich haben uns nicht darum gekümmert.«

»Das konnten Sie ja nicht wissen, das konnten wir alle nicht wissen«, beruhigte ihn Marion.

»Und warum weiß Arndt, dass gerade in diesem Raum die Wand präpariert worden ist? Warum ist sie überhaupt präpariert?«, ereiferte sich Illsen.

Marion seufzte. »Das alles ist auf ganz lange Sicht geplant worden. Vor sechs Jahren wurde das Gebäude renoviert. Rohre wurden verlegt und Wände eingesetzt. Schon damals muss Arndt einen Bauleiter oder auch nur einen Maurer bestochen haben. Er ließ diesen Raum präparieren, um sich dann von uns, was für ein Witz, hier einquartieren zu lassen.«

»Es hätte aber auch ein anderer Raum sein können.«

»Wir haben ihm die freie Wahl gelassen. Wir waren ja froh, dass er überhaupt bereit war, hier zu nächtigen.«

Illsen schüttelte ungläubig den Kopf. »Diese Akten, sind die von Arndt angelegt worden?«

»Ich denke schon. Zumindest sind sie mit handschriftlichen Vermerken Arndts versehen – ich kenne seine Schrift.«

»Dann können wir davon ausgehen, dass seine Obdachlosigkeit nur Tarnung war. Sie hatten tatsächlich recht mit Arndt.«

»Eine Tarnung, die er schon über zehn Jahre auslebt, so lange ist er zumindest bei der Bahnhofsmission bekannt.«

»Das macht die Sache noch viel unheimlicher. Was bewegt einen Menschen, sich für seine Ziele so aufzuopfern? Ich verstehe das nicht.«

»Vor allen Dingen müssen wir seine Ziele hinterfragen. Er hat willentlich seine Tarnung aufgegeben – jetzt wird nach ihm gefahndet. Warum tut er das? Warum zieht er die gesamte

Aufmerksamkeit auf sich? Ist es Eitelkeit? Selbstüberschätzung? Ist es ein Spiel für ihn, ein Spiel mit Menschen und Schicksalen?«

»Offensichtlich kümmert ihn sein eigenes Schicksal nicht, insofern kann man schon von einem Spiel sprechen. Ein Spiel, das dazu dient, uns zu verwirren, uns zu beeindrucken. Gerade deshalb müssen wir einen kühlen Kopf bewahren. Arndt hat bisher alles sehr gut geplant, dennoch begeht jeder Mensch Fehler. Er muss Fehler begangen haben. Und die werden wir aufdecken. Es gibt Fakten. Mehrere Personen sind an den Verbrechen beteiligt. Arndt, Loki, die Frau auf dem Video. Dann noch die Person, die das Ganze gefilmt hat. Vermutlich gibt es noch weitere Helfer, die zum Wegschaffen von Bakkers Leiche benötigt wurden. All diese Menschen hinterlassen Spuren. Wenn erst die Befragung in der SM-Szene anläuft, werden wir sicher Ergebnisse erhalten. Auch verspreche ich mir viel von den Nummern auf dem Handy und den Dossiers.«

»Wir müssen aber davon ausgehen, dass Arndt die Hinweise absichtlich zurückgelassen hat, vielleicht sogar, um uns zu verwirren. Im Grunde genommen hat sich für uns nichts geändert. Arndt ist uns immer mindestens einen Schritt voraus.«

»Vermutlich haben Sie recht. Deshalb sollten wir aber nicht resignieren. Vielleicht ist es für uns sogar ein Vorteil, wenn es für ihn so gut läuft. Er wird überheblich und macht Fehler. Seinem ausgeklügelten Plan begegnen wir mit ehrlicher Polizeiarbeit.«

***

Marion saß alleine in ihrem Büro. Sie fühlte sich schlecht. Vor ein paar Minuten hatte Mendel sie unterrichtet – der Finger stammte definitiv von Fabian Flaig. Wenn sie ihre Augen schloss, sah sie den blutigen Stummel an Flaigs Hand. Das Einzige, was sie tun konnte, war, sich abzulenken.

Vor ihr stapelten sich die Mappen mit den Dossiers. Zögernd nahm sie ihres zur Hand und öffnete es. Die erste Seite beinhaltete ihren Lebenslauf. Eine aktuelle Aufnahme, die sie in einem Café sitzend zeigte, war an die obere rechte Ecke geheftet. Daneben stand ihre Privatadresse inklusive Handynummer. Darunter ihr kompletter Werdegang: Eltern, Schulbildung, abgebrochenes Medizinstudium und Polizeidienst. Wie bei einer Bewerbung, dachte sie. Nichts fehlte – woher hatte Arndt all die Informationen? Die nächste Seite galt ihrem sozialen Umfeld und ihrem Privatleben: dem erweiterten Familienkreis, Freunden, flüchtigen Bekanntschaften für eine Nacht. Intime Details wurden offengelegt, selbst sexuelle Vorlieben wurden erwähnt. Wut und Entsetzen schnürten Marion fast die Kehle zu. Wie lange wurde sie schon beobachtet? Wie war es möglich, so tief in ihre Privatsphäre einzudringen? Am liebsten hätte sie das Dossier zerrissen, dennoch las sie weiter. Es folgte ihre Charakterisierung. Mit wachsendem Befremden sah Marion ihr Leben auf ein paar Seiten Papier reduziert.

Intelligent, sympathisch, ehrgeizig, unbestechlich, reagiert oft zu emotional, nutzt ihre Reize, risikobereit und daher schwer zu berechnen, teamfähig, naiv in ihrer Außenwirkung (sie rechnet nicht mit dem Neid anderer), häufig wechselnde Partner, zu keiner festen Beziehung fähig.

Zitternd ließ sie das Papier sinken. Das Ganze war ein Alptraum. In vielerlei Hinsicht erkannte sie sich wieder. Ihre Stärken, ihre Schwächen. Es war, als würde ihr jemand einen Spiegel vorhalten.

Zu keiner festen Beziehung fähig.

Diese Beurteilung traf sie am meisten, weil es ein Vorwurf war, den sie sich selbst machte. Mit keinem Mann hatte sie es länger als ein Jahr ausgehalten. Kleine Fehler, die sie anfangs übersehen hatte, konnte sie später nicht tolerieren. War ein Mann kantig, gab es bald mehr Streit als warme Worte, war er perfekt, wurde er bald langweilig.

Mein Privatleben ist total verkorkst, dachte sie und las weiter.

Zentrale Figur, Sympathieträger trotz Schwächen, belebendes Element, das für Überraschungen und Spannung sorgt, sollte nicht geopfert werden, bedeutende Rolle bis zum Schluss ist erwünscht.

Fassungslos schloss sie die Akte. Wurde hier über Leben und Tod entschieden? Lebte sie, weil sie sympathisch war? Musste Bakker sterben, weil er abstoßend war? Wie krank musste Wilbur Arndt sein, um so zu handeln? Was trieb ihn an?

Marion massierte sich die Schläfen. Eines war klar, wenn sie ihre Würde bewahren wollte, durfte kein anderer diese Akte zu Gesicht bekommen.

Ihr Blick fiel auf die weiteren Dossiers. Alle ordentlich abgeheftet in blauen Mappen. Katalogisierte Schicksale. Eine eigenartige Faszination ging von dem Stapel aus. Welche Macht konnte man damit ausüben? Unbescholtene Bürger wurden erpressbar, jeder hatte etwas zu verbergen.

Marion zog die Akte Hilde Rensch heraus. Dieses Dossier könnte ihre Karriere ebnen. Schon löste sie den ersten Gummizug, da überkamen sie Skrupel. Es war nicht richtig. Sie wollte sich nicht von Wilbur Arndt verführen lassen. Marion nahm das Telefon und rief Illsen an.

***

Gerade eben hatte Peter Illsen mit seiner Frau Patricia gesprochen. Sie brauchte den Kindersitz für den Kleinen, den er wieder mal nicht aus dem Wagen genommen hatte. Sie klang vorwurfsvoll. Sie würde gleich vorbeikommen, und ja, sie könne sich etwas Schöneres vorstellen, als am Sonntagnachmittag quer durch ganz Berlin zu fahren.

Illsen war auf dem Weg zu Tesics Büro, die ihn unbedingt sprechen wollte. Sie hatte einen verstörten Eindruck auf ihn gemacht. Das alles schien sie zu überfordern, vielleicht sollte er sie doch nach Hause schicken.

Zwei Stufen auf einmal nehmend, hetzte er ins obere Stockwerk. Der Chef vom LKA 1 kam ihm entgegen, er war bereits über die neue Lage informiert.

»Herr Illsen, wir müssen uns nachher unbedingt wegen der morgen angesetzten Pressekonferenz abstimmen. Die Journalistenmeute hat Witterung aufgenommen. Wilde Spekulationen sind im Umlauf. Die Leute vom BERLINER TAGESGESCHEHEN wollen ihren Wissensvorsprung nutzen. Und natürlich müssen wir die neue Situation besprechen.«

»Wenn es Ihnen in einer halben Stunde recht wäre? Habe im Moment viel um die Ohren, Herr Sandt.«

»Das haben wir alle. Aber in dreißig Minuten ist okay. Ich werde die Staatsanwältin benachrichtigen.«

Illsen nickte und setzte seinen Weg fort. Das Leben war schon seltsam, hier ging fast die Welt unter, und Patricia sorgte sich um den Kindersitz.

Er klopfte, und bevor Marion Tesic »Herein« sagen konnte, stand Illsen schon vor ihrem Schreibtisch.

»Was gibt es so Dringendes, dass ich durchs ganze Haus hetzen muss?«

»Ich kann die Dossiers nicht durchsehen. Niemand sollte das tun.«

»Warum?«

»Schauen Sie Ihr eigenes an, und Sie werden es verstehen.«

Neugierig nahm Illsen die Mappe und blätterte darin. Erst überflog er die Zeilen, dann las er konzentriert. Tiefe Furchen zeigten sich auf seiner Stirn. Einige Stellen las er zweimal. »Haben Sie mein Dossier schon gelesen?«

»Nein. Außer meinem eigenen kein anderes.«

»Gut«, sagte er erleichtert. »Und Sie glauben, die anderen Dossiers fallen ähnlich aus?«

»Mit großer Wahrscheinlichkeit. Am besten, jeder Betroffene beurteilt das selbst.«

Illsen stimmte zu. Wenn alle Dossiers wie seines waren, besaßen sie enorme Sprengkraft. Nicht auszudenken, wenn Privates öffentlich wurde, ganz abgesehen von anderen Verfehlungen.

Während Marion Tesic die Dossiers ordnete, beobachtete Illsen sie verstohlen. In seiner zentralen Beurteilung hieß es:

Peter Illsens Schwäche für Frauen wird ihm zum Verhängnis werden.

Wie recht der Autor hatte. Die Tesic war eine Versuchung, der er kaum widerstehen konnte. Wie es wohl wäre, wenn er jetzt seine Hand in ihren Ausschnitt schieben würde?

Es klopfte an der Tür, und Patricia trat ein. Eine zierliche Frau mit langen braunen Haaren und einem mädchenhaften Gesicht, das auch noch in dreißig Jahren jugendlich wirken würde. Sie begrüßte Marion zurückhaltend, ihr Blick sprach Bände.

»Wir arbeiten in diesem Fall zusammen«, sagte Illsen verkrampft, während er die beiden bekannt machte. Marion stand auf. Sie war einen halben Kopf größer. Illsen hasste sich dafür, dass er Vergleiche zwischen den beiden anstellte. Etwas überstürzt drängte er Patricia aus dem Büro und begleitete sie zum Parkplatz. Dort sagte sie: »Sie ist hübsch.«

»Das bist du auch.«

»Ich glaube nicht, dass du bei ihr standhaft bleiben kannst. Sie entspricht geradezu deinem Ideal.«

»Patricia, bitte. Diese Diskussion hatten wir schon so oft. Ich liebe dich. Ich werde unsere Ehe nicht aufs Spiel setzen.«

Seine Frau schmiegte sich an ihn. »Ich liebe dich auch. Aber wir beide wissen, wie es kommen wird.«

Illsen strich über Patricias Haar. »Du musst mir einfach vertrauen. Es wird nichts geschehen, das schwöre ich dir.«

Den flüchtigen Kuss seiner Frau spürte er noch auf den Lippen, als sie losfuhr. Beinahe mitleidig hatte sie gelächelt, während er ihr seine Treue versichert hatte. Das Bild Patricias vor Augen fasste er einen Entschluss. Solange die Tesic nicht in seiner Nähe war, konnte auch nichts geschehen. Tromptow war eine Möglichkeit. Er würde sie dorthin beordern, auch wenn er das zum jetzigen Zeitpunkt für nicht besonders sinnvoll hielt.

***

Im Büro von Kriminaldirektor Jochen Sandt herrschte eine angespannte Stille. Sowohl er als auch die Staatsanwältin Dr. Hilde Rensch studierten ihre Dossiers, beobachtet von Marion und Illsen. Wirkte der Kriminaldirektor noch recht entspannt, so zeigten sich auf dem Dekolleté der Staatsanwältin rote Flecken. Marion bereute es inzwischen, nicht doch einen Blick in deren Akte geworfen zu haben.

»Und niemand hatte Einblick?«, fragte die Staatsanwältin lauernd.

»Niemand aus dieser Runde«, antwortete Marion.

»Wie soll ich das verstehen?«

»Nun, klar ist, dass Wilbur Arndt den Inhalt kennt und mit

Sicherheit Kopien hat. Klar ist weiterhin, dass noch andere zumindest in Auszügen davon wissen. Denn Arndt kann all diese Informationen unmöglich allein zusammengetragen haben.«

Die Staatsanwältin umklammerte die Tischplatte. Ihre kleinen, kräftigen Hände wirkten wie Schraubstöcke.

»Dieser Mann ist eine Gefahr für den Staat.« Mit »Staat« meinte sie offensichtlich sich selbst. »Wir müssen alle Hebel in Bewegung setzen, um ihn zu fassen.«

»Die Fahndung läuft. Alle Einheiten sind benachrichtigt«, warf Illsen ein.

»Diese Akten«, Rensch hielt ihre drohend in die Luft, »dürfen niemals an die Öffentlichkeit gelangen.« Ihr Kopf ruckte, während sie jeden Einzelnen fixierte. Es gab keinen Widerspruch. In diesem Punkt waren sich alle einig.

»Entscheidend ist, wie wir mit den Akten umgehen«, sagte Marion. »Wir sollten sie den Betroffenen zukommen lassen. Die können dann die Teile freigeben, die für sie unverfänglich sind.«

»Das halte ich für die beste Vorgehensweise«, bestätigte Sandt. Auch Rensch und Illsen stimmten zu.

»Die abschließenden Beurteilungen in den Dossiers sind für uns besonders wichtig. Aus ihnen können wir eventuell auf Wilbur Arndts zukünftige Handlungen schließen«, ergänzte Marion.

»Ich werde das so weitergeben«, entgegnete Sandt. »Auffallend in meiner Akte sind Angaben, die aus dem Polizeicomputer stammen müssen. In diese Richtung werden wir unsere Ermittlungen ausdehnen. Entweder gibt es eine undichte Stelle, oder jemand hat sich in das System eingehackt.«

Sandt machte eine Pause und blickte in die Runde. »Dieser Fall nimmt eine ungeahnte Größe an. Ich werde das Personal aufstocken und eine Soko einrichten. Sie, Herr Illsen, werden die Leitung übernehmen.«

Peter Illsen nickte, über sein Gesicht huschte ein Lächeln. Man sah ihm an, wie sehr er sich über den großen Karriereschritt freute.

»Ich begrüße das sehr«, sagte er. »Es stehen umfangreiche

Ermittlungen im Rotlichtmilieu an. Das für die damalige Renovierung zuständige Bauunternehmen muss überprüft werden. Außerdem müssen wir unzählige Videos einer Überwachungskamera sichten und verschiedene Anrufe nachverfolgen.«

Marion schaute fragend auf. »Überwachungskameras?«

»Ja«, sagte Illsen. »Ich habe vorhin von Mendel erfahren, dass die Schließfächer am Hackeschen Markt von Kameras überwacht werden. Vielleicht können wir die Person ermitteln, die das Paket mit Flaigs Finger dort platziert hat.«

»Besteht aus Ihrer Sicht eine akute Gefahr für Fabian Flaigs Leben, jetzt, da Loki sich herausgefordert fühlt?«, erkundigte sich die Staatsanwältin bei Illsen.

»Glaube ich nicht. Zumindest im Moment nicht. Noch braucht er Flaig lebend. Was aber festzustellen ist, ist eine Verdichtung der Hinweise. Wir haben recht genaue Angaben zum Aufenthaltsort des Entführers – bezeichnenderweise von ihm selbst angegeben. Für übermorgen rechnen wir mit einer Zuspitzung der Ereignisse – Loki nennt es Showdown. Das SEK ist bereits informiert. Nach den bisherigen Erfahrungen steht uns ein turbulenter Tag bevor.«

Kriminaldirektor Sandt ergriff abermals das Wort. »Kommen wir noch zur für morgen angesetzten Pressekonferenz. Die außergewöhnliche Konstellation in diesem Fall kann nicht mehr geheim gehalten werden. Aus der Redaktion des BERLINER TAGESGESCHEHENs sind gezielt Informationen lanciert worden, um auf die morgige Ausgabe aufmerksam zu machen. Hansen, der Chefredakteur, wird die Entführung von Fabian Flaig und deren Umstände als Schlagzeile auf der ersten Seite bringen. Außerdem wird er auf die Verbindung zum Mord an Bakker hinweisen. Dies hat er mir vorhin telefonisch mitgeteilt. Wenn er es nicht machen würde, dann würden es andere tun. Deshalb können wir uns auf eine aufregende Pressekonferenz gefasst machen. Preisgeben werden wir nur, was bis dahin ohnehin bekannt sein wird. Falls jemand nach Wilbur Arndt fragt, halten wir uns bedeckt. Nötigenfalls geben wir zu, dass wir nach ihm fahnden. Können Sie dem zustimmen, Herr Illsen?«

»Ja. Unter welchen Umständen er uns entkommen ist, darf

auf keinen Fall an die Öffentlichkeit gelangen. Sonst macht ihn die Presse zu einem genialen Strippenzieher, der die ganze Polizei an der Nase herumführt.«

»Was er allem Anschein nach auch ist«, warf Marion ein.

»Das wird sich noch zeigen. Ich glaube, Arndt übernimmt sich gewaltig«, entgegnete Illsen.

»Der Meinung bin ich auch, Frau Tesic.« Die Staatsanwältin nahm Marion ins Visier. »Sie beschäftigen sich jetzt schon seit geraumer Zeit mit Arndt. Seine Machenschaften waren bekannt. Wie konnte es dann zu seiner Flucht kommen? Warum wurde er nicht besser überwacht?«

Gereizt entgegnete Marion: »Wenn Sie einen Haftbefehl ausgestellt hätten, säße Arndt jetzt in U-Haft. Dann hätten wir all die Probleme nicht.«

»Für einen Haftbefehl braucht man Beweise, haben Sie das schon vergessen? Beweise, die Sie nicht liefern konnten.«

»Mir scheint, Sie suchen einen Schuldigen, Frau Staatsanwältin. Wollen Sie von Ihrer Verantwortung ablenken? Das wird Ihnen nichts nutzen. Zu allen Vorgängen gibt es Protokolle. Ich habe mir nichts vorzuwerfen.«

»So, Sie haben sich also nichts vorzuwerfen?« Hilde Rensch lächelte spöttisch. »Das ist ja interessant. Haben Sie denn nicht durch Ihr eigenmächtiges Handeln Loki in die Enge getrieben? Sind Sie denn nicht verantwortlich für Fabian Flaigs Verstümmelung?«

Marion senkte den Kopf. Ihre Wut wich großer Unsicherheit, sie sackte regelrecht in sich zusammen. »Damit habe ich nicht gerechnet. Ich wollte doch nur das Beste. Es tut mir leid.«

»Leid tut es ihr. Das ist ja nett. Wenn Fabian Flaig diese Geschichte überlebt, dann können Sie ihm das ja persönlich sagen. Ich bin gespannt, wie er reagieren wird.«

»Wir sollten jetzt sachlich bleiben«, mischte sich Sandt ein, doch Rensch hörte nicht. Ihre Pitbull-Augen fixierten Marion.

»Eines ist klar, Frau Tesic. Wenn dieser Fall abgeschlossen ist, werden Köpfe rollen. Und meiner wird es nicht sein.«

Marion konnte den Blick der Staatsanwältin nicht erwidern. Fang jetzt nur nicht an zu heulen, mahnte sie sich.

Das Läuten von Renschs Handy erlöste sie. Die Staatsanwältin wandte sich ab, um in einer Ecke des Büros zu telefonieren. Sandt übernahm wieder die Leitung. Er sagte ein paar abschließende Worte und beendete dann die Besprechung; Marion verließ fluchtartig das Büro.

Immer noch den Tränen nahe, eilte sie den Gang entlang. Illsen konnte kaum Schritt halten.

»Nun beruhigen Sie sich doch«, sagte er und versuchte sie aufzuhalten.

Marion blieb stehen. Ihre Mundwinkel zuckten. »Ich weiß nicht, wie ich das verkraften soll.«

Illsen berührte ihren Arm, ging dann aber auf Distanz. »Das hatten wir doch schon, Frau Tesic. Sie tragen keine Schuld an Flaigs Verstümmelung, die war von vornherein geplant. Wenn Sie Ihre Arbeit weiterhin gut machen wollen, dann müssen Sie sich das zu Herzen nehmen.«

»Die Staatsanwältin ist aber anderer Meinung.«

»Frau Rensch muss ja nicht immer recht haben.«

»Nein, das muss sie nicht.« Marion versuchte ein Lächeln. »Wir alle wissen doch, wie sich der Fall entwickelt hat. Warum macht sie dann gerade mich zum Sündenbock? Es gibt noch genügend andere, die ebenso verantwortlich sind, ganz abgesehen von ihr selbst. Außerdem glaube ich, dass die saubere Frau Staatsanwältin etwas zu verbergen hat. Ihre Reaktion, als sie ihr Dossier gelesen hat, war mehr als auffällig.«

»Nun, wir alle haben mit den Dossiers unsere Probleme, das ist ganz normal. Aber Renschs Vorhaltungen gegen Sie, die sind schon auffallend. Vielleicht sollten Sie sich mal aussprechen. Ich kann nur sagen, dass ich mit ihr gut zurechtkomme. Auch alle anderen Abteilungen sind mit ihr zufrieden.«

»Ach, hören Sie doch auf. Wer legt sich schon gern mit der zukünftigen Oberstaatsanwältin an?«

»Wenn Sie das so sehen.« Illsen machte eine Pause und wechselte dann das Thema. »Ich habe unsere Vorgehensweise in dem Fall noch einmal überdacht und bin zu dem Schluss gekommen, dass Sie recht hatten«, sagte er umständlich.

»Inwiefern?«

»Wilbur Arndts Vergangenheit betreffend. Ich bin der Meinung, Sie sollten die Nachforschungen in dem ehemaligen Kinderheim wieder aufnehmen.«

»Zuletzt klangen Sie aber anders.«

»Lassen Sie es mich erklären. Durch die jüngste Entwicklung scheint mir Ihre Theorie zu Arndts Motiv gar nicht mehr so abwegig. Er will uns manipulieren, unsere Ermittlungen beeinflussen, sie in eine bestimmte Richtung lenken. Deshalb müssen wir, so wie Sie es vorgeschlagen haben, die ausgetretenen Pfade verlassen. Sie werden nach Tromptow gehen und Arndts Vergangenheit durchleuchten. Vielleicht finden Sie die Verbindung zwischen Arndt und Loki, die wir suchen. Vielleicht stoßen Sie auf Lokis wahre Identität und seine möglichen Aufenthaltsorte. Wenn wir Loki finden, finden wir auch Arndt.«

»Diese Untersuchungen können sich über mehrere Tage hinziehen. Ich dachte, ich werde hier gebraucht«, entgegnete Marion.

»Durch die Einsetzung der Soko habe ich nun ausreichend Personal zur Verfügung. Dann ist da noch Mendel, der von Beginn an dabei war. Er wird mich mit den mir fehlenden Informationen versorgen können. Sie hingegen sind die Einzige, die sich mit den Ermittlungen in Tromptow gut auskennt. Es ist die richtige Entscheidung, Sie damit zu betrauen.«

Obwohl sie selbst es vorgeschlagen hatte, fiel es Marion schwer, die Anordnung zu akzeptieren. Zum einen hatte sie Schwierigkeiten, sich Illsen unterzuordnen, zum anderen fühlte sie sich abgeschoben, in die hintere Reihe versetzt. »Wenn Sie meinen«, sagte sie deshalb widerwillig. »Und wann soll ich aufbrechen?«

»Am besten gleich morgen früh. Daher sollten Sie jetzt nach Hause fahren und sich noch ein bisschen ausruhen. Packen müssen Sie ja auch noch. Dass Sie sich auf einen mehrtägigen Aufenthalt einrichten müssen, wissen Sie ja. Um das Kompetenzgerangel mit den Kollegen in Mecklenburg-Vorpommern werde ich mich kümmern.«

Illsen gab Marion die Hand und verabschiedete sich eilig.

Perplex starrte sie ihm nach. Das alles ging ihr etwas zu

schnell. Es hatte ganz den Anschein, als ob er sie loshaben wollte. Aber warum nur? An den paar Stunden, die sie bisher zusammengearbeitet hatten, konnte es nicht liegen. Für ernsthafte Differenzen war die Zeit viel zu kurz gewesen, und als seine Konkurrentin war sie spätestens seit der letzten Besprechung aus dem Spiel. Oder hatte er in dieser Hinsicht noch Bedenken? Vielleicht hatte Illsen ja bemerkt, dass sie ihn nur schwer als ihren Vorgesetzten akzeptieren konnte. Bei Schorten war das anders gewesen, schon allein wegen des Altersunterschieds. Schorten war eine Respektsperson und Illsen eben nur ein Konkurrent, den man ihr vor die Nase gesetzt hatte.

Wie Schorten wohl die jetzige Entwicklung sehen würde? Spontan griff Marion zu ihrem Handy.

***

Schorten sah Marions Namen auf dem Telefondisplay aufblinken. Nicht jetzt, dachte er und wartete, bis das Klingeln aufhörte. Unschlüssig stand er in der Küche vor der Spülmaschine, das Telefon in der Hand. Noch immer trug er seinen Morgenmantel, auf dem sich ein hässlicher Kaffeefleck abzeichnete. Ich hätte es besser mit einem Waschmittel versuchen sollen, tadelte er sich – Wasser und Seife hatten nicht den gewünschten Erfolg gebracht. Schorten trat gegen die Spülmaschine. Das Scheißding funktionierte nicht. Seit Cordula ihn verlassen hatte, funktionierte überhaupt nichts mehr.

Sein Blick schweifte durch die Küche. Schmutziges Geschirr stapelte sich in der Spüle, der Mülleimer quoll über. Nicht einmal die einfachsten Sachen gelangen ihm. Den Reparaturdienst hätte er schon vor Tagen anrufen sollen, jetzt ging ihm das Geschirr aus. Widerwillig wählte er die Servicenummer – eine mechanische Stimme sagte ihm, dass er außerhalb der Geschäftszeiten anrief. Was war heute für ein Tag? Schorten ging ins Wohnzimmer. Der Fernseher lief, auf dem Beistelltisch beim Sofa standen eine leere Weinflasche und mehrere gebrauchte Gläser, die Rollläden waren heruntergelassen. Im Videotext erfuhr er, dass Sonntag war.

Seufzend ließ er sich auf dem Sofa nieder. Wo war die Zeit geblieben, wie konnte er sich nur so gehen lassen? Die Suche nach seiner Frau war bisher erfolglos verlaufen, und dafür gab es einen einfachen Grund: Er hatte damit nie richtig begonnen. Nachdem der Polizeipsychologe ihn dienstunfähig geschrieben hatte, war er nach Hause gefahren und hatte die ganze Wohnung auf den Kopf gestellt. Alle persönlichen Sachen seiner Frau hatte er durchwühlt: Kontoauszüge, Zeugnisse, Briefe. Er hatte ihre gesamte Wäsche aus den Schränken gerissen und ihre Matratze aufgeschlitzt. Er hatte ihre Pflanzen und ihre geliebten Porzellanpuppen zerstört. Er wollte nichts finden, er wollte nur seiner Wut freien Lauf lassen. Es war seine Rache an seiner Frau, die ihn einfach im Stich gelassen hatte.

Nun hauste er im Chaos – ein Abbild seines Seelenzustandes –, und er war nicht fähig aufzuräumen. Außer Selbstmitleid und den ständig gleichen Vorhaltungen, die er Cordula im Geiste machte, brachte er nichts zustande. War er tatsächlich so von ihr abhängig? Gehörte er zu den Männern, die allein nicht lebensfähig waren, die auf einer Müllhalde lebten, weil sie zu Hause mit den kleinsten Aufgaben überfordert waren? Das konnte doch nicht sein. Er liebte die Ordnung. Er liebte sauber gefaltete Hosen und gebügelte Hemden. Er liebte das frisch riechende Bad und die glänzenden Armaturen. Sein Leben hatte eine klare Linie, man begegnete ihm mit Respekt. Er war Hauptkommissar und Chef einer Abteilung. Er konnte seine Mitarbeiter führen und selbst in den verzwicktesten Situationen einen kühlen Kopf bewahren. Wenn sich die Meldungen überschlugen, war er der ruhende Pol – wo andere im Chaos versagten, sorgte er für Ordnung. Schorten hielt inne. Gerade daran musste er festhalten. An der Ordnung. Sie war sein Lebensinhalt, sein Wegweiser. Sie war die Grundlage der Würde und fester Bestandteil der Disziplin. Ohne Ordnung konnte er nicht leben. Es war an der Zeit, sie wiederherzustellen.

Schorten nahm das Branchenbuch zur Hand. Zuerst musste er sich eine Haushälterin besorgen. Eine kompetente, reinliche Frau, die gründlich ihre Arbeit machte. Am besten im mittleren Alter, gerne auch aus dem Osten. Sprachbarrieren stellten kein

Problem dar, sie waren Hindernisse auf Zeit. Mit gutem Willen konnte man sie überwinden. Wichtig waren eine solide Ausbildung und ansprechendes Aussehen. Man will sich ja nicht für seine Haushälterin schämen. Während Schorten im Geiste das Anforderungsprofil erstellte, fiel ihm ein, dass er heute niemanden erreichen würde. Dann eben morgen, dachte er. So hatte er zumindest noch Zeit, die Wohnung in einen annehmbaren Zustand zu bringen – seine zukünftige Haushälterin sollte einen guten Eindruck von ihm haben.

Der Boden in Cordulas Schlafzimmer war mit Resten der aufgeschlitzten Matratze und den Bruchstücken der Porzellanpuppen übersät. Schorten wollte alles aufsaugen. Schon nach kurzer Zeit versagte der Staubsauger. Wie wechselte man den verdammten Beutel? Schorten wusste es nicht. Jetzt nur nicht die Geduld verlieren, mahnte er sich, dann fegst du es eben auf. In der Abstellkammer fand er keinen Feger, in der Garage nur einen Besen. Gab es in diesem Haushalt denn keinen Feger? Ein Nachbar begegnete ihm vor der Haustür und musterte ihn verwundert. Peinlich berührt zog Schorten seinen Morgenmantel zusammen und verschwand, ohne zu grüßen, in seiner Wohnung. Nahm dieser Alptraum denn kein Ende?

Mit bloßen Händen klaubte Schorten nun die Füllung der Matratze auf. Im hochflorigen Läufer vor Cordulas Bett hatte sie sich in den Teppichfasern verfangen. Der Läufer war nicht mehr zu retten. Schorten rollte ihn zusammen und schnitt sich an einer Porzellanscherbe. Blut tropfte auf den Boden. Schorten ging ins Bad und verband sich die Hand. Am Arzneischrank hinterließ er blutige Fingerabdrücke. Zurück im Zimmer seiner Frau nahm er Matratze und Läufer und brachte beides in den Keller. Beim Transport verlor die Matratze weitere Teile ihres Inhalts – eine ganze Spur zog sich durch die Wohnung. Wutentbrannt beseitigte Schorten die Reste und ließ sich dann auf das Sofa im Wohnzimmer fallen. Über eine halbe Stunde war schon vergangen, doch erreicht hatte er noch gar nichts.

Mach dich nicht selbst fertig, wies er sich zurecht. Heute war einfach nicht der richtige Zeitpunkt, sich mit diesen Dingen zu beschäftigen. In seinem Zustand sollte er das tun, was er am besten konnte. Er war ein guter Polizist, ein guter Ermittler, er konnte analytisch denken.

Was war also der Auslöser der ganzen Misere? Zweifellos Cordulas Verschwinden. Sollte er da nicht das Problem an der Wurzel packen, so wie er es von Anfang an vorgehabt hatte? Sollte er nicht seine ganze Kraft darauf verwenden, seine Frau zu finden? Wenn er sie zurückgewinnen konnte, würde sich alles andere ergeben.

Zwar hatte sie ihn schwer gekränkt, doch noch war nichts verloren; jede Ehe hatte ihre Krisen. Er war durchaus bereit, seiner Frau zu verzeihen. Jeder machte Fehler, und Nachsicht war eine herausragende Eigenschaft des Menschen, sie machte ein harmonisches Zusammenleben erst möglich. Die Zielsetzung war klar, jetzt musste er nur noch konsequent vorgehen.

Schorten stand vor seinem Schrank und überschlug, wie lange seine Kleidung noch reichen würde. Hosen und Socken waren kein Problem, nur Hemden und Unterwäsche würden ihm bald ausgehen. In spätestens vier Tagen musste er zur Wäscherei. Nahmen die auch Schmutzwäsche? Die Vorstellung, einem Fremden seine gebrauchte Unterwäsche anzuvertrauen, war grauenhaft. Nein, sie war nicht grauenhaft, sie war unmöglich. Genauso unmöglich war es, dass er sich selbst darum kümmerte. Mit diesem Schmutz und Unrat konnte er sich nicht beschäftigen, er brauchte jemanden, der ihm diese Last abnahm. Also doch eine Haushälterin! Innerhalb von vier Tagen brauchte er eine Haushälterin, und zuvor musste er die Wohnung auf Vordermann bringen. Aber wie sollte er das bewerkstelligen, war er doch gerade eben an diesem Vorhaben so kläglich gescheitert?

Das Haushaltproblem bedurfte einer anderen Lösung. Vielleicht sollte er seine Tochter anrufen. Doch die Erinnerung an ihr letztes Gespräch ließ ihn diesen Gedanken sofort verwerfen. Dann eben ein Freund. Magnus Westermark, der Grafologe, der hatte ihm schon oft geholfen. Wenn es Probleme gab, kam er immer sofort vorbei. Schon hatte Schorten das Telefon in der Hand, jedoch wählte er nicht. Wo sollte er Magnus empfangen? Wie sollte er ihm sein Problem schildern? Er konnte ihm unmöglich eingestehen, dass er unfähig war, seinen Haushalt zu ordnen, sein Leben zu organisieren. Bisher waren sie sich auf Augenhöhe begegnet, das konnte er nicht aufs Spiel setzen. Magnus würde jeden Respekt vor ihm verlieren.

»Du drehst dich im Kreis«, sagte Schorten zu sich selbst. »Keine saubere Wohnung ohne Haushälterin, keine Haushälterin ohne saubere Wohnung und ohne Haushälterin keine saubere Wäsche und damit nicht genügend Zeit, Cordula zu finden.« Schorten seufzte und betrachtete sich im Spiegel. Ein heruntergekommener, alter Mann starrte ihn an und sagte ihm, dass er Hilfe brauchte. Vergiss deinen Stolz und vertrau dich jemandem an, drängte sein Spiegelbild.

Schorten wandte sich ab und bezwang diesen Moment der Schwäche. Seine Gedanken kehrten zu dem Problem zurück, das es zu lösen galt. Hierzu musste er das Problem eingrenzen. Die wesentliche Frage war doch, wie er die Zeit überbrücken konnte, bis er Cordula gefunden hatte. Die rettende Antwort offenbarte sich, als er den Namen eines Wäscheherstellers auf einem seiner letzten Unterhemden las. Sie war so naheliegend, dass er über seine eigene Unzulänglichkeit nur den Kopf schütteln konnte. Es gab doch Geschäfte, in denen er sich das Nötige einfach kaufen konnte. Er würde sich mit Unterwäsche eindecken, bis er Cordula gefunden hatte. Schorten setzte sich dafür ein Limit von zwei Wochen, so lange würde er zu Hause auch allein zurechtkommen.

Diese Entscheidung ließ neue Kräfte frei werden. Schorten duschte und rasierte sich. Ein frisches weißes Hemd, die graue Hose und das passende Sakko gaben ihm Halt und Würde. Und als er das Haus verließ, war er schon fast wieder der Alte. Selbstbewusst hob er seinen Kopf und schlug den Kragen seines Mantels hoch. Dann fuhr er nach Alt-Treptow. Vielleicht hatte er in Cordulas Zweitwohnung etwas übersehen.

Leise schloss Schorten die Wohnungstür hinter sich. Ein krankgeschriebener Polizist, der unerlaubt eine fremde Wohnung betrat – stand darauf ein Disziplinarverfahren oder mehr?

Seit seinem letzten Besuch hatte sich nichts verändert. Die

Jacke hing noch immer an der Garderobe im Gang, die Zeitschriften lagen an der gleichen Stelle. Schorten ging ins Wohnzimmer, auch hier das gleiche Bild. Anscheinend hatte außer ihm in den letzten Tagen niemand die Wohnung betreten.

Sein Blick glitt über die Einrichtung, die Bücherregale und das Klavier und blieb an dem exklusiven Plattenspieler hängen. Ein außergewöhnliches Modell, nicht in die Zeit passend und doch auf dem neuesten Stand der Technik. Seltsam, dass es ihm erst jetzt auffiel, wo er doch ein Faible für diese Geräte hatte. Auf dem Plattenteller lag eine LP, daneben das Albumcover. Schorten nahm das Cover in die Hand. Er kannte die Platte. Es war »Aqualung« von Jethro Tull. Aufgenommen in den frühen Siebzigern, ein Meilenstein der Rockgeschichte.

Erinnerungen an seine Jugend wurden wach. Sein Vater hatte Rock- und Jazzmusik gehasst und gerade deshalb die Leidenschaft seines Sohnes dafür geweckt. Heimlich und mit eigenem hart verdienten Geld hatte Schorten sich eine umfangreiche Plattensammlung angelegt und diese, wenn sein Vater auf Dienstreise war, auf dessen Heiligtum, einem exklusiven Dual-Plattenspieler, in voller Lautstärke abgespielt. Wohl sein einziges Aufbegehren gegen den alten Herrn.

Schorten lächelte und fuhr mit dem Finger über die raue Oberfläche des Covers, das wie ein Ölgemälde aufgemacht war. Die vordere Seite zeigte, in schmutzigen Brauntönen gehalten, den Obdachlosen Aqualung, der dem Album seinen Namen gegeben hatte. Der Mann stand leicht gebückt vor einer Mauer und griff in die Innentasche seines langen Mantels. Seine Miene hatte etwas Verschlagenes, ja fast Bösartiges. Unvermittelt lief Schorten ein Schauer über den Rücken. Es war dieses Bild, es war genau dieses Bild, an das ihn Wilbur Arndt immer erinnert hatte. Der gleiche Gesichtsausdruck, die gleiche Gestalt und sogar die gleiche Kleidung. Was hatte das zu bedeuten? Schorten atmete flach, sein Herz raste. Er verstand nicht, warum ihm diese Erkenntnis dermaßen zusetzte. Warum sich ein beklemmendes, ja fast existenziell bedrohendes Gefühl in seiner Brust breitmachte. Seine Hand zitterte leicht, als er die Platte auflegte und den Tonarm senkte.

Auf das warme Knistern der Leerrille folgten die ersten aggressiven Takte des Titelliedes. Mit geschlossenen Augen lauschte Schorten der Musik und versuchte seine Gedanken in geordnete Bahnen zu lenken. Wilbur Arndt glich also in verblüffender Weise Aqualung. Ob dies Zufall oder gewollt war, konnte man klären, ansonsten war nichts weiter geschehen, versuchte er sich zu beruhigen. Doch der Versuch misslang, Schorten wurde das beklemmende Gefühl nicht los.

Nun begann Ian Anderson zu singen, und Schorten konzentrierte sich auf den Text, der von diesem armseligen Obdachlosen handelt, der auf einer Parkbank sitzt und kleinen Mädchen anzügliche Blicke zuwirft, während ihm der Rotz aus der Nase läuft. Auch nach so vielen Jahren hatte das Lied nichts von seiner Faszination verloren, dennoch vermittelte es ihm keine neuen Erkenntnisse.

Was hast du auch erwartet, dachte er, eine vertonte Lösung deiner Probleme, eine geheime Botschaft? Schorten rang mit sich. Sein Verstand schalt ihn einen Narren, sein Instinkt sagte ihm, dass dies alles kein Zufall sein konnte.

Sollte er jetzt also die Tesic anrufen? Sollte er ihr von seinem beeindruckenden Ermittlungserfolg berichten? Sollte er ihr sagen, dass Wilbur Arndt der Figur auf dem Cover einer alten Langspielplatte glich und er genau dieses Album in der Zweitwohnung seiner verschwundenen Frau gefunden hatte? Sollte er ihr den offensichtlichen Zusammenhang zwischen dem Fall Flaig und seiner persönlichen Tragödie darlegen? Schorten verzog verächtlich sein Gesicht. Bleib sachlich, bleib um Himmels willen sachlich. Das Ganze war lächerlich.

Verärgert legte er das Cover beiseite, die Musik ließ er laufen.

Die ganze Wohnung hatte er durchsucht – ohne Ergebnis. Jetzt stand er abermals vor dem Schlafzimmer. Wenn er es diesmal richtig machen wollte, musste er da reingehen.

»Sentimentalitäten kannst du dir ein andermal leisten«, zischte er und öffnete die Tür. Die Luft in dem Zimmer war abgestanden, ansonsten konnte er nichts Auffälliges feststellen. Ein Doppelbett, zwei metallene Nachttischschränkchen und ein Sideboard. Über dem Sideboard hing ein nichtssagender Kunstdruck. Die Betten waren frisch bezogen, und in den Schubladen der Schränkchen befand sich das Übliche: Lektüre für die Nacht, Taschentücher, Unterwäsche.

Schorten stellte sich in den Türrahmen und ließ seinen Blick schweifen. Irgendetwas irritierte ihn. Mit diesem Zimmer stimmte etwas nicht. In Gedanken ging er die anderen Räume durch, bald hatte er den Grundriss der Wohnung vor Augen, und ihm wurde klar, dass dieses Zimmer um mindestens ein Drittel größer sein müsste. Hier war ein Raum verborgen! Irgendwo musste sich eine Tür befinden. Sein Blick wanderte die Wände entlang. Die einzige Möglichkeit war hinter dem Sideboard. Schorten schob den halbhohen Schrank beiseite und tatsächlich, dahinter war eine niedrige Tür, die ihm bis zur Hüfte reichte. Durch einen flachen Drehknopf ließ sie sich öffnen.

Ein seltsamer Duft, an schweres Parfüm und Leder erinnernd, quoll ihm entgegen. Schorten bückte sich und spähte durch die Öffnung. Ein dunkles Loch, ohne Taschenlampe konnte er nichts erkennen. Zaghaft sagte er: »Hallo, ist da jemand?«, doch kein Geräusch war zu vernehmen. Vor der Öffnung kniend, tastete er nach einem Lichtschalter auf der Gegenseite. Seine Finger glitten über eine glatte Wand und fanden das Gesuchte. Blaues kaltes Licht flammte auf. Schorten kniff die Augen zusammen, und als er sich an die Lichtverhältnisse gewöhnt hatte, flüsterte er entgeistert: »Bitte lass das nicht wahr sein.«

Der versteckte Raum war eine moderne Folterkammer, ein Sadomaso-Studio. Schwarze Wände waren durch einen knapp über dem Boden liegenden blauen Streifen geteilt, der das Licht der Deckenbeleuchtung reflektierte, das einen Käfig in der Mitte des Raumes anstrahlte. Vor dem Käfig standen ein Ledersessel und ein Glastisch, auf dem diverse Gegenstände lagen. Gegenstände, die Schorten aus einem zurückliegenden Fall kannte, Gegenstände, deren Zweck ihn bis heute in Alpträumen verfolgte.

Schorten betrat den Raum. Folterinstrumente und Dildos in verschiedenen Größen und Ausführungen waren fein säuberlich aufgereiht. Manches war wie medizinisches Gerät verchromt und spiegelte sein angewidertes Gesicht wider. Du musst das Ganze wie eine Routinedurchsuchung betrachten, befahl Schorten sich und tastete in seinen Taschen nach Einweghandschuhen. Natürlich hatte er keine dabei, auf so etwas war er nicht vorbereitet.

Den Käfig öffnete er umständlich mit seinem Jackenärmel. An den Gitterstäben hing ein Latexanzug mit Gummimaske. Der Anzug war für Männer geschnitten. Daneben Netzstrümpfe, ein kurzer Rock, ebenfalls aus Latex, und ein nietenbesetztes Korsett. Das Korsett hatte zwei querliegende Taschen. Aus einer hing ein weißes Tuch, dessen Ende rot eingefärbt war.

Schorten inspizierte das Tuch, ohne es anzufassen. Er war sich sicher, dass es sich um Blut handelte. Dieses Tuch war ein wichtiges Beweisstück. Schorten schob den Ärmel seines Jacketts vor und umfasste das Tuch, doch konnte er es nicht herausziehen. Es klemmte im Reißverschluss der Tasche. Vorsichtig öffnete er ihn, dennoch saß das Tuch noch immer fest. Ungeduldig griff Schorten in die enge Tasche. Der Ärmel seines Anzuges rutschte zurück, und er bekam etwas Kaltes, etwas Weiches zu fassen. Einem ersten Impuls folgend, zog er seine Hand zurück und wischte sie angeekelt an seiner Hose ab. Unentschlossen schaute er sich um: alle erdenklichen Gerätschaften, doch kein Messer und keine Schere.

Schorten seufzte, es blieb ihm nichts anderes übrig. Abermals fuhr er mit seiner Hand in die Tasche. Er konnte einen Knopf ertasten, der das Tuch hielt, und während er diesen Knopf umständlich öffnete, streifte er immer wieder diese kalte Masse. Endlich konnte er das Tuch herausziehen, doch durch die Enge der Tasche drückte er es zusammen. Die Masse entwich und benetzte seine Handfläche. Angewidert ließ er das Tuch fallen und betrachtete seine Hand. Schorten würgte. Zwischen seinen Fingern klebte ein gebrauchtes Kondom. Sperma tropfte auf den Boden. Fahrig schmierte er das Kondom an den Gitterstäben des Käfigs ab, doch die klebrige Substanz blieb haften. Beinahe panisch stolperte er aus dem Käfig und zwängte sich durch die Öffnung zum Schlafzimmer. Er rannte ins Badezimmer, seine Hand versuchte, das Sperma am Stoff seiner Hose abzuwischen.

Auf seinem Weg dorthin wurde er von Ian Andersons Stimme verfolgt, die ihn mit der Liedzeile *»Well, you'd better lick your fingers clean«* verhöhnte.

Der Spiegel im Badezimmer beschlug. Schortens Hände leuchteten krebsrot, so heiß war das Wasser. Immer wieder drückte er den Seifenspender und rieb seine schmerzenden Hände. Schortens Gedanken rasten, er konnte sich nicht beruhigen. Er musste hier raus, hier konnte er nicht bleiben. Gegen jede Vernunft verließ er die Wohnung – die Platte lief weiter, Kondom und Tuch lagen auf dem Boden der Folterkammer.

Erst nachdem entgegenkommende Fahrzeuge mehrmals aufgeblendet hatten, schaltete Schorten das Licht an. Er fuhr viel zu schnell auf einer breiten Hauptstraße und starrte immer wieder auf den Fleck auf seinem Hosenbein. In seiner rechten Hand hielt er ein angefeuchtetes Papiertaschentuch, mit dem er vergeblich versucht hatte, den Fleck zu entfernen. Unablässig roch er an seinen Fingern und war sich sicher, immer noch das Sperma des fremden Mannes zu riechen. Was hatte dieses Schwein seiner Frau angetan, wo hatte er sie versteckt?

Er schwankte zwischen Mordgedanken und absoluter Verzweiflung. Er fühlte sich schmutzig und erniedrigt. Man hatte ihn an seiner verwundbarsten Stelle getroffen. Immer wieder sah er dieses Kondom in seinen Händen, immer wieder hörte er diese Liedzeile. Plötzlich sah er das Album wieder vor seinen Augen und erstarrte. Die Lieder, die sich auf der Originalaufnahme befanden – »Lick your fingers clean« gehörte nicht dazu. Jemand musste, während er sich umgeschaut hatte, die neue, erweiterte Ausgabe der Platte aufgelegt haben. Außer ihm war noch jemand in der Wohnung gewesen! Schorten bremste scharf und riss das Lenkrad herum.

Im Treppenhaus begegnete ihm eine Frau. »Polizei, gehen Sie sofort in Ihre Wohnung«, bellte er sie an und nahm zwei Stufen auf einmal. Die Tür war nur angelehnt. Schorten zog seine Dienstwaffe und schlich ins Wohnzimmer. Die Musik war aus, das Standby-Licht der Hifi-Anlage leuchtete. In diesem Zimmer befand sich niemand. Auch der Rest der Wohnung war leer. Schorten fluchte. Er war zu spät gekommen. Jetzt konnte er nur retten, was zu retten war. Mit aller Macht überwand er seinen Ekel und sammelte Kondom und Tuch ein. Beides steckte er getrennt voneinander in Gefrierbeutel. Dann nahm er einen Teil der persönlichen Unterlagen seines Konkurrenten an sich. Er wollte mehr über dieses Schwein erfahren.

Zurück im Auto steckte sich Schorten erst einmal eine Zigarette an. Jemand wollte ihn fertigmachen, das war klar. Jemand, der ihn gut kannte, jemand, der es darauf anlegte, dass Schorten von ihm wusste. Aber warum? Eine Warnung? Eine Machtdemonstration seines Gegenspielers, um ihm zu zeigen, wie sehr er seine Frau vereinnahmt hatte? Vielleicht wollte er ihm weismachen, dass ein weiteres Suchen nach seiner Frau sinnlos war, da sie ihm hörig war. Ja, hörig musste Cordula diesem Schwein sein, anders konnte Schorten sich die Folterkammer nicht erklären. Bei alldem durfte er nicht den Hinweis auf Wilbur Arndt vergessen, den er ausgerechnet in dieser Wohnung gefunden hatte. Ein mehr als merkwürdiger Zufall. Vielleicht sollte er doch die Tesic informieren, jetzt, wo sich ein klareres Bild ergab. Aber ein Gedanke, den er gar nicht aufkommen lassen wollte und der sich doch wie ein Stachel festgesetzt hatte, hielt ihn davon ab: Was, wenn Cordula nicht Opfer, sondern Täterin war?

***

Heute Nacht würde Hilde Rensch keinen Schlaf finden, da war sie sich sicher. Die Staatsanwältin saß an ihrem Esszimmertisch. Bis auf das gebündelte Licht der Deckenleuchte war es dunkel. Vor ihr lag das von Arndt erstellte Dossier. Ein Packen Papier, der ihre Existenz gefährdete. Alles, wofür sie ihr Leben lang gearbeitet hatte, stand auf dem Spiel. Ihr Beruf, ihr Einkommen, ihr Ansehen, ihre Macht. Rensch blickte in einen Abgrund. Arndt hatte die Verbrechen ihrer Jugend aufgelistet, die Geschehnisse im Kinderheim. Auch kannte er die Namen der Männer, die ihr für Geld zu Diensten waren. Männer, die für viel Geld viel ertragen hatten. Würden diese dichthalten, wenn sie erführen, wer ihre Kundin gewesen war, wenn ihnen eine große Summe in Aussicht gestellt werden würde?

Allein ihre sexuellen Neigungen würden reichen, sie gesellschaftlich zu ruinieren, doch Arndt hatte noch viel mehr gegen sie in der Hand. Rensch zog einen Bericht ihres damaligen Führungsoffiziers aus dem Dossier: der Beweis ihrer Arbeit für die Stasi. Angeheftet waren Unterlagen zu zurückliegenden Fällen, die sie als Staatsanwältin bearbeitet hatte – alle ehemalige informelle und hauptamtliche Stasi-Mitarbeiter betreffend. Ihr wurden Vertuschung und gewollte Verschleppung nachgewiesen. Genug für eine Vorstrafe oder gar Gefängnis. Damit war sie ruiniert.

Wieder einmal stellte sie sich die Frage, wie Arndt an all die Unterlagen gekommen war. Wie konnte er all das wissen? Ihre IM-Tätigkeit, ihr Amtsmissbrauch. Gab es unter den alten Seilschaften eine undichte Stelle, einen Verräter? Der Einzige, der das klären konnte, war Robert. Rensch seufzte. Mit ihm Kontakt aufzunehmen widerstrebte ihr – die Vergangenheit ließ sie gerne ruhen. Doch allein Robert besaß auch Mittel und Wege, gegen Arndt und seine Hintermänner vorzugehen. Die Frage war, wie er die Bande zum Schweigen bringen konnte. Die üblichen Praktiken der Einschüchterung oder Bestechung schieden aus. Wenn Arndt gewollt hätte, hätte er schon längst Forderungen gestellt, und einschüchtern ließ er sich garantiert nicht. Nüchtern betrachtet gab es nur eine Lösung. Eine Lösung, die selbst Rensch schreckte. Die Staatsanwältin schob das Dossier von sich und starrte in das Dunkel. Weitreichende Entscheidungen mussten wohlüberlegt sein. Rensch gab sich Zeit bis zum Morgengrauen.

Erhoffte Entscheidung

Tag neun, Montag, der 21. April

Hansen, der Chefredakteur des BERLINER TAGESGESCHEHENs, hatte seine Ankündigung wahr gemacht. Der große Aufmacher der Montagsausgabe war die Entführung von Fabian Flaig mit all ihren Begleitumständen. In einer Sonderbeilage wurden der Fortsetzungsroman und die tatsächlichen Ereignisse zusammengefasst, ergänzt durch Kommentare und Mutmaßungen. Die Pressekonferenz würde zum Spießrutenlauf werden, da war sich Peter Illsen sicher. Einzig der klugerweise mit 9 Uhr 30 früh anberaumte Termin könnte sich als Vorteil erweisen. Die Medien hatten nicht viel Zeit, sich vorzubereiten.

Mehrere Ü-Wagen von verschiedenen Fernsehsendern und der Rückstau bis in die Wichmannstraße belehrten Illsen eines Besseren. Nur mit Mühe fand er einen Parkplatz. Da am Vordereingang ihm bekannte Journalisten standen, nahm er den Umweg über den Hinterhof in Kauf. In dem Gang, der zu seiner Abteilung führte, wurde er von Sandts Sekretärin abgefangen.

»Der Chef erwartet Sie sofort in seinem Büro«, sagte sie kurz angebunden.

»Meinen Mantel darf ich aber noch ablegen«, antwortete er gereizt, doch die Sekretärin hatte sich schon wieder abgewandt und lief unter lautem Klacken ihrer hohen Absätze den Gang entlang. Leise vor sich hinfluchend eilte Illsen in sein Büro, warf Aktenkoffer und Mantel auf den Schreibtisch und folgte dem Ruf seines Chefs.

»Sie sind spät dran«, stellte Sandt fest, während die Staatsanwältin Hilde Rensch ihn kaum beachtete. Sie sah unausgeschlafen aus und wirkte nervös. Peter Illsen hätte jetzt sein Zuspätkommen mit dem Stau begründen können und damit, dass sein Jüngster krank geworden war und dass seine Frau in solchen Situationen immer den Überblick verlor und ohne ihn hilflos war. Er hätte sagen können, dass sie sich gestritten hatten und sie, wie so oft, mit den immer gleichen Vorwürfen gekommen war: dass er keine Zeit für die Familie habe und nur an sich und seinen Beruf denke. Dass er anderen Frauen nachsteige und sie nur eine Lückenbüßerin sei. Dies alles hätte er sagen können, aber da Privates hier nichts zu suchen hatte, machte er nur eine entschuldigende Geste und setzte sich neben Kai Mendel, der ihm kurz zunickte und sich dann wieder um das Ordnen seiner Unterlagen kümmerte.

Kriminaldirektor Jochen Sandt schaute auf seine Uhr und sagte: »Wir haben gerade noch eine Viertelstunde. Das muss jetzt eben reichen, um uns abzustimmen. Ich nehme an, jeder von Ihnen hat die Morgenausgabe des TAGESGESCHEHENs gelesen.« Ohne auf Reaktionen zu warten, fuhr er fort: »Dem meisten, was Hansen schreibt, können wir wohl zustimmen.« Sandt lächelte freudlos. »Viel mehr wissen wir ja auch nicht.«

»Ganz so ist es nicht.« Illsen verschränkte die Arme. »Hansen und seine Redakteure kennen zwar die Umstände der Entführung und die Auswirkungen der Fortsetzungsromane auf unsere Arbeit, aber sie wissen nicht, was davon Fiktion ist und was auf den Stichworten Lokis beruht.«

»Das mag schon sein, aber die Ereignisse sprechen doch für sich. Die Beurlaubung Schortens und der Tod Bakkers, um die zwei wichtigsten zu nennen. Alles war in der Zeitung angekündigt. Daraus haben die Journalisten ihre Schlüsse gezogen – sie nehmen die Hinweise im BERLINER TAGESGESCHEHEN wörtlich. Jetzt suchen sie die Entführer auf eigene Faust und bitten die Bevölkerung um ihre Mithilfe. Ich zitiere: ›Nach allem, was uns der Fortsetzungsroman offenbart, befinden sich die Entführer in einem alten Kraftwerk oder einer ähnlichen Industrieruine. Die Vermutung liegt nahe, dass sich das gesuchte Gebäude in Berlin oder dessen Außenbezirken befindet. Auf sachdienliche Hinweise setzt das BERLINER TAGESGESCHEHEN eine Belohnung von zehntausend Euro aus.‹«

»Natürlich gehen ihre Vermutungen in unsere Richtung«, lenkte Illsen ein, »aber sie wissen nicht, dass die letzte Folge von Marion Tesic geschrieben wurde und ihnen somit die wichtigsten Informationen, wie die Ortskoordinaten und der

Zeitpunkt, an dem die Entführer sich wohl zu erkennen geben, vorenthalten wurden.«

»Das hat sie wirklich gut gemacht, die Frau Tesic«, meldete sich endlich die Staatsanwältin Hilde Rensch zu Wort. »Nur schade, dass unser Entführungsopfer den Kopf beziehungsweise seinen Finger dafür hinhalten musste.«

»Ihren Zynismus können Sie sich sparen«, entgegnete Illsen. »Mit Lokis Reaktion konnte man nicht rechnen. Frau Tesic leistet gute Arbeit.«

»So gut, dass Sie sie in diese Einöde nach Tromptow abschieben?«

»Frau Tesic geht dort wichtigen Hinweisen nach. Es ist immer gut, in zwei Richtungen zu ermitteln.«

Sandt mischte sich ein. »Wir wollten uns abstimmen und nicht streiten. Also reißen Sie sich bitte zusammen. Zurück zur Pressekonferenz. Vermutlich wird die Frage nach der Verbindung zu dem Kinderheim gestellt. Was antworten wir darauf?«

Illsen wandte sich Sandt zu. »Nun, das BERLINER TAGESGESCHEHEN hat ja in Tromptow selbst recherchiert, aber nichts groß erfahren. Frau Eisen hat wohl einen ziemlich verwirrten Eindruck hinterlassen. Darauf können wir aufbauen. Ich schlage vor, diese Spur offiziell als nicht relevant, als einen nicht ernst zu nehmenden Hinweis einer verwirrten alten Dame einzuordnen.«

»Dem stimme ich zu«, sagte die Staatsanwältin zur allgemeinen Erleichterung. »Ich bin sowieso der Meinung, dass wir hier in einer Sackgasse ermitteln. Am besten, Sie ziehen Frau Tesic wieder ab, Herr Illsen. Hier ist sie viel nützlicher.«

Kai Mendel räusperte sich und sagte: »Eine Verbindung zu vergangenen Geschehnissen in dem Kinderheim lässt sich aber nicht von der Hand weisen, Frau Rensch. Vielleicht wollen sich die Entführer an ihrem Peiniger rächen. Man hört ja ziemlich viel über Misshandlungen in Kinderheimen.«

Hilde Rensch fixierte Mendel wie ein Raubtier sein Opfer. Lauernd fragte sie: »Und was soll Fabian Flaig damit zu tun haben? Als Peiniger kommt er wohl nicht in Frage, und da er keine Angehörigen hat, gibt es auch niemanden, der durch die Entführung erpresst oder geschädigt werden könnte.«

Erschrocken senkte Mendel seinen Blick, und Rensch fuhr mit einem mitleidigen Lächeln fort: »Herr Mendel, es reicht vollkommen, wenn Ihre Unterlagen geordnet sind. Alles andere überlassen Sie bitte uns.«

»Ich hab doch nur …« Mendel wurde rot und rang nach Worten.

»Ist schon gut, Herr Mendel. Ich begrüße es immer, wenn junge Mitarbeiter sich einbringen«, sagte Sandt und gab Mendel damit den Rest. Dann blickte Sandt wieder auf seine Uhr und sagte: »Es ist an der Zeit. Wir sollten gleich los, deshalb fasse ich unsere Strategie noch mal kurz zusammen. Erstens: Bestätigung der Entführung und dass Bakkers Tod damit in direktem Zusammenhang steht. Zweitens: Die Verbindung zum Kinderheim leugnen wir. Ebenso stellen wir die Angaben zum Aufenthaltsort der Entführer in Frage. Drittens: Die Panne um Wilbur Arndt halten wir möglichst klein. Nötigenfalls geben wir zu, dass nach ihm gefahndet wird. Viertens: Wir stellen Hauptkommissar Illsen als Leiter der Soko Flaig/Bakker vor. Noch Fragen?« Sandt blickte in die Runde. »Nein? Dann los.«

***

Durch eine Seitentür betraten sie den Pressekonferenzraum. Sofort setzte ein Blitzlichtgewitter ein. Alle Stühle waren belegt, viele Journalisten saßen auf dem Boden, die Luft war jetzt schon stickig. Mehrere Fernsehkameras verfolgten die Vertreter des LKA 1 und der verantwortlichen Staatsanwaltschaft auf dem Weg zum Podium. Als sich die erste Unruhe gelegt hatte, eröffnete Kriminaldirektor Sandt die Konferenz und begrüßte die Journalisten. Nach einer kurzen Einführung und der Vorstellung der Soko Flaig/Bakker stellte sich Sandt den Fragen.

»Die Behauptungen des BERLINER TAGESGESCHEHENs treffen also zu?«

»Wie ich schon eingangs erwähnte, nur zum Teil. Dass sich die Gesuchten in Berlin in einer Industrieruine aufhalten, ist reine Spekulation.«

»Dann nehmen Sie die Hinweise der Entführer nicht ernst?«

»Natürlich verfolgen wir jede Spur, aber mit der gebotenen Vorsicht. Sie glauben doch nicht, dass die Entführer ihren Aufenthaltsort so leicht preisgeben. Im Übrigen warne ich ausdrücklich davor, hier etwas auf eigene Faust zu unternehmen. Das sollte man der Polizei überlassen.«

»Warum bietet die Polizei den Verbrechern solch eine Plattform? Ich dachte, seit Gladbeck hätte hier ein Strategiewechsel stattgefunden.«

»In diesem Fall blieb uns keine andere Wahl. Außerdem war nicht abzusehen, dass die Entführung derartige Dimensionen annehmen würde.«

»Sie nehmen Bezug auf die Ermordung von Kriminalhauptkommissar Bakker, dessen Tod im BERLINER TAGESGESCHEHEN angekündigt wurde?«

»Unter anderem.«

»Warum haben Sie hier keine Vorsichtsmaßnahmen getroffen? Unseren Informationen nach haben Sie die Texte zur Veröffentlichung freigegeben. Warum haben Sie diese folgenschwere Ankündigung übersehen? Wurde hier geschlampt? Wurde hier fahrlässig das Leben eines verdienten Beamten gefährdet?«

Sandt zögerte kurz und zeigte eine leichte Verunsicherung.

Illsen ergriff das Wort. »Sie sollten mit solchen Aussagen sehr vorsichtig sein. Der Tod von Karl Bakker geht uns allen sehr nah. Als wir diesen Teil der Entführungsgeschichte freigaben, haben wir alle in diesen Fall involvierten Beamten gewarnt. Leider konnten wir den Mord an dem Kollegen dennoch nicht verhindern.«

Mit dieser Notlüge, die Sandt hörbar ausatmen ließ, hatte Illsen die Aufmerksamkeit auf sich gezogen. Die nächste Frage galt ihm.

»Über die Umstände seines Todes gibt es nur Gerüchte. Können Sie uns hier Genaueres berichten?«

»Nein, beim jetzigen Stand der Ermittlungen nicht.«

»Was hat es mit dem ehemaligen Kinderheim Die Brücke auf sich? Anscheinend soll es dort in der Vergangenheit zu Misshandlungen gekommen sein. Bestehen hier Verbindungen zu der Entführung?«

Der Kriminaldirektor ergriff wieder das Wort. »Einen Zusammenhang zu der Entführung von Fabian Flaig können wir nicht erkennen. Die damaligen Geschehnisse werden in einer getrennten Ermittlung untersucht.«

Ein recht junger Journalist stellte die nächste Frage. »Die einzelnen Folgen der Entführungsgeschichte wurden von Wilbur Arndt, einem Obdachlosen, verfasst. Dieser Mann wurde von den Entführern ausdrücklich dazu bestimmt und ist seit gestern verschwunden. Was können Sie dazu sagen?«

Der Kriminaldirektor beugte sich vor. »Woher haben Sie diese Informationen?«

»Ich bin nicht verpflichtet, meine Quellen preiszugeben. Aber Ihrer Reaktion zufolge trifft dies zu.«

»Gegen Wilbur Arndt lag nichts vor. Er konnte gehen, wohin er wollte.«

»Aber doch nicht als Verdächtiger in einem Entführungsfall. Sie haben ihn doch sicher beschatten lassen.«

»Es gab Probleme, und wir haben ihn aus den Augen verloren. Doch jetzt ist er zur Fahndung ausgeschrieben. Er wird nicht allzu lange auf freiem Fuß sein.«

»Das heißt, dass ein Haftbefehl gegen ihn existiert?«

»So ist es.«

»Und warum erst jetzt? Wenn man sich die Faktenlage ansieht, kann man ja beinahe von einem fahrlässigen Versäumnis sprechen.«

Statt Jochen Sandt ergriff die Staatsanwältin das Wort. In ihrer Stimme schwang mühsam unterdrückte Wut mit. »Können Sie mir nochmals Ihren Namen und das Blatt, für das Sie arbeiten, nennen?«

»Wenn es der Wahrheitsfindung dient: Christian Sonar vom ABENDBLATT.« Der junge Fragensteller lächelte selbstbewusst. Hilde Rensch lächelte ebenfalls, während sie den Namen notierte. Doch ihr Lächeln hörte bei ihren Augen auf.

»Hören Sie, Herr Sonar. Deutschland ist ein Rechtsstaat, da verhaftet man Menschen nicht willkürlich. Dies gilt leider auch für Journalisten, die wichtige Informationen vorenthalten.«

Im Saal schwoll der Geräuschpegel an. Erbost antwortete

der Journalist: »Der Informantenschutz ist ein Fundament des investigativen Journalismus. Sie stellen doch nicht die Pressefreiheit in Frage?«

Noch immer kalt lächelnd, antwortete die Staatsanwältin: »Nein. Ich stelle nur fest, dass Sie über Informationen verfügen, die Sie zum Mitwisser machen, und dennoch werden Sie nicht verhaftet.«

Sonar deutete eine Verbeugung an. »Vielen Dank für die Belehrung, Frau Staatsanwältin. Ihre speziellen Ansichten werden in der heutigen Spätausgabe gewürdigt werden.«

»Schreiben Sie, was Sie wollen, Herr Sonar.«

***

Nach der Pressekonferenz begleitete Jochen Sandt die Staatsanwältin zu ihrem Büro. »Was ist nur in Sie gefahren? Wie können Sie sich mit diesem Journalisten anlegen, und das noch in aller Öffentlichkeit? Gerade Ihnen muss doch an einer guten Presse gelegen sein.«

»In unserem Staat laufen einige Dinge falsch. Es herrscht zu viel Toleranz. Toleranz, die von solchen Subjekten wie diesem Sonar missbraucht wird.«

»Das aus dem Munde einer Staatsanwältin? Sie wissen hoffentlich, für wen Sie arbeiten.«

»Gerade weil ich für den Staat arbeite, denke ich so. Die Gesetze sind zu lax, sie bieten zu viel Freiraum. Was kann ich gegen solche Leute wie Sonar unternehmen, außer zu drohen? Im Grunde genommen nichts. Dabei ist klar, dass er seine Informationen aus dem Dunstkreis der Entführer hat oder dass es bei uns eine undichte Stelle gibt.«

»Auch wenn ich die Medien manchmal verfluche, stehe ich hinter der Pressefreiheit. Sie garantiert eine objektive Berichterstattung, die für eine Demokratie lebenswichtig ist. Dafür muss man die Nachteile dieser Regelung in Kauf nehmen.«

»Schön, dass wenigstens einer so denkt. Ich hingegen halte eine Reform des Medienrechts sowie des Strafrechts für dringend geboten.«

Die Staatsanwältin hatte sich in Rage geredet, wie immer bildeten sich nun Schweißperlen auf ihrer Stirn, ihre feisten Wangen leuchteten rot. Diese ganze Person war Sandt so zuwider, dass er sich zu einer unbedachten Bemerkung hinreißen ließ: »Sie haben schon zu DDR-Zeiten in der Justiz gearbeitet. Hängen Sie noch immer den guten alten Zeiten nach?«

»Sie kennen die Hierarchie, Herr Sandt. Und Sie wissen bestimmt, welchen Einfluss eine zukünftige Oberstaatsanwältin hat.«

»Von Ihnen lasse ich mich nicht einschüchtern.«

Hilde Rensch wandte sich von Sandt ab und öffnete ihr Büro. »Sie werden noch an mich denken, Herr Kriminaldirektor. Und jetzt habe ich zu tun. Schönen Tag noch.«

Energisch drückte die Staatsanwältin die Tür zu und lehnte sich mit ihrer erhitzten Stirn dagegen. Ihre Unbeherrschtheit brachte sie in Teufels Küche. Nicht nur, dass sie sich mit diesem Journalisten anlegte, nein, jetzt musste sie auch noch Jochen Sandt gegen sich aufbringen. Das war vollkommen unnötig. Die schlaflose Nacht, der enorme Druck, unter dem sie stand, forderten ihren Tribut. Dabei war es gerade jetzt wichtig, einen kühlen Kopf zu bewahren, denn ihre Entscheidung war gefallen. Nichts, was in dem Dossier stand, durfte an die Öffentlichkeit gelangen. Jeder, der davon wusste, musste beseitigt werden. Morgen, bei der von Loki angekündigten Geiselübergabe, musste das Problem aus der Welt geschafft werden. Es war eine günstige, wenn nicht die einzige Gelegenheit. Die Zeit hierzu war knapp bemessen. Ein weiterer Fehler ihrerseits. Sie hatte einen Tag unnütz verstreichen lassen. Aber es war nun mal ein Unterschied, einen Mord im Geiste durchzuführen oder ihn tatsächlich zu veranlassen.

Hilde Rensch atmete tief durch, dann schloss sie ab. Sie musste jetzt ungestört sein. Die Jalousien in ihrem Büro waren heruntergelassen, das Zimmer lag im Halbdunkel. Sie setzte sich an ihren Schreibtisch und kramte das Handy aus der untersten Schublade hervor. Bisher hatte sie es noch nicht benutzt. Die

Prepaidkarte zog sie aus ihrem Geldbeutel und legte sie ein. Unter einem Pseudonym war die gesuchte Nummer abgespeichert. Wenn sie das Codewort nicht sagte, würde der Gesprächspartner sofort auflegen und sein Handy vernichten.

Es knackte in der Leitung, dann hörte sie ein regelmäßiges Atmen. Hilde Rensch sagte: »Bernburg«, und wartete.

Augenblicke später die vertraute, sonore Stimme: »Hilde. Lang ist es her.«

»Hallo, Robert.« Es war seltsam, diesen Namen nach so langer Zeit wieder auszusprechen. »Etwas Unvorhergesehenes ist eingetreten. Meine IM-Akte ist wieder aufgetaucht.«

»Das ist unmöglich.«

»Doch, es gibt keinen Zweifel. Mir wurde eine Kopie zugespielt. Es muss einen Verräter unter uns geben.«

»Einen Verräter, sagst du? Kaum vorstellbar.«

»Aber die Tatsachen sprechen für sich. Wir allein hatten Zugriff auf die Unterlagen.«

»Da hast du leider recht. Ich werde die nötigen Schritte einleiten. Deine Vorgesetzten dürfen von deiner Vergangenheit nichts erfahren, sonst ist es vorbei mit dem Staatsdienst. Wir haben so viel in dich investiert, das darf nicht umsonst sein. Kein Jahr mehr, und du stehst ganz oben.«

»So ist es. Aber es geht um vieles mehr. Denn nicht nur meine IM-Tätigkeit wurde aufgedeckt. Auch die unterlassenen Ermittlungen und die gewollten Verzögerungen, die viele Fälle verjähren ließen, werden in einem Dossier aufgelistet. Das reicht, um mich ins Gefängnis zu bringen.«

»Wirst du erpresst?«

»Nein. Bisher ist mir nicht klar, was der Verfasser bezweckt.«

»Seltsam. Wer so viel preisgeben will, kann uns alle gefährden. Jemand aus unseren Reihen würde niemals so weit gehen.«

»Ja. Ich glaube, der Verräter ist nur ein kleines Licht. Hier steckt eine größere Gruppe dahinter.«

»Und was können wir tun? Hast du Anhaltspunkte?«

»Ich habe mehrere Namen. Unter anderem Wilbur Arndt, der seit Sonntag untergetaucht ist und wohl hinter der ganzen Sache steckt. Christian Sonar, ein Journalist, könnte Kontakt zu ihm haben. Dann gibt es noch jemanden, der sich Loki nennt. Das alles hängt mit der Entführungsgeschichte zusammen, von der du sicher schon gehört hast. Hierzu lass ich dir über die bekannten Kanäle einen Bericht zukommen. Morgen wird die Geiselübergabe stattfinden. In unserem Haus laufen schon alle Vorbereitungen. Womöglich kann man da schon den Spuk beenden.«

»Morgen? Da bleibt nicht viel Zeit.«

»Ich weiß. Dennoch sollten wir die Gelegenheit nutzen. Das SEK wird vor Ort sein, und die Situation ist mit Sicherheit sehr angespannt. Da muss es doch möglich sein, diesen Arndt und seine Kollegen zu beseitigen.«

»Stimmt. Eine Geiselübergabe ist immer äußerst heikel. So was kann schnell eskalieren. Wir werden unser Möglichstes tun.«

»Gut. Ich bin dir zu Dank verpflichtet.«

»Dank ist nicht angebracht, das solltest du wissen. Der Einzelne ist unwichtig. Nur die Sache zählt.«

»Ja, Robert.«

»Dann ist ja alles geklärt.«

Hilde Rensch legte das Handy zurück, nachdem sie die Karte entnommen hatte. Die alten Kader hatten also nichts von ihrem Einfluss eingebüßt. Aber wozu nur? Sie hingen noch immer der alten Idee nach, einer Idee, die Rensch nicht interessierte. Ihr war egal, wer regierte, solange sie eine wichtige und gut bezahlte Rolle spielte. Damals schon, kurz nach der Vereinigung, als sie noch die konspirativen Treffen besuchen musste, empfand sie es als lächerlich, wenn man mit leuchtenden Augen von ihrem Vater erzählt und die alten Zeiten heraufbeschworen hatte. Was zählte, war Macht. Macht über Menschen und deren Schicksal. Weiter nichts.

Tromptow zwei

Am selben Tag

Bei ihrem letzten Besuch hatte die Sonne die Felder zum Leuchten gebracht, jetzt bewältigten die Scheibenwischer kaum die Regenmassen. Marion Tesic war spät dran. Maximal drei Stunden hatte sie eingerechnet. Nun war schon Mittag, und sie stand immer noch in der Schlange, die sich auf der Bundesstraße gebildet hatte. Die Autobahn war komplett gesperrt, und die einzige Umgehung führte ausgerechnet an Tromptow vorbei.

Ihr Handy war eingeschaltet, und sie wartete ungeduldig auf einen Anruf von Kai Mendel, der sie über die neuesten Entwicklungen informieren sollte. Im Radio hatte sie von der Pressekonferenz gehört. Anscheinend hatte die Staatsanwältin eine ziemlich unglückliche Figur abgegeben, was Marions Laune erheblich verbesserte. Ansonsten wurde unablässig über die Entführung berichtet. In Sondersendungen wurde darüber diskutiert, ob Polizei und Presse sich richtig verhalten hatten. Experten gaben schlaue Kommentare ab, und Reporter wurden durch ganz Berlin gejagt, um über jede erdenkliche Industrieruine zu berichten, selbst wenn es nichts zu berichten gab. Außerdem streiften ganze Heerscharen von Neugierigen durch die Hauptstadt, in der Hoffnung, die vom BERLINER TAGESGESCHEHEN ausgesetzte Belohnung zu ergattern. Mehrmals hatte es falschen Alarm gegeben, weil man Jugendliche, Obdachlose oder irgendwelche Wichtigtuer für die Gesuchten hielt. Vereinzelt war es zu Handgreiflichkeiten gekommen, die Bereitschaftspolizei konnte über mangelnde Beschäftigung nicht klagen. Und dann hatten noch irgendwelche fixen Köpfe im Internet eine Plattform erstellt, die die besten Fortsetzungen der Entführungsgeschichte prämierte. Unter www.brings-zu-ende.de konnte jeder seine Version ins Netz stellen. Arndt hatte sicher seine Freude an dem Chaos.

Endlich konnte Marion auf die Landstraße abbiegen, die zu dem ehemaligen Kinderheim führte. Das verlassene Hauptgebäude auf dem Hügel war durch den Regenschleier kaum zu erkennen. In den Schlaglöchern hatten sich große Pfützen gebildet, und die Wiese links von der Zufahrtstraße war zu einem See geworden. Marion parkte dicht neben dem Betreuerhaus. Warum hatte sie nur keinen Schirm dabei?

Missmutig stellte sie den Kragen ihrer Sommerjacke hoch und verließ das Auto. Augenblicklich durchdrang Regen den dünnen Stoff. Marion rannte zum Eingang. Zum Glück war die Tür nicht verschlossen, und sie konnte eintreten. Wie beim ersten Mal herrschte im Haus diffuses Licht. Marion schüttelte ihre nassen Haare und zog ihre Jacke aus. Kalt war es. Im Auto hatte sie einen warmen Pullover – wie idiotisch.

Die Aussicht auf einen heißen Tee bei Miriam Eisen ließ sie den Gedanken verwerfen, nochmals zu ihrem Wagen zurückzukehren. Fröstelnd stieg Marion die ausgetretene Steintreppe hinauf. Hoffentlich war die alte Dame auch zu Hause. Da sie keinen Telefonanschluss besaß, war eine Terminabsprache nicht möglich gewesen.

Das Erste, was Marion auffiel, war, dass Miriam Eisens Türschild fehlte, das Zweite, dass der Kasten mit den Stoffblumen entfernt worden war. Die Tür glich den anderen in diesem Stockwerk. Nichts deutete darauf hin, dass hier jemand wohnte.

Marion klopfte und rief Miriam Eisens Namen. Außer dem Prasseln des Regens war kein Geräusch zu vernehmen, auch nicht, nachdem sie energischer angeklopft hatte. Misstrauisch geworden, drückte Marion auf die Türklinke – die Tür gab nach, sie war nicht verschlossen. In der Wohnung war es dunkel. Marion tastete nach dem Lichtschalter und rief abermals nach der alten Dame. Ein trübes Licht flackerte auf und erhellte einen vollkommen verwahrlosten Gang. Schimmlige Tapeten hingen in Fetzen von der Wand, der Dielenboden war zum Teil aufgerissen, kaputte Möbel versperrten den Weg.

»Das kann nicht sein«, flüsterte Marion. Wo waren nur all die Fotos geblieben, wie konnte sich diese gepflegte Wohnung innerhalb von ein paar Tagen in diese Müllhalde verwandeln? Vorsichtig schritt sie den Gang entlang, ihre Hand glitt über die raue Wand. Das Wohnzimmer und die anderen Räume boten das gleiche Bild. Keine Spur von Miriam Eisen, nur Unrat und Staub.

Am Ende des Ganges stieß sie auf eine verschlossene Tür. Hier hatte sich das Archiv befunden. Mittels ihrer Kreditkarte verschaffte sie sich Eintritt und wurde an diesem Tag zum zweiten Mal überrascht. Dieser Raum hatte sich nicht verändert: fensterlos und mit bis zur Decke reichenden Regalen vollgestellt. Alles war so, wie sie es in Erinnerung hatte. Irritiert ließ sie sich auf einen Stuhl sinken. Was war hier nur los?

Marion betrachtete ihre klammen Hände, die ihre feuchte Jacke hielten, und ließ etwas Zeit verstreichen. Die Erklärung musste sich in diesem Raum befinden. Die äußeren Umstände, so verwirrend sie auch waren, galt es zu ignorieren. Wenn sie sich auf das Wesentliche, auf die Fakten konzentrierte, würde sie klarer sehen. Bedächtig stand Marion auf und schritt die Regale bis zu Wilbur Arndts Jahrgang ab. Der betreffende Ordner befand sich immer noch an seinem Platz. Die Sterbeurkunde von Johannes Berg sowie Wilbur Arndts Lebenslauf fehlten – die Kriminaltechnik benötigte die Dokumente noch.

Das hab ich also nicht geträumt, stellte Marion erleichtert fest. Ein weiterer Ordner mit der Aufschrift »Bilder der Jahrgänge 50–55« weckte ihre Aufmerksamkeit. Nach kurzer Suche stieß sie auf Fotos, die die einzelnen Jahrgänge zeigten. Das Bild von Wilbur und Johannes, das vor wenigen Tagen noch zu Miriam Eisens Bildergalerie gehört hatte, fehlte, aber zum Glück hatte sie damals eine Kopie gemacht.

Ein Geräusch ließ sie zusammenzucken. Jemand kam die Treppe herauf. Marion löschte das Licht und zog ihre Waffe. Seitlich neben der Archivtür stehend, versuchte sie ihren Atem zu beruhigen. Angst ist ein mieser Verbündeter, hatte ihr Ausbilder immer gesagt.

Schwere Schritte ließen die Dielen knarren, dann klopfte es gegen die Eingangstür, die noch immer offen stand.

»Hallo, ist da wer?«, fragte eine tiefe Männerstimme.

Einigermaßen erleichtert spähte Marion um die Ecke und trat dann vor. »LKA Berlin. Wer sind Sie?«

Ein stämmiger, grauhaariger Mann, bekleidet mit einem weißen Kittel, hob die Arme. »Ralf Mertens, Krankenpfleger. Erschießen Sie mich jetzt?«

»Wenn Sie tun, was ich sage, nicht«, entgegnete Marion trocken. »Können Sie sich ausweisen?«

»Ja, sicher. Perso und Dienstausweis immer am Mann.«

»Dann legen Sie Ihre Ausweise auf die Anrichte dort und gehen fünf Schritte zurück.«

»Wow, ein richtiger Einsatz. Heute ist mein Glückstag. Wissen Sie, ich bin ein ganz großer Krimifan.« Mertens befolgte Marions Anweisungen und musterte sie aus der ihm befohlenen Distanz. »Das machen Sie richtig gut: Mich im Auge behalten und gleichzeitig meine Personalien kontrollieren. Da hätte nicht einmal Hannibal Lecter eine Chance. Hannibal Lecter kennen Sie doch? Der feinsinnige Kannibale aus ›Schweigen der Lämmer‹, der am liebsten die Leber seiner Opfer verspeist, wenn sie noch warm ist.«

Marion musterte den freundlich lächelnden Krankenpfleger, der noch immer die Arme oben hielt, leicht verunsichert. Ein Krimifan mit einem Faible für Massenmörder hatte ihr gerade noch gefehlt.

»Danke«, sagte sie und gab Mertens seine Dokumente zurück. »Sie müssen entschuldigen, aber die Situation war nicht ganz eindeutig.«

»Absolut kein Problem, endlich passiert hier mal was. Sie sind also vom LKA Berlin. Klingt nach ’ner großen Nummer. Ringfahndung, Hubschrauber und SEK. Die ganz schweren Geschütze eben. Was mir jetzt nur noch fehlt, sind Ihr Name und Ihr Dienstgrad. Darf ich die erfahren, oder sind Sie undercover?«

Marion lächelte. »Sie haben wirklich eine blühende Phantasie. Hier, nehmen Sie meine Visitenkarte.«

Mertens' Augen leuchteten. »Die kann ich behalten? Toll.« Laut las er: »›Marion Tesic. Oberkommissarin‹. Lassen Sie mich raten: Ihre Freunde nennen Sie Mary. Stimmt's?«

»Ja«, antwortete Marion irritiert.

»Von Mary ist es nicht weit zu Bloody Mary, dem bekannten Cocktail.« Mertens lachte dröhnend. »Kennen Sie eigentlich die Geschichte von der reichen Witwe, die statt des üblichen Tomatensafts mit Wodka das Blut ihrer frisch verschiedenen Ehemänner getrunken hat, um deren Seele nahe zu sein?«

»Nein. Ich bin auch nicht interessiert. Mir wäre lieber, wenn Sie mir ein paar Fragen beantworten würden.«

»Ja, natürlich. Aber Sie wollen doch sicher wissen, warum die Witwe nach dem Tod ihres sechsten Ehemanns ebenfalls verstorben ist?«

»Eigentlich nicht.«

»Sie lügen. Ich seh's an Ihren Augen. Also, den sechsten Ehemann hat sie die Kellertreppe hinabgestoßen, wo er sein Ende an der geschickt postierten Mistgabel gefunden hat. Was sie nicht wusste, als sie danach ihre Bloody Mary, angereichert mit dem Blut des Toten, trank: Der gerade Verschiedene hatte das Zusammenleben mit ihr gehasst. Er hatte es so sehr gehasst, dass er sich mangels Alternativen vergiftet hatte. Er wäre keine zehn Minuten später sowieso verschieden. Der ganze Aufwand war also umsonst. Zu allem Unglück hatte sie sich jetzt ebenfalls vergiftet. Sie starb kurz nach ihrem Mann. Ist das nicht wunderbar?«

»Ich bezweifle, dass die stark verdünnte Giftmenge gereicht hätte, die Frau zu töten.«

»Oh, Sie sind aber eine ganz Genaue. Aber kein Wunder bei Ihrem Beruf.«

»So ist es. Und nun habe ich Ihnen auch lange genug zugehört. Ich bin hier nämlich nicht zum Spaß. Wenn Sie jetzt einfach meine Fragen beantworten würden, wäre ich Ihnen sehr verbunden.«

»Das klingt ja richtig spannend. Bin ich etwa ein wichtiger Zeuge in einem undurchsichtigen Mordfall? Geht es um organisierte Kriminalität, Drogenhandel, Waffenschieberei? Komme ich ins Zeugenschutzprogramm?«

»Herr Mertens, bitte. Ich frage, Sie antworten. So schwer kann das doch nicht sein. Okay?«

»Okay.«

»Also, was tun Sie hier?«

»Sollten Sie der Form halber nicht erst nach meinem Namen und Alter fragen?«

Marion verzog entnervt ihr Gesicht.

»Ist ja schon gut. Dennoch nenne ich die unumgänglichen Formalitäten. Also, fürs Protokoll. Name: Ralf Mertens. Alter: einundfünfzig Jahre. Staatsangehörigkeit: deutsch. Wohnhaft in: Tromptow. Seit fünfundzwanzig Jahren bin ich Krankenpfleger bei der katholischen Sozialstation. Ich betreue hier in diesem Haus dreimal am Tag Frau Eisen.«

»Miriam Eisen?«

»Genau die.«

»Wo ist sie?«

»Na, in ihrer Wohnung. Der gleiche Stock, nur gegenüberliegende Ecke.«

»Und diese Wohnung?«

»Ist, seit ich hier tätig bin, verlassen.«

»Seit wann betreuen Sie Frau Eisen?

»Ein halbes Jahr ungefähr. Von ihrem Schlaganfall hat sie sich nicht mehr erholt.«

»Schlaganfall?«

»Ja. Die linke Seite will nicht mehr so recht. Sie braucht oft den Rollstuhl.«

»Das kann nicht sein. Ich kenne Frau Eisen. Sie ist zwar etwas verschroben, aber körperlich fit. Erst letzten Donnerstag habe ich sie gesehen.«

»Dann meinen Sie jemand anderen. Miriam Eisen wurde gestern aus dem Krankenhaus entlassen. Sie war dort vier Wochen zur Reha.«

»Das wird ja immer verrückter«, sagte Marion konsterniert. »Sie wissen nichts von jemandem, der hier in dieser Wohnung gelebt hat, der hier irgendwelche Umbauten durchgeführt hat?«

»Nein, da ist mir nichts bekannt. Ich war allerdings die letzten vier Wochen auch nicht hier. Zu der Wohnung kann ich aber sagen, dass Frau Eisen hier ihr Archiv hat. Ab und zu schickt sie mich rüber, um ihr eine Akte zu holen.«

»Kann ich Frau Eisen sprechen?«

»Natürlich. Sie freut sich über jeden Besuch, auch wenn sie es nicht zeigt. Kommen Sie doch gerade mit.«

Frau Eisen – die echte Frau Eisen? –, saß im Rollstuhl an einem massiven Tisch in ihrem Wohnzimmer. Schwere, dunkle Eichenmöbel ließen den Raum kleiner wirken, als er wirklich war. Das Licht brannte, draußen schien die Welt unterzugehen. Ralf Mertens stellte Marion vor. Die alte Dame bot ihr und Mertens einen Stuhl an. Ihre Stimme war herrisch, um ihre schmalen Lippen lag ein verbitterter Zug. Marion verlangte Frau Eisens Personalausweis.

»Zuerst weisen Sie sich aus«, entgegnete die alte Dame brüsk. Sie rührte keinen Finger, als Marion ihr den Dienstausweis reichte. Marion legte ihn auf dem Tisch ab. Ohne das Dokument zu berühren, begutachtete Frau Eisen es ausführlich. Dabei kniff sie ihre Augen zusammen. Marion bezweifelte, dass die alte Dame etwas erkennen konnte. Nach einiger Zeit richtete sie sich auf und griff nach einer altmodischen Handtasche aus schwarzem Leder. In dieser kramte sie vorsichtig, immer darauf bedacht, die Behinderung ihres linken Armes zu überspielen. Bei jeder auffälligen Bewegung zuckten ihre Mundwinkel.

Endlich hielt sie das Gesuchte in der Hand. Nach einem abermaligen Kontrollblick auf Marions Ausweis sagte sie: »Heutzutage kann man nicht vorsichtig genug sein.« Dann schob sie mit ihrer rechten Hand die beiden Dokumente über den Tisch.

»Da haben sie recht«, bestätigte Marion und notierte Frau Eisens Ausweisnummer. Diesmal wollte sie ganz sichergehen.

»Sie waren Betreuerin im ehemaligen Kinderheim Die Brücke?«, begann Marion die Befragung.

»Betreuerin und Lehrerin. Zweiundvierzig Jahre lang.«

»Eine ganz schön lange Zeit«, versuchte Marion das Gespräch aufzulockern. Frau Eisen zeigte keine Reaktion, nicht einmal den Hauch eines Lächelns. Die andere Frau Eisen hatte Marion entschieden besser gefallen. »Sie leben allein hier. Ist Ihnen in den letzten Wochen etwas aufgefallen?«

»Ich war vier Wochen in Ahrenshoop zur Rehabilitation.«

»Ich weiß. Aber zuvor vielleicht. Irgendwelche Fremde, die Erkundigungen eingezogen, sich hier im Haus umgesehen haben?«

»Hierher verschlägt es niemanden. Fremde hätte ich sofort bemerkt.«

»Wem gehört eigentlich das Anwesen?«

»Dem Staat. Ich habe ein Mietrecht bis zu meinem Ableben. Vermutlich werde ich das aber nicht wahrnehmen können – Ihnen ist sicherlich der Zustand der Häuser aufgefallen. Man lässt die Gebäude absichtlich verrotten, so wie man alles andere verrotten lässt. Das hätte es früher nicht gegeben.«

»Kennen Sie einen Wilbur Arndt?«

»Nein.«

Marion zögerte kurz. »Ganz sicher nicht? Überlegen Sie bitte noch einmal.«

»Mein Gedächtnis ist ausgezeichnet. Ich habe noch nie einen Namen vergessen.«

»Und Johannes Berg?«

»Mir ist auch keine Person bekannt, die Johannes Berg heißt.«

Irritiert zeigte Marion das Bild von Wilbur Arndt und Johannes Berg. »Wissen Sie, wer das ist?«

Wieder kniff die alte Frau ihre Augen zusammen und starrte auf das Bild.

Die erkennt gar nichts, stellte Marion fest. Ralf Mertens hatte ein Einsehen und schob Miriam Eisen beiläufig eine Lupe zu. Genauso beiläufig nahm sie sie und begann, nun klarer sehend, das Foto eingehend zu studieren. »Ich kenne die beiden Kinder nicht.«

»Das Bild ist von schlechter Qualität, vielleicht liegt es daran.«

»Die Qualität ist ausreichend, Frau Kommissarin. Ich kann Ihnen versichern, dass ich die Jungs noch nie gesehen habe.«

Hörbar atmete Marion aus. Die Sache schien vollkommen aus dem Ruder zu laufen. Einen letzten Versuch hatte sie aber noch. Marion zog eine aktuelle Aufnahme Arndts hervor. »Kennen Sie den Herrn?«

Widerwillig bemühte die alte Dame abermals ihre Lupe. »So

tief ist er also gesunken, der Herr Athlon. Geschieht ihm recht«, sagte sie abfällig.

»Athlon?«, fragte Marion konsterniert.

»Ja. Konstantin Athlon, ein ehemaliger Heimbewohner. Ich kann mich deshalb so gut an ihn erinnern, weil er mich kurz vor der Annexion durch die BRD aufgesucht und mir wilde Vorhaltungen gemacht hat. Er wollte mich, beziehungsweise das Waisenheim, für sein verpfuschtes Leben verantwortlich machen. Dabei hat sein Abstieg offensichtlich damals erst begonnen.«

»Können Sie ihn mir auf einem der Jahrgangsbilder zeigen?« Marion streckte Frau Eisen die Aufnahmen aus dem Archiv entgegen.

Ohne sie groß zu beachten, sagte Frau Eisen: »Sie waren in meinem Archiv. Es ist verschlossen. Ich glaube nicht, dass Sie das dürfen, Frau Tesic.«

»Sie können sich bei meinem Vorgesetzten beschweren. Meine Karte hat Herr Mertens. Ich wäre Ihnen jetzt aber sehr verbunden, wenn Sie mir weiterhelfen würden.«

Miriam Eisen flüsterte etwas, das entfernt nach »Nazimethoden« klang, und begutachtete das Bild. »Hier, das ist Konstantin Athlon«, sagte sie unwirsch und zeigte auf einen Jungen mit hängenden Schultern. »Und der daneben, das ist sein Bruder Konrad.«

Marion nahm das Bild wieder an sich. Was sie sah, irritierte sie noch mehr als die Tatsache, dass Wilbur einen Bruder hatte. Sie sah zwei Jungs von gleicher Größe. Der eine eher schüchtern und schwächlich, der andere kräftig und selbstbewusst. Doch trotz unterschiedlicher Körperhaltung und Ausstrahlung glichen sie sich wie ein Ei dem anderen. »Es sind Zwillinge«, stellte sie tonlos fest.

»Ja«, bestätigte Miriam Eisen. »Konstantin und Konrad Athlon. Beide Jahrgang 53. Beide auf ihre Art Quertreiber. Konrad ist 1966 gestorben. Konstantin blieb bei uns, bis er auf eigenen Füßen stehen konnte.«

»Wie ist Konrad gestorben?«

»An Hirnhautentzündung. Ein Zeckenbiss, wenn ich mich recht erinnere. Die Sterbeurkunde befindet sich im Archiv – falls Sie nicht schon alles konfisziert haben.«

Die spitze Bemerkung ignorierend, fragte Marion: »Gibt es zu den beiden noch weitere Unterlagen?«

»Konrads Akte wurde nach dessen Tod an eine andere Stelle weitergeleitet. Konstantins ist irgendwann in den Siebzigern verschwunden. Wie und warum weiß ich nicht.«

Eine ähnliche Geschichte wie die der anderen Frau Eisen, dachte Marion. Hier ein Bruder, dort ein Freund. Beide verstorben. Was sollte das Ganze? Warum Lüge und Wahrheit vermischen? Gab es in diesem Fall überhaupt eine Wahrheit? Wie weit konnte sie der Aussage dieser alten Frau vertrauen?

»Der Junge auf dem Bild hat aber keine Ähnlichkeit mit Wilbur Arndt«, sagte sie zweifelnd.

»Sie meinen Konstantin Athlon«, berichtigte Miriam Eisen. »Nun, ich hätte ihn auch nicht wiedererkannt. Aber er wusste Dinge, die kein anderer wissen konnte, und er hatte diese Verletzung an der Hand. Es gibt keinen Zweifel, Frau Kommissarin, die Person auf dem Bild ist Konstantin.«

»Sie spielen auf den fehlenden Finger an seiner rechten Hand an«, stellte Marion fest. »Dann sagt Ihnen sicher auch das Gedicht vom Fingermann etwas.«

»Fingermann?« Frau Eisen sprach das Wort gedehnt aus. »Fingermann? Nein.«

Marion wusste sofort, dass die Frau log.

»Und wie hat Konstantin seinen Finger verloren? Man spricht von Unregelmäßigkeiten im Heim, von Misshandlungen.«

Der linke Arm der alten Frau begann leicht zu zittern, ihre Stimme wurde schrill. »Alles Gerüchte ohne Substanz. Propaganda von den Besserwissern. Diese Leute sind an dem heutigen Chaos schuld. Damals hatte jeder Arbeit, jeder war versorgt. Nur ein paar Unzufriedene haben alles in den Dreck gezogen. Wenn Sie wirklich an Misshandlungen interessiert sind, dann müssen Sie in den ach so sauberen Westen gehen. Jeden Tag wird darüber berichtet, jeden Tag erfährt man mehr über diese scheinheiligen Pfaffen und die aufgeklärten Erzieher. Glauben Sie mir: Hierin zeigt sich die ganze Verkommenheit des Westens, im Sozialismus hat es so etwas nicht gegeben.«

Frau Eisen schloss kurz die Augen und atmete tief durch.

»Das Heim war ein gutes Heim. Aber natürlich war auch hier nicht alles perfekt. Die Sicherheitsvorkehrungen an den Stanzen entsprachen zwar dem damaligen Standard, waren aber bei Weitem nicht ausreichend. Dass Konstantin seinen Finger verlor, war einfach ein schrecklicher Unfall, mehr nicht. Und falls Sie mir nicht glauben wollen, dann fragen Sie doch ehemalige Heimbewohner. Die werden Ihr verschobenes Bild schon zurechtrücken. Für die war es eine wertvolle Zeit hier. Zu vielen habe ich heute noch Briefkontakt.«

»Und Dr. Kronthal?«

»Ein Pionier der modernen Pädagogik. Er war ein ganz außergewöhnlicher Mensch. Der beste Lehrer und Heimleiter, den dieses Institut jemals hatte.« Die alte Dame hielt kurz inne. Ein entrücktes Lächeln lag auf ihrem Gesicht. Ein Lächeln, das so gar nicht zu ihr passen wollte.

Interessiert beobachtete Marion ihre Verwandlung. Die Frau schien durchaus menschliche Seiten zu haben. Versöhnlich sagte Marion: »Ich würde gerne Ihrem Vorschlag nachkommen und Kontakt zu den Ehemaligen aufnehmen. Können Sie mir da weiterhelfen?«

Die alte Dame nickte und wandte sich an Ralf Mertens, der die Befragung fasziniert verfolgt hatte.

»Herr Mertens. Sechster Gang links, untere Reihe, Ordner ES-50/55. Die Verstorbenen sind mit einem Kreuz gekennzeichnet. Gehen Sie mit Frau Tesic ins Archiv. Sie kann die Adressen abschreiben. Und stellen Sie den Ordner danach wieder an den richtigen Platz.«

Mertens nickte eilfertig und stand auf, Marion ebenfalls.

»Und Sie, Frau Tesic«, Miriam Eisen suchte Marions Blick, »Sie will ich erst wieder sehen, wenn Sie die Wahrheit herausgefunden haben. Dann können Sie sich bei mir entschuldigen.«

Kaum hatten die beiden die Wohnung verlassen, da platzte es aus Ralf Mertens heraus: »Sie fahnden nach Wilbur Arndt? Dem Arndt, der diesen Fortsetzungsroman geschrieben hat, der Typ, der der Polizei entwischt ist?«

»Kein Kommentar.«

»Kein Kommentar? Toll! Dann stimmt es also. Was hab ich für ein Glück. Aber warum suchen Sie ihn hier in dieser Einöde? Was hat Wilbur Arndt mit dem Kinderheim zu tun?«

»Herr Mertens, können Sie nicht einfach das machen, was Frau Eisen Ihnen aufgetragen hat?«

»Verstehe schon. Top secret. Keine Informationen dürfen nach außen dringen. Niemand darf die Strategie der Polizei kennen. Aber glauben Sie mir, ich bin verschwiegen, mir können Sie vertrauen. Die können mich foltern, Schlafentzug, Waterboarding, die ganze Guantanamo-Geschichte, das stecke ich weg. Aus mir bekommen die nichts heraus.«

»Wer sind denn ›die‹?«

»Na die, die immer dahinterstecken. Ein Geheimbund, korrupte Politiker, eine Verbrecherorganisation – Sie wissen schon.«

»Herr Mertens«, seufzte Marion, »bitte verschonen Sie mich mit Ihren Verschwörungstheorien. Ich habe nicht viel Zeit. Daher wäre es nett, wenn Sie mir jetzt die Adressenliste heraussuchen würden.«

»Sie stehen unter Zeitdruck, ganz klar. Ich werde mein Möglichstes tun. Nicht, dass ich am Ende verantwortlich gemacht werde, wenn die Sache nicht gut ausgeht.«

Zügig eilte er zum Archiv. Im Türrahmen blieb er kurz stehen und sagte verschwörerisch: »Den Schlüssel brauche ich ja nicht. Das Schloss haben Sie sicher mit einer Karte geknackt. Stimmt's?«

Marion verdrehte die Augen und trat an Mertens vorbei. Der folgte ihr umgehend und wies den Weg.

Während Marion, an einem kleinen Schreibtisch sitzend, die betreffenden Adressen notierte, ging Mertens auf und ab. »Wissen Sie, Frau Oberkommissarin, das ist ein ganz großer Moment für mich«, sagte er aufgeregt. »Auch wenn Sie mich verständlicherweise nicht einweihen, habe ich eine Menge neuer Informationen gesammelt. Genug, um den ganz großen Durchbruch zu landen.«

Marion schaute auf. »Was meinen Sie mit Durchbruch?«

»Na, den Preis, der auf die beste Fortsetzung der Entführungsgeschichte ausgesetzt ist. Das Internetportal www.bringszu-ende.de, Sie wissen schon.«

Marion nickte entgeistert und wandte sich wieder ihrer Arbeit zu.

»Sie sind sicher auf meine Version gespannt«, sagte Mertens und fasste, ohne auf eine Reaktion der Kommissarin zu warten, seinen Teil der Geschichte zusammen: »Das Finale wird in den Katakomben des Flughafens Tempelhof stattfinden. Ein unterirdisches Labyrinth, verteilt auf drei Ebenen. Endlose Gänge, riesige Hallen, versteckte Bunker. Ideal für den krönenden Abschluss, ideal für eine spektakuläre Flucht. Alle Berliner Polizeikräfte sind eingebunden, alle Beamten im Einsatz, und Wilbur Arndt, das Verbrechergenie, kann seinen größten Coup landen: den gleichzeitigen Überfall auf die Geldtransporte vom KaDeWe, der Deutschen Bank und der Commerzbank. Bis die Polizei reagieren kann, sind Arndt und seine Spießgesellen schon längst über alle Berge.«

Marion sah auf. »Nicht sehr originell, Herr Mertens. So etwas Ähnliches gab es schon: ›Stirb langsam 3‹, glaube ich, mit Bruce Willis.«

»Sie haben recht, verdammt.« Mertens kratzte sich am Kopf. »Damit gewinne ich keinen Blumentopf. Aber Tempelhof ist trotzdem gut, darauf lässt sich aufbauen, oder?«

»Wenn Sie meinen.« Marion gab dem Krankenpfleger die Adressenliste zurück. Neugierig warf er einen Blick auf ihre Notizen. »Sie haben auch die Verstorbenen notiert«, stellte er fest.

»Reine Routine«, entgegnete Marion.

»Oh, nein. Ich verstehe schon. Sie trauen der guten Frau Eisen nicht so recht. Das ist raffiniert. Von Ihnen könnte ich noch viel lernen.«

»Vermutlich«, sagte Marion kurz angebunden und fuhr dann in einem verbindlicheren Ton fort: »Ich brauche für heute Nacht ein Zimmer. Kennen Sie ein Hotel oder eine geeignete Pension in Tromptow?«

»Natürlich. Die Saison hat noch nicht begonnen. Im Moment haben Sie freie Auswahl. Ich würde Ihnen das Haus Arnika empfehlen. Schöne Zimmer mit Bad, reichhaltiges Frühstück, nette Leute.«

»Gut. Wenn Sie mir eine Telefonnummer geben könnten?«

Mertens zückte eine Visitenkarte. »Hier, nehmen Sie«, sagte er. »Die Pension wird übrigens von meiner Schwägerin betrieben.«

»Das hätte ich mir ja denken können«, entgegnete Marion lächelnd.

Ralf Mertens begleitete Marion noch bis zum Auto. Er hatte einen Schirm dabei. Bevor er die Tür schloss, sagte er: »Vergessen Sie den Flughafen Tempelhof nicht. Es ist bestimmt Tempelhof.«

***

Die Pension war wirklich nett. Marion hatte ein gemütliches Zimmer im Dachgeschoss. Ein antiker Sekretär diente ihr als Arbeitsplatz. Der Regen hatte noch zugenommen, die Verkehrsnachrichten im Radio waren endlos. Es war die richtige Entscheidung gewesen, die Nacht in Tromptow zu verbringen, Berlin war wohl nur noch auf dem Wasserweg zu erreichen.

Marions erster Anruf galt Kai Mendel. Dieser entschuldigte sich, nicht zurückgerufen zu haben. Aber seit der Pressekonferenz sei die Hölle los. Der Druck, die Entführer zu finden, sei enorm hoch. Die Soko Flaig/Bakker liefere sich einen regelrechten Wettlauf mit allen erdenklichen Hobbyermittlern. Darüber hinaus würden sie mit Hinweisen aus der Bevölkerung bombardiert, die, so unsinnig sie auch waren, bearbeitet werden mussten. Daher habe er jetzt auch keine Zeit für sie. Kurzerhand verband er Marion mit einer jungen Kollegin.

Derart abgewürgt, brauchte Marion einen Augenblick, bis sie den Grund ihres Anrufs nennen konnte. Sie gab die Adressen der ehemaligen Heiminsassen durch und forderte deren Telefonnummern an. Außerdem ließ sie Miriam Eisen und Ralf Mertens überprüfen.

Danach stritt sie sich mit dem Sachverständigen herum, der die Unterlagen über Wilbur und Johannes als echt bestätigt hatte. Eine weitere Überprüfung würde dauern, hatte er gesagt, außerdem würde sie nichts bringen, da man in seiner Abteilung gewissenhaft arbeite, was man bekanntlich nicht von allen Abteilungen des LKA behaupten könne.

Die Kollegen der hiesigen Polizei waren da schon freundlicher. Sie versprachen, gleich morgen die Wohnung der falschen Miriam Eisen untersuchen zu lassen. Auch eine Fahndung nach dieser Person gaben sie heraus.

Den Versuch, Peter Illsen zu erreichen, gab Marion bald auf. Entweder wollte ihr neuer Chef nicht mit ihr sprechen, oder er hatte wirklich so viel zu tun. Dafür meldete sich die junge Kollegin überraschend schnell zurück. Frau Eisen und Herr Mertens seien ordnungsgemäß gemeldet. Außerdem konnte sie schon eine große Anzahl der gesuchten Telefonnummern nennen, die fehlenden würde sie nachreichen.

Die beiden waren also keine Betrüger, stellte Marion zufrieden fest. Diesmal hatte sie sich nicht in die Irre führen lassen.

Sie machte sich daran, die Liste der Heiminsassen abzutelefonieren. Fast alle Angerufenen gaben bereitwillig Auskunft. Sie bestätigten die Aussage von Frau Eisen. Eine ehrbare Anstalt sei Die Brücke gewesen, die Erziehung autoritär, aber niemals menschenverachtend. Ja, die Athlon-Brüder hätten sie gekannt, den Tod des einen hätte der andere nie richtig verkraftet. Nein, Misshandlungen seien nie vorgefallen. Ja, die Arbeit an den Stanzen sei gefährlich gewesen. Ja, es habe Unfälle gegeben. Nein, niemand sei auf eine solche Art bestraft worden. Manche waren kurz angebunden, andere hatten das eine oder andere auszusetzen, aber keiner klagte über ernst zu nehmende Missstände.

Nun wandte Marion sich den als tot gekennzeichneten Personen zu. Schon der erste Anruf erwies sich als äußerst interessant. Ein Herr Josh Petersen erklärte, dass er noch ziemlich lebendig sei und durchaus etwas zu erzählen habe, aber nicht am Telefon. Marion lächelte – von wegen verstorben, da hatte sie doch den richtigen Riecher gehabt. Sie machte mit Petersen einen Termin aus: morgen Mittag auf Hiddensee.

Ihr Abendessen nahm sie auf ihrem Zimmer zu sich. Eine Pizza und eine Flasche Rotwein. Ein Schwedenofen spendete üppige Wärme, und das unaufhörliche Prasseln des Regens hatte etwas Versöhnliches. Marion fühlte sich in der Abgeschiedenheit wohl. Sie kam sich vor, als wäre sie ganz allein auf dieser Welt – sie in diesem Zimmer, das wie eine kleine Arche durch ein dunkles regengepeitschtes Meer trieb.

Um ihre Gedanken zu ordnen, fertigte sie ein Memo an. Die Überschrift »Verwirrung in Tromptow« rang ihr ein Lächeln ab. Darunter notierte sie:

Stichpunkte zu Frau Eisen, Wilbur Arndt und dem Kinderheim:

- *Das Gedicht vom Fingermann wird veröffentlicht.*
- *Die falsche Frau Eisen meldet sich daraufhin.*
- *Sie tischt mir und Bakker eine Geschichte auf, die Missstände im Kinderheim anprangert. (Decken sich mit Angaben einer Bäuerin, die ich nach dem Weg fragte. Ihre Adresse ist notiert.)*
- *Die echte Frau Eisen bestreitet diese Missstände. Ihre Version wird von ehemaligen Heiminsassen bestätigt.*
- *Mir werden gefälschte Unterlagen über Wilbur Arndt und Johannes Berg ausgehändigt. (Muss nochmals von der Kriminaltechnik überprüft werden.) Johannes Berg existiert nicht, ist eine Erfindung Arndts. Er steht wohl für seinen Bruder Konrad (siehe unten).*
- *Die echten Dokumente sind verschwunden (wurden wahrscheinlich vorsätzlich entfernt).*
- *Wilbur Arndt heißt in Wahrheit Konstantin Athlon. (Sein Ausweis muss eine gute Fälschung sein.) Er hatte einen Zwillingsbruder namens Konrad Athlon, der 1966 an Hirnhautentzündung gestorben ist.*

Frage: Was wurde mit dem Auftritt der falschen Frau Eisen bezweckt?

Mögliche Antworten:

- *Sie arbeitet im Auftrag Arndts. Er will auf Missstände im Kinderheim, die vertuscht wurden, aufmerksam machen. Eventuell strebt er eine Untersuchung von staatlicher Seite an.*

- *Arndt will seine wahre Identität geheim halten – Personen, die ihn von früher kennen, könnten seine Pläne gefährden.*
- *Arndt spielt mit der Wahrheit, er stellt die Dinge so dar, wie er sie sehen will. Er will das Geschehen unter Kontrolle haben.*

Schlussfolgerung:

Rache an Wilbur Arndts vermeintlichen Peinigern könnte ein Motiv sein. Die Entführung dient wohl dazu, die Aufmerksamkeit der Öffentlichkeit zu erregen. Was bleibt, ist die abschließende Frage: Warum betreibt Arndt solch einen Aufwand, könnte er doch mit einfacheren Mitteln zum Erfolg kommen?

Inzwischen war die Flasche Wein beinahe leer. Er machte sie schläfrig. Mit dem letzten Glas in der Hand legte Marion sich aufs Bett und verfolgte die Regentropfen, die am Dachfenster entlangglitten. Ihre Gedanken waren bei Wilbur Arndt, als sie einschlief.

***

Der Tank stand mitten in der Halle. Ein riesiger Behälter aus Metall: zehn Meter lang, zehn Meter breit und drei Meter hoch. Wilbur zog sich aus und stieg die Leiter hinauf. Die Öffnung war schmal, gerade ausreichend für einen erwachsenen Menschen. Es gab ein dumpfes Geräusch, als er die Luke schloss. Vollkommene Dunkelheit hob alle Grenzen auf. Salzhaltiges Wasser, warm und dick wie Blut, umspülte seinen Körper. Wilbur stieß sich vom Rand ab und schwebte im Nichts.

Hier im Nichts hatte alles begonnen. Hier hatte er die Rahmenbedingungen gesetzt und die Figuren platziert. Und hier im Nichts würde alles enden. Der Ausgang war jedoch ungewiss, denn die Figuren hatten sich verselbstständigt.

Anfangs war alles nach Plan verlaufen, aber dann forderte die Spannung ihren Tribut: Die Geschichte folgte ihrer eigenen Logik – und warum? Diese Frage war leicht zu beantworten: Zu viel Freiheit bedeutet Kontrollverlust. Die Hinweise waren nicht präzise genug. Hätte Marion Tesic bei der ersten Vernehmung in Tromptow genauere Informationen erhalten, dann wäre sie nicht auf die echte Frau Eisen gestoßen. Die Konsequenzen aus dieser Begegnung waren unabsehbar. Auch die Hoffnung, dass Illsen Marion von Tromptow fernhielt, hatte sich zerschlagen – gerade dessen besonderes Verhältnis zu Frauen hatte ihn genötigt, sie dahin zu schicken, wo sie nicht sein sollte.

Überhaupt hatten wichtige Charaktere enttäuscht. Nein, enttäuscht war nicht das richtige Wort. Sie hatten vielmehr die vorgegebene Linie verlassen. Sie hatten ihren Spielraum in einer nicht vorhergesehenen Weise genutzt. So hatte sich zum Beispiel Fabian Flaig seinem Schicksal ergeben. Seine Inaktivität hatte Loki zum Äußersten getrieben und die Geschichte in eine andere, in eine gefährliche Bahn gelenkt. Was morgen geschehen würde, war nicht absehbar. Vor allen Dingen nicht, weil auch Hilde Rensch anders als erwartet agierte. Mit ihrer anfänglichen Zurückhaltung konnte nicht gerechnet werden, genauso wenig wie mit ihrem plötzlichen Aktionismus, der kaum beherrschbar war.

Der morgige Tag barg viele Unwägbarkeiten. Ein kleiner Fehler konnte alles zerstören, die Arbeit von Jahren in Frage stellen.

Glück und Leid

Tag zehn, Dienstag, der 22. April

Bis Marion ihr Handy gefunden hatte, verging eine geraume Zeit. Es war 3 Uhr 35. Sie hatte in ihren Kleidern geschlafen, ihr Kopf schmerzte.

Kai Mendel meldete sich. »Es geht los, Marion.«

»Was ist?« Marions Zunge klebte am Gaumen, nur mit Mühe brachte sie die Worte hervor.

»Einen Augenblick, bitte.« Kai sprach mit einer anderen Person. Was er sagte, war kaum zu verstehen. Ein Martinshorn und das Aufheulen eines Motors waren überlaut.

Marion rieb sich die Schläfen, Mendels Stimme kämpfte gegen den Lärm an.

»Jetzt bin ich wieder dran – ist gerade ziemlich hektisch. Mehrere Einheiten sind schon vor Ort, und das SEK ist unterwegs. Wir wissen jetzt, wo die Entführer sich aufhalten.«

»Lass es bitte nicht Tempelhof sein«, stammelte Marion.

»Was? Nein, es ist nicht Tempelhof. Es ist das stillgelegte Kraftwerk Rummelsburg. ›Müller‹ war der entscheidende Hinweis. Damit ist der verstorbene Architekt Hans Heinrich Müller gemeint. Er zeichnet für verschiedene Kraftwerke in Berlin verantwortlich. Wir haben sie alle überwachen lassen, und vor zwei Stunden wurde Wilbur Arndt beobachtet, wie er die Maschinenhalle des Kraftwerks Rummelsburg betreten hat.«

Nur langsam kam Marions Gedächtnis in Schwung. Kai sagte wieder etwas zu der anderen Person, das Martinshorn dröhnte.

»Und wieso rückt ihr mit Blaulicht an? Eine bessere Vorwarnung gibt es ja nicht.«

»Arndt hat sein Spiel auf die Spitze getrieben. Kurz nachdem wir ihn lokalisiert haben, hat er seinen Aufenthaltsort auf www.brings-zu-ende.de bekannt gegeben. Jetzt ist ganz Berlin auf den Beinen. Wir haben das Gebiet um das Kraftwerk weiträumig abgesperrt. Einige Schaulustige und Pressevertreter haben es trotzdem zum Gebäude geschafft. Denen ist ihre Sicherheit egal. Die Lage ist sehr schwer zu kontrollieren.«

»Du musst auf dich aufpassen, Kai«, warnte Marion. »Arndt hat jetzt wohl vollkommen den Verstand verloren. Ich traue ihm alles zu.«

»Keine Angst. Ich stehe nur in der zweiten Reihe. Die Kavallerie wird's schon richten.«

***

Rick Hauser saß mit drei weiteren Präzisionsschützen im zweiten Wagen des SEK. Sturmhaube und Schutzweste trug er bereits, die Funkverbindung stand. Seine Hände ruhten auf seinen Oberschenkeln, sie waren schweißnass. Nervosität kannte er eigentlich nicht, die Anzahl seiner Einsätze überstieg schon lange das übliche Maß. Doch diesmal war alles anders, diesmal sollte er einen Menschen ermorden.

Die finale Situation war Teil seines Berufs, darauf war er vorbereitet, dafür war er ausgebildet worden. Wenn er zum Einsatz kam, dann rettete er anderen Menschen das Leben, indem er die Zielperson unschädlich machte, gegebenenfalls tötete. Bisher war es nie zum Äußersten gekommen – Rick Hauser hatte noch nie jemanden erschossen. In seinem Kopfhörer knackte es, der Kommandoführer überprüfte abermals die Verbindung. Am Fenster flogen die Lichter des nächtlichen Berlin vorbei, Neugierige blieben stehen und sahen den Einsatzfahrzeugen nach. Wie würde das sein, wenn er abdrückte, wenn er aus Eigennutz das Leben eines anderen Menschen auslöschte? Würde ihn die Tat bis in den Schlaf verfolgen, würde er überhaupt wieder ruhig schlafen können?

Dass er es tun würde, daran bestand kein Zweifel. Er brauchte das Geld, seine Existenz stand auf dem Spiel. Die Kredite für das Haus mussten abbezahlt werden, alle Rücklagen waren der Bankenkrise zum Opfer gefallen. Hundertfünfzigtausend Euro hatte der Mann, der sich Robert nannte, geboten. Dreißigtausend Euro hatte Hauser schon erhalten. Woher wusste Robert von seinen Geldsorgen, woher kannte er seine Identität?

Die Kolonne bog in die Rummelsburger Landstraße ein, Streifenpolizisten winkten sie durch, Presseleute schossen Fotos. Das Kraftwerk kam in Sicht. Gleißende Scheinwerfer erhellten das Gebäude. Zwei Hubschrauber kreisten. Beamte in Uniform und Zivil hatten in einem zweiten Ring das Gelände umstellt. Nicht weit vom Haupteingang war die Einsatzleitung postiert. Man beriet sich. Die Wagen des Sonderkommandos stoppten zwischen Kessel- und Maschinenhaus. Alle stiegen aus und schauten die monumentale Fassade hoch.

»Sieht aus wie bei Leni Riefenstahl«, bemerkte einer.

»Was?«

»Vergiss es.«

Der Einsatzleiter, Hauptkommissar Peter Illsen, löste sich aus einer Menschentraube und kam auf sie zu. In der rechten Hand hielt er ein Megafon.

»Trotz mehrmaliger Aufforderung hat sich niemand gemeldet«, sagte er zum Kommandoführer. »Uns bleibt keine andere Wahl – Sie müssen reingehen.«

Ein kurzer Wink und die Heckklappen der Wagen wurden geöffnet, Helme und Gewehre verteilt. Rick Hauser zog den Riemen seines Helms fest und kontrollierte seine Waffe, das PSG1 von Heckler & Koch. Zwanzig Schuss, effektive Reichweite sechshundert Meter, 8,1 Kilogramm schwer. Das vertraute Gewicht beruhigte Hauser, erinnerte ihn an seinen Plan. Schießen würde er nur, wenn die Zielperson einen Anlass dazu gab – eine unbedachte Bewegung, eine mögliche Gefährdung der Geisel, denn später musste er sein Handeln begründen, vor dem Chef, vor dem Psychologen und vor der Untersuchungskommission.

»Sammeln«, befahl der Kommandoführer. Die Männer stellten sich im Kreis auf. Martialische Gestalten, jeder ein Spezialist, jeder optimal vorbereitet.

»Wir gehen wie bereits besprochen vor. Vier Gruppen zu jeweils vier Mann. Gruppe eins und zwei Einstieg über die Seiteneingänge, Gruppe drei und vier durchs Haupttor. Ziel ist es, die Geisel zu lokalisieren und zu sichern. Wir kennen die Gegebenheiten durch die Gebäudepläne, was uns aber tatsächlich erwartet, ist ungewiss. Wir vermuten mindestens zwei Entführer. Sie sind äußerst gefährlich: Die Geisel wurde bereits verstümmelt. Die Absichten der Entführer sind nicht bekannt, aber ihr bisheriges Handeln lässt Schlimmes erahnen, vielleicht suchen sie den großen Abgang. Achtet auf verdächtige Kabel, auf alles, was den Anschein einer Sprengfalle erweckt. Und vergesst nicht: Bei allem, was geschieht, hat das Leben der Geisel oberste Priorität.« Der Kommandoführer blickte in die Runde und sagte: »Viel Glück«, dann gab er das Zeichen zum Aufbruch.

Die vier Gruppen näherten sich auf unterschiedlichen Wegen dem Kraftwerk. Rick Hauser führte seine Gruppe an, ihr Ziel war die Haupthalle. Der Einstieg durch den östlichen Seiteneingang war problemlos. Eine Treppe führte nach oben, danach ein langer Gang. Kabel hingen von der Decke, Rohre verloren sich im Nichts. Milchige Schiffsarmatur-Leuchten sorgten für Licht – woher kam der Strom?

Vor jeder Nische das gleiche Spiel: Sicherung, Sichtkontrolle, das Okay-Zeichen und weiter.

Hauser hatte die Pläne im Kopf. Nach fünfzig Metern kam der Linksknick, dann das Doppeltor, dahinter die Haupthalle. Seine Kollegen postierten sich links und rechts des Tores. Hauser prüfte einen Seitenflügel – unverschlossen. Ein kurzes Nicken, dann stieß er den Flügel auf und rollte sich nach vorne ab. Die Halle war vollkommen dunkel. Licht fiel durch das geöffnete Tor.

Wie auf dem Präsentierteller, durchzuckte es Hauser. Er rollte sich seitlich aus dem Lichtkegel.

»Rein und Tor zu«, befahl er.

Die Männer kauerten an der Wand. Hausers Augen gewöhnten sich an die Dunkelheit. Erst jetzt bemerkte er die grünlich schimmernden Zeigerinstrumente der Leitwarte am Ende der Halle. Von dort war auch ein Summen zu vernehmen, unterbrochen von einem unregelmäßigen Klacken.

Hauser nahm sein Nachtsichtgerät und justierte es. Seine Gruppe befand sich wie geplant auf dem rechten Seitengang zehn Meter über dem eigentlichen Hallenboden. Armdicke

Kabel verbanden mehrere Generatoren, verrostete Dampfleitungen führten zu den Turbinen, Unrat und wahllos verteilte Drahtgitter versperrten den Weg. Die Leitwarte lag unterhalb ihrer jetzigen Position und war nur über eine Treppe zu erreichen. Ein vergittertes Podest, verbunden mit der Leitwarte, ragte in die Halle. Hauser machte zwei Menschen aus. Die Geisel und eine Zielperson. Ketten, die an einem Deckenkran hingen, schränkten seine Sicht ein.

»Statusmeldung Gruppe zwei«, funkte Hauser leise. »Geisel und einen Entführer auf der Leitwarte gefunden. Rücken dichter ran.«

»Gut«, antwortete der Kommandoführer. »Nähere mich mit Gruppe drei vom Boden aus. Weitere Befehle abwarten.«

Die beiden anderen Einheiten meldeten sich. »Gruppe eins. Haben die beiden auch gesichtet. Befinden uns auf dem linken Seitengang in vorderer Position. Die Geisel ist gefesselt, die Augen sind verbunden. Entführer ist bewaffnet.«

»Gruppe vier. Sind im Keller. Haben vermutliche Zelle der Geisel gefunden. Sind auf keine weitere Person gestoßen. Kommen durch den Aufgang in der Hallenmitte rauf.«

Hauser führte seine Männer bis zum Ende des Seitengangs. Er schickte sie nach unten, damit sie schnell eingreifen konnten. Selbstständig nahmen sie die günstigsten Positionen ein. Seine eigene Stellung war nicht optimal. Die Zielperson wurde zum Teil von dem Kran verdeckt. Außerdem lagen Geisel und Zielperson in einer Schusslinie. Dennoch verwarf Hauser einen Stellungswechsel. Auf seiner zugeteilten Seite gab es keine bessere Position. Hauser legte den Lauf des Präzisionsgewehrs auf das Geländer und stellte das Zielfernrohr ein – circa fünfundzwanzig Meter bis zur Zielperson. Auf diese Entfernung hätte er eine Fliege getroffen.

Die Zielperson war über ein Stehpult gebeugt und mit einem flachen, rechteckigen Gegenstand beschäftigt – einem Laptop. Neben der Zielperson die Geisel. Deren Hände waren auf den Rücken gebunden und an dem Gitter befestigt. Ihr Kopf ruckte ängstlich hin und her, die rechte Hand steckte in einem klobigen Verband.

Der Laptop wurde aufgeklappt, bläulich flammte der Bildschirm auf. Automatisch regelte sich der Restlichtverstärker des Nachtsichtgeräts herunter. Einzelheiten wurden deutlich. Die Zielperson trug einen alten Armeemantel. Lange graue Haare hingen in ihr faltiges Gesicht. In einer Hand hielt sie eine uralte Parabellum-Pistole, deren Funktionstüchtigkeit fragwürdig war.

Eindeutig Wilbur Arndt, stellte Hauser fest. Augenblicklich stieg sein Puls an.

Wilbur Arndt richtete eine Webcam aus, die neben dem Laptop stand. Dabei sprach er in ein Headset-Mikrofon. Links und rechts des Podestes hingen Lautsprecher. In kurzen, regelmäßigen Abständen bediente er mit dem Fuß einen Schalter.

Die Gruppen drei und vier hatten jetzt ebenfalls Stellung bezogen.

»Was soll das nur werden?«, fragte einer.

»Nicht ablenken lassen«, befahl der Kommandoführer, dann verständigte er Peter Illsen.

Die weiteren Einsatzkräfte konnten nun in die vordere Hälfte der Halle einrücken. Nachdem Illsen sich ein Bild der Lage gemacht hatte, nahm er das Megafon zur Hand. Arndt war ungefähr siebzig Meter Luftlinie entfernt; seine Silhouette schien im Raum zu schweben.

»Herr Arndt, das Gebäude ist umstellt, es gibt keine Möglichkeit zu fliehen. Nennen Sie Ihre Forderungen und lassen Sie Fabian Flaig frei. Es ist genug Unglück geschehen.«

Nach einem kurzen Moment der Stille füllte Arndts Stimme die ganze Halle:

»Welcome to the show!«

Dann erhellten starke Scheinwerfer das Podest, auf dem er stand. Geblendet schloss Illsen die Augen. Arndts Stimme dröhnte: »Thema heute: Der freie Wille ist eine Illusion. Teil zwei. Ich begrüße alle Anwesenden und die uns durch Videokonferenz zugeschalteten Medienvertreter.«

Illsen fluchte und rief einen Techniker zu sich. »Können wir das verhindern? Ich will nicht, dass dieser Verrückte sich der ganzen Welt mitteilt.«

»Schwer zu sagen«, entgegnete der Techniker. »Vielleicht können wir ihm den Strom abdrehen, wird aber nichts bringen, da er sicher einen Akku benutzt. Eine andere Möglichkeit wäre, seinen Internetzugang zu stören. Die Daten wird er per UMTS übertragen. Dazu müsste man die umliegenden Mobilfunkantennen ausschalten.«

»Dann tun Sie das.«

»Das ist nicht so einfach. Wir legen dann den gesamten Mobilfunkverkehr in diesem Stadtteil lahm. Die Betreiber haben da sicher was dagegen. Außerdem geht das nicht so schnell.«

»Ich sagte: abschalten!«

Wilbur Arndt hob die Arme, als ob er Applaus entgegennehmen würde.

»Die Wissenschaft sagt: ohne Ursache keine Wirkung. Ihr alle, egal ob Polizist, Notarzt oder die werten Männer des Sondereinsatzkommandos, seid hier, weil ich es will. Ich bin die Ursache, euer Erscheinen ist die Wirkung. Nur weil ihr meint, denken zu können, besitzt ihr noch lange keinen freien Willen. Euer Denken ist ein komplizierter chemischer Prozess, der eines Anstoßes bedarf. Ohne Anstoß kein Denken, ohne Antrieb kein Leben. Dieser junge Mann hier ist das beste Beispiel.«

Wilbur berührte seine Geisel mit der Pistole an der Schläfe. Fabian Flaig zuckte zusammen.

Rick Hauser hatte alle Zweifel abgelegt. Um die Geisel zu retten, musste Arndt getötet werden. Der Mann war nicht zurechnungsfähig. Mit Mord hat das nichts zu tun, beruhigte er sich.

Hauser veränderte leicht seine Position. Der finale Schuss würde schwer werden. Arndt bewegte sich ständig. Nur für Sekunden kam er hinter dem Kran hervor. Außerdem bestand die Gefahr, die Geisel zu treffen.

»Fabian Flaig hatte alle Möglichkeiten. Genutzt hat er sie nicht. Und warum? Na, weil ihm der Impuls fehlte. Seine Rolle ist die eines Statisten in einem von mir inszenierten Spiel. Jetzt fragen Sie zurecht, wozu das alles? Nun, grandiose Werke entstehen oft aus niedrigen Beweggründen: Eitelkeit, Größenwahn, Geltungssucht und, hier vor allem, aus Rachsucht. Rache ist nur dann befriedigend, wenn der Betroffene leidet, so leidet, wie man selbst gelitten hat. Dies bedarf eines großen Aufwandes, und deshalb seid ihr alle hier. Ihr alle sollt Zeugen einer öffentlichen Steinigung werden.«

Wilbur Arndt hatte sich in Rage geredet und fuchtelte mit seiner Waffe herum. Rick Hauser atmete flach. Dies war die Gelegenheit. Wenn Arndt günstig stand und seine Waffe auf die Geisel zeigte, würde er schießen.

Wilbur Arndt beugte sich vor, sein Gesicht erschien im Fadenkreuz. Seine Pistole streifte erneut Flaigs Schläfe. Flaig wimmerte.

»Dieser junge Mann hat Todesangst – zu Recht. In einer solchen Situation kann man schnell die Nerven verlieren.« Arndts Gesicht verschwand wieder hinter dem Kran, die Pistole zielte nun genau auf Flaigs Kopf.

Aus der Halle drang ein schepperndes Geräusch, jemand fluchte, abermals verließ Arndt den Schatten des Krans. Er hatte die Augen weit aufgerissen, die Pistole bohrte sich in Flaigs Wange.

»Ich bin der Herr über Leben und Tod.«

Hauser schoss.

Die Patrone eines PSG1 verlässt die Mündung mit einer Geschwindigkeit von achthundertsechsundachtzig Metern pro Sekunde. Bevor Wilbur Arndt den Schuss hören konnte, wurde er getroffen.

Arndt sackte zusammen. Für einen Sekundenbruchteil herrschte absolute Stille, dann brüllte der Kommandoführer: »Zugriff!«

Um zu Arndt zu gelangen, mussten die SEK-Männer erst die

etwa zwanzig Meter bis zur Treppe, die zur Leitwarte führte, zurücklegen. Der Boden war mit Hindernissen bedeckt. Als die Ersten die Treppe erreichten, mussten sie eine vergitterte Tür aufbrechen. In diesem Moment erloschen die Scheinwerfer.

Rick Hauser hatte seinen Standort nicht verlassen.

»Verdammt«, fluchte er und tastete nach dem Nachtsichtgerät.

Fabian Flaig schrie, und in sein Schreien mischten sich die Töne eines Pianos. Erst leise, kaum wahrnehmbar, dann intensiver und von einer E-Gitarre begleitet. Hauser kannte die Melodie aus seiner Jugend, kurz verlor er die Übersicht. Intuitive Handlungen benötigten plötzlich viel Zeit. Als er endlich das Nachtsichtgerät angelegt hatte, wurde er von einem hellen Lichtstrahl geblendet, der sofort wieder ausging. Darauf folgten ein zweiter, ein dritter und immer weitere Lichtblitze. Ein Stroboskop erhellte die Halle periodisch, und Hauser konnte beobachten, wie seine Kameraden sich unter den stampfenden Rhythmen eines Rockklassikers wie in Zeitlupe die Stahltreppe hinaufkämpften. Das Podest war in dem Lichtgewitter kaum einzusehen.

Rick Hauser registrierte verwundert, dass seine Hände zitterten.

Nach schier endlosen Sekunden meldete sich endlich eine Stimme: »Geisel ist sicher und unverletzt. Die Zielperson ist tot.«

***

War es das Vibrieren oder war es der durchdringende Klingelton, der Marion geweckt hatte? Eine unnütze Frage, die sie auch sofort wieder vergaß, als sie das Display vor ihre halb geöffneten Augen hielt. Die Meldung: »Peter Illsen / 8.25 Uhr« drängte alles in den Hintergrund. Marion richtete sich kerzengerade im Bett auf. Noch immer trug sie ihre Kleider, die Sonne brannte durch das Dachfenster. Ein leichter Schwindel ließ sie die Augen schließen, zeitgleich drückte sie die Taste.

»Tesic.« Ihre Stimme klang belegt.

»Illsen, guten Morgen, Frau Tesic.«

»Morgen, Herr Illsen.« Marion bemühte sich, wach zu klingen.

»Sie haben es sicherlich schon aus den Nachrichten erfahren.«

Seine Feststellung setzte Marion unter Zugzwang. Wie konnte sie nur an einem so entscheidenden Tag total verschlafen?

»Nein, eigentlich nicht. Ich bin hier am Ende der Welt und habe Probleme mit dem Empfang«, versuchte sie sich herauszureden.

»Sie sind also gar nicht informiert?« Unglaube und ein gewisser Vorwurf schwangen in Illsens Stimme mit. »Wie dem auch sei. Ich habe nicht viel Zeit, Frau Tesic, deshalb komme ich gleich zur Sache. Fabian Flaig ist frei und unverletzt, Wilbur Arndt ist tot.«

Marion brauchte ein paar Sekunden, bis sie das gerade Gehörte verarbeitet hatte.

»Das kann nicht sein«, entfuhr es ihr. Dabei stellte sie überrascht fest, dass der Tod Arndts sie mehr berührte als der glückliche Ausgang der Entführung. Beflissen schob sie nach: »Dann hat der Junge es also Gott sei Dank überstanden.«

»Ja. Flaig geht es den Umständen entsprechend. Er steht unter Schock und wird von einem Psychologen betreut. Zu der Entführung und den Begleitumständen konnte er bisher keine Aussage machen. Vielleicht werden wir von ihm dazu auch nie etwas erfahren. Der Psychologe spricht von einer partiellen Amnesie.«

»Und was ist mit Arndt geschehen?«

»Er wurde von einem SEK-Mann, Rick Hauser, erschossen. Die Untersuchungen laufen. Ich habe den Vorgang mit einem Fernglas beobachtet. Sie können sich nicht vorstellen, was Arndt für eine Show abgezogen hat. Ein von Scheinwerfern angestrahltes Podest, seine Stimme durch Lautsprecher verstärkt, neben ihm die gefesselte Geisel. Das Ganze war wie ein Rockkonzert inszeniert.«

»Warum schoss dieser Hauser?«

»Arndt hat eine seltsame Ansprache gehalten. Dabei redete er sich in Rage und bedrohte die Geisel mehrmals mit einer

Waffe. Flaigs Leben war definitiv gefährdet. Meiner Meinung nach hat Hauser richtig gehandelt. Wenn Sie sich das Video anschauen, kommen Sie sicher zur gleichen Ansicht.«

»Was für ein Video?«

»Ach, Entschuldigung, ich vergaß. Sie haben sich ja in einem Funkloch befunden, was jetzt offensichtlich nicht mehr der Fall ist.« Illsens Ironie war nicht zu überhören. »Da haben Sie richtig was verpasst. Diese Entführung wird als das Medienereignis des Jahres in die Geschichte eingehen. Arndt hat seinen Auftritt mit einer Webcam aufgezeichnet und die Welt in einer Videokonferenz live daran teilnehmen lassen. Sie können das Video auf Youtube anschauen. Kommentare finden Sie in allen erdenklichen Zeitungen und Internetforen. Alle, selbst die Chinesen, diskutieren über unseren Einsatz und darüber, wen Arndt öffentlich steinigen wollte.«

»Was meinen Sie mit steinigen?«

»Schauen Sie sich das Video an, dann wissen Sie, um was es geht.«

Marion bemerkte Illsens Ungeduld, dennoch hakte sie weiter nach. »Konnte man diese Videokonferenz nicht verhindern?«

»Nein, zu wenig Zeit. Wenn uns die Teilnehmer vorher informiert hätten, dann hätte eine Möglichkeit bestanden. Arndt hatte verschiedene Medienvertreter per E-Mail benachrichtigt. Über einen Link konnten die sich einloggen. Unsere Juristen prüfen, ob seitens der Teilnehmer eine Informationspflicht bestanden hat.«

»Wer hat Arndt identifiziert?«

»Sie stellen Fragen. Mendel und ich.«

»Und? Sind Sie sicher?«

Kurz war Stille in der Leitung, dann antwortete Illsen heiser: »Halten Sie mich für einen Idioten, Frau Tesic? Im Moment stehen wir im Mittelpunkt des öffentlichen Interesses. Ein Fehler wäre unverzeihlich. Sie können davon ausgehen, dass ich durchaus in der Lage bin, einen Menschen zu identifizieren.«

»Ja, natürlich. Entschuldigen Sie, Herr Illsen. Eine DNA-Analyse ziehen Sie dann wohl nicht in Betracht?«

»Ich glaube, Sie haben mir nicht zugehört.«

»Doch, natürlich. Nichts liegt mir ferner, als Ihr Urteilsvermögen anzuzweifeln.«

»Aber?«

»Nun, ich kann einfach nicht glauben, dass diese Geschichte so ein Ende nimmt. Das Ganze ergibt keinen Sinn. Warum sollte Arndt diesen ganzen Aufwand betreiben, um sich dann erschießen zu lassen?«

»Erschießen zu lassen? Er wurde erschossen. Und das kurz vor dem wichtigsten Teil seiner Inszenierung. Wie kommen Sie auf so eine Behauptung?«

»Sie sagten, er hätte die Geisel mehrmals bedroht, obwohl ihn zig Scharfschützen im Visier hatten. Arndt mag zwar verrückt sein, aber dumm ist er nicht. Er wusste, in welche Gefahr er sich begab. Ich glaube, dass er den Schuss provoziert hat.«

»Und wenn dem so wäre? Tot ist tot. Da können wir so viele Analysen machen, wie wir wollen.«

»Und wenn der Tote nicht Arndt ist?«

Für einen Moment war Schweigen in der Leitung, dann meldete sich Illsen mit höhnischer Stimme zurück. »Hören Sie, Frau Tesic. Ich bin nur ein kleiner, einfacher Polizist, der an Fakten und ehrliche Polizeiarbeit glaubt. Wäre es Ihnen möglich, mich in Ihre äußerst komplizierten Gedankengänge einzuweihen? Und vermeiden Sie bitte, *bitte!* eine Erklärung, die mit weiblicher Intuition zu tun hat.«

Ertappt suchte Marion nach einer anderen Beschreibung ihres Gefühls, denn mehr als ein Gefühl hatte sie nicht. »Ich kann Ihnen leider keinen handfesten Grund für meine Vermutung nennen. Aber ich bin sicher, dass hier etwas nicht stimmt. Das Ende ist einfach nicht schlüssig.«

»Gratuliere, Frau Tesic. Das ist jetzt mal ein schlagkräftiges Argument. Ich beantrage eine DNA-Analyse, weil das Ende nicht schlüssig ist.«

»Klingt wirklich nicht überzeugend«, gab Marion zu. »Dann betrachten wir es eben von einer anderen Seite. Es kursiert ein Video im Internet, und jeder weiß über die Umstände der Entführung Bescheid. Nicht mehr lange, und es werden sich Wilbur-Arndt-Fanclubs gründen, der Mann wird zur Legende werden. Man wird über sein Leben und seinen Tod diskutieren, man wird das Video analysieren und irgendwann vielleicht zum Schluss kommen, dass es sich bei dem Mann auf dem Video nicht um Arndt handelt, dass er die Polizei zum wiederholten Mal hereingelegt hat. Deshalb wäre es dienlich, wenn man unumstößlich seine Identität und seinen Tod belegen könnte. Wurde eigentlich die Obduktion schon durchgeführt?«

»Nein, Sie wissen doch, wie sehr die Pathologie überlastet ist.«

»Dann sollten Sie hier Druck machen. Röntgenbilder und Grad der Schädigung durch das Projektil wären handfeste Beweise.«

Wieder blieb die Leitung für eine Weile stumm. Illsen schien abzuwägen. Eine unsinnige Untersuchung und der Ärger mit der Pathologie gegen den Vorwurf, nicht gründlich genug ermittelt und dadurch Verschwörungstheoretikern Auftrieb verschafft zu haben. Das eine würde nur mitleidiges Kopfschütteln erzeugen, das andere könnte einen Makel in seiner Karriere darstellen.

»In Ordnung«, presste er schließlich hervor. »Vorgezogene Obduktion und DNA-Analyse. Wir wollen niemandem eine Angriffsfläche bieten.«

»Gut«, entgegnete Marion erleichtert. Ihr war der Unmut in Illsens Stimme nicht entgangen. Ihren Vorschlägen zu folgen legte er anscheinend als Führungsschwäche aus.

Illsen räusperte sich und fuhr dann auffällig forsch fort: »Kommen wir zur weiteren Vorgehensweise, Frau Tesic. Der Fall ist noch lange nicht abgeschlossen. Die Fahndung nach Arndts Hintermännern läuft. Im Kraftwerk gibt es etliche Spuren, die auf mindestens zwei weitere Entführer hinweisen. Speziell diesen Loki haben wir im Visier. Mittels des gefundenen Verzerrers können wir vielleicht seine wahre Stimme herausfiltern. Auch gilt es, Arndts verbliebene Unterlagen zu sichten. Die meisten sind leider verbrannt.«

»Es gab ein Feuer?«

»Ja, beim Durchsuchen der Kellerräume ist ein Feuer ausgebrochen. Vermutlich eine Schutzmaßnahme der Entführer.

Dann gibt es noch Bewegung im Mordfall Bakker. Wir sind auf einige Verdächtige aus der SM-Szene gestoßen. Die Verhöre stehen heute an. Die Soko wird noch eine Weile beschäftigt sein.« Illsen machte eine kurze Pause. »Und wie sieht es bei Ihnen aus?«

Marion berichtete in Kurzform von ihren Ermittlungen.

»Was? Die erste Befragung in Tromptow war wertlos? Sie sind einer Schauspielerin aufgesessen? Haben Sie denn gar keinen Verdacht geschöpft?«

»Ich kann es selbst noch nicht glauben. Das alles war so perfekt arrangiert. Ein weiteres Argument, das für die Überprüfung von Arndts Identität spricht. Er ist, oder besser war, ein Meister der Illusion. Auf uns warten noch einige Überraschungen.«

»Das befürchte ich allmählich auch«, seufzte Illsen. »Und dieser Josh Petersen lebt auf Hiddensee?«

»Ja.«

»Dann fahren Sie dahin. Ich will Arndts Geschichte, seine Beweggründe kennen. Ich will, dass keine Fragezeichen mehr bleiben. Sie haben in allem freie Hand.«

»Ich kann jeder Spur nachgehen?«

»Ja, selbst wenn sie durch die ganze Republik führt.«

Nach dem Gespräch lud Marion sofort das Video auf ihr Handy. Sie schaute es sich mehrmals an. Sie sah, wie Arndt seinen Auftritt inszenierte, wie er an seine Rede am Spreeufer anknüpfte. Sie sah die Angst in den Zügen Flaigs, und sie sah, wie Arndt den finalen Schuss provozierte. Ja, da war sie sich sicher. Arndt hatte es darauf angelegt. Aber warum nur? Zum Glück war die Qualität der Aufnahme mäßig, man konnte das Projektil, das seinen Kopf traf, nur erahnen. Die Wunde war nicht zu sehen, nur die ruckartige Bewegung und das Erlöschen seiner Augen gab Aufschluss über den Treffer.

Marion suchte die Stelle, die Arndt anfangs in Großaufnahme gezeigt hatte und betrachtete das Standbild. War das wirklich Wilbur Arndt? Der gleiche verächtliche Zug um die Mundwinkel, die gleichen undurchsichtigen Augen, die jedem Blick auswichen, die gleichen tiefen Furchen, die sein Gesicht durchzogen. Nichts sprach dagegen, nur ein Doppelgänger oder sein Zwillingsbruder hätte seine Rolle übernehmen können. Aber einen Doppelgänger zu finden, der Wilbur Arndt dermaßen ähnelte, war ausgesprochen unwahrscheinlich, eigentlich unmöglich. Und sein Zwillingsbruder? Der war erwiesenermaßen tot. Oder etwa doch nicht? Was hatte sie an Beweisen? Die Aussage von Miriam Eisen – einer nicht gerade vertrauenswürdigen Person –, aber auch die Aussagen von ehemaligen Heimbewohnern, die eigentlich keinen Grund hatten zu lügen. Des Weiteren eine Akte, die irgendwo in der alten DDR-Bürokratie verschwunden war, und eine Sterbeurkunde. Was wog schwerer? Ihr Bauchgefühl oder Urkunde und Aussagen? Vielleicht konnte ihr dieser Petersen ja weiterhelfen. Vielleicht sollte sie sich aber einfach mit der Frage beschäftigen, an der ihre ganze Spekulation zu scheitern drohte: Warum sollte sich ein anderer für Arndts Pläne opfern?

***

Einige Stunden später stand sie vor Stralsund im Stau. Der Rügendamm war bereits in Sicht, als Marion von Illsen eine SMS erhielt: »DNA-Analyse bestätigt Arndts Identität. Er hat sich einfach überschätzt. Bin jetzt wieder sicher, dass wir zu einem guten Abschluss kommen. Genießen Sie die Sonne.«

Marion seufzte. Den Doppelgänger konnte sie nun endgültig ausschließen. Bei gleicher DNA kam nur ein eineiiger Zwilling in Frage. Ein Zwilling, der offensichtlich vor vierzig Jahren verstorben war. Vergiss es, sagte sie zu sich selbst. Wilbur Arndt ist tot, und du hast es zu akzeptieren.

Der Verkehr rollte wieder an, Marion straffte sich. Nun galt es, die richtigen Schlüsse zu ziehen. Arndt hatte seinen Tod billigend in Kauf genommen, das war offensichtlich. Aber welchem Zweck diente sein Tod, warum sollte er sich öffentlich erschießen lassen? Was war so groß, dass es sich lohnte, dafür zu sterben? Fragen, die sie im Moment nicht beantworten konnte. Auf jeden Fall blieb die Sache spannend. Dafür hatte der gute Wilbur gesorgt.

Nach dem Rügendamm verteilte sich der Verkehr. Marion kam recht zügig voran. Alleen zogen sich endlos dahin, ein ständiger Wechsel von Licht und Schatten. Plakate kündigten die Störtebeker-Festspiele an, Bauern bestellten ihre Felder, und im Westen lockte das Blau des Boddens.

In Schaprode parkte Marion ihren Wagen und betrat die Fähre nach Hiddensee. Die Sonne stand hoch, vereinzelte Wolken zogen Richtung Rügen, ein paar Touristen machten lachend Fotos. Das Gesicht im Wind, atmete Marion die salzige Luft. Wie sehr sie sich auf das Meer freute.

Auf verwinkeltem Weg fuhr die Fähre durch den Bodden, und nach einer halben Stunde legte sie in Neuendorf an. Eine Pferdekutsche wartete auf die ankommenden Gäste, und eine Familie zog mit Bollerwagen und Hund in Richtung Dorfmitte. Irgendwo hatte Marion gelesen, dass es gerade mal zwölf motorisierte Fahrzeuge auf der Insel gab, ansonsten galt Hiddensee als autofrei.

Der Kutscher kannte Josh Petersen. »Führt direkt an meiner Route vorbei«, sagte er. »Wenn Bertha bei Laune bleibt, dauert's kaum 'ne Stunde.« Auf sein Zeichen legte Bertha los.

Das kleine reetgedeckte Haus stand etwas abseits am Ortseingang von Vitte. Ein Schild »Josh Petersen, Fremdenzimmer, Fahrradverleih und Bootstouren« wies auf Besitzer und Geschäft hin. Die Tür hatte keine Klingel. Ein weiteres Schild bat darum, nicht anzuklopfen. Wenn die Tür verschlossen war, sollte man einfach ums Haus gehen.

Ein schmaler Weg führte durch einen Nutzgarten und auf eine überdachte Veranda zu. Seitenwände schützten vor dem Wind, der Durchgang stand offen. Marion hörte jemanden eine Melodie pfeifen und warf einen Blick auf die Veranda. Ihre Hand lag auf dem verwitterten Holz, das noch feucht war vom Regen der letzten Tage.

Gerade als sie sich bemerkbar machen wollte, entdeckte sie den alten Armeemantel, der an einem Haken hing. Eine Person saß mit dem Rücken zu ihr in einem ausgeblichenen Ohrensessel und reparierte ein Fangnetz. Neben der Person lag auf einem Hocker eine Querflöte.

Wilbur Arndt, schoss es ihr durch den Kopf. Während ihre Hand nach ihrer Waffe tastete, suchte ihr Verstand nach einer Erklärung.

Der Ohrensessel knarrte, und ein nicht besonders großer Mann stand auf. Braune wettergegerbte Haut, ein grauer Haarkranz und freundliche blaue Augen. »Was ist mit Ihnen«, fragte der Mann, »haben Sie ein Gespenst gesehen?«

Marion murmelte eine Entschuldigung. War sie jetzt schon paranoid?

»Sie sind sicher die Dame von der Polizei.« Der Mann streckte ihr die Hand entgegen. »Josh Petersen.«

»Marion Tesic, LKA Berlin.« Die Hand des Mannes war warm und trocken. Marion lächelte unbeholfen und zeigte ihren Ausweis.

»Vielleicht war Bertha zu schnell, das bekommt nicht jedem«, sagte er, ohne den Ausweis zu beachten.

»Ja, sie hatte einen verdammt guten Tag«, entgegnete Marion. Sie hatte ihr Gleichgewicht wiedergefunden.

»Haben Sie etwas Zeit mitgebracht?«, fragte Petersen. »Ich muss leider gleich los. Eine Bootstour mit sechs Leuten. Das kann ich mir nicht entgehen lassen.«

»Eigentlich habe ich mich auf den Termin eingestellt. Aber wenn es sein muss.« Marion machte aus ihrer Enttäuschung keinen Hehl.

»Die Pause wird Ihnen guttun, glauben Sie mir. Das Wetter ist heute hervorragend. Der beste Tag des Jahres. Gehen Sie an den Strand und entspannen Sie sich.«

»Na, ich weiß nicht. Außerdem wollte ich mit der letzten Fähre zurück.«

»Da hätte die Zeit sowieso nicht gereicht. Ich habe viel zu erzählen. Sie sollten sich ein Zimmer nehmen.«

»So was nennt man wohl höhere Gewalt«, sagte Marion lächelnd. Ein weiterer Tag am Meer kam ihr nicht ungelegen.

»Oder Fügung. Wie es der Zufall so will, ist noch eines meiner drei Gästezimmer im Strandhaus frei. Wenn Sie wollen?«

»Kann es sein, dass Sie sehr geschäftstüchtig sind?«

»Wenn ich eins nicht bin, dann ist es geschäftstüchtig. Meine

Schwägerin schmeißt den Laden. Ohne sie würde ich wohl in einer Tonne schlafen.«

»Kann ich mir das Zimmer ansehen?«

»Gemach, gemach. Hier ticken die Uhren anders. Ich mache meine Bootstour, und Sie gehen an den Strand.«

»Aber ich habe gar nichts dabei.«

»Ein Handtuch bekommen Sie von mir, den Rest müssen Sie selbst entscheiden.«

»Ist es denn nicht zu kalt zum Schwimmen?«

»Für Sie nicht. Sie sind doch ein Kind des Meeres, habe ich recht?«

***

Der Strand zog sich kilometerlang hin. Ihre Schuhe hatte Marion in das Handtuch gewickelt, der weiche Sand massierte ihre Füße. Vereinzelte Strandgänger kamen ihr entgegen, ein älteres Paar stürzte sich nackt und mutig in die Fluten.

Je weiter sie sich von den Strandkörben entfernte, desto ruhiger wurde es. Irgendwann gab es nur noch sie und die Natur. Weißes gleißendes Licht ließ das satte Grün der Dünen verschwimmen. Wind und Sonne fanden ein Gleichgewicht, das Meer berührte den Himmel. Hier war ein guter Platz. Marion zog sich langsam aus. Mit jedem abgelegten Kleidungsstück stieg ihre Erregung – wie sehr hatte sie sich danach gesehnt.

Das letzte Stück Stoff fiel – und endlich, von allem befreit, streckte sie sich der Sonne entgegen. Der Wind umschmeichelte ihre nackte Haut, sein Atem war sanft, sein Begehren erwünscht. Bedächtig, wie in Trance, schritt sie ins Wasser. Eiskalt legte sich das Nass um ihre Fesseln, die Waden, ihre Hüften, bis sie in einer fließenden Bewegung ins Meer eintauchte. Die Kälte nahm ihr den Atem, dennoch strebte sie weiter hinaus, getragen von einer unbändigen Freude, von einem fast schon vergessenen Hochgefühl. Marion drehte sich auf den Rücken und schrie ihr Glück hinaus.

***

Der Tisch auf der Veranda war für zwei Personen gedeckt. Josh Petersen streckte seinen Kopf aus dem Küchenfenster und fragte: »Sie mögen doch Fisch?«

Leicht irritiert bejahte Marion. »Ich möchte aber keine Umstände machen, Herr Petersen«, fügte sie an und suchte nach einem Platz für das nasse Handtuch.

»Nennen Sie mich Josh, alle tun das.« Ihr Gastgeber tauchte mit einer Flasche Rotwein und zwei Gläsern auf.

»Das Handtuch können Sie bei den Schaukeln aufhängen.«

Marion schlenderte über die frisch gemähte Wiese zur Grundstücksgrenze. Eine Wäscheleine war zwischen dem Schaukelgestell und einer Eiche gespannt. In den Baum waren zwei Namen geritzt: Suna und Maike. In der Ferne hörte sie das Meer rauschen. Als sie zurückkehrte, entkorkte Josh die Flasche.

»Für mich bitte keinen Alkohol«, sagte sie.

»Sie trinken keinen Wein?«

»Selten. Mir geht's danach nicht so gut.«

»Dann trinken Sie den falschen. Den vertragen Sie garantiert.« Josh schenkte beiden ein.

»Mir war das ernst. Ich bleibe lieber bei Wasser.«

»Ja, sicher. Lassen Sie den Wein einfach stehen. Er wird schon wegkommen.« Josh nahm einen Schluck und schnalzte mit der Zunge. »Sie wissen nicht, was Sie versäumen. Viele behaupten, zum Fisch gehöre Weißwein. Ich bin da nicht so engstirnig. Je nachdem, wie ich aufgelegt bin, trinke ich den einen oder den anderen. Heute ist ein unbedingter Rotweintag. Entspannte Abendstimmung und das Erinnern an längst Vergangenes verlangt nach dem Roten – und natürlich nach einem guten Essen.«

Josh sprang auf und kehrte mit zwei großen Tellern zurück. Grüner Salat stand bereits auf dem Tisch. »Gebratener Dorsch, gefüllt mit frischen Kräutern. Dazu Stampfkartoffeln mit Petersilie.«

Marion konnte ihren Heißhunger kaum verbergen, sie hatte seit dem Frühstück nichts mehr gegessen. Der Fisch schmeckte köstlich. Er war nur mit Pfeffer und Salz gewürzt, in den Kräutern konnte man einen Hauch Knoblauch erahnen. Unbewusst griff sie nach dem Weinglas.

»Trinken Sie nur. Ich erzähle es keinem weiter.« Josh lehnte sich zurück. »Wissen Sie, dass Ihre Augen noch immer leuchten? Das Meer vergisst seine Kinder nie.«

»Sie haben recht, Josh. Es war wunderschön.«

»Glauben Sie an Wiedergeburt?« Sein Blick begegnete ihrem. »Nein? Ich schon. Ich bin überzeugt, dass Sie schon einmal hier gelebt haben. Die Insel ist Ihre Heimat, Ihr Glück. Sie sollten hierher zurückkehren. Bei mir gibt es immer etwas zu tun. Meine Schwägerin könnte Unterstützung gebrauchen.«

Verwundert fragte Marion: »Was reden Sie eigentlich, Josh?«

Der lächelte hintergründig und entgegnete: »Entschuldigen Sie. Wenn ich mal ins Fabulieren komme, dann setzt mein Verstand aus. Natürlich ist eine Kriminalkommissarin aus Berlin nicht an einem solchen Leben interessiert. Meine Töchter werfen mir auch immer Weltfremdheit vor.«

»Suna und Maike?«

»Ja, die beiden haben sich in der Eiche verewigt. Sie sind längst weggezogen – in die große weite Welt. Hier war es ihnen zu eng, zu langweilig. Lustig ist nur, dass beide jetzt wieder auf Inseln leben. Suna auf Hawaii im Tourismusgeschäft und Maike auf Island als Geologin. Einmal im Jahr besuchen sie mich, und das Erste, was sie tun, ist, sich auf die Schaukel zu setzen und lauthals das Lied von Pippi Langstrumpf zu singen. Das kennen Sie doch, oder?«

»Ja«, sagte Marion lächelnd, während Josh die ersten Takte anstimmte.

»Zwei mal drei macht vier, widdewiddewitt, und drei macht neune …«

Jetzt musste Marion richtig lachen. Beinahe hätte sie mitgesungen.

»Ja, ja, das Leben«, sagte Josh und hielt sein Weinglas gegen die untergehende Sonne. »Bald wird es kühl, ich glaube, wir sollten reingehen, wenn wir mit dem Essen fertig sind. Drinnen erzähle ich Ihnen vom Kinderheim, drinnen wartet die Vergangenheit.«

***

Die Wohnstube war ein einfacher, aber nicht ungemütlicher Raum. Am Fenster zur Veranda hin stand ein Tisch, gegenüber ein großes Bücherregal, in der Ecke ein Kachelofen, daneben ein mächtiger Holzschrank. An der anderen Wand ein uralter Plattenspieler samt unzähligen Vinylplatten und ein Wandtelefon mit Wählscheibe. Kein Fernseher, dafür ein Röhrenradio von SABA, Marke Freudenstadt.

»Setzten Sie sich bitte«, sagte Josh und ging zum Schrank. Dort stellte er sich auf einen Schemel und zog einen sichtlich schweren Koffer herunter, den er auf den Tisch hievte.

Während er die beiden Lederriemen, die den Koffer zuhielten, öffnete, bemerkte er: »Liegt da oben schon seit einer Ewigkeit, deshalb der Staub.«

Im Koffer lagen unzählige Gegenstände: ein Feldstecher, ein Jagdmesser, ein Feuerwehrauto aus Blech, Pfeifen in unterschiedlichen Größen, eine geschnitzte Holzpuppe und weitere Schätze. Obenauf eine Kiste mit Fotos. Das erste Bild, eine Schwarz-Weiß-Aufnahme, zeigte eine junge Frau, die ihre Augen verdrehte und dabei verschmitzt lächelte.

»Erika mochte das Bild nie so richtig. Dabei war sie genau so. Sie war wunderbar.« Josh hielt das Foto lange in der Hand, sein Geist blickte in die Vergangenheit. »Gestorben ist sie, als die Kleinste zwei Jahre alt war.« Weitere Sekunden verstrichen. Josh konnte sich nicht von dem Bild lösen, seine Stirn legte sich in Falten.

»Beinahe hätte ich ihr Gesicht vergessen.« Seine Stimme drohte zu kippen. Verschämt wandte er sich ab und legte die Aufnahme beiseite. Einen Augenblick lang rang er um Fassung, dann richtete er sich auf. »In diesem Koffer befindet sich ein ganzes Menschenleben, verrückt, nicht wahr?«

Marion zuckte hilflos mit den Schultern, Josh griff nach der Feuerwehr, stellte sie dann aber entschlossen zurück.

»Kommen wir endlich zum Grund Ihres Besuchs.« Konzentriert durchforstete er die Fotokiste. Ab und zu schüttelte er den Kopf oder gab einen Kommentar ab, den Marion nicht verstand.

»Das ist es«, sagte er endlich und streckte Marion eine unscharfe Aufnahme entgegen.

»Und?«, fragte Marion. Sie sah zwei Mädchen mit der typischen Kinderfrisur der sechziger Jahre – lange Haare, zu Zöpfen gebunden. Die eine sehr schlank, die andere etwas stämmig. Beide wohl mitten in der Pubertät.

»Das sind die Wärterinnen.«

»Die was?«

»Die Wärterinnen. So haben wir sie genannt, und die Bezeichnung ist äußerst zutreffend. Sie wollen wissen, was damals im Heim geschehen ist. Die beiden Mädchen sind der Schlüssel dazu. Die Stämmige war die Tochter des Heimleiters. Ihr Name: Hilde Kronthal. Die andere, ihre Freundin, Cora Bürk.«

Marion notierte die Namen.

»Die Brücke galt als ein besonders strenges Heim. Hart, aber ungerecht, sagten wir immer. So wie der Leiter, Dr. Erwin Kronthal – der eiserne Erwin. Wir litten zwar unter seiner Willkür, dennoch war das Leben einigermaßen erträglich. Erst als seine Tochter Hilde – die Gerüchte behaupteten, sie sei vom Internat geflogen – auf Dauer bei ihm wohnte, brach für uns Jungs die Hölle aus. Sie, und im Schlepptau ihre Freundin Cora, ließ keine Möglichkeit aus, uns zu demütigen. Ich weiß nicht, ob Sie sich vorstellen können, was es für uns bedeutet hat, von den Mädchen, die kaum älter als wir waren, herumkommandiert zu werden? Sklaven nannten sie uns. Ihre Launen ließen sie an uns aus. Natürlich regte sich Widerstand, dennoch traute sich niemand, den beiden die Stirn zu bieten – der allmächtige Dr. Kronthal schützte sie, er vertraute ihnen blind. Sie waren die Lichtgestalten, wir der Abschaum. So konnten die Wärterinnen tun, was sie wollten. Sie spielten uns gegeneinander aus, sie machten uns lächerlich, und sie nahmen uns das Einzige, das wir hatten – die Selbstachtung. Hier kommen nun die Athlon-Zwillinge, Konrad und Konstantin, ins Spiel.«

Marion zog die Fotografie der beiden Brüder hervor.

»Ja, genau, das sind sie«, bestätigte Josh. Er nahm das Bild und zeigte auf einen der Jungs. »Der mit dem ernsten Gesicht, das ist Konstantin. Er ist der um ein paar Minuten Jüngere.« Marion ersetzte in Gedanken Konstantin durch Wilbur. Mit dem anderen Namen konnte sie sich nicht anfreunden.

»Der andere ist Konrad. Er war ein typischer Anführer. Er hatte Ideen, er war gut im Sport, und er hatte keine Angst. Fast keine. Die speziellen Erziehungsmethoden von Dr. Kronthal hatten auch ihn eingeschüchtert. Damit meine ich aber nicht den Rohrstock oder das Einsperren im Turm, nein, das hat Konrad ganz gut verkraftet. Was ihn wirklich zu unbedingtem Gehorsam zwang, war die Angst vor dem Fingermann. Jeder wusste von dem Reim, und jeder hatte von den Unbelehrbaren gehört, die er in der Nacht holte und richtete. Für jede Sünde ein Finger, das war Gesetz. Unser Respekt war grenzenlos. So groß, dass selbst Konrad den Wärterinnen nicht ins Gehege kam. Der Fingermann machte uns alle gefügig.«

»Der Fingermann war also eine Erfindung Kronthals, mit deren Hilfe er ein Klima der Angst erzeugte. Wenn alle Strafen versagten, dann sorgte dieser böse Geist für Ordnung. Deshalb die Macht der Mädchen. Stellte man sich gegen sie, so stellte man sich gegen Kronthal und somit gegen den Fingermann. Kann man das so sehen?«

»Genau so.« Josh nickte müde.

»So viel zu den Erziehungsmethoden des Pioniers der modernen Pädagogik.« Marion klangen noch immer die Worte Miriam Eisens in den Ohren. »Das Ganze ist einfach erbärmlich.«

»Es kommt noch viel schlimmer.« Ein freudloses Lächeln huschte über Joshs Gesicht. »Anfangs behelligten die Wärterinnen Konrad nicht direkt. Vielleicht hatten sie vor seinem Jähzorn Respekt, der ihn manchmal unkontrolliert übermannte und manch einem die Nase brach. Vielleicht empfanden sie es aber als besondere Genugtuung, seinen Bruder Konstantin, der eines ihrer bevorzugten Opfer war, zu demütigen, um Konrad seine Ohnmacht zu zeigen. Wie dem auch sei, die Spannung zwischen Konrad und den Wärterinnen wuchs, ein Konflikt war unvermeidbar. Konrad gründete einen Geheimbund, den er, in Anlehnung an die französische Résistance, einfach Widerstand nannte. Nur wenige durften Mitglied werden, ich gehörte leider nicht dazu, ich war noch zu klein. Ziel des Widerstands war es, die Mädchen loszuwerden, egal wie. Alles Mögliche wurde in Erwägung gezogen, selbst ein tödlicher Unfall galt als Option.

Die einzelnen Mitglieder gaben sich Kampfnamen. Konrad nannte sich Loki, und sein Bruder Konstantin hieß Wilbur Arndt.«

»Das ist die Verbindung«, entfuhr es Marion.

»Welche Verbindung?«

»Hören Sie denn keine Nachrichten?«

»Nein.« Josh verschränkte die Arme. »Mich interessiert nicht, was die Menschen dort draußen sich antun. Deshalb lebe ich auf einer Insel. Keine Zeitung, kein Fernseher und ein Radio, das keine neuen Nachrichten sendet. Ab und zu krieg ich was mit: Inseltratsch, Touristengeschwätz. Das reicht mir, um zu wissen, dass es nicht besser wird.«

»Hören Sie, Josh. Ich ermittle in einem Entführungsfall, in den Wilbur verwickelt ist. Heute Morgen haben sich die Ereignisse zugespitzt. Es kam auf allen Sendern. Interessiert Sie das nicht?«

»Nein. Verschonen Sie mich mit Neuigkeiten. Meine Erlebnisse reichen mir, mehr ertrage ich nicht.«

»Aber Sie können doch nicht nur in der Vergangenheit leben.«

»Ich lebe nicht in der Vergangenheit. Ich lebe im Hier und Jetzt. Ich lebe viel intensiver, als Sie es sich wohl jemals vorstellen können. Und wissen Sie, warum?«

Marion hob zaghaft die Schultern.

»Ganz einfach, weil ich mich auf das Wesentliche konzentriere, weil ich das Schlechte aussperre. Wenn sich die Geister der Vergangenheit mit denen der Gegenwart vereinen, gehe ich auf mein Schiff und fahre hinaus. Denn nur da draußen, ganz allein auf sich gestellt, weiß man, dass man lebt.«

»Haben Sie schon einmal daran gedacht, fremde Hilfe in Anspruch zu nehmen?«, fragte Marion vorsichtig.

»Einen Seelenklempner?« Unwirsch winkte Josh ab. »Lassen Sie mich damit in Ruhe. Die verlangen nur viel Geld und sagen: ja-ja, nein-nein und vielleicht. Alles Quacksalber. Am Schluss stehst du alleine da mit deinem Berg voller Erinnerungen, mit dem ganzen Seelenmüll, der dich zu ersticken droht.« Joshs Stimme zitterte.

»Wollen Sie eine Pause, sollen wir morgen weiterreden?«

»Nein, nein. Es ist schon gut. Ich freue mich, dass Sie hier sind, dass ich Ihnen meine Geschichte anvertrauen kann. Ich habe immer gedacht, ich könnte alles vergessen. Anfangs ist mir das sogar gut gelungen. Mit zunehmendem Alter aber steigt der Druck der Erinnerungen. Und jetzt ist er nicht mehr auszuhalten. Deshalb ist Ihr Erscheinen eine rettende Fügung. Sie sind der Engel, der meine Dämonen vertreibt.«

»Ich weiß nicht, Josh. Ich bin doch nur eine Polizistin. Sie erhoffen sich da zu viel.«

»Nein, Sie sind mehr als eine Polizistin, Sie können alles sein, wenn Sie nur wollen.«

Josh stand unvermittelt auf und ging zum Schrank. Marion blickte ihm skeptisch nach. Mit einer neuen Flasche Wein kehrte er zurück. Ohne zu fragen, schenkte er ein.

»Damals, als das Unglück in Form der Wärterinnen über uns hereinbrach, war ich elf Jahre alt. Ein kleiner Junge mit blonden Locken, der bei allen beliebt war. Selbst die Wärterinnen mochten mich. Deshalb nahmen sie mich unter ihre Fittiche, sie machten mich zu ihrem Hofnarren. Natürlich wehrte ich mich dagegen, ich wollte das nicht, doch Loki redete mir gut zu. Er meinte, ich sei eine Art Doppelagent, der direkt an der Quelle saß, der verfängliche Dinge über die Mädchen erfahren könnte. Wenn ich gut wäre, würde er mich in den Widerstand aufnehmen. Also fügte ich mich. Letztendlich hatte ich sowieso keine Wahl. Von diesem Tag an war es meine Aufgabe, die Wärterinnen zu unterhalten: Ich musste auf einem Bein stehen, wenn sie es verlangten, über den Hof kriechen, wenn es geregnet hatte, oder, als sie einen besonders miesen Tag hatten, eine Maus fangen und ihr den Kopf abbeißen.«

»Nein.« Marion verzog angeekelt das Gesicht.

»Leider doch. Ich habe tatsächlich einem lebenden Tier den Kopf abgebissen. Das Knacken, das Zucken, das warme Blut. Noch heute wird mir schlecht, wenn ich eine Maus sehe. Die Wärterinnen jedoch fanden Gefallen an dem neuen Spiel, das sie fortan Friss-die-Maus nannten. Von da an drohten sie mir immer mit Friss-die-Maus, wenn sie nicht mit mir zufrieden waren. Und manchmal, wenn sie die Langeweile trieb, zwangen sie mich einfach so dazu.«

Josh leerte sein Glas in einem Zug und schenkte sich wieder ein. »Viel schlimmer als die Quälereien war aber, dass ich zu ihrem Komplizen wurde. Ich habe gelacht und Grimassen gezogen, wenn sie andere erniedrigten, wenn sie auf ihren Schwächen herumtrampelten. Ich habe sie auf ideale Opfer aufmerksam gemacht, und das nicht nur zum Selbstschutz. Vielmehr empfand ich es als besondere Genugtuung, wenn andere anstatt meiner gequält wurden. Da gab es zum Beispiel Benjamin Strobel – Ben, der Stotterer. Der Junge brachte keinen klaren Satz zusammen, wenn er nervös war. Auf meinen Vorschlag hin zwangen sie ihn, die erste Strophe der Loreley aufzusagen. Bei jedem Fehler musste er ein Glas Wasser trinken und von vorne beginnen. Ben kam nie über die erste Zeile hinaus, und wir hatten teuflischen Spaß. Das Spiel zog sich endlos hin. Irgendwann musste Ben pinkeln, das durfte er aber nicht. Erst als sich eine Lache auf dem Boden gebildet hatte und er weinend versuchte, den nassen Fleck auf seiner Hose zu verdecken, ließen wir von ihm ab.«

Abermals leerte Josh sein Glas. Mit dem Handrücken wischte er sich über den Mund.

»Ich war der perfekte Hofnarr: klein, unterwürfig, immer lustig und manchmal gehässig. Ich war so gut, dass sie mich für einen Verbündeten hielten, einen Bruder im Geiste. Im Grunde stimmte das sogar. Ich heischte nach ihrer Aufmerksamkeit, jedes noch so beiläufig ausgesprochene Lob machte mich stolz. Die Zeit schritt voran, die Zweckgemeinschaft wuchs zusammen. Die Spiele der Mädchen veränderten sich, wurden anzüglicher, sexueller. Manchmal zogen sie sich vor mir aus, und ich durfte ihre Kleider halten. Ein andermal musste ich ihnen nackt Modell stehen. Sie schmückten mich mit Girlanden und lachten über meine Unreife. Irgendwann, sagten sie, würden sie mich zum Mann machen. Obwohl ich nicht genau wusste, was sie damit meinten, hätte ich dafür alles gegeben. Ich habe die Wärterinnen bewundert, ich glaube, ich habe sie sogar geliebt. Das werde ich mir nie verzeihen.«

»Menschen, die in Abhängigkeit anderer geraten, reagieren häufig so. Und Sie waren noch ein Kind«, versuchte Marion zu beschwichtigen.

»Mit der Ausrede habe ich es auch schon versucht. Sie ist aber kein Trost.« Josh seufzte. »Kommen wir zum Höhepunkt der Tragödie. Die Wärterinnen wurden immer selbstsicherer, keiner widersetzte sich ihnen. Es war an der Zeit, sich den unbestrittenen Anführer der Jungs vorzuknöpfen.

An einem drückend heißen Tag im Juli, einem dieser Tage, wenn deine Kleidung am Körper klebt, die Hitze den Verstand ausdörrt und wilde Phantasien ihre erregenden Blüten treiben, suchten sie Loki, Wilbur und mich im Bunker auf, der außerhalb des Heimgeländes lag. An mir hatten sie kein Interesse, sie schickten mich heim. Alles, was ich von nun an weiß, habe ich von Wilbur.

Es war sehr eng im Bunker. Hände und Arme streiften sich. Die Mädchen, beide ein Jahr älter als die Brüder, mit dem Körper einer Frau. Die Jungs unerfahren und neugierig. Es kam zu flüchtigen Berührungen, verstohlenen Blicken. Die Mädchen, seltsam freundlich, schlugen ein Spiel vor: jeder ein Kleidungsstück, immer abwechselnd, wer sich ziert, hat verloren. Die Jungs waren bald nackt, die Mädchen ließen ihre Blusen fallen. Wilbur schämte sich, Loki war reifer, er konnte seine Erregung kaum verbergen. Doch die Wärterinnen hatten anderes im Sinn, sie wollten befehlen, sie wollten herrschen, sie wollten Unterwerfung. Die eine machte sich über Loki lustig, sie lachte über seine Erektion. Loki griff nach seiner Hose. Ohne Vorwarnung schlug sie ihm ins Gesicht, seine Lippen platzten auf. Die andere drohte Loki mit ihrem Vater, mit dem Fingermann, wenn er sich wehren würde. Von der Situation überfordert, gehorchte Loki. Die Wärterinnen zwangen ihn und Wilbur, sich vor ihnen in den Dreck zu legen. Sie weideten sich an dem Anblick, an ihrer Macht, und dann verlangten sie das Abscheulichste, was man von zwei Brüdern verlangen kann.«

»Was meinen Sie damit?«, unterbrach Marion.

»Das Gleiche habe ich Wilbur auch gefragt – von ihm stammte diese Formulierung. Er meinte, ich solle mir einfach vorstellen, was für mich das Schlimmste wäre, dann käme ich der Sache sehr nahe.«

Marion nickte verständnisvoll, während Josh fortfuhr.

»Damit hatten sie den Bogen überspannt. Der Fingermann hatte keine Macht mehr über Loki. Das Stahlrohr lag zufällig auf dem Boden. Die Wärterinnen hatten keine Chance. Die eine brach röchelnd zusammen, die andere krümmte sich und hielt schützend die Hände vors Gesicht. Loki kannte keine Gnade, er drehte vollkommen durch. Wenn Wilbur nicht eingeschritten wäre, hätte er sie vermutlich getötet. Wer danach Hilfe holte, ist mir nicht bekannt. Auf jeden Fall wurden die Mädchen schwer verletzt auf die Krankenstation des Heims gebracht. Der verantwortliche Arzt, ein Freund von Dr. Kronthal, versorgte die beiden, ohne den Vorfall an übergeordnete Stellen zu melden. Den Eltern von Cora Bürk versicherte er glaubhaft, dass es sich um einen Fahrradunfall gehandelt habe. Nichts, was den Ruf des Heims schädigen könnte, durfte nach außen dringen.

Loki und Wilbur wurden im Turm eingesperrt. Dr. Kronthal untersuchte die Vorfälle. Natürlich wusste er von den Spannungen zwischen den Mädchen und den Heimkindern, doch was ihm alles zu Ohren kam, konnte oder wollte er nicht glauben. Deshalb beließ er es bei der Bestrafung von Loki und Wilbur. Die Wärterinnen blieben unbehelligt, die Ereignisse wurden vertuscht. Kronthal ging wohl davon aus, dass alles zur alten Ordnung finden würde. Aber hier hatte er sich gründlich geirrt. Das ganze Heim befand sich in Aufruhr, Gerüchte über die Vorgänge im Bunker kursierten, die Kinder gehorchten nicht mehr. Loki und Wilbur waren, trotz heftigster Züchtigungen, nicht zu beruhigen. Selbst als er ihnen zusicherte, sie ohne offizielles Strafverfahren davonkommen zu lassen, zeigten sie sich uneinsichtig. Er musste reagieren, wenn er die Kontrolle nicht verlieren wollte. Er musste ein Exempel statuieren.«

»Der Fingermann.«

»Ja. Es war am 25. Juli 1966, als Loki und Wilbur nach dem Abendessen plötzlich im Speisesaal auftauchten. Ich weiß das deshalb so genau, weil sich dort mein Leben änderte – im Guten wie im Schlechten. Die beiden wurden wie Helden empfangen.

Loki schwang große Reden. Er sprach von Gerechtigkeit, er kündigte an, dass die Wärterinnen das Heim verlassen müssten, er nahm Worte wie Freiheit und Revolution in den Mund. Keiner verstand richtig, was er damit meinte, er vermutlich auch nicht, aber wir waren euphorisch, wir sangen Lieder und marschierten demonstrativ mit zwei Stunden Verspätung in den großen Schlafsaal ein. Um zweiundzwanzig Uhr ging das Licht aus. Wir alle turnten noch auf den Betten herum, keiner wunderte sich, warum die Nachtaufsicht uns nicht in die Schranken wies.

Wer als Erster den Reim vom Fingermann entdeckt hatte, weiß ich nicht. Ich kann mich nur an einen Aufschrei erinnern und dass es dann totenstill wurde. In fluoreszierendem Grün prangte der unheilvolle Spruch an allen Wänden. Ich verkroch mich unter meine Bettdecke, ängstlich darauf bedacht, dass kein Körperteil zu sehen war. Es folgten Minuten unendlicher Angst. Der Reim entwickelte in meiner Vorstellung eine solche Leuchtkraft, dass ich ihn durch die Decke und meine geschlossenen Augenlider hindurch deutlich sehen konnte. Mir war unendlich heiß, ich weinte, und ich glaubte, ersticken zu müssen. Dann vernahm ich das Knarren der großen Doppeltür, und irgendjemand betrat den Saal. Ich wagte nicht zu atmen und begann am ganzen Körper zu zittern. Ich konnte das Zittern nicht unterdrücken und war mir sicher, dass er mich holen würde, der Fingermann. Doch anstatt meiner schrie jemand anderes. Ein so markerschütternder Schrei hallte durch den Saal, dass ich, ohne zu überlegen, unter meiner Decke hervorlugte. Eine Gestalt hatte Loki unter ihren Arm geklemmt. Sie war riesig, der Kopf von einer Kapuze verdeckt. Loki zappelte hilflos, die Gestalt wandte mir ihr Gesicht zu. Ich glaubte, zwei rotglühende Augen zu erkennen. Dann drehte sich die Gestalt um und verschwand mit ihrem hilflosen Opfer.«

Ungläubig schüttelte Marion den Kopf. »Kronthal hat tatsächlich den Fingermann zum Leben erweckt. Das muss für viele Kinder ein traumatisches Erlebnis gewesen sein.«

»Ja, das war es«, stimmte Josh zu. »Als Erwachsener kann ich natürlich all die Geschehnisse rational erklären, aber damals hat der Fingermann tatsächlich existiert – ein Alptraum war Wirklichkeit geworden. Und dieser Alptraum hat mein Leben nachhaltig beeinflusst. Selbst heute wache ich noch schweißgebadet auf, die Decke überm Kopf, die Knie von den Armen umschlungen. Der Fingermann ist mein Schicksal, den werde ich nicht mehr los.« Josh betrachtete den Rotwein und seufzte. »Das Entsetzen fand aber noch kein Ende. Zwei Tage später, als wir alle vollkommen eingeschüchtert bei den Hausaufgaben saßen, kehrte Loki zurück. Er kam einfach in das kleine Zimmer neben der Bibliothek und setzte sich zu uns. Wortlos legte er seine linke Hand auf den Tisch. Sie war dick verbunden. Langsam entfernte er den Verband. Als er die Mullbinde abzog, musste ich schreien – der Fingermann hatte ihm tatsächlich einen Finger amputiert!

Loki betrachtete seine Hand wie einen Fremdkörper und berichtete nüchtern, was geschehen war. Offensichtlich stand er immer noch unter Schock. Er wusste nicht, wie es zu der Amputation gekommen war. Schon als der Fingermann ihn aus dem Bett gezerrt hatte, hatte er einen Stich im Arm verspürt. Bald darauf erlahmten seine Kräfte, und er verlor das Bewusstsein. Am darauffolgenden Tag war er auf der Krankenstation aufgewacht. Ein dumpfer Schmerz hatte ihn geweckt. Seine Hand war verbunden. Der Heimarzt kam und wechselte wortlos den Verband. Loki sah die Wunde und wurde ohnmächtig. Später stand Essen an seinem Bett, die Nacht verbrachte er schlaflos. Entlassen wurde er vom Heimarzt, der hoffte, dass ihm das eine Lehre sei.«

Marion konnte kaum an sich halten. »Dieser Kronthal und alle anderen Verantwortlichen, das sind Verbrecher. Wie kann man einem Menschen nur so etwas antun? Wie konnten so viele Leute solch eine Ungerechtigkeit zulassen? Dieser Psychoterror, die Amputation, das muss man sich mal vorstellen. So was ist nur in einem Unrechtsregime wie der DDR möglich.«

Josh winkte ab. »Ach, hören Sie doch auf. Systematische Kinderarbeit, Erniedrigungen und Prügel waren in den christlichen Kinderheimen der BRD an der Tagesordnung. Ost und West schenken sich da gar nichts. Und jüngst wurden doch

Misshandlungen in dieser angesehenen Schule bekannt.« Josh blickte ins Leere. »Letztendlich geht es um Macht, und sobald ein Mensch Macht über einen anderen hat, ist Charakterstärke gefragt. Viele besitzen diese Charakterstärke nicht, und wenn dann noch die Kontrollen versagen, dann kommt es zu solchen Katastrophen. Ein Kronthal zum Beispiel hätte niemals die Position eines Heimleiters bekleiden dürfen. Ihm fehlte jegliche soziale Intelligenz. Dennoch glaube ich nicht, dass er etwas mit der Amputation zu tun hatte.«

»Und wie kommen Sie darauf?«

»Nun, es war nicht mehr nötig. Mit dem Auftritt des Fingermanns hatten wir alle unsere Lektion erteilt bekommen. Keiner hätte es gewagt, gegen irgendeine Regel zu verstoßen. Kronthal hatte sein Ziel erreicht. Aber da gab es noch die Wärterinnen. Beide hatten sich gut erholt, sie standen kurz vor der Entlassung aus der Krankenstation. Sie waren also in Lokis Nähe. Ihr Hass war grenzenlos, Skrupel kannten sie nicht. Nach meinen Erfahrungen mit den beiden traue ich ihnen diese Tat vorbehaltlos zu. Unterstrichen wird meine These durch das Verhalten von Dr. Kronthal. Selbst geschlossene Fenster konnten damals nicht verheimlichen, dass er die Kontrolle über die Mädchen verloren hatte. Er schrie und tobte, er züchtigte sie mit dem Rohrstock. Die Spuren seiner Wut waren deutlich in ihren Gesichtern zu erkennen, als sie noch am Tag ihrer Entlassung von zwei Fahrzeugen weggebracht wurden. Beide wurden seitdem nie wieder im Heim gesehen. Ruhe kehrte damit jedoch nicht ein. Loki verhielt sich anders als erwartet. Nachdem er den Schock überwunden hatte, begehrte er gegen alles und jeden auf. Keine Drohung und keine Strafe konnten ihn in die Schranken weisen. Mehrmals ging er auf Betreuer los, das weibliche Personal machte einen Bogen um ihn. In seinen Augen stand blanker Hass, manchmal flackerte Wahnsinn auf. Zu allem Überfluss wurde aufgrund der vergangenen Zwischenfälle eine Untersuchungskommission eingesetzt. Anscheinend hatte jemand anonym eine Anzeige erstattet, offiziell traute sich keiner – Kronthals Einfluss war groß, er war in der Partei und wurde von ihr unterstützt. Die Anzeige lautete auf Missbrauch und

Verstümmelung von Schutzbefohlenen. Da Loki der lebende Beweis dieser Anklage war, musste er weggeschafft werden.«

Marion horchte auf. »Laut meiner Informationen starb er im August 1966 an Hirnhautentzündung. War das vielleicht gar nicht die Todesursache, könnte man ihn ermordet haben?«

»Nein. Kronthal war zwar ein Verbrecher, aber ein Mörder war er nicht. Lokis Tod war fingiert, man hat ihn nur weggeschafft.«

»Also doch.« Marion sah ihren längst gehegten Verdacht bestätigt. Aber um sicherzugehen, musste sie nachhaken. »Frau Eisen hat mir Lokis Tod bestätigt.«

»Frau Eisen? Die gibt es noch?« Um Joshs Mundwinkel bildete sich ein verächtlicher Zug, der Bände sprach. »Sie war eine hundertprozentige Kronthal-Anhängerin. Sie bewunderte den Herrn Doktor, seine Lehren waren ihr Befehl. Mit Ledergürtel und Rohrstock prügelte sie jegliche Unbekümmertheit aus uns heraus. Natürlich hält sie an der offiziellen Version fest. So wie alle anderen auch. Dafür wurde schon gesorgt.«

»Und wieso kennen Sie eine andere Version?«

»Weil ich mit eigenen Augen gesehen habe, was wirklich geschehen ist. Die Hirnhautentzündung war nämlich nur vorgeschoben, um Loki von uns anderen zu trennen. Er wurde im Quarantänezimmer untergebracht. Zum selben Zeitpunkt lag ich mit gebrochenem Arm auf dem gleichen Stock. In der Nacht konnte ich wieder mal nicht schlafen – der Fingermann ließ mir keine Ruhe. Auf dem Gang vernahm ich Geräusche, das Klirren eines Schlüsselbundes, verhaltene Anweisungen, dann ein Schrei, der abrupt abbrach. Ich schlich zum Schlüsselloch und sah zwei Männer, die Loki trugen. Er schien zu schlafen. In ihrer Begleitung war Dr. Kronthal. Meine Neugier siegte über meine Angst, und ich folgte ihnen über den Gang. Von einem rückwärtigen Fenster aus konnte ich dann sehen, wie die Männer Loki in einen Wagen brachten und nach ein paar Worten mit Kronthal wegfuhren. Am nächsten Tag hieß es dann, dass Loki gestorben sei.«

»Und was war mit Wilbur? Haben Sie ihm davon erzählt?«

»Nein. Ich wollte nicht ungehorsam sein. Meine Angst vor

dem Fingermann war zu groß. Vergessen Sie nicht, ich war ein Kind. Ich habe ihn gesehen, ich habe an ihn geglaubt. Nur die Braven verschont er, heißt es in dem Gedicht. Ich wollte brav sein, ich wollte nicht seinen Groll auf mich ziehen. Daher behielt ich mein Geheimnis für mich.

Wilbur reagierte auf den Tod seines Bruders auf seine Art – er wollte ihn rächen. Und hier beginnt der letzte Akt dieser Tragödie. Die Untersuchungen im Heim sollten bald anlaufen. Um aber Kronthal und die Wärterinnen zu überführen, um dem Heimleiter die Misshandlung eines Schutzbefohlenen nachzuweisen, bedurfte es eines Beweises. Von uns, das wusste Wilbur, würde sich keiner gegen Kronthal stellen, und seiner alleinigen Aussage würde niemand Glauben schenken. Wenn es eine Leiche seines Bruders gegeben hätte, dann wäre sie, wie damals in der DDR üblich, verbrannt worden. Da sah er nur noch einen Ausweg – er musste sich selbst verstümmeln.«

Marion atmete hörbar aus, Josh verschränkte seine Arme. »Ein Finger der rechten Hand. Mit einer der Stanzen. Genutzt hat es nichts. Zu offensichtlich war seine Tat. Er dachte, er könne sich die Hand abbinden und dann die Kommission von der Schuld Kronthals überzeugen – der dumme Junge. Man hat ihn im Keller gefunden, das Gesicht von trotzigem Schmerz gezeichnet, aber keine Träne in den Augen. Wilbur kam für ein Jahr in psychiatrische Behandlung. Kronthal wurde versetzt – er stolperte die Karriereleiter hinauf, durfte aber nie wieder mit Kindern oder Jugendlichen arbeiten. Zwar konnte man ihm nichts nachweisen, aber es gab einige vernünftige Menschen, die seine Verfehlungen erkannten. Für mich und alle anderen Brückianer begann jetzt eine bessere Zeit. Keine Wärterinnen mehr und ein neuer Heimleiter, dem unser Schicksal wirklich am Herzen lag.«

Josh versuchte ein Lächeln, als ob er sich für diese Geschichte entschuldigen wollte, dann zog er den Koffer zu sich her.

»Das Bild von den Mädchen, kann ich das haben?«, fragte Marion.

»Immer im Dienst«, antwortete Josh und reichte es ihr.

»Ja«, seufzte Marion und sah ihm zu, wie er seine Vergangenheit wieder auf den Schrank stellte. Abermals hatte der Fall eine Wendung genommen. Wilburs Bruder hatte also das Heim überlebt. Er war der zweite Entführer, er war Loki. Diese Wendung bestätigte ihr Bauchgefühl, das sie seit ihrem Wissen um Wilburs Zwillingsbruder hatte. Doch was brachte ihr diese Erkenntnis? Marion versuchte sich ein Bild zu machen: Irgendwann nach Lokis vermeintlichem Tod musste es ihm gelungen sein, mit Wilbur Kontakt aufzunehmen. Vielleicht war die Wende der Anlass. Wer wusste das schon? Fakt war, dass die beiden sich zusammengetan hatten und mit großem Aufwand einen verwirrenden Plan verfolgten, der wohl Rache zum Ziel hatte. Dr. Kronthal war tot, somit konnten nur die Wärterinnen gemeint sein. Die beiden dürften jetzt Anfang sechzig sein. Marion musste sie finden.

Warum aber trieben die beiden Brüder einen solchen Aufwand? Eine Frage, die sie sich schon oft gestellt hatte. Und warum ließ sich einer von ihnen in aller Öffentlichkeit erschießen? Was war so groß, dass man dafür seinen eigenen Tod in Kauf nahm? Ein Grund konnte der Hang zur großen Inszenierung sein. Was für ein Schauspiel: der Tod vor den Augen der Welt und dann die Wiederauferstehung. Marion war sich sicher, dass Wilbur mit einem Paukenschlag zurückkehren würde. Wer aber von den beiden Brüdern noch lebte und diese Rolle übernehmen würde, das wusste sie nicht. Zwar gab es die DNA-Analyse, jedoch hatte die bei eineiigen Zwillingen keine Aussagekraft. Sicherheit würde nur eine einfache Sichtkontrolle liefern: Bei Wilbur fehlte ein Finger an der rechten Hand, bei Loki an der linken. Marion schaute auf ihre Uhr. Es war kurz vor Mitternacht, zu spät um jetzt noch jemanden anzurufen.

»Wollen Sie noch einen Schluck?« Josh goss den Rest des Weines in die Gläser und riss Marion aus ihren Gedanken.

Josh lehnte sich zurück und trank. Marion beobachtete ihn. Er wirkte müde. Wie klein doch der Unterschied zwischen Lach- und Sorgenfalten war.

»Meinen Sie, Sie können heute Nacht schlafen?«, fragte sie.

»Weiß ich nicht. Wenn's gar nicht geht, fahre ich raus. Draußen auf See kann mir der Fingermann nichts anhaben.«

Marion nickte und wollte noch etwas sagen, doch es fiel ihr nichts mehr ein. So saßen die beiden stumm am Tisch, bis die Gläser leer waren. Marion verabschiedete sich, und Josh gab ihr einen Kuss auf die Wange. So würde er es bei seinen Töchtern auch immer machen, sagte er.

Die Nacht war sternenklar, kein Wind regte sich.

Marion schlenderte zur Schaukel. Das Holz knarrte, als sie sich setzte. Vorsichtig stieß sie sich ab.

Pippi Langstrumpfs Lied kam ihr in den Sinn. Die Melodie vermischte sich mit dem Rauschen des Meeres.

Immer kräftiger holte sie Schwung. Mit jedem Schwung kam sie den Sternen näher.

Irgendwann ließ sie los und verlor sich im Unendlichen.

Die ganze Hand?

Tag elf, Mittwoch, der 23. April

Lotte, Joshs Schwägerin, war eine resolute Frau mit kernigem Humor.

»Wenn Sie das Brötchen nicht aufessen, müssen Sie Küchendienst leisten«, sagte sie und legte noch zwei Scheiben Wurst auf Marions Teller. »Ihr jungen Dinger habt viel zu wenig auf den Rippen. Mein Karl hat immer gesagt: je besser gefedert, desto mehr Spaß. Und wir hatten viel Spaß.«

Obwohl Marion längst satt war, fügte sie sich. »Josh wird heute wohl nicht mehr zurückkehren?«, fragte sie und biss in das Brötchen.

»Nein. Er hat viel Proviant mitgenommen. Das reicht für 'ne ganze Woche. Muss wohl wieder viel zu verarbeiten haben, der arme Kerl. Die Geschichte mit dem Heim und dann noch der frühe Tod von Erika. Josh hat es nie leicht gehabt. Irgendwann wird er gar nicht mehr zurückkommen.«

»Und seine Mädchen?«

»Na, die sind sein großes Glück. Wenn die nicht jedes Jahr kämen, wer weiß, ob er es dann überhaupt so lange ausgehalten hätte. Sie mag er übrigens auch. Er hat eine Nachricht für Sie hinterlassen. Das hat er noch nie getan.«

Lotte reichte Marion eine alte Postkarte. Das Meer war darauf zu sehen.

Auf der Rückseite stand:

2 x 3 macht 4
Widdewiddewitt, und drei macht neune!
Ich mach mir die Welt,
widdewiddewie sie mir gefällt.

Sie gehören hierher.
Josh.

Gerührt steckte Marion die Karte ein. Lotte lächelte und versorgte die anderen Gäste.

Der Kutscher bestand darauf, dass Marion sich neben ihn setzte.

»So eine schöne Frau ist gut für das Geschäft«, sagte er und gab die Zügel frei. »Sie verlassen uns schon wieder?«

»Ja, leider. Geht nicht anders«, antwortete Marion.

Bertha legte heute nur ein gemächliches Tempo vor, was Marion durchaus recht war – so konnte sie die Zeit auf der Insel noch länger genießen. Ihr Handy hatte sie gestern Nacht ausgeschaltet. Auf der Schaukel war ihr plötzlich alles so unwichtig erschienen. Sie wollte sich erst wieder um ihren Fall kümmern, wenn sie Hiddensee verlassen hatte.

Am frühen Mittag legte die Fähre in Schaprode an. Marion ging zu ihrem Auto, unter dem Scheibenwischer klemmte ein Strafzettel – der Alltag hatte sie wieder.

Noch auf der Landstraße in Richtung Trent rief sie Peter Illsen an.

»Hallo, Herr Illsen, Tesic hier. Können Sie mir sagen, an welcher Hand der Leiche von Wilbur Arndt ein Finger fehlt?«

»Oh, guten Morgen, Frau Tesic. Wollen Sie mir nicht erst mal einen kurzen Bericht erstatten? Irgendwo habe ich mal gelernt, dass man das so macht.«

Nerv mich nicht, dachte Marion, und sagte: »Gleich, Herr Illsen. Sie wissen es also nicht?«

»Nein, nicht aus dem Stegreif. Dazu müsste ich in der Gerichtsmedizin nachfragen. Sagen Sie mir jetzt, warum das so wichtig ist?«

»Nun, ich habe berechtigte Zweifel, dass es sich bei der Leiche um Wilbur Arndt handelt.«

»Wir haben eine positive DNA-Analyse. Schon vergessen?«

»Ich weiß. Aber Arndts Zwillingsbruder ist 1966 gar nicht gestorben. Daher gehe ich davon aus, dass beide hinter der Entführung und dem Mord an Bakker stehen und einer sich im Kraftwerk geopfert hat.«

»Geopfert für was?«

»Daran arbeite ich noch.«

»Aha. Sie machen mir wirklich viel Freude, Frau Tesic. Haben Sie sonst noch irgendwelche außergewöhnlichen Wünsche?«

»Nein. Das wär's vorerst.«

Verärgert wählte Illsen die Nummer der Gerichtsmedizin. Die Tesic behandelte ihn wie einen Laufburschen. Je länger er mit ihr zu tun hatte, desto weniger mochte er sie. Optik ist also doch nicht alles, dachte er und ließ sich Dr. Mattek geben.

Als »Illsen« auf Marions Display aufleuchtete, wurden ihre Hände feucht, so gespannt war sie auf seine Antwort.

»Ein Finger an der linken Hand«, sagte er ohne Umschweife.

Marion trommelte gegen das Lenkrad. Sie hatte es gewusst, sie hatte es verdammt noch mal von Anfang an gewusst.

»Frau Tesic, ist bei Ihnen alles in Ordnung?«, fragte Illsen.

»Mehr als das. Der Tote ist nicht Wilbur Arndt. Schauen Sie sich die Bilder an, die wir von ihm gemacht haben. Achten Sie auf seine Hände. Dann werden Sie schon sehen.«

Illsen atmete hörbar aus. »Die Zwillinge sind eineiig, stimmt's?«

»Genau.«

»Deshalb ist die DNA-Analyse wertlos. Arndt hat uns wieder einmal hereingelegt.« Marion hörte Illsen leise fluchen. »Und jetzt taucht er irgendwann wieder auf. Der Mann, der vor laufender Kamera erschossen worden ist und den wir identifiziert haben. Was für ein Alptraum. Damit kann er sich unsterblich machen. Dem müssen wir Vorschub leisten – eine Presseerklärung. Ich muss mich mit dem Chef und der Staatsanwältin abstimmen.«

Marion wollte noch etwas erwidern, da hatte Illsen schon aufgelegt.

In Stralsund suchte Marion einen Parkplatz auf und blätterte ihre Unterlagen durch. Das Jagdfieber hatte sie wieder gepackt. Sie war Arndt dicht auf der Spur, das wusste sie. Endlich war sie Herrin der Lage.

Zwischen ihren Notizen steckte das Bild der Wärterinnen. Marion betrachtete es eingehend. Hilde Kronthal und Cora Bürk. Den beiden galt Arndts Rache, sie waren seine Achillesferse. Plötzlich kam Marion ein verrückter Gedanke. Der Name, das Gesicht. Eine gewisse Ähnlichkeit war vorhanden. Auch das Alter passte. Warum nicht? Einen Versuch war es wert.

Marion rief Kai Mendel an. Der wollte ein Gespräch beginnen – wo sie war, wie es ihr ging, was sie herausgefunden hatte, aber dafür war keine Zeit. Sie würgte seine freundliche Nachfrage ab und sagte: »Kai, ich muss den Mädchennamen der Staatsanwältin Rensch wissen – falls die überhaupt mal verheiratet war.«

»Aha, ermitteln wir jetzt schon in den eigenen Reihen?«

»Nein. Es ist nur so eine Vermutung.«

»Ich könnte da mal die Sekretärin vom Chef fragen. Die war schon zu tiefsten DDR-Zeiten in Amt und Würden.«

»Gut, mach das. Aber sei um Gottes willen vorsichtig.«

»Bin ich immer, wenn es um meinen Job geht.«

»Und jag die Namen Hilde Kronthal und Cora Bürk noch durch die Datenbank. Man weiß ja nie.«

»Hilde Kronthal und Cora Bürk«, echote Mendel. »Wird gemacht.«

Kurz darauf rief er zurück.

»Also die Datenbank gibt nichts her, aber Sandts Sekretärin weiß einiges über die Staatsanwältin zu berichten: Die gute Frau Rensch war zweimal verheiratet. Erst mit einem NVA-Offizier und danach mit einem reichen Industriellen, der aber früh verstorben ist. Seitdem ist sie finanziell abgesichert.«

»Das ist ja alles sehr interessant, aber wie lautet ihr Mädchenname?«, fragte Marion ungeduldig.

»Unsere Frau Rensch hieß früher Kronthal. Da hast du also einen der gesuchten Namen. Ihr Vater war übrigens ein äußerst einflussreicher Funktionär.«

Marion zog hörbar die Luft ein. »Kai, ich muss sofort die Rensch sprechen, Erklärung erfolgt später«, sagte sie und drückte ihn weg.

»Sie schon wieder – ich hab zu tun.« Illsen klang äußerst ungehalten.

»Ich erreiche Frau Rensch nicht.«

»Was wollen Sie denn von der Staatsanwältin?«

»Sie ist in Gefahr. Wilbur Arndt hat sie im Visier.«

»Sind Sie sicher?«

»Ja.«

»Dann haben wir ein ernsthaftes Problem. Frau Rensch ist heute Morgen nämlich nicht zum Dienst erschienen.«

***

Schmerzen im Nacken weckten Hilde Rensch. Ihr Kopf war überstreckt. Mühsam versuchte sie sich aufzurichten. Das Kinn fiel ihr auf die Brust, ihre Augenlider wollten ihr nicht gehorchen – schwer wie Blei, ließen sie sich kaum öffnen. Kurz sah sie ihre Hände. Sie waren mit Lederriemen auf einer Art Tisch befestigt. Rensch kämpfte gegen den Nebel an, der ihr Bewusstsein verschleierte. Was war geschehen? Gerade noch hatte sie in der Küche das Abendessen vorbereitet, dann war da diese Hand, die ihr den Mund zuhielt und dieser Stich in den Hals. Danach folgte Dunkelheit.

Rensch zuckte, sie musste schon wieder weggewesen sein. Noch immer konnte sie sich kaum orientieren – was hatte man ihr nur gespritzt? Sie saß auf einem Stuhl. Ihre Beine waren gefesselt, ein Gurt verhinderte, dass sie vornüberkippte. Ihre Hände waren kalt, sie ruhten auf einer Metallplatte. Wenn sie doch nur endlich ihre Augen aufbekommen würde. Rensch mühte sich, ihr Kopf fiel wieder in den Nacken – sie hatte keine Kraft, ihn zu halten. Endlich ein Licht, Schleier vor ihren Augen, dann ein Gesicht.

Was sie sah, verlangte nach einem Schrei, doch Rensch konnte nur röcheln.

»Überraschung«, sagte Wilbur Arndt. Rensch verlor wieder das Bewusstsein.

***

Illsen und Mendel fuhren mit Blaulicht zu Renschs Wohnung. Noch war die Sachlage nicht ganz klar, noch konnte sich alles als ein Irrtum erweisen.

»Bei ihrem Arzt war sie auf jeden Fall nicht«, sagte Kai Mendel und nahm das Handy vom Ohr.

»Und Freunde, Bekannte?«, fragte Illsen.

»Freunde hat die nicht«, entgegnete Mendel. »Ein paar Verwandte gibt es. Das wird gerade gecheckt.«

Die Wohnungstür war verschlossen, niemand reagierte auf das Klingeln. Illsen trat gegen die Tür, das Schloss gab nach. Im Eingangsbereich war es dunkel, das Licht funktionierte nicht. Die beiden Polizisten zogen ihre Waffen. Auch im Wohnzimmer kein Licht. Dafür lief der PC. Auf dem Bildschirm konnten sie sich selbst erkennen.

»Eine Webcam«, sagte Mendel und zeigte in die Ecke des Zimmers, dort leuchtete ein rotes Licht.

»Diese verdammten Kameras gehen mir allmählich auf die Nerven«, fluchte Illsen und setzte sich an den Computer. Als er die Maus berührte, erschien eine Nachricht:

Hallo, Herr Hauptkommissar,

schön, dass Sie weiterhin mitspielen. Ich habe eine Ratte in meinem Gewahrsam. Wenn Sie sich nicht beeilen, verliert sie ihre Krallen. Auf jeden Fall wird sie aber ihre Unschuld verlieren.

Wilbur Arndt

Die Nachricht verschwand, und ein Bild von Hilde Rensch erschien. Sie war gefesselt und offenbar betäubt. Darunter stand:

Für weitere Informationen bitte hier klicken.

Illsen betätigte die Maus, und ein neuer Text wurde eingeblendet:

Dieser Rechner vernichtet sich in fünf Sekunden selbst.

Illsen und Mendel schauten sich an und rannten aus dem Wohnzimmer. Beide kauerten sich hinter eine massive Kommode im Flur. Nach fünf Sekunden geschah nichts, nach zehn Sekunden vernahmen sie Arndts Stimme aus den PC-Lautsprechern. »Das war doch nur ein Scherz, meine Herren.«

***

Wieder ein Stich in den Hals. Allmählich kehrten Hilde Renschs Kräfte zurück.

»Wir müssen uns beeilen, Hilde«, sagte Arndts Stimme in ihrem Rücken. Anscheinend war sie noch nicht bei vollem Bewusstsein – Arndt war tot.

»Auf keinen ist mehr Verlass«, fuhr die Stimme fort. »Selbst die Polizei ist schneller als erlaubt. Eigentlich dachte ich, wir hätten einen ganzen Tag.«

Rensch schlug die Augen auf. Ihre Hände waren noch immer an der Metallplatte fixiert. Die linke ruhte auf einem Schalter, die rechte lag unter dem Stempel einer Stanze.

»Bei dir wird es die halbe Hand sein, Hilde. Das ist das Mindeste.«

Rensch zerrte an ihren Fesseln. Ihr Blick wanderte das gusseiserne Gestell hinauf. Die zwei Antriebsräder drehten sich bereits. Das mächtige Schwungrad wartete nur auf den Impuls, dann würde sich die Spindel unaufhaltsam in Bewegung setzen.

»Das Prinzip kennst du ja. Die Stanze hat eine Schließkraft von fünfzehn Tonnen. Ist eine aus der Werkstatt deines Vaters. Hab ich extra besorgt.«

Die aufsteigende Panik machte sich durch ein Zittern in ihren Händen bemerkbar. Rensch drehte ihren Kopf. Der Entführer entzog sich ihrem Blickfeld, kam aber immer näher. Plötzlich packte eine Hand sie am Kinn und hielt ihren Kopf fest. Warme Lippen berührten ihr Ohr und flüsterten: »Der Fingermann, er kommt bei Nacht und hat die Schere mitgebracht.«

Die Hand drehte ihren Kopf. Rensch blickte in ein Gesicht, das es nicht geben durfte. Renschs Unterlippe bebte. »Herr Arndt, bitte. Das kann doch nicht sein. Sie sind doch …«

»Tot? Deine Angst, Hildchen – so hat dich doch dein Vater immer genannt, nicht wahr? –, deine Angst bereitet mir, wie soll ich sagen, sie bereitet mir so eine Art Orgasmus. Dieses Gefühl wirst du doch noch kennen? So ähnlich hast du doch auch immer empfunden, damals, als du mich gequält hast, als du diese grenzenlose Macht hattest.«

Renschs Stimme überschlug sich. »Sie können nicht Arndt sein. Sie sind ein Schauspieler, ein Double. Was wollen Sie von mir?«

»Wenn die Realität der Vernunft widerspricht, dann versucht die Vernunft, die Realität zu ändern. Aber es ist hoffnungslos, Hildchen – dein Mordanschlag hat einen anderen getroffen. Loki hat sich für die große Sache geopfert.«

»Mordanschlag? Ich weiß nicht, wovon Sie sprechen.«

»Oh, Hildchen, das ist gut. Selbst in dieser ausweglosen Situation arbeitet dein Verstand. Einmal Anwalt, immer Anwalt. Nie etwas Verfängliches sagen, es könnte später gegen einen selbst verwendet werden. Lass mich das Ganze erklären – zuvor solltest du aber das unpersönliche Sie ablegen, wo wir uns doch schon so lange kennen. Sagt dir der Name Konstantin Athlon etwas?«

»Sie sind Konstantin?«

»Jetzt beginnen die kleinen Rädchen im Gehirn zu arbeiten, ich kann schon hören, wie sie ineinandergreifen. Eine dumpfe Ahnung nimmt Gestalt an. Vergangene, grausam schöne Zeiten erwachen zu neuem Leben. Es waren an die hundert Jungs, alle geeignete Opfer. Du und Cora, das perfekte Team. Erst der Spott und die Quälerei, dann mit fortschreitender Pubertät das Ausleben sexueller Phantasien. Als ihr überzogen habt, wurdet ihr weggebracht. Doch zuvor habt ihr Konrad, der dir jetzt als Loki bekannt ist, um einen Finger erleichtert.«

Arndts Atem schlug ihr entgegen, seine Stimme wurde lauter. »Was macht man damit?« Dann schrie er: »Hängt man sich so was um den Hals?«

Seine Faust krachte auf den Tisch, Rensch zuckte zusammen. Fieberhaft überlegte sie, wie sie sich verhalten sollte. Das alles wurde sicher aufgezeichnet, sie durfte sich nicht verraten. Auf der anderen Seite musste sie diesem Verrückten entgegenkommen. Sie durfte ihn nicht provozieren.

»Konstantin, ja, ich erinnere mich. Du und dein Bruder, ihr wart im Heim meines Vaters untergebracht. Natürlich waren Cora und ich nicht immer nett, aber ich glaube, du steigerst dich da in etwas hinein.«

Arndt lehnte sich zurück. Er grinste. »Ich hab es gewusst, du bist so was von abgebrüht, da muss man wirklich zum Äußersten greifen.«

Bedächtig schritt er um die Stanze herum zu einem Regal. Noch immer trug er seinen alten Armeemantel. Er bückte sich und legte einen Hebel um. Augenblicklich ruckten die Antriebsräder nach links. Zuerst ertönte ein schleifendes Geräusch, dann setzte sich die Spindel in Bewegung. Entsetzt starrte Hilde Rensch auf den Stahlstempel, der sich senkte. Sie schrie und riss an den Lederriemen, die ihre Hand fixierten. Arndt machte ein erschrockenes Gesicht und schob dann, aufreizend langsam, den Hebel in die Ausgangsstellung zurück. Die Spindel wurde mit einem kreischenden Geräusch abgebremst. Der Stempel bewegte sich noch ein Stückchen und stoppte erst, als er mit geringem Gewicht auf Renschs Hand lastete.

»Da haben wir aber noch mal Glück gehabt«, sagte Arndt, während der Stempel zurückfuhr.

Renschs Atem ging stoßweise. Arndt umrundete die Stanze und strich ihr besorgt über den Kopf.

»Ganz schön aufregend, nicht wahr, Hildchen? Aber keine Sorge, ich werde dir jetzt kein Geständnis abpressen. Unter diesen Umständen hätte es vor keinem Gericht der Welt Bestand. Wir machen etwas ganz anderes. Ich erläutere dir jetzt, wie Loki und ich, in jahrelanger Kleinarbeit, ein Netz gesponnen haben, in dem du dich verfangen hast.«

Arndt hielt einen Aktenordner hoch. »Schau. Das ist das Netz – hier ist alles drin. Hier sind deine ganzen Verfehlungen abgeheftet. IM-Akte, Amtsmissbrauch, Bestechung, Korruption und so weiter. Mehr als genug, um deine glanzvolle Karriere zu beenden. Reicht mit Sicherheit für drei Jahre Gefängnis, wenn man gute Führung miteinberechnet. Aber das hat uns nicht gereicht. Du solltest für immer von der Bildfläche verschwinden, und dafür bedurfte es eines schlimmeren Verbrechens: Mord! Oder in deinem Fall der Auftrag zu einem Mord.«

Rensch begehrte auf, beinahe hätte sie etwas gesagt. Gerade noch konnte sie sich eine Erwiderung verkneifen.

»Ich weiß, was du sagen wolltest, Hildchen. Dass das Gespräch mit Robert nicht nachverfolgt werden konnte, dass man es auch nicht mitschneiden konnte. Dafür seid ihr viel zu gewieft. Du wolltest sagen, dass ich keine Beweise habe. Nun, ich muss zugeben, du und deine Freunde, ihr seid wirklich außergewöhnlich gut. Wie ihr euch abgesichert habt, wie ihr einen Mörder in das SEK-Kommando eingeschleust habt, wie ihr dafür gesorgt habt, dass meine restlichen Unterlagen verbrannt wurden. Das ist wirklich aller Ehren wert. Aber leider fehlt es euch ein bisschen an Phantasie. Denn nicht diese Akten sind dein Untergang, nein, die waren nur der Lockvogel – der Mord ist es. Wir haben dich dazu getrieben, wir haben ihn gewollt. Loki hat sein Leben gegeben, damit du alles verlierst, was dir wichtig ist. Jeder leidet auf seine Weise. Ohne Macht über andere bist du nichts. Du wirst im Gefängnis zu einer Nummer degradiert werden, du wirst für immer Tüten kleben dürfen. Andere werden über dich bestimmen, deinen Tagesablauf festlegen. Du wirst eine andere Rolle bekleiden. Nicht mehr Meister, sondern Sklave. Das ist für dich schlimmer als der Tod.«

Die Staatsanwältin starrte ins Leere, ihre Lippen waren ein schmaler Strich.

»Ach ja, richtig«, sagte Arndt vergnügt. »Bleibt die Frage nach dem Beweis. Nun, ganz einfach. Wir haben dein Büro verwanzt. Alte Stasi-Methode. Das kennst du ja.«

Arndt legte den Aktenordner in eine Schale. Darunter befand sich eine Vorrichtung, die an einen Gasbrenner erinnerte.

»Sämtliche Unterlagen und der USB-Stick mit dem Gesprächsmitschnitt befinden sich in dem Ordner. Hier sind all deine Verbrechen aufgelistet. Selbst deine perverse Veranlagung, die zwar nicht gerichtlich relevant ist, aber dein Bild schön abrundet, wird hier erwähnt. Damit ist dein Schicksal besiegelt. Jetzt könntest du jammern, um Gnade flehen, behaupten, du hättest dich geändert, an mein Herz appellieren. Aber das musst du nicht. Auch so habe ich für dich eine Alternative bereit, die, zugegeben, ihren Preis hat. Aber was ist in der Welt schon umsonst?«

Arndt lächelte.

»Also, ich werde jetzt gleich den Schalter aktivieren, auf dem deine linke Hand ruht. Wenn du ihn danach betätigst, wird sich die Stanze in Gang setzen. Das wird dann ziemlich unangenehm. Dafür wird sich aber zeitgleich der Brenner unter dem Ordner entzünden und all deine Vergehen vernichten. Du hast also die Wahl zwischen Cholera und Pest, wie man so schön sagt.«

Arndt legte unter der Tischplatte einen Hebel um. Rensch zuckte zusammen.

»Jetzt nur keine unbedachte Bewegung«, warnte er. »Die nächsten Schritte wollen wohlüberlegt sein, das ist wie bei einem Hauskauf. Ach ja, bevor ich es vergesse: Du hast zwölf Stunden Zeit, dann wird die Polizei alarmiert und nimmt dir die Entscheidung ab. Falls du aber ein fingerloses Leben bevorzugst und dich fragst, wie das mit dem Verbluten ist: Nun, das weiß ich leider auch nicht so genau. Natürlich wird mit dem Drücken des Knopfes Hilfe herbeigerufen, aber bis die da ist, kann sich schon eine ordentliche Pfütze auf dem Boden bilden.«

Mit weit aufgerissenen Augen verfolgte Hilde Rensch, wie Arndt sich aufmachte zu gehen.

»Ich …«, stammelte sie.

»Ja, nur zu, Hildchen. Reden befreit die Seele.«

Doch Rensch biss sich auf die Lippen und senkte ihren Blick.

»Ist schon gut, deine Entschuldigungen sind mir bekannt. Ich weiß, dass Cora die Schlimmere war; ich habe es ja am eigenen Leib erfahren. Wo deine Phantasie endete, begann ihre erst. Sie hat mich zu dem gemacht, was ich bin.« Arndt hielt kurz inne, forschte in seiner Vergangenheit, dann lachte er freudlos.

»Deshalb bin ich auch so in Eile, ich muss mich um sie kümmern. Das verstehst du doch, Hildchen. Also, ich wünsche dir eine aufregende Zeit, und vergiss nicht, der Schalter ist sehr empfindlich.«

Comeback

www.youtube.com

Die Kugel traf den Mann in die Stirn. Das Video zeigte Wilbur Arndts Tod, erschossen durch den SEK-Beamten Rick Hauser. Arndt sackte zusammen, die Augen erstarrten. Bis dahin kannte die Welt diese Bilder. Millionenfach angeklickt und heruntergeladen. Doch diesmal endete das Video nicht mit dem Tod des Mannes. Dieses Mal fuhr die Kamera extrem nah heran. Die Einstellung wurde unscharf, das Gesicht des Toten löste sich in grobe Pixel auf und wurde neu zusammengesetzt. Das gleiche Gesicht, jetzt aber ungewöhnlich scharf. Das Einschussloch auf der Stirn war verschwunden, in den Augen lag der Glanz des Lebens.

Arndt richtete sich auf, bewegte seinen Kopf langsam hin und her und schlug sich mehrmals mit der Hand gegen die Schläfe. Dann richtete er den Blick in die Kamera und sagte: »Glaubt den Pfaffen, den Priestern, diesem ganzen scheinheiligen Pack kein Wort! Der Tod, und das sagt jemand, der es wissen muss, der Tod bringt keine Erlösung, er bringt auch kein Paradies, nein. Der Tod bringt nur das große Nichts. Ja, so sieht es leider aus, Leute. Man hat euch reingelegt. Die ganze Leben-nach-dem-Tod-Geschichte ist nur ein riesengroßer Betrug, ein Betrug, der das Leben erträglicher machen soll, weil danach die große Sause auf einen wartet. Irgendetwas unbegreiflich Schönes, etwas, das nicht in Worte zu fassen ist, weil Worte nur die Welt beschreiben können, aus der sie stammen. Ja, genauso tönen sie, genauso versuchen sie euch um den Finger zu wickeln. Aber glaubt mir, das ist nur ein Ammenmärchen. Wenn euch der Geschichtenschreiber aufgegeben hat, hört ihr auf zu existieren, so einfach ist das. Deshalb müsst ihr jetzt aber nicht gleich den Kopf in den Sand stecken. Nehmt die Dinge, wie sie sind, und macht das Beste daraus. Lebt! Lebt jetzt! Lebt mit jeder Faser eures Körpers. Saugt es auf, das Leben. Denn eines muss euch immer bewusst sein: Allzu schnell kann es vorbei sein mit dem Leben.

Schaut mich an. Die wollten mich doch tatsächlich abschießen, aus dem Drehbuch schreiben. Und das ist ihnen auch fast gelungen. Denn so eine Scheiß-Kugel in deinem Hirn, die kann dir den Spaß am Leben ganz schön vermiesen. Aber als sich das Projektil durch mein weiches Fleisch fraß, durch all diese wunderbar empfindlichen Nervenzellen, da dachte ich mir: Scheiß drauf. Scheiß auf die Physik, scheiß auf die Logik und scheiß auf die Erfahrungswerte, die andere mit einem Kopfschuss gemacht haben. Ich entschied mich gegen den Tod und für das Leben. Nun könnte der eine oder der andere, der meine Biografie kennt, fragen: Was für ein Leben? Darauf kann ich nur antworten: Ihr habt nichts begriffen. Ich habe eine Mission zu erfüllen, eine gottverdammte Aufgabe, die es zu erledigen gilt. Manch einer wird sich an die Entführungsgeschichte und den Tod des dicken Bullen erinnern, und manch einer wird sich fragen: Wozu das alles? Um diese Frage zu beantworten, bin ich hier.

Die Geschichte strebt nun dem Höhepunkt entgegen. Nachdem die Polizei einige Erfolge zu verbuchen hat, schlage ich zurück und präsentiere eine neue, eine mir wirklich am Herzen liegende Geisel. Sie stammt aus den Reihen des Gegners und ist so ziemlich die widerlichste Person, die ich kenne. Ihr Name ist Dr. Hilde Rensch, eine Staatsanwältin. Uns beide verbindet einiges. Was das im Einzelnen ist, könnt ihr herausfinden. Ja, ich biete euch hier und jetzt die einmalige Möglichkeit, einen großen Skandal aufzudecken. Ihr müsst nur schneller als die Polizei sein, die, nach Sichtung dieses Videos, ihren ganzen Apparat in Bewegung setzen wird, um die gute Frau Rensch zu retten.«

Arndt machte eine Pause und lehnte sich zurück.

»Bevor ich mich nun aber verabschiede, habe ich noch einen heißen Tipp: Wer auch immer sich an der Suche beteiligt, egal ob Staatsmacht oder einfacher Bürger: Beeilt euch, legt euch richtig ins Zeug, denn sonst tut der Fingermann seine Pflicht.«

Wilbur Arndts Gesicht erstarrte, es wurde grobkörnig und zerfiel in einzelne Pixel, die sich zu einem neuen Bild ordneten.

Eine von Strapazen gezeichnete Hilde Rensch war zu erkennen, die versuchte, das Zittern ihrer linken Hand zu unterdrücken. Circa fünfzehn Sekunden lang wurde ihr verzweifelter Kampf gezeigt, dann zerfiel auch dieses Bild und machte folgendem Schriftzug Platz:

Wilbur Arndt für die ganze Welt. Fortsetzung folgt.

***

Das Video flimmerte zum x-ten Mal über den Bildschirm.

»Was sagen die Verantwortlichen von Youtube?«, fragte Kriminaldirektor Sandt.

»Sie versuchen, den Film zu sperren«, antwortete Kai Mendel.

»Was heißt das, sie versuchen es?«

»Nun, inzwischen ist das Video so weit verbreitet, dass es immer wieder ins Netz gestellt wird. Die Aufsicht von Youtube kommt wahrscheinlich gar nicht hinterher. Blockieren sie einen, sind sofort zwei neue da.«

»Das ist ja reine Anarchie. Warum lassen die so was überhaupt zu? Wieso wird das nicht schon von vornherein verhindert?«

»Dazu muss man die Youtube-Regeln kennen. Prinzipiell sind extreme Gewaltdarstellungen verboten. Beurteilt wird dies durch die Nutzer dieser Videoplattform. Es existiert also eine Art Selbstkontrolle. Wenn jemand den Beitrag für unangemessen hält, meldet er dies an die Verantwortlichen, und die entscheiden dann, ob sie das betreffende Video sperren. In unserem Fall erfolgte die Meldung recht spät. Und da ein großer Teil der Nutzer Sympathien für Wilbur Arndt hegt, ist die Welle wohl nicht mehr aufzuhalten.«

»Na wunderbar. Arndt fordert zu einem Wettstreit mit der Polizei auf, und wir können nichts dagegen tun. Wer weiß, wie viele Verrückte jetzt schon die Straßen auf der Suche nach Hilde Rensch durchkämmen. Das Gleiche hatten wir erst vor zwei Tagen, als alle Welt nach Fabian Flaig gesucht hat. Arndt schafft es immer wieder, neue Fronten aufzumachen und uns unter Druck zu setzen.«

»Ja, nur ist die Sache jetzt weitaus schlimmer. In diversen Foren wird er schon als Held gefeiert, und das nicht nur deutschland –, sondern weltweit. Er ist der Mann, der von den Toten auferstanden ist und der die Obrigkeit an der Nase herumführt. Dass er ein Verbrecher ist, interessiert nur wenige. Staatsanwältin Rensch steht für den hassenswerten Staat, den es zu bekämpfen gilt. Ihre Geiselnahme ist ein notwendiges Übel.«

Es klopfte, und Sandts Sekretärin trat ein. »Die Nachricht wird jetzt schon in Funk und Fernsehen verbreitet. Unzählige Journalisten haben angerufen, und der Innensenator will Sie nochmals sprechen.«

Der Kriminaldirektor nickte gequält. »Ich werde ihn gleich zurückrufen. Ansonsten bin ich nicht zu sprechen.«

Als die Sekretärin den Raum verlassen hatte, wandte sich Sandt an Peter Illsen, der sich bisher merklich zurückgehalten hatte. »Jetzt ist genau das eingetreten, was wir vermeiden wollten. Wie konnten Sie nur die Pressemitteilung vergessen, Herr Illsen?«

»Ich habe die Mitteilung nicht vergessen. Ich hatte nur keine Zeit, sie weiterzugeben, weil wir zu Renschs Wohnung mussten. Das hatte Priorität.«

»Aber auf dem Weg dorthin hatten Sie ausreichend Zeit, mich darüber in Kenntnis zu setzen. Das war ein schweres Versäumnis, Herr Illsen.«

Illsen setzte zu einer Entgegnung an, ließ es dann aber sein.

»Und die Informationen, die Sie von Frau Tesic haben, die sind wirklich wasserdicht?«

»Sie basieren auf der Aussage eines ehemaligen Heiminsassen. Was er sagt, klingt plausibel, konnte aber mangels Zeit nicht überprüft werden. Unabhängig davon muss es sich bei dem Toten um Arndts eineiigen Zwillingsbruder handeln – DNA-Analyse und die Sache mit den Fingern sprechen eine eindeutige Sprache.«

»Mensch, Illsen, da haben Sie aber wirklich gepennt. Wie gut stünden wir da, wenn wir Arndt zuvorgekommen wären.« Sandts Ärger war noch lange nicht verraucht. »Egal, es ist, wie es ist. Jetzt können wir nur noch Schadenbegrenzung betreiben.

Die Richtigstellung wird in den Fünfzehn-Uhr-Nachrichten kommen und der Innensenator dazu interviewt werden.«

Illsen nickte betroffen und wandte sich wieder dem Video zu.

»Sie erhoffen sich einen Hinweis?«, fragte Sandt.

»Ja, bisher hat uns Arndt immer auf die Sprünge geholfen. Geben Sie mir ein paar Minuten.«

Sandt nickte und rief den Innensenator an. Zuerst kam er kaum zu Wort. Seine Entgegnungen und sein Tonfall verrieten, in welch unangenehmer Situation er sich befand. Nachdem er aufgelegt hatte, brummte Sandt: »Der Herr ist ziemlich ungehalten. Eine Erfolgsmeldung würde uns allen guttun. Wie sieht es aus, Herr Illsen, schon was entdeckt?«

Peter Illsen ließ die letzte Szene, die die Staatsanwältin zeigte, laufen und klickte dann auf die Pausetaste. Man sah Renschs verzweifeltes Gesicht, einen Teil einer Stanze und eine verkohlte Wand.

»Es ist so einfach, dass es schon wieder verdächtig ist. Haben Sie den Raum auch schon erkannt, Kai?«

»Ja, sieht aus wie in den Kellerräumen des Kraftwerks Rummelsburg. Da unten hat es ja beim letzten Einsatz gebrannt. Und so eine Maschine habe ich dort auch gesehen. Dieser Verrückte ist anscheinend an seine frühere Wirkungsstätte zurückgekehrt.«

»Wie sicher sind Sie?«, fragte Sandt.

»Sicher genug, um sofort hinzufahren«, entgegnete Illsen und stand auf. »Bitte sorgen Sie dafür, dass das Gebiet abgesperrt wird, Herr Sandt.«

Sandt nickte. »SEK?«

»Ja. Falls die es aber nicht vor uns schaffen, werden wir nicht warten. Laut Arndt haben wir nicht allzu viel Zeit.«

»Und was ist mit Ihrer Befürchtung? Warum macht es uns Arndt so einfach?«

»Entweder will er, dass wir die Staatsanwältin finden, bevor ihr etwas zustößt, oder er will uns nur ablenken. Vielleicht will er auch beides. Aber was auch immer Arndt bezweckt, wir müssen dieser Spur nachgehen.«

***

Seit Marion Bernau passiert hatte, wurde sie von der Topmeldung des Tages begleitet: die Entführung der Staatsanwältin Hilde Rensch und die Rückkehr des totgeglaubten Wilbur Arndt. Kein Sender, der nicht berichtete, kein Experte und kein Politiker, der nicht eine Meinung dazu hatte. Die Behörden wurden verrissen oder mit Spott überschüttet. Der Innensenator präsentierte die bisherigen Ermittlungsergebnisse in den Nachrichten, ohne dem Geschehen die Dynamik nehmen zu können. Rechtfertigungen wurden ausgesprochen, und die Bürger wurden ermahnt, sich nicht an der Suche nach Hilde Rensch zu beteiligen. Das Gegenteil war der Fall. Das massive Polizeiaufgebot beim Kraftwerk Rummelsburg lockte nun auch diejenigen Abenteurer und Schaulustigen an, die bisher zu Hause geblieben waren.

Schon wieder war Wilbur Arndt einen Schritt voraus. Marion fluchte. Und wieder riss er das Geschehen an sich: Gerade eben hatte Kriminaldirektor Sandt sie angerufen und sie ins Dienstgebäude an der Keithstraße beordert. Im Moment würde jeder Beamte gebraucht.

Das Autobahndreieck Schwanebeck kam näher – hier hätte sie rechts abbiegen sollen. Marion wählte die andere Richtung; sie würde nicht wie die anderen Lemminge Arndts Ruf folgen. Außerdem hatte sie einen guten Grund für ihre Eigenmächtigkeit: Schorten hatte auf ihre Mailbox gesprochen. In etwas wirren Sätzen hatte er von neuen Erkenntnissen im Fall Wilbur Arndt erzählt. Auf ihren Rückruf hatte er nicht geantwortet. Das reichte, um sich Sandts Anordnung zu widersetzen.

***

Hilde Rensch schwitzte. Ihr Schweiß lief in Sturzbächen über Augen und Gesicht, sammelte sich in Armbeugen und Schritt und glitt ihre Oberschenkel entlang.

Hilde Rensch schrie. Sie schrie, bis ihre Stimme versagte, bis sie sich übergeben musste und sich der Inhalt ihres Magens über Kleidung und Tischplatte ergoss.

Hilde Rensch lachte. Sie lachte über Wilbur Arndt, der

glaubte, sie bestrafen zu können. Doch Strafe war für sie eine Form des Glücks. Sie genoss die Situation. Den Schweiß, den Gestank, die Anspannung, das Zittern ihrer Hand. Dieses faszinierende Zittern, das den Mechanismus auslösen konnte. Was war das für ein Schmerz, wenn man seine Hand verlor? Würde sie ohnmächtig werden, würde sie gar nichts spüren, oder würde es wie das Brennen sein, wenn man sich mit einem Messer ins eigene Fleisch schnitt? Würde sie das Knacken hören, wenn die Knochen brachen, würde das Blut in einer Fontäne aus ihren Venen schießen? Würde sie allmählich verbluten?

Das Zittern kündigte sich wieder an. Es kam in immer kürzeren Abständen, der ständigen Anspannung, der unbequemen Haltung geschuldet. Gebannt beobachtete sie, wie sich ihre Muskeln verselbstständigten, wie sich ein Teil ihres Körpers ihrem Willen entzog. Jetzt war es so weit. Ihre Finger verkrampften sich, ihr Unterarm begann zu beben. Hilde Rensch krümmte sich, bog mit aller Macht ihr Handgelenk nach oben, legte ihren Kopf auf die Tischplatte, stemmte sich gegen sich selbst.

Das Zittern ging vorüber, Hilde Rensch richtete sich auf. Auch wenn die Vorstellung berauschend war, wollte sie ihre Hand nicht verlieren. Bei körperlichen Züchtigungen musste immer zwischen Gewinn und Einsatz abgewogen werden. Der Gewinn hatte zwar seinen Reiz, aber der Einsatz war viel zu hoch. Selbst die Rettung ihres alten Lebens wog den Verlust ihrer Hand nicht auf.

Im Grunde hatte sie sich längst entschieden. Sie würde niemals freiwillig den Knopf drücken. Irgendwie musste es ihr gelingen, die Papiere auch später noch zu vernichten. Nur die Vorstellung, was geschehen würde, wenn der Stempel zum Einsatz kam, berauschte sie. Konnte man so etwas nachstellen? Würde man jemanden finden, der bereit war, den Einsatz zu zahlen? Eine Weile beschäftigte sich Hilde Rensch mit diesem Gedanken. Wie konnte man so etwas bewerkstelligen? Eine Anzeige im Internet, wie bei dem Kannibalen von Rothenburg? Aber wie sollte man dabei anonym bleiben, und wie sollte man an die nötigen Maschinen kommen? Das Gedankenspiel lenkte sie ab, ließ sie ein paar Minuten gewinnen. Wertvolle Minuten. Denn da gab es noch etwas anderes. Etwas, das mit der gleichen Gewissheit wie das Zittern kam, nur um vieles unangenehmer.

Es war die Welle der Ungeduld, der Augenblick der Schwäche. Es war der Drang, sich bewegen zu müssen, sich zu strecken, die Lage zu verändern. Es war das Pochen der geschwollenen Füße und Hände, der Schmerz in Nacken und Schultern.

Hilde Rensch begann wieder zu schreien. Sie verfluchte die unfähige Polizei, die sie nicht fand, ihre Mutter, die sie hasste, und ihren Vater, der sie im Stich gelassen hatte. Sie schrie um Hilfe und bat Wilbur Arndt um Vergebung. Ja, sie bat ihn tatsächlich um Vergebung. Und als sie dann noch zu beten begann, musste sie lachen, denn ihr Gebet galt ihm und all ihren Opfern, die niemals vergessen sollten, was sie ihnen angetan hatte. Und als sie keine Worte mehr fand und die Kraft aus ihrem Körper wich und ihre Finger nach dem Schalter tasteten, hörte sie Schritte.

Zuerst kam Peter Illsen mit vorgehaltener Waffe in den Keller gestürmt. Ihm folgten Kai Mendel und ein Notarzt. Nachdem der Raum gesichert war, öffnete Illsen vorsichtig ihre Fesseln, den bedrohlichen Stempel immer im Blick.

»Bleiben Sie ganz ruhig, Frau Rensch, es ist gleich vorbei«, sagte er und löste den letzten Riemen.

Hilde Rensch starrte ihn ausdruckslos an, dann drückte sie den Knopf. Die Stanze setzte sich augenblicklich in Bewegung, Rensch zog ihre Hände zurück, und Illsen brachte sich in Sicherheit. Beim Auftreffen des Stempels auf die Gegenhalterplatte bebte der Boden und von der Decke löste sich Mörtel. Rensch starrte auf die Vorrichtung, die ihre Unterlagen verbrennen sollte, doch nichts geschah. Illsen folgte ihrem Blick. Rensch sprang auf und schrie Unverständliches, dabei verfing sich ihre Fußfessel, und sie fiel hin. Auf allen vieren kroch sie zu den Unterlagen. Der Notarzt und Illsen hielten sie zurück.

»Ich bin Dr. Bausch«, sagte der Notarzt. »Sie haben sehr viel mitgemacht. Sie müssen sich beruhigen. Ich gebe Ihnen etwas, damit es Ihnen besser geht.«

Hilde Rensch sah die Spritze und wehrte sich mit Händen und Füßen.

»Ich brauch keine Beruhigungsmittel«, schrie sie. »Sie müssen mir die Akten geben. Es sind meine. Arndt, dieses Schwein, hat mich betrogen. Wenn Sie nicht tun, was ich sage, werde ich Sie zur Rechenschaft ziehen.«

Das Eindringen der Spritze spürte sie nicht. Schnell breitete sich der Tranquilizer aus, und Rensch gab ihren Widerstand auf.

Peter Illsen nahm die Akten zur Hand und überflog sie. Weitere Beamte betraten den Keller und wurden von Mendel instruiert. Die Staatsanwältin wurde ins Krankenhaus gebracht. Mendel trat neben Illsen.

»Und? Lohnt es sich, dafür so einen Aufstand zu machen?«, fragte er.

»Wohl schon. Wenn das alles stimmt, ist die Rensch erledigt«, entgegnete Illsen.

***

Schortens wohnten in einer ruhigen Gegend. Das Doppelhaus und das parkähnliche Grundstück zeugten von einem gehobenen Lebensstandard. Marion war zum ersten Mal hier und schaute sich interessiert um. Wie wenig sie doch von Schorten wusste. Da arbeitete man schon jahrelang zusammen, doch Privates blieb immer außen vor. An der Haustür vergewisserte sie sich, ob sie richtig war. Ein Messingschild, eingelassen in einem gusseisernen Briefkasten, wies auf die Familie Schorten hin.

Marion betätigte die Klingel. Im Haus blieb es ruhig. Auch nach dem zweiten und dritten Läuten tat sich nichts. War Schorten nicht da? Marion trat einen Schritt zurück und spähte in die Küche. Sie glaubte, einen Schatten gesehen zu haben. Abermals klingelte sie, jetzt aber Sturm.

Endlich vernahm sie ein Geräusch. Die Tür wurde aufgeschlossen, sie war mehrfach gesichert. Es dauerte eine Weile, bis sie sich öffnete, und das nur einen Spalt.

Schorten blinzelte in die tief stehende Abendsonne. Er trug einen ausgeleierten grauen Jogginganzug und sah schrecklich aus: unrasiert, die Augen rot unterlaufen, das Gesicht aufgedunsen. Sein Atem war alkoholgetränkt.

»Sie haben mich angerufen«, sagte Marion.

Schorten runzelte die Stirn und fuhr sich mit der Hand übers Gesicht. Seine Antwort kam zögerlich. »Ja, stimmt. Muss gestern Abend gewesen sein. Sie sind nicht rangegangen.«

»Aber jetzt bin ich hier. Sie sagten, Sie hätten etwas Interessantes entdeckt.«

»Oh, ja. Das habe ich.«

»Ich habe auch einiges zu berichten und zu fragen. Aber wollen Sie mich nicht erst hereinlassen?«

Schorten blickte unsicher an sich hinunter. »Das ist im Moment ziemlich ungünstig. Wissen Sie, es ist nicht aufgeräumt. Können wir uns nicht in einem Café unterhalten?«

»Nein, unmöglich. Die Zeit drängt. Die Staatsanwältin wird nicht Arndts letztes Opfer gewesen sein.«

In Schortens Gesicht arbeitete es. »Entschuldigen Sie, aber ich kann nicht. Ich bin sehr beschäftigt.«

»Dann helfe ich Ihnen.« Mit sanfter Gewalt drückte Marion gegen die Tür.

Schorten seufzte und trat zurück. »Ist sowieso alles egal.«

Ein Windfang trennte den Eingang von der Wohnung. Schorten forderte Marion auf, ein Paar der bereitstehenden Hausschuhe anzuziehen, was sie befremdlich fand, da der Boden mit Schaumstoffresten übersät war. Im Gang musste sie darauf achten, dass sie nicht in Glasscherben trat. Durchwühlte Schubladen einer Kommode standen offen, ein Stapel Zeitschriften versperrte den Weg. Schorten hob eine auf, legte sie auf die Kommode, schob die anderen mit dem Fuß beiseite und trottete dann weiter. Währenddessen murmelte er irgendetwas von einer Putzhilfe, die keine Zeit gehabt habe. In der Küche ein ähnliches Bild: eine offen stehende Spülmaschine, gefüllt mit schmutzigem Geschirr. In der Spüle abgestandenes Wasser, gebrauchte Teller und Gläser. Aus einem Unterschrank quoll Abfall. Es roch säuerlich.

»Wollen Sie einen Kaffee?« Unbeholfen hantierte Schorten an der Kaffeemaschine und suchte nach einer ungebrauchten Tasse. »Die Spülmaschine ist kaputt, wissen Sie. Ich hab versucht, den Service zu erreichen, aber es war Sonntag. Und am Montag hatte ich keine Zeit. Und dann die Unordnung. Bevor ich jemanden kommen lasse, muss doch erst aufgeräumt sein. Eigentlich hätte ich schon viel früher anrufen sollen, aber da habe ich nicht mit solchen Problemen gerechnet. Hätte ich rechtzeitig reagiert, dann hätte ich eine Putzhilfe oder eine Haushälterin organisiert. Aber wer konnte ahnen, dass mir alles so aus dem Ruder läuft.«

Was redete Schorten für wirres Zeugs? Marion wähnte sich einem Fremden gegenüber. Fassungslos beobachtete sie ihren ehemaligen Chef, wie er sich auf einen Stuhl setzte und in ungeordneten Sätzen von den letzten Tagen berichtete. Er sprach von einer unsäglichen Wut, die ihn die halbe Wohnung verwüsten ließ. Von dem Drang zu zerstören, was seiner Frau lieb und teuer war. Er erzählte von dem Doppelleben seiner Frau, von seinem illegalen Eindringen in ihre Zweitwohnung, von der modernen Küche, von den geheimen Urlauben, von einem versteckten Raum, den er nicht beschreiben wollte, nein, den er nicht beschreiben konnte. Genauso wenig, wie er der Erniedrigung, die ihm in diesem Raum widerfahren war, einen Namen geben konnte. Und immer wieder kam er auf den Beweis zu sprechen, der absichtlich platziert worden war, um Arndts Macht zu zeigen, seinen Einfluss, der nicht einmal vor dem Privatleben haltmachte. Dieser verdammte Obdachlose, der allen etwas vorspielte, der seit seinem Erscheinen ihre Geschicke bestimmte, ja, der anscheinend sogar den Tod überwinden konnte.

Marion versuchte ab und zu nachzuhaken, doch Schorten beachtete sie gar nicht. Sein Redefluss war nicht zu stoppen, alles musste gesagt werden, die ganze Verzweiflung musste raus, das Entsetzen über die eigene Hilflosigkeit, das Erkennen der unwürdigen Situation und die absurden Bemühungen, sich daraus zu befreien.

»Es ist ja nicht so, dass ich mir der Lächerlichkeit meiner

Aufräumversuche nicht bewusst bin«, sagte Schorten. »Ich sehe genau, was zu tun ist. Aber sobald ich es in die Tat umsetzen will, versagt mein Verstand. Ich kann nicht aus meiner Haut. Ich kann ein Büro leiten, Mitarbeiter führen, aber ich kann keine verdammte Spülmaschine einräumen, die Waschmaschine bedienen. Anfangs wusste ich nicht einmal, wo der Kaffee steht.« Ein verunglücktes Lächeln huschte über Schortens Gesicht, dann starrte er aus dem Fenster.

Marion wusste nicht, wie sie reagieren sollte. Ihre Gefühle schwankten zwischen Mitleid und Abneigung. »Hier ist es ziemlich ungemütlich. Können wir uns nicht woanders unterhalten?«, fragte sie unsicher.

Schorten rieb sich die Stirn. »Doch, sicher, das Musikzimmer. Da wartet ohnehin eine Überraschung auf Sie.«

Das Musikzimmer war ein im Dachstuhl geräumig ausgebautes Studio. Großflächige Fenster ermöglichten einen freien Blick auf den angrenzenden Park. Zwischen lackierten Holzbalken standen eine weiße Ledergarnitur und überdimensional große Lautsprecherboxen. Unzählige Porzellanfiguren, die alle im selben Winkel ausgerichtet waren, belagerten verchromte Regale und zeigten genau auf eine Art Altar, dessen Heiligtümer ein schwarzer Plattenspieler und sein massiver Verstärker waren. Selbst die Zimmerpflanzen ordneten sich diesem Winkel unter. Der Raum war steril und kalt. Eine künstliche stromlinienförmige Fassade, die den Blick auf das Wahre verstellte. Schorten, seiner Fassade beraubt, wirkte hier vollkommen deplatziert, dennoch zeigte sich in seinem müden Gesicht Besitzerstolz.

»Schön hier, nicht wahr?«

»Ja, sehr schön«, bestätigte Marion artig.

»Schauen Sie sich nur einmal die Hifi-Anlage an. Sie besteht ausschließlich aus hochwertigen Komponenten. Und der Plattenspieler ist ein absolutes Wunderwerk. Technisch auf dem neuesten Stand und aufgrund des ausgelagerten Motors resonanzoptimiert, das garantiert einen überragenden Klang. Ich werde Ihnen eine Platte vorspielen, dann können Sie sich Ihre eigene Meinung bilden.«

»Herr Schorten, eigentlich bin ich nicht gekommen, um Platten anzuhören, eigentlich sollte ich jetzt im Präsidium sein. Es wäre nett, wenn Sie mir gleich Ihre Entdeckung im Fall Arndt zeigen würden.«

»Aber die Platte ist doch die Entdeckung, warten Sie nur ab.«

Schorten forderte Marion auf, sich zu setzen. Widerwillig ließ sie sich auf dem weichen Ledersofa nieder. Schorten ging zu einem Wandschrank, der die ganze Seite zum Treppenhaus einnahm. Eine immense Plattensammlung verbarg sich darin.

»Kennen Sie Jethro Tull?«

»Nein. Klingt aber nicht nach Klassik.«

»Warum Klassik? Meinen Sie, ich höre nur Klassik? Ich bin ein ausgewiesener Anhänger und Kenner der Rock- und Jazzmusik aus den sechziger und siebziger Jahren. Sie haben wohl eine vorgefertigte Meinung von mir?«

Das hatte Marion tatsächlich, überspielte dies aber mit einem verlegenen Lächeln.

Schorten legte vorsichtig eine Platte auf und wählte das zehnte Lied. »Erkennen Sie es?«, fragte er nach den ersten Tönen.

Marion nickte. Sie hatte es auf dem Video, das Lokis Tod zeigte, gehört. »Und was wollen Sie mir damit sagen?«

»Dieses Lied, ›Locomotive Breath‹, ist die erfolgreichste Single von Jethro Tull und auf der LP ›Aqualung‹ zu finden. Eine LP, die 1971 veröffentlicht wurde. Aqualung ist der Name eines Obdachlosen, der auf dem Cover abgebildet ist.«

Schorten reichte Marion das Plattencover. Interessiert wartete er auf ihre Reaktion. Marion richtete sich sofort auf. Ihr stach die Zeichnung eines Mannes ins Auge, der ein Ebenbild Wilbur Arndts war.

»Was hat das zu bedeuten?«, fragte sie konsterniert.

»Gute Frage«, entgegnete Schorten. »Fakt ist, dass ich diese Platte in der Zweitwohnung meiner Frau gefunden habe, und zwar so drapiert, dass ich sie sehen musste. Es ist, als hätte Wilbur Arndt seine Visitenkarte hinterlassen, um mich auf seine Spur zu locken.«

»Die Ähnlichkeit ist verblüffend. Ist das wirklich das Originalcover?«

»Ja. Jeder, der sich für Rockmusik interessiert, kennt es. Dass ich Arndt nicht von Anfang an damit in Verbindung gebracht habe, ärgert mich maßlos.«

»Nun, diese Verbindung ist auch nicht gerade naheliegend«, gab Marion zu bedenken. »Trotzdem müssen wir uns fragen, was Arndt damit bezweckt.«

»Mir fällt dazu nichts Sinnvolles ein. Ich kann nur sagen, dass mich das Ganze äußerst irritiert; es hat etwas Bedrohliches an sich.«

Marion schaute auf, Schorten wich ihrem Blick aus. Auch ich habe ein ungutes Gefühl, dachte sie. Es ist ähnlich wie bei der falschen Frau Eisen – die Realität gerät ins Wanken, man stellt absonderliche Vermutungen auf.

»Betrachten wir es nüchtern«, sagte sie, um ihren Gedanken eine andere Richtung zu geben. »Wilbur Arndt war auf der Suche nach einer anderen Identität für seine Pläne. Er weiß von seiner Ähnlichkeit mit Aqualung. Da er einen Hang zur Extravaganz hat, nimmt er das Aussehen dieser Phantasiegestalt an und wird zum Obdachlosen. Eine Rolle, die er über Jahre hinweg beibehalten hat.«

»So könnte es gewesen sein«, stimmte Schorten zu.

»Gut, so weit sind wir uns also einig. Was hat Arndt aber mit Ihnen zu tun? Warum macht er Sie auf sich aufmerksam? Und warum macht er Sie so fertig?«

»Nun, vielleicht will er sich aus irgendeinem Grund an mir rächen.«

»Kennen Sie denn einen Grund?«

»Nein. Wilbur Arndt ist mir erst seit dem Entführungsfall bekannt. Zuvor hatte ich nichts mit ihm zu tun.«

»Dann sind Sie ihm vielleicht gar nicht wichtig, vielleicht führt er Sie nur vor, weil er Sie nicht ausstehen kann. Vielleicht ist die Sache mit Ihnen nur eine kleine Gehässigkeit, die sich zufällig ergeben hat.«

Marion hielt inne. Die eigentliche Frage war doch, was Arndt mit Schortens Frau zu tun hatte. Der Frau, die mit ihrem

Liebhaber durchgebrannt war und von der es seit Tagen kein Lebenszeichen mehr gab. Selbst wenn vieles für eine ganz normale Ehetragödie sprach, konnte doch mehr dahinterstecken. Ein abenteuerlicher Gedanke zwar, doch ein Versuch war es wert.

»An was denken Sie?«, fragte Schorten.

»Es ist nur eine Vermutung. Können Sie mir den Vor- und Mädchennamen Ihrer Frau nennen?«

»Cordula Bürk«, antwortete Schorten knapp.

»Cordula Bürk«, wiederholte Marion leise und fügte dann etwas lauter an: »Ist Cora nicht eine Kurzform von Cordula?«

»Ja, sicher. Und warum wollen Sie das wissen?«

Marion ignorierte Schortens Frage und zeigte ihm, um ganz sicher zu sein, das Bild der beiden Wärterinnen. »Können Sie darauf Ihre Frau erkennen?«

Schorten kniff die Augen zusammen, seine Hand zitterte leicht. »Schwer zu sagen. Ich kenne keine Bilder aus Cordulas Jugend. Auch nicht aus ihrer Kindheit. Eigentlich seltsam, nicht wahr?«

Marion zuckte mit den Schultern und sagte: »Konzentrieren Sie sich bitte, es ist wichtig.«

Schorten nahm sich etwas Zeit und entgegnete dann zögerlich: »Ja, ich würde schon sagen, dass sie es ist. Auch das andere Mädchen kommt mir irgendwie bekannt vor.«

»Kein Wunder. Das ist Hilde Rensch. Sie und Ihre Frau waren Jugendfreundinnen.«

»Die Staatsanwältin? Das ist mir neu.« In Schortens Gesicht begann es zu arbeiten, sein kriminalistisches Gespür war geweckt. »Hilde Rensch wurde von Arndt entführt. Einige Tage zuvor verlässt mich meine Frau. Sie vermuten hier einen Zusammenhang.«

Marion nickte, und über Schortens Gesicht huschte ein unpassendes Lächeln. »Sie glauben also, dass meine Frau ebenfalls entführt worden ist.«

»Ja.«

Schorten triumphierte. »Dann hat sie mich gar nicht verlassen, ich hatte von Anfang an recht.«

Ungläubig starrte Marion Schorten an. »Die Situation ist sehr ernst, Herr Schorten. Arndt wird bei Ihrer Frau nicht anders verfahren als bei der Staatsanwältin. Ich nehme an, Sie kennen das Video aus dem Internet.«

»Natürlich, Frau Tesic«, sagte Schorten geflissentlich und versuchte ein betroffenes Gesicht zu machen. »Jetzt zählt jede Minute. Wir müssen Cordula schnellstmöglich finden. Ich habe Unterlagen über ihren vermeintlichen Lebenspartner, Thomas Bauer, mitgenommen. Vielleicht stoßen wir dort auf einen Anhaltspunkt.« Mit einem Ruck stand Schorten auf und strebte, sichtlich beschwingt, aus dem Zimmer.

Diesen Menschen habe ich einmal geachtet, dachte Marion und unterdrückte den Drang, einfach zu gehen, diese ganze Verlogenheit hinter sich zu lassen. Marion seufzte. In ihren Händen hielt sie noch immer das Plattencover. Wilbur Arndt starrte sie hinterhältig an. Seine linke Hand griff in die Innentasche seines Mantels, seine rechte lag am Revers und hielt den Mantel zu.

»Und was ist mit dir, was verbirgst du?«, fragte Marion. »Was hast du vor? Willst du dich größer machen, als du bist? Willst du deine Welt durch Selbstjustiz wieder in Ordnung bringen? Willst du es allen zeigen, um über deine armselige Existenz hinwegzutäuschen?«

Das Bild gab ihr keine Antwort. Marion wendete das Cover. Wilbur Arndt saß in einem Rinnstein, einen Hund an seiner Seite. Arndt wirkte erschöpft, sein Blick war mild. Ganz so ist es nicht, schien er zu sagen.

Schorten kehrte zurück. Er hatte sich umgezogen und ein Stück Würde zurückgewonnen. In seinen Händen hielt er mehrere Aktenordner.

»Das könnte interessant sein«, sagte er und setzte sich neben Marion. »Bauer ist Architekt. Er arbeitet häufig mit Eventagenturen zusammen und hat sich auf Umbau und Gestaltung von Industrieruinen und sonstigen ungewöhnlichen Orten spezialisiert.«

»Industrieruinen, das passt.« Marion studierte die Ordnerrücken. »Arndts großer Abgang hat in einem stillgelegten

Kraftwerk stattgefunden. Sie hätten mich wirklich früher benachrichtigen sollen.«

»An besagtem Tag war ich nicht in der Lage, und danach waren Sie nicht zu erreichen«, entschuldigte sich Schorten.

»Jetzt kann man auch nichts mehr ändern«, entgegnete Marion und schlug den Ordner mit der aktuellen Jahreszahl auf. Bauers Arbeit wurde von einem Großprojekt beherrscht, das Marion an die Begegnung mit dem Krankenpfleger in Tromptow erinnerte. »Vergessen Sie den Flughafen Tempelhof nicht«, hatte er gesagt. »Es ist bestimmt Tempelhof.«

Bauer war tatsächlich an der Umgestaltung dieses Flughafens beteiligt. Fieberhaft überflog Marion die Unterlagen. Neben Angeboten, Listen, Bauplänen und Freihandskizzen stieß sie auf einen Vorschlag für einen Werbeflyer mit der Überschrift:

Erkenne dein eigenes Ich – werde der, der du bist.

Darunter eine Erläuterung:

Projekt Platon, eine einzigartige Kunstinstallation:
Gescannt und von einer hocheffektiven Software bewertet, finden Sie eine Gestalt an die Wand des Tunnels projiziert, die Ihrem Charakter entspricht und die jede Ihrer Bewegungen, einem überdimensionalen Schatten gleichend, in Echtzeit folgt. Werfen Sie einen unverstellten Blick auf sich selbst, entdecken Sie, wer Sie wirklich sind.

»Ziemlich großspurig«, sagte Marion. »Es klingt nach Arndt. Außerdem hat er in dem weitläufigen Flughafen alle Möglichkeiten. Ich glaube, wir haben ihn.«

»Kann schon sein«, entgegnete Schorten skeptisch. »Aber es gibt noch so viele andere Optionen. Bauer hat letztes Jahr zum Beispiel auch Bunkeranlagen umgebaut.«

Marion ging nicht auf Schortens Einwand ein und schlug einen Bauplan auf.

»Kennen Sie sich mit solchen Plänen aus?«, fragte sie.

Schorten nickte. »Den Ausbau des Dachgeschosses habe ich damals selbst geplant.«

»Dann suchen Sie nach einem Raum, in dem man eine Geisel verstecken kann.«

Schorten studierte den Plan und schüttelte den Kopf. Weitere Pläne folgten. Irgendwann tippte er mit dem Zeigefinger auf einen kleinen Raum. »Der wurde nachträglich mit einem WC versehen, und die Wände sind außergewöhnlich dick – vielleicht wegen einer besseren Schalldämmung. Außerdem liegt der Raum ziemlich abseits. Ich würde sagen: Das ist ein ideales Gefängnis.«

Tempelhof

Es hatte geregnet. Das Licht der Straßenlaternen spiegelte sich auf dem Asphalt, bunte Neonreklame flog vorbei. Marion überholte einen Kleinlastwagen, ein entgegenkommendes Fahrzeug blendete auf. Schorten saß neben ihr und telefonierte mit der Berliner Immobilienmanagement GmbH, die Führungen auf dem Flughafengelände anbot – er hatte sich nicht davon abbringen lassen mitzukommen.

»Wir sollen uns beim Haupteingang einfinden. Dort wartet ein Angestellter«, sagte er gehetzt und verstaute sein Handy.

Marion nickte ihm zu. Schorten fuhr sich nervös übers Gesicht und leerte dann den Rest einer Mineralwasserflasche. Vermutlich war er noch betrunken. Auf was hatte sie sich da nur eingelassen?

Wenige Minuten zuvor hatte sie mit Kriminaldirektor Sandt gesprochen. Er missbilligte ihre Eigenmächtigkeit und hielt ihren Verdacht für sehr fragwürdig. Dennoch sicherte er ihr Verstärkung zu. Dies würde aber wegen des Chaos beim Kraftwerk Rummelsburg noch eine gewisse Zeit dauern. Zeit, die Marion nicht hatte.

Sie stellte das Radio an. »Alle Sender berichten über Arndt. Vielleicht erfahren wir so noch etwas Wichtiges«, sagte sie mehr zu sich selbst.

Auf Berlin on Air quasselte eine überdrehte Moderatorin vom Antihelden Wilbur Arndt und von etlichen Anhängern, die seinem anarchischen Ansatz folgen würden. Sie erzählte von der Unbesiegbarkeit des menschlichen Geistes und von Wiedergeburt. Sie schwadronierte über die Eleganz des Todes und Arndts gelungene Performance bei der Inszenierung desselbigen. Bei diesem Punkt angelangt, schlug sie einen Bogen zu den jüngsten Ereignissen im Kraftwerk. Wieder träfen Leben auf Tod, Gut auf Böse. Wieder schrieb Wilbur Arndt das Drehbuch, und wieder würde allein er entscheiden, worüber die Welt zu berichten hätte.

»Da wird eine Staatsanwältin Opfer brutalster Gewalt, und diese Göre macht Arndt zum Künstler! Haben denn alle den Verstand verloren?«, fluchte Schorten und zerdrückte die Kunststoffflasche, die er noch immer in den Händen hielt.

»Zumindest hat sie keine Ahnung, was im Kraftwerk geschehen ist. Genauso wenig, wie sie von Arndts neuen Plänen weiß. Das heißt: Er hat die Öffentlichkeit nicht informiert, noch ist er nicht so weit. Wenn wir also mit Tempelhof richtig liegen, dann können wir ihn zum ersten Mal überraschen, dann halten wir das Heft in der Hand.«

»Hoffentlich haben Sie recht«, sagte Schorten grimmig und drehte das Radio lauter. Die Moderatorin kündigte zum Jethro-Tull-Themenabend das Lied »Hymn 43« an. Marion überfuhr eine rote Ampel.

***

»Führungen mache ich schon lange keine mehr«, sagte der alte Mann kurzatmig. Er steckte in einer abgewetzten nachtblauen Fliegeruniform und zog sein rechtes Bein nach. »Die neuen Herren setzen mich nur noch als Nachtwächter ein.« Der Mann legte eine keuchende Pause ein. »Vermutlich, weil ich zu viel weiß.«

Dann zwängte er sich hinter das Steuer eines offenen Elektrofahrzeugs, das Platz für fünf Personen bot. »So ein Ding braucht man hier. Der Flughafen ist nach dem amerikanischen Pentagon flächenmäßig das größte Gebäude der Welt.«

Marion und Schorten setzten sich ebenfalls. Ihre Gesichter und ein Teil des gewaltigen Gebäudes wurden vom kalten Blau des Schriftzuges des verwaisten Abfertigungsbereichs erhellt:

T e m p e l h o f

Massive Treppentürme teilten in gleichen Abständen die gebogene Fassade des Flughafens und verloren sich im Dunkeln. Das Fahrzeug fuhr geräuschlos an.

»Sie wollen also in die unterirdischen Anlagen, dorthin, wo

seit Monaten so modernes Zeugs installiert wird, wo irgendwelche Leute diese historische Stätte entweihen?«

Der alte Mann wandte sich Marion zu, auf seinem Namensschild stand »Captain Schmidt«. »Bin früher so gut wie selber geflogen«, sagte er, als er Marions fragenden Blick registrierte. »Hab die Maschinen entladen, damals, 1948, als die Russen uns den Saft abdrehen wollten. Aber mit uns nicht, mit uns nicht, das kann ich Ihnen sagen. Die Rosinenbomber sind im Neunzig-Sekunden-Takt gestartet und gelandet. Das war ein großartiger Lärm. Da sind dem Stalin die Ohren abgefallen. Damals haben wir alle zusammengehalten, und die Amis waren meine Freunde, die haben mich respektiert. Nicht wie die Rotzlöffel von heute. Diese nassforschen Büroclowns von der Betreibergesellschaft. Einen Blumenpark wollen die aus dem Gelände machen. Einen Blumenpark! Na, haben die noch alle beisammen?«

Captain Schmidt bog in eine stark abfallende Straße ein, die das Gebäude unterquerte. Der schlafende Flughafen verschluckte Fahrzeug und Menschen.

»Das ist der Lieferanteneingang, wenn Sie so wollen. Die unterirdischen Anlagen reichen drei Stockwerke in die Tiefe. Und sie sind weitaus verzweigter, als die Besserwisser behaupten.«

»Das ist doch nur ein Gerücht«, stellte Marion fest.

»Zum Gerücht ist es gemacht worden.«

»Und warum?«

»Na, weil es gefährlich ist.« Captain Schmidt beugte sich zu ihr herüber und senkte seine Stimme. »Sie können es glauben oder nicht. Aber dort unten spukt es. Und manch einer behauptet, er hätte den Geist des Führers gesehen.«

»Aha«, sagte Marion, während Schorten ungeduldig dazwischenplatzte. »Ihre Aufgabe ist es, uns schnellstmöglich zu den unterirdischen Anlagen zu bringen, und nichts weiter. Diesen Unsinn können Sie sich sparen.«

»Ist kein Unsinn«, entgegnete Schmidt. »Die Zeugen sind nämlich alle schon tot. Schon allein daran sieht man, wie gefährlich die Sache ist.«

Mit einem Universalschlüssel schloss Schmidt eine schwere Stahltür auf.

»Einer von vielen Seiteneingängen«, sagte er. »Die Straße führt weiter zur Eisenbahntrasse, die unterhalb der Haupthalle verläuft. Dort unten haben sie im Zweiten Weltkrieg die gute alte Focke-Wulf 190 montiert. Ein tolles Jagdflugzeug, das kann ich Ihnen sagen. Die Eisenbahntrasse taucht rechts vom Zentralflughafen ab und auf der anderen Seite wieder auf. Die haben sich damals nicht lumpen lassen, dieser Flughafen ist einmalig.«

»Wo führen all die Türen hin?«, fragte Schorten, während sie einen gebogenen Gang entlangschritten.

»Abstellräume und Keller, die als Bunker genutzt wurden«, antwortete Schmidt.

»Und was sind das für Fußspuren, die da auf den Boden gemalt sind?«

»Gehört zu dieser komischen Kunstsache. Sollen wohl den Weg zur Werkstatt – unserem Ziel – weisen. Dort steht der gesamte Zauber.«

Ein verrostetes Schild, das nicht zu den frisch geweißelten Wänden passte, kennzeichnete den Eingang zur Werkstatt. Eine zweiflügelige Tür verwehrte den Zutritt.

Marion stockte. Sie hatte ein Déjà-vu. Als sie mit Bakker in Tromptow das Schulgebäude des Kinderheims durchsucht hatte, war sie auf Ähnliches gestoßen.

»Wurde im Zuge der Kunstinstallation eine große Stanze hierhergebracht?«, fragte sie Schmidt.

»Ja, so eine gusseiserne Riesenmaschine. War enorm schwer. Wenn es beim Haupteingang der Werkstatt keinen Verladekran geben würde, hätten sie das Ding niemals reingebracht.«

Marion wandte sich an Schorten. »Ich glaube, das ist es. Ab jetzt sollten wir vorsichtig sein.« Schorten nickte. Beide zogen sie ihre Waffe.

»Ich hab Sie doch gewarnt, dass es gefährlich ist«, schnaubte Schmidt, dem die Farbe aus dem Gesicht gewichen war.

»Sie müssen keine Bedenken haben«, beruhigte Marion ihn. »Sagen Sie mir einfach, was uns hinter der Tür erwartet.«

Schmidt schaute sich skeptisch um und sammelte sich. »Eine

Empore, die durch eine Wand von der restlichen Halle abgetrennt ist. In Augenhöhe ist ein längliches, schmales Fenster eingelassen, das durch irgendwelche Tricks Gegenstände in die Halle projiziert, die eigentlich gar nicht vorhanden sind – ist auch so ein Kunstding. Am Ende der Empore geht's ein paar Stufen runter. Dann kommen rechts das Meisterzimmer und links die Werkbänke, danach die Deckenkräne, mehrere große Gruben wie in einer Autowerkstatt und verschiedene Maschinen. Die Stanze steht am Ende der Halle so ziemlich in der Mitte. Das Haupttor, das zu den Schienen führt, befindet sich auf der rechten Seite.«

Marion atmete tief durch. »Das war sehr hilfreich. Danke, Herr Schmidt. Gehen Sie jetzt bitte wieder zum Eingang zurück und löschen das Licht. Falls es zu einem Schusswechsel kommt, rufen Sie sofort die Polizei.«

Die Tür schloss lautlos. Marion und Schorten hatten ihre Waffen im Anschlag und kauerten an der Wand. Bis auf schwach fluoreszierende Fußspuren auf dem Boden war es stockdunkel. Schorten wagte einen Blick durch das schmale Fenster.

»Nichts zu erkennen«, flüsterte er.

In gebückter Haltung schoben sie sich in Richtung der Treppe. Eine gedämpfte Stimme, die aus nächster Nähe zu kommen schien, ließ sie innehalten. Diffuses Licht hob Umrisse hervor. Schorten deutete zur gegenüberliegenden Wand: ein Lautsprecher. Darüber ein kleiner Bildschirm, der die Stimme in einer oszillierenden Kurve abbildete.

»Wie soll man nur eine Perverse quälen?«, murmelte es.

Marion umschloss ihre Waffe fester. Dies war eindeutig Arndts Stimme.

»Ein Gedanke, der mich seit unserer ersten Begegnung beschäftigt. Schmerz kann nicht die Antwort sein, denn Schmerz ist wohl dein Lebenselixier. Was ist aber, wenn der Schmerz zum Tod führt? Was ist, wenn dein erbärmliches Leben ein Ende findet?«

»Du kannst mich nicht töten. Du bist mir hörig.« Die zweite Stimme, eine weibliche, gepresst, aber befehlend.

Schorten zog hörbar die Luft ein und gab Marion ein Zeichen. Seine Frau war tatsächlich in Arndts Gewalt.

»Das ist wahr, und es ist traurig. Was bin ich nur für eine erbärmliche Existenz. Da arbeite ich jahrelang auf diesen Augenblick hin, und dann verlässt mich der Mut.«

»Du wirst jetzt ein guter Junge sein und die Fesseln lösen. Dann wirst du das bekommen, nach dem du dich sehnst.«

Ein Kichern drang aus dem Lautsprecher. Ein langes Kichern, das langsam erstickte. »Fast wäre ich auf mich selbst hereingefallen, fast hätte ich vergessen, wer Herr des Geschehens ist. Du hast keine Macht über mich, du kannst gar keine Macht über mich haben. Nur ich gestalte, und nur ich entscheide. Ich habe dir dein Paradies gezeigt, und ich habe es dir genommen. So, wie ich dir jetzt dein Leben nehme. Denn am Leben, ja am Leben, daran hängst du.«

Marion konnte Schortens Gesichtszüge nicht erkennen, dennoch verriet seine Haltung, wie sehr er litt. Die Situation war sehr heikel, hoffentlich behielt er seine Nerven. Schorten setzte sich eine Spur zu überstürzt in Bewegung.

Am Fuß der Treppe spähte Marion in die Dunkelheit. Außer den Fußspuren, die in einem Bogen hinter dem Meisterzimmer verschwanden, war nichts zu erkennen. Schorten befand sich ein Stück links vor ihr.

Blind wie Maulwürfe gehen wir den Weg, den Arndt für uns vorgesehen hat, dachte sie. Unser einziger Trumpf ist das Überraschungsmoment.

Die beiden umrundeten das Meisterzimmer. Am Ende der Halle konnten sie ein zittriges, sich bewegendes Licht erkennen, das bisher durch eine Art Trennwand verdeckt wurde. Marion kniff ihre Augen zusammen und machte neben der beweglichen Lichtquelle eine zweite aus. Diese strahlte das bleiche Gesicht von Schortens Frau an. Ihr kahl rasierter Kopf lag seitlich auf einem Tisch und wurde durch einen Riemen fixiert. Über ihrem Kopf thronte ein massiver chromglänzender Metallzylinder.

Aus Schortens Kehle drang ein ängstliches Jammern; er beschleunigte seine Schritte. Marion folgte ihm, ohne zu sehen, wohin sie trat. Arndts Stimme erreichte die beiden bruchstückhaft, wie vom Wind getragen war sie mal lauter, mal leiser.

»… bewegt sich gedämpft, sehr langsam, aber kontinuierlich. Erst ein leichter Druck, ständig zunehmend … ein Schädel überraschend elastisch … verformt zu einem Ei, die Hülle bricht, die reife Frucht platzt.«

Marion stieß gegen einen Gegenstand. Übernatürlich laut schepperte eine Blechdose über den Boden. Das zittrige Licht fiel auf die beiden, es gehörte zu einer Stirnlampe, die Arndt trug.

Schorten schrie: »Hände hoch, Polizei«, im gleichen Moment schoss er.

Beide Lichter erloschen. Schorten und Marion rannten los. Schorten stolperte, fluchte, richtete sich wieder auf. Marion überholte ihn, rannte ins Ungewisse. Schorten stolperte abermals, diesmal über eine Art Draht. Ein schleifendes Geräusch ertönte: Die Stanze hatte sich in Bewegung gesetzt.

Wieder ein Schrei. War es Schorten, war es seine Frau? Marion pflügte durch die Dunkelheit, ihre Hände tastend ausgestreckt, keine Orientierung, kein Halt. Wohin sich wenden? Der Schrei hallte in ihren Ohren, die Zeit verrann, die Maschine tat ihren Dienst. Nüchtern, gnadenlos. Was sollte sie aufhalten? Kein Schritt schien Marion voranzubringen. Sie taumelte durch das Nichts, und die Aussichtslosigkeit nahm ihr die Kraft. Resigniert blieb sie stehen. Es war sinnlos. Trotz der Dunkelheit schloss sie ihre Augen. Ein weiterer Schrei. Er brach sich an den Hallenwänden und wurde dann von einem trockenen, lauten Knacken übertönt. Der Schrei erstarb, Marion ging in die Knie.

Die Stille war unheimlich. Marion versuchte, das Zittern ihrer Hände zu unterdrücken. Eine Taschenlampe flammte auf. Schortens gebückte Gestalt zeichnete sich ab. Mit vorgehaltener Waffe setzte er bedächtig einen Fuß vor den anderen. Marion hielt sich aus dem Lichtkegel und folgte Schorten. Was sie jetzt sehen musste, wollte sie nicht sehen. Das Fundament der Stanze kam in Sicht. Auf dem Boden nasse Flecken. Öl? Blut? Dann der Tisch. Eine regungslose Gestalt, Umrisse eines Kopfes, daneben vereinzelte Stücke einer feuchtglänzenden Masse. Ein Wimmern, eindeutig von der Gestalt.

Bitte lass das nicht wahr sein, durchzuckte es Marion. Abermals das Wimmern. Wie viel mochte von Arndts Opfer noch übrig sein?

Jetzt das Gesicht im vollen Lichtschein. Verstörte, aber wache Augen. Klebrige Fruchtstücke auf intakter Haut. Das Opfer unversehrt, daneben eine zerquetschte Kokosnuss. Schortens Hand fuhr über das Gesicht, den Schädel. Entfernte die Fruchtstücke, wirkte seltsam riesenhaft, bräunlich, beinahe abstoßend. Abstoßend wie der Blick seiner Frau.

Beim Haupttor fiel eine Tür ins Schloss. Marion riss sich los. Sie stammelte etwas von Verfolgung und rannte in Richtung des Geräuschs, wo ein entferntes Licht den Weg zu einem Notausgang wies.

Jenseits des Haupttores schlug Marion feuchtwarme Luft entgegen. Ein loses Blatt Papier trieb über den Boden. Marion orientierte sich: Karge Notbeleuchtung, angeordnet in gleichmäßigen Abständen, sorgte nur unzureichend für Licht und ließ dennoch die gewaltigen Ausmaße der unterirdischen Anlage erahnen. Ein leicht gekrümmter Tunnel ohne Anfang und Ende passierte das Haupttor und den mächtigen Verladekran, dessen waagerechter Ausleger sich ihrem Blick entzog. Teile der Eisenbahntrasse wurden von der Notbeleuchtung erhellt, ebenso der breite Weg, der der Trasse folgte.

In einiger Entfernung konnte sie einen fahrenden Lichtkegel ausmachen. Einen Lichtkegel, der ihr den Weg wies. Arndt wurde von einer Art Scheinwerfer begleitet, der eine übergroße Projektion des Fliehenden an die gemauerte Tunnelwand warf: der Körper leicht nach vorne gebeugt, den aufklaffenden Mantel wie eine riesige Fahne im Wind hinter sich herziehend, die Arme rhythmisch bewegend. Die Projektion verlieh Arndt eine Dynamik, die dieser gar nicht hatte. Fast schien er zu fliegen. Ein fliegender, nicht greifbarer Schatten, ein Phantom, dessen Konturen einem ständigen Wechsel unterlagen.

Das ist also das Projekt Platon, dachte Marion und rannte los. Im selben Augenblick vernahm sie das summende Geräusch eines Elektromotors. Marion wandte ihren Kopf. Ein

Kästchen, einem Projektor ähnelnd, folgte ihr. Es glitt an einem Metallprofil entlang. Darüber waren, über die gesamte Wand verteilt, weitere Profile angeordnet, die sich anscheinend über die komplette Tunnellänge erstreckten. Ein kaltes Licht flammte auf und projizierte ihre Gestalt, versehen mit Pfeil und Bogen, an die Wand. Marion erkannte ihren Schatten als Amazone wieder. Sie war also eine Amazone, der Inbegriff der Jägerin. Und Arndt sollte ihr Opfer sein.

Die Distanz zu Arndt mochte einhundert Meter betragen. Marion war eine ausgezeichnete Läuferin. Wenn sie ihr Tempo hielt, hatte Arndt keine Chance.

Gleichmäßig hallten ihre Schritte, alte Hinweisschilder flogen vorbei, eine Ratte huschte über den Weg und wurde verzerrt an die Wand projiziert. Die Verfolgung wurde zum Schauspiel. Sie mutierte zu einem Wettkampf zwischen Amazone und Phantom. Die Amazone: aufrecht, stolz und unbeirrbar – das Phantom: flink und gewieft, sich jedem Zugriff entziehend. Zeit verstrich, das Haupttor geriet außer Sichtweite, doch der Abstand wollte sich nicht verringern.

Marions Zuversicht geriet ins Wanken. Wie konnte das sein? Arndt war Alkoholiker. Seine Konstitution war miserabel. Er musste einbrechen! Verbissen verschärfte sie ihr Tempo. Schweiß bildete sich auf ihrer Stirn, Zweifel kamen auf. Verfolgte sie den Richtigen, hatte Arndt sie abermals hinters Licht geführt? Immer noch der gleiche Abstand, Marion kam in Atemnot. Ihr Abbild hingegen, die Amazone, kannte keine Schwäche. Körperhaltung und die fließenden Bewegungen von Armen und Beinen zeugten vielmehr von ungebrochener Kraft.

»Reiß dich zusammen«, feuerte sie sich an und blickte nach vorn. Doch ihr Wille allein reichte nicht – ihre Schritte wurden kürzer –, sie war nicht die Amazone, sie drohte den Wettkampf zu verlieren.

Eine Baugrube, gesichert durch rot-weißes Absperrband, versperrte den Weg. Das Band nötigte sie zu einem Sprung. Ihr Sprung geriet zu flach, sie blieb hängen und fiel bäuchlings hin. Für einen Augenblick schloss sie ihre Augen, ihr Herz hämmerte. So hatte es keinen Wert. Marion zog ihre Waffe und stützte sich auf ihre Ellbogen, ihre Hände zitterten. Sie schrie etwas Unsinniges, das wie »stehen bleiben« klang. Ihr Schrei wurde mehrfach von den Mauern zurückgeworfen. Arndt zeigte sich unbeeindruckt. Marion entsicherte und gab einen Warnschuss ab. Zeitgleich schoss die Amazone. Der Pfeil verließ die Sehne, wurde zu einem Raubvogel, suchte und fand sein Ziel und stürzte sich auf das Phantom. Die Wirkung blieb nicht aus: Das Phantom strauchelte – so wie auch Arndt strauchelte. Er griff sich in die Seite, er wurde langsamer, und er brach zusammen.

Marion blieb keine Zeit, um über Arndts plötzliche Schwäche zu spekulieren. Sie mobilisierte ihre letzten Kräfte und sprintete los. Projektion und Realität waren wieder im Einklang. Die Amazone strotzte vor Kraft. Sie schien den Boden nicht mehr zu berühren, so gewaltig waren ihre Sätze. Das Phantom wehrte sich gegen sein Schicksal. Es richtete sich noch einmal auf, es lief ein paar unsichere Schritte, es stürzte abermals und wurde dann von seinem langen Mantel begraben.

Arndt gab entkräftet auf. Mühsam schleppte er sich zur Wand und lehnte sich an. Gleich darauf ließ sich Marion schwer atmend neben ihm nieder. In ihren Händen hielt sie Waffe und Handschellen. Ihre Projektion gewann nun ein Eigenleben: Die Amazone drehte ihr Opfer mit dem Fuß auf den Rücken und spannte ihren Bogen. Das Phantom hob schützend die Arme, doch die Amazone kannte keine Gnade. Ihr Pfeil durchbohrte dessen Herz und tötete es auf der Stelle.

»Da kommen Sie bei mir ja noch glimpflich davon«, presste Marion hervor. »Wilbur Arndt, ich verhafte Sie wegen Anstiftung zum Mord, Entführung und Körperverletzung.«

Arndt hob entkräftet seine Hände. Offensichtlich wollte er etwas sagen, war dazu aber nicht in der Lage. Marion legte ihm die Handschellen an. Die Projektoren hatten sich inzwischen wieder zu ihrer Ausgangsposition bewegt und wiederholten das Geschehene. Man sah, wie Arndts Schatten entstand und wie er den Gang mit fliegendem Mantel entlanghetzte. Dann erschien die Amazone und verfolgte ihr Opfer, bis dieses vor

Erschöpfung zusammenbrach und von der Amazone getötet wurde. Abermals fuhren die Projektoren in Ausgangsstellung.

Arndt spuckte auf den Boden. Augenscheinlich war er wieder zu Atem gekommen. »Diese Scheiß-Installation. Eigentlich hätte ich entkommen müssen.«

»Irgendwann hätte ich Sie auf jeden Fall erwischt.«

Jetzt lächelte Arndt. »Das weiß ich, Frau Tesic. Und um ehrlich zu sein: Es läuft alles nach Plan.«

Der freie Wille ist nur eine Illusion, Teil drei

Fünf Tage später. Justizvollzugsanstalt Moabit, Berlin

Marion Tesic passierte die Pforte des Gefängnisses. Ihr Gang war schleppend, Kopfschmerzen quälten sie.

Sie war hier, um Wilbur Arndt zu verhören. Dafür hatte sie eigens ihren Urlaub unterbrochen. Ein Urlaub, der keiner war. Zu sehr beschäftigte sie der Fall, es war ihr unmöglich, Abstand zu gewinnen. Ständig hatte sie sich durch Kai Mendel über die weitere Entwicklung informieren lassen. Sie hatte zum x-ten Mal die gleichen Akten studiert und war in ihren schlaflosen Nächten immer wieder die Ereignisse der letzten Tage durchgegangen. Was sie nicht ruhen ließ, war, dass Arndt die Geschehnisse bis zu seiner Verhaftung beherrscht hatte und dass selbst seine Verhaftung von ihm gewollt zu sein schien. Wie konnte ein Racheplan, angelegt auf mehrere Jahre, der die Verschwiegenheit von etlichen Helfern und das reibungslose Zusammenspiel unzähliger Faktoren verlangte, gelingen? Es waren zu viele Rädchen, die ineinandergreifen mussten. Angefangen beim Umbau des Landeskriminalamtes über die Entführung von Flaig, Rensch und Schortens Frau bis hin zu dem Verhalten der Staatsanwältin, die durch den Auftragsmord ihr eigenes Strafmaß festgelegt hatte.

Alles schien sich Arndts Willen unterzuordnen. Selbst Marion schien im Sinne Arndts zu handeln. Benutzte er sie, so wie er alle anderen benutzte? War sie in ihren Entscheidungen nicht frei? Waren seine Vorträge zum freien Willen mehr als eine willkürliche Interpretation wissenschaftlicher Fakten? War der freie Wille tatsächlich nur eine Illusion? War es ihre Entscheidung, Arndt zu verfolgen und zu verhaften, oder wollte sie das nur glauben? Tat sie, was sie wollte, oder wollte sie, was sie tat?

Diese Unsicherheit verschärfte Marions Kopfschmerzen, ließ kaum einen vernünftigen Gedanken zu. Marion wusste, dass sie Arndt in dieser Verfassung unmöglich verhören konnte. Er würde sie vorführen, sie der Lächerlichkeit preisgeben. Wenn sie jetzt keine Stärke zeigte, würde sie nie zur Ruhe kommen.

Bleib sachlich und nüchtern, mahnte sie sich. Arndt sitzt im Gefängnis, und du hast ihn überführt. Er hat eindeutig die schlechtere Position. Nicht du bist im Nachteil, sondern er. Der Fall ist so gut wie abgeschlossen. Du kennst weitestgehend die Hintergründe. Versuch so viel wie möglich aus Arndt herauszukriegen, und lass dich nicht auf seine Spielchen ein. Wenn die Akte Wilbur Arndt erst mal geschlossen ist, wirst du deinen Frieden schon wiederfinden.

***

Illsen erwartete Marion am Eingang zu Station A2, zu der auch die Vernehmungsräume gehörten.

»Hallo, Frau Tesic, schön, dass Sie trotz Ihres Urlaubes kommen konnten«, sagte er.

Marion antwortete mit einem müden Lächeln.

»Alles in Ordnung mit Ihnen?«, fragte Illsen besorgt.

»Geht schon. Nur etwas Kopfschmerzen.«

»Dann ist ja gut.« Illsen wies Marion den Weg. »Arndt will nur mit Ihnen reden, und ohne ihn kommen wir einfach nicht weiter.«

Marion nickte und blickte im Vorbeigehen in ein Büro. Eine ältere Frau goss Blumen und schaute auf. Ihr Blick war feindselig und verfolgte Marion. Marion rieb sich die Schläfen, Illsens Hand berührte ihre Schulter.

»Da geht's lang«, sagte er und wandte sich nach rechts. »Wie mir zu Ohren gekommen ist, sind Sie bestens informiert, dennoch gebe ich Ihnen eine kleine Zusammenfassung unserer bisherigen Ergebnisse. Eine Zusammenfassung von nichts, wenn man so will.« Illsen hob verzweifelt seine Hände. »Trotz intensivster Nachforschungen haben wir noch keinen von Arndts Komplizen ausfindig machen können. Weder die alte Dame, die sich als Miriam Eisen ausgegeben hat, noch die beiden Frauen, die Bakkers Tod zu verantworten haben. Zwar haben wir die Räumlichkeiten gefunden, wo das Verbrechen stattgefunden hat, aber brauchbare Spuren gibt es nicht. Von den Nachbarn hat auch niemand etwas mitbekommen, was bei dem ganzen Aufwand, der betrieben wurde, höchst verwunderlich ist. Das Gleiche gilt für das Kraftwerk Rummelsburg und für den Flughafen Tempelhof. Auch hier keine brauchbaren Hinweise. Selbst die Speditionen, die die Stanzen und sonstigen Materialien geliefert haben, bieten keinen Anlass zur Hoffnung. Sie wurden von Briefkastenfirmen im Ausland beauftragt. Zwar ist Interpol darauf angesetzt, aber die haben eigentlich schon von vornherein abgewinkt.«

Illsens Worte erreichten Marion kaum, zu sehr wurde sie von ihren Kopfschmerzen abgelenkt. Sie hatte schon drei Tabletten genommen, ob eine vierte schädlich war?

»Von dem Entführungsopfer, Fabian Flaig, können wir uns auch nichts erhoffen. Der ist in einer geschlossenen Nervenheilanstalt untergebracht und wird diese wohl nicht mehr verlassen. Sein behandelnder Arzt sagt, Flaig leide unter einer totalen Amnesie, und eine Besserung sei nicht in Sicht. Der Mann habe keine Vergangenheit und keine Zukunft. Er könne sich an nichts erinnern und sich nichts merken. Flaig sei wie ein Blatt Papier, das am Tag vollgeschrieben und in der Nacht gelöscht werde – armer Kerl.«

Inzwischen hatten sie den Vernehmungsraum erreicht, ein Vollzugsbeamter stand an der Tür.

»Ich bleibe draußen, Arndt will mit Ihnen allein reden.« Illsen machte ein genervtes Gesicht. »Als ob wir die Vernehmung nicht aufzeichnen würden.«

Der Beamte schloss die Tür auf.

»Ach ja, eins noch«, warf Illsen ein. »Arndt kritzelt unentwegt auf einem Notizblock rum, obwohl sein Kugelschreiber keine Tinte hat. Lassen Sie sich dadurch nicht irritieren.«

Wilbur Arndt saß an einem Tisch, der mitten im Verhörraum stand, und schrieb tatsächlich auf einen Notizblock. Neben dem Notizblock lag ein Stapel leerer Blätter. Arndt trug noch immer seinen Armeemantel – Anstaltskleidung war nicht vorgeschrieben.

»Das ist ziemlich unsinnig, wenn man es nicht lesen kann«, sagte Marion.

»Lesen können es nur diejenigen, für die es bestimmt ist«, entgegnete Arndt, ohne den Kopf zu heben. »Haben Sie ein bisschen Medizin für mich dabei?«

»Sie wissen, dass das verboten ist.«

»Kleine Geschenke erhalten die Freundschaft.«

»Wir sind keine Freunde.«

»Natürlich sind wir das, sehr gute sogar. Deshalb sollten Sie sich um mich sorgen. Fünf Tage ohne einen Tropfen – so ein kalter Entzug kann dich umbringen.«

»Wenn Sie mich für einen Freund halten, dann möchte ich Ihre Feinde nicht kennen. Im Übrigen scheint es Ihnen gar nicht so schlecht zu gehen.«

Arndt blickte auf. »Ganz im Gegensatz zu Ihnen, Frau Tesic. Die Zeit ohne mich tut Ihnen nicht gut.«

Marion nahm einen Stuhl und setzte sich. Arndt hatte recht, die Kopfschmerzen waren kaum auszuhalten. Auf ihre Ellbogen gestützt, rieb sie sich Stirn und Schläfen. Das Neonlicht war zu grell, die Klimaanlage zu laut. Ihr ging es wirklich beschissen – wie sollte sie das nur durchstehen? Marion zog den Stuhl näher zu sich heran, richtete sich auf, und plötzlich gab ihr Stuhl nach. Krachend landete sie auf dem Boden. Arndts Gestalt schob sich vor die Neonröhre, sein Gesicht lag im Schatten, seine Stimme war ganz nah.

»So schnell verschieben sich die Verhältnisse, Frau Tesic. Sie müssen vorsichtig sein.«

Marion rappelte sich auf. Entgeistert begutachtete sie den Stuhl – ein Bein war eingeknickt. Die Tür des Verhörraums schwang auf, ein Beamter stürmte herein, entschuldigte sich bei Marion, mahnte Arndt, sich zu setzen, holte einen anderen Stuhl und ließ die beiden nach Marions Aufforderung wieder allein. Marion nahm zwei Kopfschmerztabletten, Arndt beobachtete sie interessiert. Das Ganze wirkte wie ein Spuk. Marion atmete tief durch und versuchte sich auf das Verhör zu konzentrieren.

»Also, Herr Arndt, fangen wir endlich an. Dass die Vernehmung aufgezeichnet wird, ist Ihnen bewusst?«

»Heutzutage wird alles aufgezeichnet«, entgegnete Arndt und beugte sich über seinen Notizblock. Marion registrierte das Kratzen des leeren Kugelschreibers und wartete. Als das Blatt scheinbar vollgeschrieben war, riss Arndt es ab und legte es auf den Stapel leerer Blätter.

Seltsam unbeteiligt starrte Marion auf die leeren Blätter – sie waren leer wie ihr Kopf. Warum ließ sie Arndt gewähren, warum hatte sie gewartet? Marion schüttelte sich und rief sich ihren Entschluss in Erinnerung. Sie wollte doch mit dem Verhör beginnen. Gequält rang sie sich die ersten Fragen ab.

»So, Herr Arndt. Können Sie mir sagen, warum Sie ausgerechnet Fabian Flaig entführt haben? Und warum musste er so leiden? Er ist doch ein Heimkind, das ähnliche Erfahrungen wie Sie gemacht hat. Er muss Ihnen doch irgendwie nahestehen.«

Arndt nickte kaum merklich. »Nun, Frau Tesic, die erste Frage beantwortet sich beinahe von selbst: Flaig war aufgrund seiner Arbeit und seines sozialen Umfelds die Idealbesetzung. Er arbeitete bei einer auflagenstarken Zeitung, die die Lösegeldforderung, sprich die Veröffentlichung des Fortsetzungsromans, ermöglichte, und er hatte keine näheren Verwandten und Freunde, die Aufhebens um sein Verschwinden machten. Die Antwort auf die zweite Frage gestaltet sich etwas komplizierter, und da Sie in Ihrer Sicht der Dinge leider etwas beschränkt sind, wird Sie diese auch nicht recht zufriedenstellen: Fabian war in dieser Geschichte eine Figur, die sich leider als nicht interessant genug herausstellte. Deshalb blieb ihm nur noch die Opferrolle. Die Begleitumstände seiner Entführung und das mit dem Finger bedauere ich sehr. Aber was tut man nicht alles, um spannend zu bleiben.«

Verärgert fixierte Marion Arndt. Was hatte sie auch erwartet? Arndt lebte in seiner eigenen Welt, er war nicht ganz normal. Am besten, sie brachte das Verhör so schnell es ging hinter sich und legte sich dann ins Bett.

»Gut, dann vielleicht etwas Einfacheres. Warum haben Sie Frau Schorten verschont?«

»Da kann ich Ihnen schon eher weiterhelfen.« Arndt zeigte

sich betont freundlich. »Rache ist eine komplizierte Angelegenheit. Man will seinem Opfer größtmögliches Leid zufügen. Bei Cora Schorten habe ich lange geglaubt, ihr Tod sei es, bis mir bewusst wurde, dass es ihr Leben ist. Das Leben an der Seite ihres Mannes. Erinnern Sie sich an ihren Blick, als Schorten sie berührte? Abscheu lag darin. Sie hasst Schorten. Seine Lebenseinstellung, seine Art, seinen Geruch, einfach alles. Aber sie ist ihm ausgeliefert, weil sie ohne ihn so gut wie mittellos ist. Wissen Sie, Cordula Schorten kann nichts. Sie hat keinen Schulabschluss und keine Lehre, aber sie lebt gern auf großem Fuß. Ohne einen Gönner ist sie aufgeschmissen. Nachdem ihr Liebhaber abhandengekommen ist, muss sie sich nun mangels Alternativen wieder mit Schorten abfinden. Und den wird sie, da bin ich mir sicher, irgendwann umbringen. Aber das Kapitel muss erst noch geschrieben werden.« Arndt lächelte und machte eine weitere Notiz.

»Frau Schortens Liebhaber, der Architekt Thomas Bauer, hat der sie entführt?«

»Bauer war eine ziemlich teure Angelegenheit. Was die alles von ihm verlangt hat. In ganz Berlin werden Sie wenige finden, die pervers genug sind, das über Jahre hinweg auszuhalten.«

»Wo finden wir Thomas Bauer? Er ist mit unbekanntem Ziel verreist.«

»Ich habe nicht gesagt, dass er an der Entführung beteiligt war. Im Übrigen ist mir egal, was Bauer macht.«

»Herr Arndt, auch für die Anstiftung zum Mord an Bakker können Sie lebenslänglich bekommen. Es wäre besser für Sie, wenn Sie mit uns zusammenarbeiten würden.«

Ärgerlich verschränkte Arndt seine Arme. »Der fette Polizist hat sich selbst erdrosselt, schon vergessen? Ich erwarte ein kleines bisschen mehr Sachlichkeit.«

Marion seufzte. Es fiel ihr immer schwerer, sich zu konzentrieren. Die stechenden Kopfschmerzen waren einer dumpfen Benommenheit gewichen.

»Vielleicht erzählen Sie einfach, wie Sie Ihre Rachepläne verwirklicht haben. Dahinter steckt ein enormer Aufwand an Vorarbeit und Logistik. Es müssen auch sehr viele Mittäter beteiligt gewesen sein. Nennen Sie Namen und Aufenthaltsorte, dann sind wir schon einen großen Schritt weiter.«

»Es gibt keine Mittäter.«

»Herr Arndt, auf Sie warten viele Jahre Gefängnis. Wenn Sie uns helfen, wird sich das sicher strafmildernd auswirken.«

»Ich enttäusche Sie nur ungern, Marion, aber es gibt wirklich keine Mittäter.«

»Wenn das so ist, dann gehe ich jetzt.« Marion stand auf. »Falls Ihnen doch noch ein Licht aufgeht, können Sie sich gerne melden.«

»Halt, warten Sie.« Arndts Hand berührte ihre. Sie spürte sie nicht. Erschrocken zog sie ihre Hand zurück und setzte sich wieder. Diese verdammten Tabletten, dachte sie und massierte ihre Finger.

»Sie haben doch ein Notizbuch?«, fragte Arndt.

»Ja«, entgegnete Marion unsicher.

»Erinnern Sie sich an Ihren letzten Eintrag?«

»Ja.« Marion wusste nicht, worauf Arndt hinauswollte.

»Es handelt sich um den Eintrag vom 16. April. Sie haben damals geschrieben: ›Gefährlich wie Hyde‹. Später haben Sie ›Hyde‹ durchgestrichen und durch ›Loki‹ ersetzt.«

»Wie können Sie das wissen?« Marion tastete nach ihrem Notizbuch; es war noch immer an Ort und Stelle. »Sie haben in einem unbeobachteten Augenblick darin geblättert, stimmt's?«

Arndt zuckte mit seinen Schultern. »Sie erinnern sich doch sicher auch noch an die Beschreibung Lokis? Er ist der Gestaltenwandler, er ist der Meister der Intrige, der das Ende der Welt herbeiführt.«

Arndts Gestalt verschwamm vor Marions Augen, wurde größer. Marion blinzelte, sie rieb sich abermals die Schläfen. Das Verhör drohte ihr endgültig zu entgleiten. »Ein Gott aus der germanischen Mythologie, ja. Und weiter?«, presste sie hervor.

»Haben Sie denn keine Angst vor dem Ende der Welt?«

Marion richtete sich auf. »So einen Schwachsinn muss ich mir nicht anhören!«

Arndt neigte leicht den Kopf und tätigte wieder einen imaginären Eintrag. »Können Sie mir aus Ihrem Privatleben berichten? Wie Sie wohnen, was Sie die letzten Tage gemacht haben?«

»Sind Sie jetzt komplett durchgedreht?«, fragte Marion. »Mein Privatleben tut hier gar nichts zur Sache. Falls Sie zur Aufklärung der offenen Fragen nichts beitragen wollen, ist das Verhör beendet.«

»Aber das tue ich doch gerade. Wenn Sie mir Rede und Antwort stehen, wird sich alles aufklären.«

»Sie schlagen mir einen Deal vor? Ich gebe Ihnen Teile meines Privatlebens preis, und Sie helfen mir weiter?«

»So in etwa.«

Marion seufzte. »Gut. Fragen Sie.«

»Wie haben Sie die Tage nach meiner Verhaftung verbracht?«

»Ich hatte Urlaub, konnte aber nicht abschalten. Also habe ich weiter an Ihrem Fall gearbeitet.«

»Mehr nicht?«

»Nein.«

»Und was ist mit Besuch von Freunden? Einkäufen? Fernsehen? Gesprächen mit den Nachbarn?«

Marion überlegte kurz. Die Kopfschmerzen meldeten sich zurück. »Das Übliche. Was eben an einem Tag so anfällt.«

»Geht es nicht genauer?«

Marion mühte sich, doch da war nichts. Sie hatte keine Erinnerung. »Ich glaube, ich brauche einen Arzt«, sagte sie erschöpft. »Vermutlich habe ich zu viele Tabletten genommen.«

»Einen Augenblick noch.«

Hilflos stimmte Marion zu.

»Wie sieht Ihre Wohnung aus? Wie viele Zimmer? Wie eingerichtet? In welchem Stadtteil liegt sie?«

»Ich ...« Marions Kopf drohte zu platzen. Das Licht veränderte sich, wurde trüber, und Arndt wurde zu einem Schatten, der ständig wuchs. »Ich weiß es nicht«, stammelte sie. »Ich weiß es nicht!«

»Überlegen Sie doch. Das kann doch nicht so schwer sein!«

Marion stöhnte. Sie wollte weg, aber irgendetwas hielt sie.

»Wie würden Sie sich charakterisieren? Haben Sie eine Beziehung?«

Eine Schublade öffnete sich in Marions Gehirn. Die Antwort fiel ihr seltsam leicht; sie musste nicht überlegen. »Ich bin intelligent, sympathisch, ehrgeizig, unbestechlich und reagiere oft zu emotional. Alle meine Beziehungen sind gescheitert.«

Arndt triumphierte. »Jetzt zitieren Sie aus dem Dossier, das ich angelegt habe!«

Marion verlor nun vollkommen den Überblick. War sie jetzt schon nicht mehr Herrin über ihren Verstand? »Was soll das?«, stöhnte sie. »Lassen Sie mich in Ruhe. Ich will jetzt gehen.«

»Verstehen Sie denn nicht, Frau Tesic? Das Dossier, das sind Sie!«

Die Worte hallten in Marions Kopf, Arndts Gestalt füllte den ganzen Raum. »Ich weiß nicht, was Sie meinen.«

»Marion.« Arndts Stimme bekam einen warmen Klang. »Dein gesamtes Leben, deine Kindheit, deine Jugend, dein Elternhaus, die Ausbildung, das ist alles nicht real, das ist reine Phantasie. Alles ist meinem Kopf entsprungen. Du bist nichts weiter als das Dossier, das ich angelegt habe. Du bist eine Figur in meiner Geschichte. Du bist mein Geschöpf!«

Marion glaubte zu fallen. Arndts Gesicht verschwamm, Erinnerungsfetzen holten sie ein:

Arndt am Ku'damm, als er Regen voraussagte, obwohl nichts darauf hindeutete.

Arndt, als er den freien Willen als Illusion brandmarkte.

Arndt, der genau zu dem Zeitpunkt erschien, als Bakker sie vergewaltigen wollte.

Arndt, der wusste, dass sie das Meer liebte.

Arndt, der trotz seiner Alkoholsucht immer Herr der Lage war.

Arndt, der über das Leben aller an dem Fall Beteiligten lückenlos Bescheid wusste.

Arndt, der von Anfang an durch seinen Fortsetzungsroman das Geschehen bestimmte und die Handlung vorwegnahm.

Alles sprach für Arndt, nur eines nicht:

Es war lächerlich.

Marion umfasste die Tischplatte und stoppte ihr Fallen. Arndt saß ihr noch immer gegenüber. Er war wieder auf Normalmaß geschrumpft. Ein Lächeln huschte über ihr Gesicht. Das Lächeln bereitete ihr Schmerzen. Schmerzen, die ihr guttaten. Denn die Schmerzen waren real.

»Wenn das so ist, Arndt«, hauchte sie, »dann wird der Geschichtenschreiber sicher verhindern können, dass ich jetzt aufstehe und ihn mit seinem armseligen Geschwätz allein lasse.«

»So ist es. Du kannst nicht gehen«, entgegnete Arndt.

»Na, dann.« Marion zog sich an der Tischplatte hoch. Ein glühender Nagel stach in ihr Gehirn. Marion taumelte, fiel aber nicht. »Sehen Sie, Arndt? Ich stehe. Und jetzt gehe ich.« Marion wandte sich ab, ihre Beine waren aus Wachs.

»Du bleibst hier!« Zum ersten Mal hörte Marion Arndt brüllen. »Du bleibst hier«, wiederholte Arndt, jetzt leiser, ungläubig.

Marion klopfte gegen die Tür, der Vollzugsbeamte öffnete.

»Das ist unmöglich.« Arndt war aufgestanden. Seine Notizen, all die leeren Blätter, fielen zu Boden.

»Bringen Sie ihn in seine Zelle«, befahl Marion, ohne sich umzudrehen. Der Beamte nickte. Marion verließ den Vorraum, die Tür fiel ins Schloss.

Im Gang musste sich Marion an der Wand abstützen; Illsen eilte auf sie zu.

»Was ist mit Ihnen? Sie sehen schrecklich aus«, sagte er besorgt und führte sie zu einer Bank.

»Ich bin gerade mit dem Leben davongekommen«, antwortete sie sarkastisch.

»Wie meinen Sie das?«

»Ist nicht so wichtig. Ich bin nur total erschöpft. Es war ein Fehler, in meinem Zustand hierherzukommen.«

»Und? Hat Arndt etwas gesagt?«

»Nichts von Bedeutung. Er wird uns nicht weiterhelfen. Er hat den Boden der Realität verlassen. Ich bin zwar keine Psychiaterin, aber Arndt wird Hilfe brauchen. Er ist eindeutig verrückt.«

»Inwiefern?«

»Er glaubt, wir seien seine Figuren. Wir seien Teil einer Geschichte, die er sich ausgedacht hat. Vermutlich haben ihn seine Rachepläne und das vollkommene Aufgehen in der Rolle des Obdachlosen dazu gebracht. Er hat alles bis ins Detail geplant, und alles ist so gekommen, wie er es wollte. Er hat immer das Geschehen bestimmt und Menschen wie Schachfiguren hin- und hergeschoben. Insofern sind wir wirklich Teil seiner Geschichte. Aber jetzt endet sein Einfluss. Und das will er nicht wahrhaben.«

»Dann müssen wir den Fall ohne Arndts Hilfe abschließen?«

»So sieht es aus. Wir werden einfach ein bisschen länger brauchen. Aber das ist mir jetzt gerade egal, ich will einfach nur noch nach Hause.«

»Soll ich Sie fahren?«

»Nein, danke. Ich nehme ein Taxi. Das kriege ich schon noch hin.«

»Wenn Sie meinen.«

Illsen schaute Marion lange nach. Das Verhör schien ihr mächtig zugesetzt zu haben.

***

Marion kühlte ihre Stirn an der Fensterscheibe des Taxis. Sie saß auf der Rückbank, im Radio lief leise »Mother Goose« von Jethro Tull. Es war das Lied, das Arndt mit Jeanne d'Arc beim Hackeschen Markt gespielt hatte. Die Lichter Berlins zogen an ihr vorbei, der Fernsehturm wies den Weg zum Alexanderplatz, in dessen Nähe sich ihre Wohnung befand. Eine typische Stadtwohnung: drei Zimmer, hohe, großzügige Räume, und als besonderer Luxus ein kleiner Balkon zum Innenhof, der die Abendsonne einfing. Wie hatte sie das nur beim Verhör vergessen können, wie konnte sie sich nur so sehr verunsichern lassen? Müde und dennoch gierig nahm sie ihre Umgebung wahr. Alles entsprach ihrer Erinnerung, manches war ihr zwar nie aufgefallen, aber das war normal, wenn man den Blick schärfte.

Auf einer Werbetafel wurde für www.brings-zu-ende.de geworben. Noch immer fanden sich etliche, die Arndts Geschichte zu Ende erzählen wollten.

Das Taxi hielt. Marion gab ein großzügiges Trinkgeld. Langsam ging sie durch den Flur, der in den Innenhof führte. Das ist also mein Zuhause, dachte sie und tastete nach ihrem Hausschlüssel. Eine Kinderschar rannte an ihr vorbei zu dem kleinen Spielplatz mit Schaukel und Rutsche. Warum grüßen die mich nicht? Die müssen doch aus dem Haus sein, dachte Marion.

Die Tür zum Hinterhaus war nicht verschlossen. Im Parterre hing eine lange Reihe verschlissener Metallbriefkästen. Ihr Name stand auf dem dritten von rechts. Die Stufen waren ausgetreten und knarrten. Marion zog sich am Handlauf hoch; bis zum vierten Stockwerk war es weit.

Auf der Treppe kam ihr eine alte Dame mit leuchtend rot gefärbtem Haar entgegen. Sie trug ein langes schwarzes Kleid und einen eleganten Umhang in der Farbe ihrer Haare. Wie war noch mal ihr Name? Marion kramte in ihren Erinnerungen, die Frau passierte sie, ohne sie zu beachten. Marion sagte: »Hallo, Frau …«

Die Dame drehte sich um und lächelte verlegen. »Ach, hallo, Kindchen«, entgegnete sie mit leicht russischem Akzent. »Jetzt habe ich Sie gar nicht erkannt; verdammte Eitelkeit. Ich sollte ohne meine Brille einfach nicht auf die Straße gehen. Ich bin gerade auf dem Weg zu einer Vernissage. Die Vasillis stellt aus. Soll ganz toll sein. Das müssen Sie sich unbedingt auch mal ansehen.«

»Werde ich machen, ganz sicher. Schönen Abend noch, Frau, äh, Linkowa«, erleichtert nannte Marion ihre Nachbarin beim Namen.

An Marions Schlüsselbund hingen drei Schlüssel. Unentschlossen stand sie vor ihrer Haustür. Du musst doch wissen, welcher es ist, mahnte sie sich und massierte ihre Stirn. Können diese Tabletten zu Aussetzern führen?, fragte sie sich. Hätte ich zum Arzt gehen sollen? Bin ich hier richtig? An der Tür stand ihr Name, warum zweifelte sie, warum kam ihr alles so fremd vor? Warum ließ sie sich von Arndt so aus der Bahn werfen? Frau Linkowa hatte sie erkannt. Alles war stimmig, es gab keinen Grund, beunruhigt zu sein.

Entschlossen nahm Marion einen der Schlüssel. Er passte. Automatisch zog sie die Tür zu sich heran, da sie seit dem letzten Wasserschaden klemmte. Die Tür schwang auf, und im gleichen Moment erlosch das Licht im Hausgang. Marion blieb im Türrahmen stehen. Abgestandene Luft quoll ihr entgegen – wie lange war sie weggewesen? Sie betätigte den Lichtschalter. Es blieb dunkel. Marions Haltung versteifte sich. Vorsichtig zog sie ihre Stabtaschenlampe hervor, ihre Waffe hatte sie nicht dabei. Der Lichtkegel tastete den Flur ab. Rechts der Schuhschrank, daneben das Regal mit den ungelesenen Zeitungen. Links der Kunstdruck von Erach, der im Halbdunkel seine Wärme verlor. Marion betrat ihre Wohnung, der Läufer dämpfte ihre Schritte.

Ein Lichtschein erweckte ihre Aufmerksamkeit. Er fiel durch den Türspalt zum Wohnzimmer. Marion öffnete die Tür. Der vertraute große Raum mit hohen Fenstern und nur wenigen Möbelstücken. Die schweren Vorhänge waren zugezogen. In der Ecke zu den Fenstern hin die gebogene Stehlampe, deren Strahler auf einen flachen Gegenstand zeigte. Der Gegenstand lag auf dem Boden. Marion trat näher. Für einen Moment drohte sie die Fassung zu verlieren: Wilbur Arndt starrte sie von dem Plattencover der Jethro-Tull-LP an.

»Wer war für dich hier?«, flüsterte sie und drehte das Cover. Auf der Rückseite ein verändertes Bild. Arndt saß in seinem Armeemantel an einem altertümlichen Schreibtisch. Seine Augen starrten sie an. Quer über dem Bild stand:

DU ENTKOMMST MIR NICHT!

Begrenzte Macht

Ihr Zufluchtsort war ein anonymes Hotel. Im Fernsehen lief eine Dauerwerbesendung ohne Ton. Marion lag auf dem Bett und starrte an die Decke.

Er hat mir meine Wohnung, mein Privatleben geraubt, dachte sie. Was bleibt da von einem Menschen noch übrig? Die Kopfschmerzen holten sie wieder ein. Marion tastete nach dem Tablettenröhrchen. Es war leer. Du musst dich ausruhen, versuch zu schlafen, mahnte sie sich. Morgen sieht alles besser aus.

Marion schaltete den Fernseher aus. In der Dunkelheit blinkte das Licht des Rauchmelders. Keine Aussicht auf Schlaf.

Wie konnte Arndt aus der Untersuchungshaft heraus jemanden beauftragen? Wie hatte er das mit dem Timing hinbekommen? Er musste vorher von ihrem Besuch informiert worden sein, um seinen Komplizen zum rechten Zeitpunkt in ihre Wohnung zu schicken. Wer hatte von ihrem Besuch gewusst? Illsen, Mendel, die Gefängnisleitung, wer noch? Hatte der Eindringling einen Schlüssel? Die Tür war unbeschädigt. Gibt es Fingerabdrücke? Die Spurensicherung muss beauftragt werden, die Nachbarn befragt. Lass Arndts Telefonate überprüfen.

Marion wälzte sich von einer Seite zur anderen. Ihr Blick fiel immer wieder auf die digitale Anzeige des Radioweckers. Immer die gleiche Zeit. Absoluter Stillstand. Hatte Arndt die Zeit eingefroren?

Das taube Gefühl einer eingeschlafenen Hand weckte Marion. Sie zog sie unter ihrem Kopf hervor und massierte ihre Finger. Zwei Stunden waren vergangen. Die Erde drehte sich also doch noch. Leuchtendes Morgenrot fiel in das Zimmer – über Berlin ging die Sonne auf. Marion trank kaltes Mineralwasser und stellte sich ans Fenster. Die Schönheit des Schauspiels erreichte sie nicht. Ihre Gedanken waren wieder bei Arndt. Seine Äußerung ließ sie nicht los, hatte sich in ihrem Kopf festgesetzt. War sie sein Geschöpf? War sie wirklich nicht mehr als das Dossier, das er angelegt hatte?

Verärgert nahm sie einen weiteren Schluck, das Wasser schmeckte metallisch. Diese Gedanken hatte sie doch schon als Unsinn abgetan, warum verließ sie schon wieder den Boden der Realität? Warum ließ sie sich so sehr von Arndt beeindrucken?

Klar war, dass er weiterhin sein Spiel mit ihr trieb. Er hatte es sogar geschafft, sie aus ihrer Wohnung zu jagen. Arndt würde nie Ruhe geben. Er würde das Spiel endlos fortführen. Sie durch seine Verbrechen, durch die Rätsel, die er ihr stellte, vor sich hertreiben und damit auch an sich binden.

Was bezweckte er damit? Was war seine Motivation? Warum war ausgerechnet sie das Ziel seiner Nachstellungen? War dies eine bizarre Sympathiebekundung eines verkorksten Charakters, eine Art Stalking?

Um Arndts Handeln zu verstehen, musste sie sich in ihn hineinversetzen: Er war der Autor und sie sein Geschöpf, seine Protagonistin. Er hatte sie mühsam aufgebaut und hing an ihr. Mit ihr hatte er noch viel vor. Vielleicht eine Fortsetzung, eine Trilogie mit Marion Tesic, die eine Hassliebe mit dem Verbrecher Wilbur Arndt verbindet, die ihn unnachgiebig und mit aller Härte jagt, die ihn aber dennoch respektiert. Die Frage war also, wie konnte sich eine Figur dem Autor entziehen, wie konnte sie sich gegen seinen Willen aus der Geschichte schreiben? Wohl nur dann, wenn sie nicht mehr seinen Erwartungen entsprach, wenn Charakterzüge sich änderten, wenn Ehrgeiz durch Lebenslust, wenn Karrieredenken durch privates Glück ersetzt wurde.

Unvermittelt huschte ein Lächeln über Marions Gesicht. Das war die Lösung. Der Ermittlerin Marion Tesic war es unmöglich, Wilbur Arndt zu entkommen, der Privatfrau schon.

***

Noch am gleichen Morgen quittierte Marion ihren Dienst. Sie gab ihre Waffe und den Dienstausweis ab und ließ sich auch von einem perplexen und besorgten Kriminaldirektor Sandt nicht von ihrem Entschluss abbringen. Ihre persönlichen Sachen im Büro verschenkte sie. Was keiner haben wollte, warf sie weg.

Auf dem Parkplatz fing sie Kai Mendel ab. »Stimmt das? Hörst du wirklich auf?«, fragte er außer Atem. Er war gerannt.

»Es ist die einzig richtige Entscheidung«, antwortete Marion. Sie wirkte müde, aber irgendwie auch erleichtert. Zarte Fältchen zeigten sich in ihren Augenwinkeln.

»Es ist wegen deiner Wohnung, wegen Arndt, nicht wahr?«

»Ja. Er beherrscht mein Denken. Solange ich mich mit ihm beschäftige, wird er mich verfolgen. Er wird niemals Ruhe geben.«

»Aber er sitzt doch im Gefängnis. Und dort wird er ziemlich lange bleiben. Es gibt keinen Grund zur Sorge.«

»Das sehe ich nicht so. Immerhin hat er in meiner Wohnung eine Nachricht für mich platzieren lassen. Das ist kein Spaß, Kai.«

»Ja, sicher. Doch gerade das sollte deinen Ehrgeiz anstacheln.«

»Arndt denkt genauso, doch diesmal entspreche ich nicht seinen Erwartungen.«

»Du hängst also immer noch dem Manipulationsgedanken nach. Arndts Geschwätz vom freien Willen.«

»Ja. Wilbur Arndt ist mir nicht geheuer. Er erscheint mir größer, als er wirklich ist. Und eine Ermittlerin, die den Boden der Realität verlässt, sollte aufhören.«

»Und was willst du jetzt tun?«

»Eine Auszeit nehmen, Abstand gewinnen. Hiddensee wäre eine Möglichkeit.« Marion lächelte. »Ja, Hiddensee wäre schön.«

»Und dann?«

»Mal sehen. Eine Arbeit suchen. Irgendetwas anderes machen. Ich bin jung, unabhängig. Es gibt viele Möglichkeiten.«

»Auf jeden Fall keine Polizeiarbeit mehr.«

»Genau. Alles andere als eine Polizistin ist für Arndt uninteressant.«

Ärgerlich schüttelte Mendel seinen Kopf. »Ich verstehe nicht, wie du dich so sehr in den Gedanken verrennen kannst, dass Arndt das Geschehen kontrolliert, dass er dir was anhaben kann.

Gut, die Sache mit deiner Wohnung ist keine Lappalie, aber das werden wir schon noch aufklären. Dazu braucht es einfach ein bisschen Zeit. Illsen und ich werden das schon hinkriegen. Währenddessen kannst du ja deine Auszeit nehmen und den Abstand gewinnen, den du brauchst.«

»Vergiss es, Kai. Meine Entscheidung steht. Es gibt kein Zurück.«

Mendels Haltung versteifte sich. »Entschuldige, wenn ich es so deutlich sage, aber dein Verhalten ist vollkommen irrational. Ich glaube, du bist dir der Tragweite deiner Entscheidung nicht bewusst. Du gibst deine Arbeit auf, deine gesicherte Existenz. Du wirfst alles hin, aus einer Laune heraus.«

»Das stimmt nicht. Ich hab mir das letzte Nacht wohl überlegt. Nur so kann ich mich Arndt entziehen.«

»Dann eben aus einem emotionalen Ausnahmezustand. Wir haben für solche Situationen Spezialisten. Du solltest einen Psychologen aufsuchen – Verfolgungswahn kann durch Stresssituationen entstehen. Darüber habe ich erst gelesen.«

»Verfolgungswahn? Jetzt übertreibst du.«

»Wie würdest du deine Reaktion sonst bezeichnen? Eine Flucht vor einem intelligenten, aber dennoch gewöhnlichen Verbrecher. Du kündigst deinen Job, du wechselst den Wohnsitz.«

»Für dich ist mein Verhalten paranoid, für mich nur konsequent. Arndt kontrolliert das ganze Geschehen, er kontrolliert uns. Wir sind seine Figuren und gehorchen seinen Anweisungen. Erst wenn wir eine andere Rolle einnehmen, eine Rolle, die nicht seinen Vorgaben entspricht, können wir selbstständig handeln.«

»Paranoide Personen erschaffen sich ihre eigene Realität, die in ihrer Gedankenwelt logisch erscheint.«

»Willst du mir jetzt mit deinem angelesenen Halbwissen kommen?«

»Nein, ich will dir nur helfen.«

»Dann lass mich gehen. Es ist alles gesagt.« Marion war sichtlich erbost.

Mendel verzog unsicher sein Gesicht. Sein forsches Auftreten schien ihn selbst zu überraschen. »Es tut mir leid, Marion. Ich wollte dir nicht zu nahe treten.«

»Ist schon gut, Kai«, lenkte Marion ein. »Die letzten Tage waren sehr anstrengend, ich will einfach nur weg.«

Mendel nickte und reichte Marion die Hand. Sein Händedruck war weich. »Du kannst mich jederzeit anrufen.«

»Ich weiß, Kai.« Mendel hielt ihre Hand eine Spur zu lang. Marion zog ihre zurück. Die Situation hatte etwas Unangenehmes. Wortlos stieg sie in ihr Auto und startete den Motor. Ohne aufzuschauen, fuhr sie los. Erst als sie Mendel im Rückspiegel sah, winkte sie. Mendel rührte sich nicht. Er wirkte seltsam leblos. Eine einsame Gestalt auf einem menschenleeren Parkplatz. Sieht es so aus, wenn sich eine Figur aus einer Geschichte verabschiedet?, fragte sich Marion.

***

Tags darauf sprach Peter Illsen auf Marions Mailbox. Wilbur Arndt habe sich zu einem umfassenden Geständnis bereit erklärt. Die einzige Bedingung sei, dass sie ihn besuche. Marion rief nicht zurück.

***

Drei Monate später wurde Wilbur Arndt vom Landgericht Berlin wegen Anstiftung zum Mord und der Entführung in drei Fällen schuldig gesprochen. Eine Haftstrafe musste er aber nicht antreten. Stattdessen wurde er in die geschlossene Psychiatrie eingeliefert. Nach Meinung des Gerichts war er seelisch krank und stellte eine Gefahr für die Allgemeinheit dar. Das Gericht berief sich auf das Gutachten des behandelnden Arztes. Dieser bescheinigte Wilbur Arndt Realitätsverlust und Allmachtsphantasien. Der Angeklagte halte sich für einen Autor, der Menschen wie seine Figuren behandeln könne und diese, wenn es die Geschichte fordere oder wenn sie ihm einfach nicht mehr genehm seien, sogar ermorden ließe. Da für Arndt die Welt nicht real sei, könne er auch in seinem Handeln nichts Unrechtes erkennen. Jeder Autor würde so verfahren, und das Wichtigste sei doch eine spannende Geschichte, so Arndt.

In der Psychiatrie sah man Arndt niemals ohne Notizblock. Unablässig füllte er mit unsichtbarer Tinte ein Blatt um das andere. Das letzte Kapitel sei noch nicht geschrieben, behauptete er. Es gestalte sich äußerst schwierig, da seine Protagonistin sich verselbstständigt hätte.

***

Ein halbes Jahr nach Arndts Verhaftung wurde der pensionierte Hauptkommissar Schorten in Thailand tot aufgefunden. Seine Frau, die mit ihm auf Urlaubsreise war, wurde der Tat dringend verdächtigt. Die deutschen Behörden wurden eingeschaltet. Da Marion Tesic nicht zur Verfügung stand, wurde Peter Illsen mit dem Fall betraut.

***

Kurz darauf starb der für Arndt zuständige Psychiater auf mysteriöse Weise. Die Staatsanwaltschaft ermittelte wegen Mordverdachts. Arndt gehörte zu den Hauptverdächtigen, doch konnte ihm nichts nachgewiesen werden. Die Einzige, die diesen Fall aufklären könne, sagte Arndt zu Kai Mendel, sei Marion Tesic. All die anderen Ermittler, einschließlich seiner, seien blutleere Figuren, deren Denken nicht über das Blatt hinausreichen würde, das er gerade beschrieb. Bei der Tesic sei das anders. Ihr würde er seine vollkommene Unterstützung zukommen lassen, wenn sie nur mit ihm reden würde.

Marion Tesic kam nicht, und Arndt begann, das Ende ohne sie zu formulieren. Zwar habe er sich einen anderen Schluss gewünscht, aber manche Geschichte entwickele eine Eigendynamik, der sich selbst der Autor beugen müsse.

***

Arndts Flucht war überstürzt. Die Kleider an seinem Leib waren sein einziger Besitz, als er ins Freie trat. Hier wollte Arndt einen Schlusspunkt setzen. Doch er zögerte – das Ende ließ viele Fragen offen, vielleicht zu viele. An Hinweisen mangelte es nicht. Es lag allein an ihm, die Geschichte fortzusetzen. Wenn er beispielsweise das Schließfach nicht räumte, würden die Ermittler reagieren. Die Gefahr, dadurch das ganze Projekt zu gefährden, war groß. Ebenso groß war die Gefahr eines unfertigen Schlusses. Arndt schlug den Kragen seines Mantels hoch. Er hatte sich entschieden.

Ein letzter Versuch

Anfang Juni, zwei Monate nach Arndts Flucht

Marion Tesic saß auf Josh Petersens Veranda und starrte auf die Ostsee. Irgendwo da draußen war Josh und versuchte seiner Vergangenheit zu entfliehen – der arme Kerl kam nicht zur Ruhe. Marion seufzte und wandte sich wieder dem Naturführer Hiddensee zu. Sie hatte noch viel über Flora und Fauna zu lernen. Ihr Ziel war es, für den Nationalpark Vorpommersche Boddenlandschaft geführte Wanderungen durchzuführen, doch dazu reichte ihr Wissen über Hiddensee noch nicht. Was sie bisher tun konnte, war, sich um Joshs Fahrradverleih – sieben Räder mit Dreigangschaltung und leichtem Flugrost – zu kümmern und Lotte, seiner Schwägerin, bei den täglich anfallenden Arbeiten zu helfen. Nicht besonders viel für jemanden, der einen aufreibenden Job gewohnt war. Sie langweilte sich, und – was erheblich schwerer wog – ihr Geld ging allmählich aus. Die acht Monate in Australien und Neuseeland waren teuer gewesen und ihre Einkünfte auf Hiddensee sehr bescheiden. Josh meinte, sie sollte sich über ihre Finanzen keine Sorgen machen – zur Not hätte er immer was in Reserve. Der gute Josh, Marion lächelte, der könnte auch mit einer Angelrute und einer Hütte am Strand überleben. Sie hingegen sah, wie ihr Konto sich leerte und ihre Rentenvorsorge auf Eis lag. Auf absehbare Zeit musste sich etwas ändern.

Ein ungewöhnliches Geräusch ließ sie aufhorchen, ein Geräusch, das aus Joshs Wohnstube kam und nicht in seine Welt passte. Marion betrat die Stube, das Geräusch wiederholte sich, es war das Klingeln des Wandtelefons. Seltsam, alle Anrufe liefen über Lottes Apparat – dieser Anschluss schien tot zu sein. Zögerlich näherte sie sich dem Telefon. Es klingelte ein weiteres Mal. Marion nahm den Hörer ab. Ungewohnt schwer und mit einer dünnen Staubschicht überzogen, lag er in ihrer Hand. Einen kurzen Moment verharrte sie, dann legte sie die

Muschel an ihr Ohr und meldete sich mit einem vorsichtigen »Ja?«.

»Hallo, Marion.«

»Wer spricht da?«

»Kai. Kai Mendel.«

Marion atmete hörbar auf – sie hatte mit jemand anderem gerechnet. »Kai, schön dich zu hören. Woher weißt du, dass ich hier bin? Wie bist du an diese Nummer gekommen?«

»Bei der Polizei hat man so seine Möglichkeiten, das weißt du doch.«

Marion begnügte sich mit der Antwort. »Und, warum rufst du an?«

»Dass Wilbur Arndt im April ausgebrochen ist, hast du gehört?«

»Ja. Selbst hier kann man sich der Welt nicht verschließen.«

»Hat Arndt sich bei dir gemeldet?«

»Nein. Sonst hätte ich euch längst informiert. Es ist, wie ich damals gesagt habe: Arndt interessiert sich nur für die Polizistin Tesic, die Privatperson ist ihm egal. Er ist aus meinem Leben verschwunden, endlich kann ich wieder frei atmen, und das soll auch so bleiben. Falls du mit mir also über Arndt reden willst – vergiss es. Ich werde sofort auflegen.«

»Nicht so voreilig, Marion. Wir haben Ermittlungserfolge, die Arndt entzaubern und für dich die Dinge wieder zurechtrücken können.«

»Ihr habt konkrete Ergebnisse?«

»Ja.«

Marion schloss ihre Augen. Alles, was sie so mühsam verdrängt hatte, war wieder da. Noch konnte sie sich retten, sie musste nur auflegen. Stattdessen fragte sie: »Habt ihr sein Netzwerk aufgedeckt? Kennt ihr die Hintermänner?«

»Ja. Zumindest zum Teil. Aber wir stehen erst am Anfang. Um alles schildern zu können, muss ich etwas ausholen. Hast du Zeit?«

»Zeit?« Marion seufzte. »Ich habe alle Zeit der Welt.« Der ironische Unterton in ihrer Stimme ärgerte sie. Marion zog sich einen Stuhl heran und setzte sich – ein Telefon mit Schnur war gewöhnungsbedürftig.

»Arndts Flucht aus der Psychiatrie war nicht perfekt geplant. Er musste vieles zurücklassen. Unter anderem einen Schließfachschlüssel, der uns zu zwei Reisetaschen führte, die fünfzehn Ordner, eine Menge CDs und USB-Sticks enthielten. Die gesamte Dokumentation seiner Verbrechen.«

»Heißt das, wir können alle offenen Fragen klären?« Jetzt färbten Neugier und Euphorie Marions Stimme. Ob Mendel das »wir« in ihrer Frage aufgefallen war? Wie schnell sie doch in die alte Routine verfiel.

»Im Prinzip schon. Aber die Sache ist nicht so einfach. Du kannst dir nicht vorstellen, wie chaotisch Arndts Aufzeichnungen sind. Die Ordner sind nicht nummeriert, und der Inhalt ist auch nicht chronologisch sortiert. Wir haben unzählige Computerausdrucke, die von Hand überarbeitet wurden. Manche Absätze sind mehrmals geändert worden, immer in einer anderen Farbe. Namen wurden ausgetauscht, Personen herausgestrichen oder hinzugefügt. Oftmals wurde ein neuer Ausdruck angeheftet mit Querverweisen auf den alten, oder der Querverweis galt einem anderen Blatt, einem anderen Ordner. Ganz klar ist der Bezug nicht, da sich Seitenzahlen mehrmals wiederholen. Natürlich haben wir auch unzählige Fotos von Personen. Viele sind bekannt, die anderen jagen wir durch die Datenbank. Wir haben Baupläne und Gehaltslisten, wir haben Lebensläufe und Zeitungsartikel. Was relevant ist und was nicht, lässt sich kaum sagen, die Fülle der Informationen erschlägt uns. Eindeutig ist aber, das Arndts Racheplänen ein Manuskript vorausging.«

»Ein Manuskript? Wollte Arndt ein Buch schreiben?«

»Ja. Arndt hatte zu Beginn der Achtziger die Idee zu einem Roman. Ein Roman, der die Geschehnisse im Kinderheim Die Brücke anprangert. Auf wahren Begebenheiten beruhend, aber mit einer fiktiven Handlung, die den Wärterinnen die gerechte Strafe zukommen lässt. Das Konzept des Romans ist dir hinlänglich bekannt: Am Anfang steht eine Entführung, die in einer Zeitung als Fortsetzungsroman veröffentlicht wird. Es folgen die verwirrenden Ereignisse in Tromptow und der Tod eines Polizisten. Natürlich tritt auch der Obdachlose auf, der alle

Fäden in der Hand hält. Die ganzen Geschehnisse zielen darauf ab, die Staatsanwältin zum Auftragsmord zu verleiten, was sowohl im Roman als auch in der Realität geklappt hat. Daneben steht die Geschichte der zweiten Wärterin, die von Cora Bürk. Das Einschleichen in ihr Privatleben, ihre Verführung, das süße Gift einer vorgetäuschten Liebe und dann der Zusammenbruch: das wahre Gesicht ihres Liebhabers, die Entführung und das Gefangensein in den Katakomben des Flughafens Tempelhof. Darauf folgt der Auftritt des Obdachlosen, der sie zu Tode ängstigt und dann in ihr mieses Leben entlässt, damit sie zu guter Letzt ihren Mann ermordet.«

»Schorten ... Es tut mir leid um ihn. Ich habe ihn trotz allem gemocht. Von seinem Tod habe ich erst auf Hiddensee erfahren. Auch, dass Cora Schorten verdächtigt wurde. Hat sie ihn tatsächlich ermordet?«

»Ja. Sie wurde von Illsen überführt. In den nächsten Wochen steht die Verhandlung an.«

»Dann sind Arndts Pläne aufgegangen. Er hat seine Rache bekommen.«

»Sieht so aus. Doch jetzt sind wir ihm auf den Fersen. Wir wissen zum Beispiel, wie er zu den Geldern gelangt ist, die seine Verbrechen ermöglicht haben.«

»Jetzt bin ich aber gespannt.«

»Zu Recht. Diese Frage hat uns alle beschäftigt. Sein Bruder Loki ist der Schlüssel. Mit Arndts Unterlagen konnten wir seine Biografie rekonstruieren. Wir wissen, dass er in Frankfurt gelebt hat und dass er bei der Deutschen Bank Investmentbanker war, bis er sich selbstständig gemacht hat. Seine ehemaligen Kollegen sagen, er hätte die seltene Gabe besessen, aus Finanzkrisen Kapital zu schlagen. Mit der japanischen Bankenkrise habe er seinen finanziellen Grundstock gelegt. Mit der Asienkrise diesen weiter ausgebaut, und mit der Dotcom-Blase sei er reich geworden. Kurz bevor der Neue Markt vor die Hunde ging, hätte er seine Gewinne realisiert. Genau können wir sein damaliges Vermögen nicht taxieren, aber es sollten in etwa sechzig Millionen Mark gewesen sein, also dreißig Millionen Euro.«

»Wann ist die Dotcom-Blase noch mal geplatzt?«

»Im März 2000. Dieses Datum deckt sich auch mit dem Einstieg in die aktive Verwirklichung von Arndts und Lokis Racheplänen. Zuvor war es nur eine Idee Arndts, die an den nötigen Finanzmitteln gescheitert ist. Kontakt hatten die beiden seit der Wende. Sie sind, beziehungsweise waren, recht unterschiedliche Charaktere. Loki ist als der nüchterne Organisator zu sehen, der pragmatisch vorging, Arndt als der kreativ-chaotische Planer, der manchmal für einen besonderen Effekt, eine überraschende Wendung das ganze Projekt gefährdete.«

»Geht aus seinen Aufzeichnungen hervor, wie Arndt gearbeitet hat? Wie konnte er sich auf alle Eventualitäten einstellen?«

»Das lässt sich gut nachvollziehen. Allen wichtigen Unternehmungen sind Flussdiagramme angeheftet.«

»Flussdiagramme?«

»Das sind Ablaufdiagramme, die beim Programmieren verwendet werden, hast du bestimmt schon gesehen. Mit Fallentscheidungen, die in einer Raute stehen. Ein gutes Beispiel ist hier der Mord an Bakker – du kannst dir gar nicht vorstellen, wie viele Szenarien es dazu gibt. In der Raute steht zum Beispiel: Bakker geht in den Club Asgard. Fallentscheidung ja: Die beiden Frauen des Clubs kommen zum Zug. Fallentscheidung nein: Am nächsten Tag wird ein zweiter Versuch gestartet. Diesmal mit einem gewissen Zwang, darauf hoffend, dass Bakker sich im Rausch der Sinne – damit sind wohl auch Drogen gemeint – selber richtet. Bei einem weiteren Fehlschlag wieder eine Fallentscheidung, auf die noch einige folgen. Und alle darauf abzielend, Bakker zu töten. Das Ganze in einem Zeitfenster von fünf Tagen. Es gibt verschiedene Todesarten: von der einfachen, wo er Opfer eines Verkehrsunfalls wird, bis zur aufwendigen im Club Asgard. Letztere wurde von Arndt eindeutig favorisiert. In einem handschriftlichen Kommentar gratuliert er sich selbst zu dieser genialen Idee.

Auf diese Art sind alle Ereignisse organisiert. Auch zu Tromptow gibt es unzählige Varianten. Aus Arndts Kommentaren lässt sich herauslesen, dass Loki viele abgelehnt hat, weil Arndt zu verspielt war, zu viel riskieren wollte. Dass er zum Beispiel die falsche Frau Eisen in die leer stehende Wohnung gesetzt hat, wo man doch die der echten Frau Eisen nutzen konnte, wurde von Loki abgelehnt. Es sei ein unnötiges Risiko, so wird Loki von Arndt zitiert. Arndt hat sich hier dennoch durchgesetzt und triumphiert in einer Anmerkung: ›Die Verwirrung siegt über die Vernunft. Der Leser will überrascht werden, dafür muss man einiges wagen – polnische Handwerker, die zuverlässig und schnell sind, wären eine gute Lösung.‹«

»Polnische Handwerker?«

»Ja. wir haben hierzu auf einem der USB-Sticks die Adresse eines polnischen Bauunternehmens gefunden und den Chef auch schon verhört. Nachdem wir ein bisschen Druck ausgeübt haben, hat er uns von diesem ungewöhnlichen Auftrag berichtet, der ihm enorm viel Geld gebracht hat. Er und sein Team standen auf Abruf bereit und hatten eine Nacht Zeit, die Wohnung herzurichten, und eine weitere, sie wieder zu verwüsten. Das Ganze ohne aufzufallen. Dem kam der Bauunternehmer natürlich nach – wer will schon bei der Schwarzarbeit erwischt werden?«

»Und die falsche Frau Eisen?«

»An der sind wir auch dran. Es handelt sich um eine Provinzschauspielerin, die sich auf Weltreise befindet. Vermutlich der Lohn ihrer Arbeit.«

»Alle Vorgänge lassen sich also schlüssig erklären. Dennoch bleibt die Frage offen, warum Arndts Kartenhaus bei all den Mitwissern und Hintermännern nicht eingestürzt ist.«

»Es gibt verschiedene Gründe, Glück gehört natürlich auch dazu. Aber obenan steht die enorme Geldmenge, die die Brüder investiert haben. Die Täter wurden je nach Schwere des Verbrechens bezahlt. Manche bekamen sogar eine monatliche Zuwendung, die ihre Verschwiegenheit zementierte. Das ist für uns günstig, weil wir so über die Bankverbindung an sie herankommen. Daher ist es nur noch eine Frage der Zeit, bis wir die beiden Frauen, die an Bakkers Tod beteiligt waren, und den Architekten Bauer, Cora Schortens vermeintlichen Liebhaber, gefunden haben. Du siehst, nichts bleibt unbeantwortet. Arndt ist genial, aber letztendlich kocht er auch nur mit Wasser. Vielleicht überlegst du dir deine Entscheidung noch einmal, vielleicht gibt es eine Möglichkeit, in den Polizeidienst zurückzukehren. Sandt wäre bestimmt nicht abgeneigt.«

»Nein, Kai. Das ist vorbei. Ich fühle mich hier wohl, mir geht es gut.«

»Dann komm zumindest mal nach Berlin. Ich werde dafür sorgen, dass du Zugang zu den Akten hast. Es gibt noch so vieles zu klären. Das kannst du dir doch nicht entgehen lassen.«

»Lass gut sein, Kai. Falls ich mich anders entscheide, werde ich dich anrufen.«

»Gut.« Mendel klang frustriert. »Das hätte ich ehrlich gesagt nicht erwartet, aber es ist dein Leben. Mach's gut, Marion.«

Das Freizeichen erklang. Marion starrte den Hörer an. Sie hätte gerne noch etwas erwidert.

Draußen auf dem Verandatisch lag immer noch der Naturführer Hiddensee. Marion setzte sich und schlug das Buch an der markierten Stelle auf. »Die Stranddistel ist ein seltenes Dünengewächs und wird auch Meer-Mannstreu genannt«, las sie. Ob sie nochmals schwimmen gehen sollte? Ihre glücklichsten Momente hatte sie im Meer. Aber nur schwimmen und den restlichen Tag die Zeit totschlagen, das ging nicht.

Marion versuchte sich auf die Stranddistel zu konzentrieren, dachte aber an ihre alte Berliner Wohnung. Ob man jetzt herausfinden konnte, wer damals die Schallplatte mit Arndts Nachricht in ihrem Wohnzimmer platziert hatte? Woher der Eindringling einen Schlüssel hatte und wie Arndt den Einbruch aus dem Gefängnis heraus organisieren konnte? Marion schob den Naturführer weg. Es war sinnlos. Die Verlockung, Arndts Machenschaften komplett aufzudecken und ihn am Ende zu stellen, war zu groß. Wenn sie jetzt noch jemand halten konnte, war es Josh. Hoffentlich kehrte der bald zurück.

***

Die liebste Zeit war Arndt, wenn die Ebbe den Weg zur Insel freigegeben hatte und die Flut sich wieder ankündigte. Ein zeitlich begrenzter Zugang, sonst nur mit dem Schiff machbar, jetzt zu Fuß. Er war immer unter den Letzten. Wenn das Wasser schon wieder anstieg, wenn es seine Füße umspülte, dann fühlte er sich am wohlsten. Gerade gelegte Spuren wurden sofort verwischt.

Arndt betrat den Strand der Insel, die das Meer bald wieder komplett umschloss, und stieg eine Anhöhe hinauf. Hatte er zu viel riskiert? Hatte er zu viel preisgegeben? Die Fahnder waren ihm dicht auf den Fersen, sein Netzwerk löste sich auf, und seine Anhänger wurden weniger. Für viele hatte er seinen Zauber verloren. Man hatte festgestellt, dass auch er nur mit gewöhnlichen Mitteln arbeitete. Doch auch ein Autor unterlag den Gesetzen der Logik, Beliebigkeit funktionierte in keiner Geschichte. Es gab Gesetzmäßigkeiten, denen man folgen musste. Dass die Polizei so schnelle Erfolge feierte, war konsequent. Ihr auf Dauer zu entkommen würde schwierig sein, aber es war ein gewolltes Risiko. Nicht umsonst hatte er ihnen das Schließfach überlassen. Nun war Marion Tesics Rückkehr in den Polizeidienst gut vorstellbar. Ja, er war, wenn man ihren Charakter zugrunde legte, geradezu zwingend.

Wilbur Arndt lachte und zog seine Flöte hervor. Der Wind hatte aufgefrischt und blähte seinen Mantel. Ein paar Passanten blieben stehen und lauschten dem wunderlichen Mann, der so schön spielen konnte.

Der Sound zum Buch.

Alle Titel von Jethro Tull, außer »Bourée« (Johann Sebastian Bach).

Seite 24, 286:	»Bourée« (Stand Up, 1969)
Seite 33:	»My God« (Aqualung, 1971)
Seite 73, 269:	»Mother Goose« (Aqualung, 1971)
Seite 108:	»Fat Man« (Stand Up, 1969)
Seite 150:	»Aqualung« (Aqualung, 1971)
Seite 153:	»Lick your fingers clean« (20 Years of Jethro Tull, 1988, und Aqualung 25th Anniversary, 1996)
Seite 192:	»Locomotive Breath« (Aqualung, 1971)
Seite 249:	»Hymn 43« (Aqualung, 1971)

Danksagung

Mein Dank gilt folgenden Freunden und Kritikern, die mich mit Rat und Tat unterstützt haben: Anja, Frank the Tank, Christof, Jutta, Mario, Jan, Moni Peperoni, Thomas.

Ein spezieller Dank geht an Ian Anderson, auch wenn er davon nie erfahren wird.

Mein größter Dank gilt Sabine.